Knaur.

Im Knaur Taschenbuch Verlag sind bereits folgende Bücher der Autorinnen erschienen:
»Immortal 1: Dunkle Leidenschaft« von Jennifer Ashley
»Immortal 2: Geliebter der Nacht« von Robin T. Popp
»Immortal 3: Schwarze Glut« von Joy Nash
»Immortal 4: Schatten der Lust« von Jennifer Ashley
»Immortal 5: Dunkle Gefährtin« von Jennifer Ashley
»Immortal 6: Gebieterin der Finsternis« von Joy Nash
»Immortal 7: Schwarzer Kuss der Nacht« von Robin T. Popp
»Immortal 8: In den Armen der Dunkelheit« von Jennifer Ashley, Joy Nash und Robin T. Popp

Über die Autorinnen:
Nach vielen Jahren im Ausland lebt *Jennifer Ashley* nun mit Mann und Katze im Südwesten der USA. Neben historischen Liebesromanen ist sie bei uns im Knaur Taschenbuch mit Romantic-Fantasy-Titeln aus der Immortal-Serie vertreten.
Joy Nash liebt es, ihre Träume zu Papier zu bringen. Ihre Romane haben bereits mehrere Preise abgeräumt, darunter den »Romantic Times Reviewers' Choice Award« sowie den »Golden Leaf Award«. »Schwarze Glut« stand in den USA mehrere Wochen auf der USA-Today-Bestsellerliste. Sie lebt und arbeitet in Pennsylvania.
Robin T. Popp ist mit Science-Fiction aufgewachsen und wusste schon als Kind, dass sie später einmal phantastische Geschichten schreiben würde. Sie lebt mit ihrem Mann und drei Kindern in Houston.

IMMORTAL

Jennifer Ashley
Joy Nash
Robin T. Popp

IN DEN ARMEN DER DUNKELHEIT

Drei Kurzromane in einem Band

Aus dem Amerikanischen
von Sabine Schilasky

Knaur Taschenbuch Verlag

Die amerikanische Originalausgabe erschien 2009
unter dem Titel *Immortals: The Reckoning*
bei Dorchester Publishing Co., Inc., New York.

Wenn Ihnen dieser Roman gefallen hat, empfehlen wir Ihnen gerne ausgewählte Titel aus unserem Programm – schreiben Sie einfach eine E-Mail mit dem Stichwort »In den Armen der Dunkelheit« an:
fantasy@droemer-knaur.de

Besuchen Sie uns im Internet:
www.knaur.de

Deutsche Erstausgabe Juli 2010

Redaktion: Kathrin Stachora
Umschlaggestaltung: ZERO Werbeagentur, München
Umschlagabbildung: Gettyimages / Stone / joSon
Satz: Adobe InDesign im Verlag
Druck und Bindung: CPI – Clausen & Bosse, Leck
Printed in Germany
ISBN 978-3-426-50663-9

2 4 5 3 1

Jennifer Ashley

Wolfsjagd

*Meinen Mitautorinnen der »Immortals«, Joy und Robin;
dank ihnen machte die Arbeit an dieser Reihe
großen Spaß.*

Kapitel 1

Der Anruf kam, als Logan bei einer Festnahme war. Er befand sich in einem Club in West Hollywood, wo er einen Vampir in Handschellen legte, der einen Sklavenring betrieb. Seine Sklaven waren »Blutspender« – Leute, die einen Vampir in kleinen Portionen nährten, so dass sie nicht ausgesaugt wurden.

»Septimus wird davon erfahren!«, zischte der Vampir.

Logan klickte die Handschellen zu. »Ich habe seinen Segen, denn Septimus meint, dass du eine Schande für seine Organisation bist.«

Hierauf wurde der Vampir so blass, wie es ein Vampir nur werden kann, und Logans Handy zwitscherte. Er übergab den Festgenommenen seinem Partner Tony Nez und klappte das Handy auf.

»Ja?«

»Logan!«, hauchte eine Frauenstimme erleichtert.

»Nadia?« Die Zeit blieb stehen.

Seit er Nadias Aussage vor sechs Monaten an ihrem Krankenhausbett aufgenommen hatte, hatte er die Dämonin zweimal wiedergesehen. Sie hatte Schreckliches durchgemacht, aber bis heute zeigte sie zu dem trotzigen Funkeln in ihren Augen ein überaus sinnliches Lächeln. Jedes Mal, wenn Logan sie sah, wollte er mehr Zeit mit ihr verbringen, was er höchst bedenklich fand.

Ihr flehender Tonfall nun brachte ihn fast um die Selbstbeherrschung, die er seit einem halben Jahr mühsam aufrechterhielt. »Was ist los?«

»Ich weiß nicht, wo ich bin. Hier sind viele Bäume, und sie kommen.«

»Langsam, langsam! Wer kommt?«

»Verdammt!« In dem einen Wort schwang eine furchtbare Angst mit. »Logan, bitte!« Dann klickte es.

»Nadia?«

Logan blickte auf die unbekannte Telefonnummer, die für eine halbe Sekunde allein auf dem Display erschien, dann als oberster Eintrag auf seiner Anruferliste.

»Mist!« Der Wolf in ihm knurrte, und er drückte das Handy so fest, dass es knackte.

»Ärger?«, fragte Tony, der den Vampir von zwei Uniformierten nach draußen führen ließ. Es war fast Morgen, und der Vampir schrie die beiden Polizisten an, ihn ja schnell in den Van zu bringen.

»Ich weiß nicht.« Logan stieg in den Wagen und fuhr das neue Computersystem hoch, mit dem alle Zivilfahrzeuge der paranormalen Einheit ausgestattet waren. Gewöhnlich nutzten sie es, um Verdächtige auf Vorstrafen oder sonstige Informationen zu überprüfen, aber auch für andere Dinge war der mobile Computerzugriff sehr praktisch. Leider erwiesen sich alle Suchen nach der Nummer, unter der Nadia angerufen hatte, als Sackgasse.

Wütend rief Logan auf dem Revier an und gab Weisung, die Nummer zurückzuverfolgen. Erfahrene Sergeants übertrumpften nach wie vor jede Computersuche. Als er eben aufgelegt hatte, klingelte sein Handy wieder. Dieselbe Nummer.

»Nadia?«, rief er.

»Sie ist weggelaufen«, sagte eine männliche Stimme, die befremdlich erregt klang. »So macht es mehr Spaß.« Klick.

Tony setzte sich hinters Steuer und ließ den Motor an. »Wohin jetzt, Boss?«

»Zum Revier«, antwortete Logan, der auf sein Handy starrte.

»Schlechte Neuigkeiten?«

»Was?« Er sah zu Tony auf. Sein neuer Partner mischte sich nie in Logans Privatangelegenheiten, sprach allerdings gern über seine große, weitverzweigte Familie in der Navajo-Nation, dem größten Indianerreservat der USA in Kalifornien.

»Die Anrufe«, half Tony ihm geduldig. »Du siehst aus wie ich, als ich zum ersten Mal einen Geist erblickt habe.«

»Eine Frau, die ich kenne.« Logans Herz pochte wie wild, als er sein Handy einsteckte. In wenigen Worten erzählte er Tony, was passiert war, und sein Partner wurde blass.

»Dann sollten wir möglichst schnell herauskriegen, wo sie steckt.« Tony trat auf das Gaspedal, stellte die Sirene an und raste über die Freeways von L.A. zum Hauptquartier der paranormalen Polizei.

Was Logan ihm nicht erzählte, war, dass es sich bei dem zweiten Anrufer um einen Werwolf handelte. Die Stimme hatte vor Erregung kratzig geklungen, was bedeutete, dass der Kerl jeden Moment die Kontrolle über seine Wandlung verlieren konnte.

Und was noch schlimmer war: Logan hatte den Anrufer erkannt. Es war der Mann, der ihn alles gekostet hatte und ihn zu einem einsamen Exil in den Straßen von Los Angeles zwang.

Kapitel 2

Bis Logan und Tony ins Revier im Parker Center mitten in der Stadt kamen, hatte der Sergeant, den Logan anrief, bereits die Telefonnummer zurückverfolgt.

»Das ist ein Kartentelefon an einer Tankstelle in einem Nest namens Brookside. Wie der Tankstellenbesitzer sagt, liegt es mitten an der Straße an der Grenze zwischen Kalifornien und Oregon, und er hat noch nie gesehen, dass jemand mit diesem Apparat telefonierte.«

Eine Dämonin allerdings – selbst eine, die bei Tagesanbruch durch einen Wald gejagt wurde – war clever genug, ein öffentliches Telefon zu benutzen, ohne dass sie gesehen wurde.

Tony wollte mit Logan fahren.

»Nein, die Stelle liegt weit außerhalb unseres Zuständigkeitsbezirks«, entgegnete Logan, der seine Satteltasche aus dem Spint holte.

»Warum fährst du dann hin?«

»Weil Nadia eine Freundin von mir ist. Da nehme ich die Sache persönlich.«

»Ein Grund mehr, jemanden als Rückendeckung dabeizuhaben.«

Logan ging zur Garage hinaus und packte Wasserflaschen sowie Extramunition in seine Satteltasche. Er dachte an die triumphierende Note in der Männerstimme am Telefon und wusste, dass er als Werwolf auftreten musste, nicht als Cop.

»Du hast eine Familie, die du unterstützen musst. Und ehrlich gesagt möchte ich die nicht alle am Hals haben, wenn dir etwas zustößt …«

»Ist es, weil das so ein Werwolfding ist? Ich bin Schamane! Ich bin mit Four-Corners-Werwölfen aufgewachsen, und das war kein Honigschlecken!«

»Wäre es eine Navajo-Sache, würdest du meine Hilfe auch nicht direkt mit Freuden annehmen«, erwiderte Logan.

Tony grinste. »Da sei dir mal nicht so sicher! Wenn ich das nächste Mal zu meiner Großmutter zitiert werde, hätte ich dich verflucht gern als Rückendeckung. Hör zu, falls du da oben Ärger kriegst, ruf mich an! Ich kann schnell bei dir sein. Abgemacht?«

»Abgemacht.« Logan hatte die Satteltasche festgezurrt, setzte sich den Helm auf und stieg auf seine Harley.

Er dachte an andere Hilfe, um die er bitten könnte, vorzugsweise von Tain, dem Unsterblichenfreund seiner Expartnerin. Aber erst einmal wollte er sich ansehen, was genau los war, ehe er sich Verstärkung holte.

Zwischen Logan und dem Werwolf herrschte eine erbitterte Feindschaft, und jeder, der sich in diese Fehde einmischte, riskierte sein Leben. Logan hatte geglaubt, mit seinem Fortgang vom Minnesota-Rudel wäre alles vorbei. Nun wurde ihm klar, dass der alte Konflikt die ganze Zeit weitergegärt hatte. Es war Zeit, die Geschichte ein für alle Mal zu beenden – egal wie.

Zehn Stunden später hielt Logan an der Tankstelle in dem winzigen Ort Brookside an der Strecke zu den Klamath-Falls. Der Mann, der morgens gearbeitet hatte, war nicht mehr da, aber seine Ablösung wusste, dass die Polizei angerufen und nach jemandem gefragt hatte, der das Telefon benutzt hatte.

»Wäre ich hier gewesen, hätte ich sie gesehen«, behauptete der junge Bursche, eine schlaksige Gestalt mit fettigem Haar und Aknenarben. »Ich sehe alles und jeden hier drumherum.«

»Vielleicht war sie vorher schon hier.« Logan besaß kein Foto von Nadia, deshalb beschrieb er sie: einsachtundsechzig groß, kurze dunkle Locken, kaffeebraune Augen, schmale athletische Figur.

Der Junge schüttelte den Kopf. »Nee. Aber wenn ich sie sehe, sag ich Bescheid. Kann ich Sie irgendwie erreichen?«

Logan gab ihm seine Handynummer, obwohl er sich wenig Hoffnung machte. Nadia war außer Atem gewesen, verängstigt und um ihr Leben gerannt. Hierher kam sie gewiss nicht zurück.

Er kaufte ein Paket Instantkaffee und ein paar Einwegrasierer, dankte dem Jungen und ging. Draußen stopfte er seine Einkäufe in die Satteltasche und lief zu den beiden Kartentelefonen links am Gebäude.

Öffentliche Telefone muteten heutzutage wie Überbleibsel aus früheren Zeiten an, normalerweise fand man sie graffitibeschmiert und verlassen unter ihren Plastikkuppeln vor. Aber solange es noch tote Zonen gab, in die kein Handysignal vordrang, waren die Überlandleitungen nicht völlig nutzlos.

Schon bevor Logan danach griff, wusste er, mit welchem Apparat Nadia telefoniert hatte, denn ihr Duft haftete überall daran. Er schloss die Augen und nahm den Schwefelgeruch der Dämonin, gepaart mit ihrem blumigen Eigenduft, wahr. Außerdem roch er ihre Angst sowie die schwere Moschusnote des Werwolfs.

Er war hier gewesen. Logan vermochte nicht zu sagen, ob er Nadia erwischt hatte oder sie entkommen konnte, aber eines wusste er: Es war eine offene Kampfansage, die Logan annahm. Und dieses Mal würde er gewinnen.

Nadia lief und lief. Ihre Füße schmerzten, ihr nasser Leib war von Schweiß und Schmutz verschmiert, und ihr Atem rieb wie Sand in ihrer Kehle.

Seit zwei Tagen und zwei Nächten rannte sie, manchmal in ihrer Dämonengestalt, manchmal in ihrer menschlichen. Aber ihr war klar, dass ihre Verfolger sie nicht vor Erschöpfung tot umfallen ließen, denn das würde ihnen den Spaß verderben.

Wenn sie sich hinlegte und starb, konnten sie ihr schließlich nichts mehr tun.

Sie hörte sie kommen, die Werwölfe, die auf allen Vieren liefen, gefolgt von einem Menschen auf einem Geländemotorrad, dessen Scheinwerfer durch die Bäume strahlte. Sie genossen es, dass Nadia ihnen falsche Fährten auslegte, Kreise lief, und wann immer sie ihre Fährte wiederfanden, stießen sie Triumphgeheul aus. Nun aber wollten sie sie nur noch fangen, keine Spiele mehr.

Dass sie es geschafft hatte, Logan anzurufen, war unglaubliches Glück gewesen. Nadia war aus dem Wald gestürmt und fand mitten auf einem verlotterten Parkplatz eine Tankstelle mit zwei beleuchteten Telefonzellen, ihr zugewandt wie Freunde.

Sie hatte sich am Waldrand entlanggeschlichen und in ihre menschliche Gestalt verwandelt, ehe sie sich vorsichtig näherte. Natürlich war sie nackt und musste hoffen, dass niemand um die Gebäudeecke kam und sie sah. Aber der Parkplatz war verlassen, und das einzige Lebenszeichen war das leise Brummen der Eismaschinen neben dem Haus gewesen.

Ihre Finger zitterten, als sie erst ihre Telefonkartennummer eingab, dann die von Logans Handy. Dreimal musste sie es versuchen, weil es so viele Zahlen waren und sie dauernd eine vergaß, so dass sie wieder von vorn anfangen musste.

Sie hatte Logan nie erzählt, dass sie sich seine Nummer gemerkt hatte. Die wenigen Male, die sie sich gesehen hatten, seit er sie im Krankenhaus befragte, hatten sie sich auf harmlose Themen beschränkt, die sie beide interessierten – Motorräder, Filme, Musik, Fernsehserien. Welchen Grund hätten sie, sich die Telefonnummer des anderen zu merken? Dennoch dachte Nadia oft daran, ihn anzurufen. Täglich, um genau zu sein. Sie hatte den Werwolf einfach nie vergessen können, dessen sandbraune Augen so voller Mitgefühl für eine verwundete Dämonin gewesen waren.

Als Logans tiefe Stimme in ihr Ohr gedrungen war, war sie viel zu froh gewesen.

Sie kamen. Nadia rang nach Luft, krabbelte einen weiteren Hügel hinauf und rannte los, kaum dass sie den Kamm erreicht hatte. Mehrmals stolperte sie, rappelte sich wieder auf, aber sie wusste, dass es nicht mehr lange dauern würde, bis sie vor lauter Entkräftung nicht mehr hochkäme. Und dann hätten sie sie.

Sie raffte ihre letzte Kraft zusammen und stürzte vorwärts, als sie auch schon das Heulen der Wölfe hörte, die über den Hügelkamm kamen und ihr nachsetzten.

Kapitel 3

Unweit von dem Supermarkt mit Tankstelle fand Logan ein Motel, eingeschossig und heruntergekommen, wo wenige Pick-ups vor den blaugestrichenen Türen standen. Die übermüdet wirkende Frau an der Rezeption nannte ihm den Zimmerpreis und reichte ihm einen Schlüssel.

Er parkte sein Motorrad vor dem Zimmer Nummer fünf und warf seine Satteltasche nebst der Plastiktüte mit seinen Einkäufen auf das durchgelegene Bett. Dann schloss er die Tür von innen, klappte alle Jalousien zu und schob einen Stuhl gegen die Jalousie an der Tür, um den Spalt zwischen ihr und der Wand zu schließen.

Aus Gewohnheit suchte Logan das Zimmer nach magischen wie technischen Wanzen ab. Erst als er sicher war, dass es hier weder das eine noch das andere gab, öffnete er seinen Rucksack, zog die Jacke aus und überprüfte die Waffen, die er bei sich hatte.

Er legte seine Neun-Millimeter-Dienstwaffe auf das Bett und die Ersatzmagazine daneben. In einem Target-Markt auf dem Weg aus L.A. hatte er sich eine dicke fleecegefütterte Jacke gekauft, weil er wusste, dass er seine Jagd in den Bergen beginnen musste. Auch jetzt, im März, konnte man hier oben noch in einen Schneesturm geraten.

Neben die Waffe legte er das Messer, das seine Partnerin Samantha ihm geschenkt hatte, nachdem sie den Polizeidienst quittiert hatte. Wie sie gesagt hatte, sorgte sie sich um Logan, und die Klinge, die von einer Lufthexe namens Leda mit einem Zauber versehen worden war, würde ihm gegen Dämonen und andere helfen, denen mit konventionellen Waffen nicht beizukommen war. Samantha war ein Schatz, auch wenn sie heute als Königin ihres Dämonen-Clans herrschte.

Matriarchin, hatte sie ihn korrigiert. *Nur eingebildete Dämonen aus der tieferen Hölle machen auf königlich.*

Logan hatte noch eine weitere Waffe dabei, einen 45er-Colt, von dem er nie jemandem beim Los Angeles Police Department etwas gesagt hatte. Er hatte den Revolver auch noch nie für etwas anderes als Zielschießen benutzt, um in Übung zu bleiben, und er bewahrte ihn stets ungeladen auf.

Nun lud er ihn. Er musste Lederhandschuhe anziehen, um die Kammern zu füllen, denn die Patronen bestanden aus reinem Silber.

Als er der Beta-Wolf in der Wildnis von Minnesota gewesen war, hatte er nie einen Werwolf herabsetzen müssen. Alle hatten ihm gehorcht, weil sie wussten, dass sie sich andernfalls dem Alphatier stellen mussten. Und hatten sie schon vor Logan Angst, versetzte sie die Aussicht, Matt Lewis gegenüberzutreten, in blanke Panik.

Logans Job bestand darin, Matts Erlasse durchzusetzen und dafür zu sorgen, dass die Werwolfgesetze eingehalten wurden. Er hatte ein Schwert mit einer Silberklinge getragen, sicher in einer Lederscheide, als stumme Drohung des Henkers quasi.

Weder das Schwert noch die Silberpatronen hatte er je benutzt. Kein Wolf außer Matt hatte ihn jemals herausgefordert.

Aber Logan behielt die Waffe. Werwölfe – ungeachtet dessen, dass sie lebensmagische Kreaturen waren und von der Öffentlichkeit gemeinhin als »Gute« betrachtet wurden – waren gefährlich.

Logan verstaute seine Waffensammlung in den diversen Halftern, die er sich umschnallte. Wandelte er sich zum Wolf, wären sie nutzlos, aber er achtete grundsätzlich darauf, auf alle Situationen vorbereitet zu sein.

Als Letztes zog er sich seine fleecegefütterte Jacke über, steckte sich das Messer in den Stiefel, verschloss sein Zimmer und stieg auf sein Motorrad.

Er fuhr zu der Tankstelle mit dem Supermarkt zurück, von wo aus er eine Seitenstraße in die Hügel hinauf nahm, fort vom Highway. Dieser folgte er so weit, wie er konnte, und bog auf einen Feldweg ein, wo er langsamer fahren musste, weil vor ihm im Scheinwerferlicht Felsen und Äste auftauchten.

Als er beschloss, dass er weit genug von der Zivilisation entfernt war, hielt er an und stellte den Motor ab. Er fand ein Gebüsch, hinter dem er seine Harley versteckte, nahm eine Pflanzkelle aus seiner Satteltasche und grub ein Loch, in dem er seine Waffen versteckte, nachdem er sie sorgfältig in die Plastiktüte aus dem Supermarkt eingewickelt hatte. Kaum zog er seine Jacke aus, fröstelte ihn in der kalten Märzluft. Das Leben in Los Angeles hatte ihn verwöhnt. Dort war der März bestenfalls etwas kühler, wohingegen er sich hier oben in den Bergen wie Winter anfühlte.

Logan entkleidete sich, legte all seine Sachen zusammengefaltet in eine zweite Plastiktüte und vergrub sie unter Laub und Zweigen. Dann, ehe er zu arg fror, stellte er sich hin und führte seine Wandlung herbei, indem er sich konzentrierte.

Der Legende nach verwandelten Werwölfe sich nur bei jedem Vollmond, ob sie wollten oder nicht, waren für die restliche Zeit aber vollkommen normale Menschen – was ein Märchen war.

Werwölfe *mussten* mindestens einmal während des Vollmonds ihre Wolfsgestalt annehmen, wenn sie nicht verrückt werden wollten. Bei Vollmond drängte der Wolf in ihnen an die Oberfläche, und es war klug, ihn zu lassen.

Doch die Werwölfe hatten sich über die Jahrhunderte genauso weiterentwickelt wie jede andere Spezies auch. Diejenigen, die willentlich über die Wandlung entschieden, unabhängig von der Mondphase, hatten letztlich überlebt; die anderen, die sich nur dann wandelten, wenn der Wolf in ihnen sie zwang, waren nach und nach ausgestorben.

Logan fühlte, wie sein Körper mächtiger wurde. Rohe Kraft und der Instinkt begannen, den Verstand zu überlagern. Es war mehr als bloß das Wachsen von Fell und Klauen. Sein gesamtes Sein unterwarf sich dem Tier, dessen sinnliche Fähigkeiten wie Riechen, Hören und das Deuten von Körpersprache die des menschlichen Logan bei weitem übertrafen. Menschliches Denken und Wissen ging derweil nicht verloren, doch Logan verbannte sie in eine Art Warteschleife, wo er jederzeit auf sie zurückgreifen könnte.

Bald sank er auf alle Viere, so dass die Welt in eine konvexe Perspektive geriet und Riechen wie Hören wichtiger wurden als das Sehen.

In Wolfsgestalt lief er zurück in Richtung Tankstelle mit Supermarkt, wo er Nadias Fährte ein Stück oberhalb des Parkplatzes aufnahm. Ihre Duftspur kam einem glühenden Strahl gleich, so vertraut war Logan die einzigartige Note.

Allerdings nahm er noch einen anderen Geruch wahr, als er Nadias Spur folgte: den widerlichen Gestank nach Abgasen und verbranntem Gummi. Unweit der Wolfsspuren wanden sich die eines Motorrads zwischen den Bäumen den Hügel hinauf.

Die Wölfe hinterließen ihren eigenen Geruch. Zwar kannte Logan diese Wölfe hier nicht, doch ihnen haftete eindeutig die Note seines Rudels und dessen Anführers an. Leise knurrend rannte Logan weiter.

Nadia war so lange gelaufen, dass sie kurz vor dem Zusammenbruch stehen musste. Angetrieben von seinem Rudelführerinstinkt, zu finden und zu schützen, hetzte Logan bergan.

Den Feuerschein sah er früh genug, um sich lautlos anzuschleichen. Vier Männer standen um ein Lagerfeuer und tranken Kaffee. Einem von ihnen hing ein gesichertes Gewehr über den Arm. Typische Jäger, auf den ersten Blick, nur dass drei von ihnen Werwölfe waren.

Weder der Mensch noch die Wölfe kamen Logan bekannt vor,

allerdings roch er, dass sie mit Matt zusammen gewesen waren. Also, wo steckte Matt?

Der Mensch, der das Gewehr bei sich trug, gebärdete sich wie ihr Anführer – besser gesagt, wie ihr Wanderführer. Logan entging jedoch nicht, dass er nervös war.

Auf dem Bauch kriechend näherte Logan sich der Gruppe. Ein Motorrad parkte gleich außerhalb des Kreises, der vom Feuer erhellt war.

»Verflucht kalt hier draußen«, stellte ein Werwolf fest. Das Feuer knackte sehr viel lauter, als die Männer sprachen, aber Logan hatte ein gutes Gehör.

Der Mensch kicherte. »Ihr könnt ja jederzeit wieder in euren Pelz wechseln.«

Als ihn alle drei Werwölfe stumm ansahen, war der Mann sofort still.

Einer der Wölfe lief unruhig auf und ab. »Wer sagt uns, dass die Schlampe nicht abhaut, während wir uns hier die Ärsche wärmen?«

»Keiner entkommt meinen Netzen«, entgegnete der Mann. »Sie sind mit Zaubern von einer weißen Hexe gesichert. Darin bleibt sie, bis wir bereit sind.«

Einer der Werwölfe fasste sich an den Schritt. »Ich bin jetzt bereit.«

Ein anderer lachte. »Lass sie erst einmal wieder zu Puste kommen! Es macht viel mehr Spaß, wenn sie sich wehren.«

Ein Knurren stieg in Logans Kehle auf, und er musste sich beherrschen, um nicht sofort anzugreifen, denn der Wolf in ihm verlangte nach dem Blut dieser Mistkerle.

Er war stärker als jeder einzelne der Wölfe, denn Beta-Wölfe wurden auf Kraft und Masse gezüchtet. Aber er müsste es gegen alle gleichzeitig aufnehmen, und einer von ihnen könnte ihm entwischen und Nadia etwas antun.

Deshalb schluckte er seine Wut herunter und umkreiste das

Lager. Hinter dem Motorrad duckte er sich und nahm wieder seine menschliche Gestalt an.

Als Mensch konnte er sich nicht so lautlos bewegen, doch solange er auf Händen und Knien blieb, schirmte die Maschine ihn ab. Zudem standen die vier dicht genug am Feuer, so dass sie zu geblendet waren, um etwas in der umgebenden Dunkelheit zu erkennen. Was für Idioten!

Logan wusste, welche Kabel er herausreißen musste, damit der Motor nicht mehr ansprang. Die Benzinleitung zu zerschneiden, wäre reizvoll gewesen, aber die Maschine parkte zu nahe am Feuer und könnte den ganzen Wald in Brand setzen.

Mit den Kabeln schlich er in den Schutz der Bäume zurück, wo er die Teile auf der Erde verstreute, ehe er wieder in seine Wolfsgestalt schlüpfte. Mit der Nase über dem Boden folgte er Nadias Spur.

Er fand sie ein Stück weiter oben auf dem Hügelkamm. In ihrer Menschengestalt kauerte sie unter einem Netz, das buchstäblich nach Magie stank.

Ihr dunkles Haar und ihre großen dunklen Augen sollten sie schön erscheinen lassen, doch im Moment sah sie nur ängstlich und müde aus. Vor sechs Monaten war Nadia beängstigend hager gewesen; heute hingegen hatte sie sehr hübsche Kurven, die umso mehr auffielen, als sie vollkommen nackt war. Das Netz schmiegte sich an ihre schöne Figur wie ein bizarres Designerkleid.

Der Wolf in ihm sträubte sich, dem Menschen Logan wieder die Kontrolle zu überlassen. Er war maßlos wütend, wollte retten und morden, und vor allem wollte er dieses Gefühl nicht aufgeben. Aber Logan zwang seine Glieder zurück in die Menschenform, was schmerzhaft war, denn der Wolf kämpfte gegen die Verwandlung.

Sobald er wieder ein Mann war, näherte er sich Nadia, so dass sie ihn sehen konnte. »Logan«, flüsterte sie, »den Göttern sei Dank!«

Kapitel 4

Logan griff nach dem Netz, riss seine Hand jedoch sogleich zurück. Der Mensch musste es mit Silber verwoben haben – um die Werwölfe davon abzuhalten, Nadia vorzeitig in Stücke zu reißen?

»Geht es dir gut?«, fragte er, während er nach einem losen Faden suchte.

»Ich bin erledigt, am Verhungern und habe Angst«, antwortete sie und sah trotzig zu ihm auf. »Aber sonst geht es mir bestens.«

Logan ließ ein Fadenende fallen, das ihm die Finger versengte. In ihm kochte ein Zorn wie schon sehr lange nicht mehr. Beim L.A.P.D. galt er als besonnener Cop, der seinen Job anständig machte, sich zwar von niemandem auf den Arm nehmen ließ, aber ebenso wenig die Neigung besaß, seine Aggressionen an anderen auszutoben. Sie hatten noch nie Logan den Beta-Wolf erlebt, dessen Wut tödlich sein konnte und der sein Rudel mit einer Disziplin in Form hielt, die Matt im Leben nicht aufbrächte.

Nun atmete er die kühle feuchte Luft ein und überlegte. Um Nadia zu befreien, brauchte er sein Spezialmesser sowie einige andere Sachen. Blieb ihm hinreichend Zeit, um alles zu holen, bevor die Werwölfe ungeduldig wurden und auf Nadia losgingen?

Das Letzte, was Logan wollte, war, Nadia allein hier oben zurückzulassen, nur konnte er ihr weit besser als Mensch helfen denn als Wolf.

»Ich muss ein paar Sachen holen«, erklärte er. »Es dauert nicht lange.«

Sie nickte, obwohl offensichtlich war, dass sie ihm nicht glaubte.

Vorsichtig streckte er zwei Finger durch eine Netzmasche und berührte ihre Wange, die sich weich und warm anfühlte. Sogleich regte sich ein gänzlich anderer Instinkt in ihm.

»Ich lasse dich nicht im Stich, Nadia, versprochen! Du solltest dich möglichst ein bisschen ausruhen. In spätestens einer halben Stunde bin ich wieder hier.«

Wieder nickte Nadia, ohne eine Miene zu verziehen.

Logan wandelte sich zum Wolf und schlich davon.

Er hatte sie gefunden. Vor lauter Erleichterung wollte Nadia sich zurücklehnen, die Augen schließen und alle Furcht in den Wind schlagen. Logan hatte sie gefunden, und jetzt würde alles gut!

Ihr Verstand sagte ihr natürich, dass gar nichts gut war. Selbst wenn Logan es schaffte, sie vor den Jägern zu retten, war es nicht vorbei. Da bliebe immer noch das Problem mit dem Werwolfanführer, nicht zu vergessen die Frage, wie weit sie Logan trauen durfte.

Gleich beim ersten Mal, dass sie ihn sah, hatte sie bemerkt, dass er ein sehr mächtiger Werwolf war. Sie hatte allein in einem Krankenhausbett gelegen und um ihre tote Schwester getrauert, als ein großer Mann mit strengem Gesicht und sandbraunen Haaren und Augen hereinkam, um sie zu befragen. Er hatte förmlich nach Werwolf und Lebensmagie gestunken, aber in seinem Blick hatte sie auch die Wut über das erkannt, was man ihr angetan hatte.

Monatelang beschäftigte sie diese seltsame Begegnung. Ein Werwolf, den es scherte, was mit einer Dämonin passierte? Viele Wochen später trafen sie sich zufällig in einem Harley-Shop wieder und gingen gemeinsam auf einen Drink in eine Bar. Was ungefährlich gewesen wäre, hätte es sich bei ihnen beiden um Menschen gehandelt.

Doch während ihres harmlosen Geplauders hatte Nadia deutlich die Unruhe und die Kraft des Wolfes gespürt. Die Dämonin in ihr wollte mit ihm kämpfen, die Frau hingegen mit ihm ins Bett und ausgiebigen, heißen Sex genießen. Und danach wollte sie in seinen Armen aufwachen und wieder mit ihm schlafen.

Sie fragte sich, was sie mehr begehrte: die Gefahr oder seinen Blick auf ihrem Körper, seine großen Hände auf ihrer Haut. Seit ihre Schwester gestorben war, hatte Nadia dem Sex abgeschworen. Vielleicht war das ein Fehler gewesen, denn Logans Nähe stellte alle möglichen merkwürdigen Dinge mit ihren Hormonen an.

Und jetzt war er aus L.A. herbeigeeilt, um sie zu suchen. Warum? Ehe sie das nicht wusste, war sie nicht sicher, ob sie ihm trauen konnte.

Weiter unten eskalierte der Streit zwischen den Werwölfen. Zwar war ihr menschliches Gehör nicht so gut wie ihr dämonisches, aber sie begriff, dass einer von ihnen direkt zu ihr wollte, während die anderen meinten, sie sollten noch warten.

Komm schon, Logan!

Ihr schien es wie eine Ewigkeit, bis sie ihn näher kommen hörte. Inzwischen war der Wald stockfinster und die feuchte Luft beißend kalt.

Logan kroch lautlos und vollständig bekleidet über das nasse Laub. Er hatte eine Tasche bei sich. Sein nackter menschlicher Körper hatte hübsch ausgesehen, ganz feste Muskeln und breite Schultern, aber in dem schwarzen T-Shirt, der Jeans und der gefütterten Jacke war er auch nicht zu verachten.

Er hockte sich neben sie und zog ein langes Messer aus seinem Stiefel, an dem sie Lebensmagie und einen Hexenzauber wahrnahm.

Kaum lockerte sich das Netz, atmete Nadia erleichtert auf. Der Schmerz nahm sofort ein bisschen ab, allerdings war ihre Haut von empfindlichen roten Striemen übersät.

Sie zitterte vor Kälte, weshalb die Dämonin in ihr herauswollte, um sie zu wärmen und bei Kräften zu halten. Nur war sie viel zu erschöpft, um sich zu verwandeln.

Als Logan ihr eine Hand auf die Schulter legte, stieß sie einen stummen Schrei aus. Seine Lebensessenz war überwältigend, funkelnd wie ein gleißendes Feuer. Die Dämonin wollte danach greifen und diese Lebensessenz in sich aufsaugen.

Logan zog sich die Jacke aus und legte sie Nadia über die Schultern. Das Jackenfutter war noch warm von ihm und enthielt einen Hauch seiner Essenz, genug, um ihr Verlangen nach mehr zu wecken. Bibbernd schmiegte sie sich in die Jacke und verdrängte ihre Gier. Zuerst musste sie in Sicherheit sein, dann konnte sie sich Gedanken über Lebensessenzen machen.

Sie ließ sich von Logan aufhelfen. Zweige und kleine Steine schnitten ihr in die geschundenen Füße, dass sie die Zähne zusammenbiss, um nicht laut aufzustöhnen.

Wortlos hob Logan sie hoch und huschte mit ihr in den Schutz der Bäume. Nach einer Weile erreichten sie das Ende eines Feldwegs, wo sein Motorrad parkte: eine wunderschöne schwarze Harley.

»Klammer dich an mich, und halt den Kopf unten!«, flüsterte er ihr ins Ohr.

Er verstaute seine Sachen in den Satteltaschen und hob Nadia auf die Harley. Seine Jacke war so lang, dass sie zum Glück nicht auf ihrem blanken Hintern sitzen musste. Logan stieg vor ihr auf und kniff die Lippen zusammen, als sie beide Arme um ihn schlang. Durch sein T-Shirt war die Lebensessenz derart mächtig, dass Nadia halb wahnsinnig wurde.

»Bereit?«

Sie nickte. Logan schob das Motorrad an und ließ es leise ein Stück bergab rollen, ehe er den Motor anwarf.

Dann preschte die Maschine los, deren lautes Dröhnen die Rufe hinter ihnen übertönte. Trotz ihres Hungers musste Nadia grinsen und klammerte sich noch fester an Logan. Dieser Mann wusste, wie man so ein Teil fuhr!

Sie schossen unter den Bäumen hervor auf einen Wirtschaftsweg, der seitlich vom Hügel hinunterführte. Eisige Luft schnitt in Nadias nackte Beine; nur die Stellen, die sie gegen Logan presste, waren geradezu heiß.

Er brachte sie vom Berg zu einer Straße, die sich endlos durch freies Gelände zu winden schien. Sie hielt sich fest, während die Müdigkeit sie in Wellen überkam und sie Mühe hatte, wach zu bleiben. Immer wieder musste sie ihren Kopf etwas anheben, damit ihr kalte Luft ins Gesicht blies.

Zu dieser späten Stunde waren sie weit und breit die Einzigen auf der Straße. Und auch als sie vor einem eingeschossigen Motel hielten, rührte sich nichts. Vereinzelte Schneeflocken begannen zu rieseln. Logan stellte den Motor ab, schwang sich herunter und schloss eine Zimmertür auf. Nachdem er seine Tasche hineingeworfen hatte, kam er zurück und hob Nadia von der Harley.

Sie war viel zu entkräftet, um auch nur ihr Bein über den Sattel zu schwingen, und ließ sich von ihm in das Motelzimmer tragen.

Drinnen legte er sie aufs Bett, doch noch bevor sie aufatmen konnte, hockte er sich über sie.

Sein strenges Gesicht schwebte über ihrem, sein Körper drückte sie auf das Bett, und seine Lebensessenz ertränkte sie fast. Die Wut in seinen bernsteinfarbenen Augen war unverkennbar die eines Werwolfs, der jederzeit vor Zorn explodieren konnte.

»Möchtest du mir verraten, was zur Hölle du hier machst und wieso du von meinem alten Rudel gejagt wirst?«

Kapitel 5

Nadias Duft von Angst und Erleichterung weckte das Tier in Logan, das er zu unterdrücken versuchte. Seine menschliche Sorge machte die Sache um nichts einfacher. Er war heiß und pochend hart.

Nadias dunkelbraune Augen mit dem leichten Rotschimmer funkelten ihn trotzig an. »Ich habe die Wölfe ganz sicher nicht gebeten, mich zu jagen, und was ich hier tue, geht dich nichts an!«

»Ach nein?« Er drückte ihre Schultern auf die Matratze. »Und weshalb hast du mich angerufen?«

»Ich habe dich angerufen, weil deine Nummer die erste war, die mir einfiel.«

Was nicht gelogen war, aber auch nicht ganz wahr. Logan widerstand dem Impuls, die Geschichte aus ihr herauszuschütteln, ebenso wie dem Drang, ihr die kurzen Locken aus dem Gesicht zu streichen. Sie würden sich seidig weich anfühlen – genau wie ihre Haut.

»Warum brauchtest du meine Hilfe?«, fragte er. »Wieso hast du nicht einfach Dämonenform angenommen und sie alle umgebracht?«

»Dass du das fragst, beweist, wie verdammt wenig du über Dämonen weißt. Dabei bist du doch so dicke mit einer Dämonenmatriarchin!« Ihre Stimme klang bissig, obgleich Logan deutlich Angst roch.

»Was hast du gemacht, dass die Werwölfe hinter dir her sind, insbesondere diese?«

Leider sah sie ihn bloß stumm an.

Er musste sie dazu bringen, ihm alles zu erzählen. Eigentlich sollte er keinen Dämon schützen wollen, trotzdem sprach Nadia all seine Instinkte als Beta-Wolf an.

Im letzten Jahr, als Samantha noch seine Partnerin beim L.A.P.D. gewesen war, hatte sie sich unwissentlich jeden Tag ein bisschen von seiner Lebensessenz genommen. Dadurch war die magische Wildheit des Beta-Wolfs in ihm gezähmt worden, was Logan vollkommen recht war. Ihm war es schwergefallen, fern von seiner Heimat und seinem Rudel die Kontrolle zu wahren, folglich hatte Samantha ihm geholfen, ohne es zu ahnen.

Nachdem sie erfuhr, was sie getan hatte, hörte sie sofort auf, ihm Lebensessenz zu entziehen, nur hatte Logan sich da bereits an die beruhigende Wirkung gewöhnt. Als sie ausblieb, meldeten sich seine Beta-Instinkte mit nie dagewesener Vehemenz zurück, und er hatte seine liebe Not, sie zu beherrschen. Er ging gröber als nötig mit den Paranormalen um, die er verhaftete, und er beschützte seinen neuen Partner Nez umso verbissener. Nez sagte nie etwas, doch bisweilen spürte Logan sein Unbehagen. Und dass McKay ihm ohne weiteres freigab, hieß, dass sie alle merkten, wie sehr er um Kontrolle rang. Vor allem in Nadias Nähe bewegte er sich auf sehr dünnem Eis.

»Geht es dir gut?«, fragte er barsch. »Haben sie dich verletzt?«

Er beobachtete, wie sie schluckte. »Ich bin nur müde, weil ich so lange gelaufen bin.«

Sie schloss die Augen. Im grellen Schein der Nachttischlampe war ihr Gesicht viel zu blass. Nun strich Logan ihr doch das Haar aus der Stirn. Ihre weichen, feuchten Locken kitzelten an seinen Fingern.

»Brauchst du Lebensessenz?«

Prompt schlug sie die Augen auf, und er sah den Hunger in ihrem Dämonenblick.

»Was weißt du davon?«

»Ich weiß, dass Dämonen sie zum Überleben brauchen. Glaub

mir, ich habe eine Menge über Dämonen von Samantha gelernt!« Sanft berührte er ihre Wange. »Nimm dir welche von mir.«

Sie wandte ihr Gesicht zur Seite. »Nein.«

»Du brauchst sie. Nimm dir ein wenig!«

»Bist du lebensmüde oder so?«

»Ich bin stark, Nadia. Ich bin ein verflucht mächtiger Werwolf und verkrafte es, ein bisschen Essenz abzugeben. Also los!«

Mit diesen Worten presste er seine Hand an ihre Wange.

Anfangs versuchte sie zu widerstehen, aber dann sog etwas Dunkles an seiner Hand. Er fühlte, wie Nadia seine Lebensessenz in sich aufnahm, als könnte sie gar nicht genug bekommen. Sie strömte aus seinen Fingerspitzen in ihren Körper und entflammte sein Verlangen.

So war es bei Samantha nie gewesen. Logans Erektion drückte gegen seine Jeans, und der Gedanke, dass Nadia nur von der Jacke verhüllt war, machte es noch schlimmer. Er wollte die Jacke wegreißen, in Nadia versinken und mit der Zunge in sie eintauchen, bis er stöhnte. Er wollte es, brauchte es. Sofort.

Sie packte sein Handgelenk und stemmte seinen Arm von sich weg. Logan ächzte, als hätte sie ihn geohrfeigt, und rang nach Atem. Sein Herz raste.

»Mist!«

»Das reicht.« Nadia klang stärker, und das rote Glimmen in ihren Augen war winzigen weißen Funken gewichen. »Runter von mir, Detective!«

Er rollte sich von ihr weg und stieg aus dem Bett. Er atmete angestrengt. Natürlich wusste er, dass es für denjenigen, der einem Dämon Lebensessenz gab, einem orgasmusähnlichen Erlebnis gleichkommen konnte. Und ließ man sich zu oft aussaugen, wurde man süchtig danach. Deshalb gingen die Leute in Dämonenclubs, weil sie die Wonne suchten, die es ihnen bereitete, wenn jemand wie Nadia sich an ihnen nährte.

Ihr Lächeln mit halb geschlossenen Augen war so sinnlich,

dass Logan zwei Schritte zurücktrat. Seine Jeans rieb unangenehm an seinem steifen Glied.

»Deck dich zu und schlaf!«, raunte er. »Ich besorge dir etwas zum Anziehen und Essen für uns beide.«

»Gut«, sagte sie. Sie war wütend, aber für sein lustvernebeltes Hirn klang ihre Stimme tief und verführerisch.

Theoretisch wusste Logan, dass er bloß auf ihren Blendzauber reagierte, auf die Schönheit, die den Ahnungslosen täuschte. Zugleich wollte der Beta-Wolf in ihm sie berühren und ihr versichern, dass sie beschützt wurde.

Seine widersprüchlichen Bedürfnisse setzten ihm zu. Logan der Mann und Logan der Wolf waren sich selten uneins; im Moment jedoch knurrte und schnappte der Wolf nach dem Mann.

Er musste hier raus.

»Schließ die Tür zweimal hinter mir ab!«, brachte er mit Mühe heraus. »Und mach erst auf, wenn du hundertprozentig sicher bist, dass ich draußen stehe!«

Vor dem Zimmer umfing ihn feuchte Kälte. Er drehte sich um und sah Nadia an, die sich auf einen Ellbogen stützte: das verlockende Bild einer schönen Frau mit langen nackten Beinen.

Rasch knallte er die Tür zu und eilte in die eisige Nacht.

Nadia seufzte vor Erleichterung und Enttäuschung, als sie Logans Motorrad davonfahren hörte. Erst jetzt stand sie auf, verriegelte die Tür wie befohlen und legte die Kette vor. Dann lehnte sie sich von innen dagegen.

Etwas Erregenderes als Logans Lebensessenz hatte sie noch nie gekostet. Sie wusste, dass es gefährlich war, sich an lebensmagischen Wesen zu nähren, aber, Götter, war seine Essenz köstlich! Wie flüssiges Feuer strömte sie durch ihren Leib, und die Versuchung, ihre Finger um seinen Hals zu legen, den Mund zu öffnen und sie ganz in sich aufzusaugen, war beinahe unwiderstehlich gewesen. Er schmeckte wie edler Wein mit einer pfeffrigen Note und fühlte sich an wie …

Sie schloss die Augen und presste eine Hand auf ihren Mund. Es war ein Glück gewesen, dass sie es geschafft hatte, aufzuhören und ihn wegzustoßen. Auch Logan war erregt gewesen, was sie an der deutlichen Wölbung seiner Hose erkannt hatte. Wie wäre es wohl, seine Essenz zu trinken, während sie ihn in sich hatte?

Nadia stöhnte. An so etwas durfte sie nicht einmal denken! War diese Geschichte erst überstanden, würde Logan nicht einmal mehr in ihre Nähe kommen wollen. Noch spürte sie seine Essenz in sich und mit ihr eine Verbundenheit mit Logan. Verdammt! Sie war so wohlig erschöpft, dass sie entspannen, schlafen und sich erholen wollte, was nicht ging, denn sie hatte zu tun.

Widerwillig schlurfte sie zu der Tasche, die Logan auf einen wackligen Stuhl geworfen hatte, öffnete sie und wühlte den Inhalt durch. In einer kleinen Schachtel klimperte etwas Schweres, und als sie den Deckel aufzog, sah sie Revolverkugeln. Sie nahm eine heraus, um sie genauer zu betrachten. Silber.

Logan war also darauf vorbereitet gewesen, die Werwölfe seines eigenen Rudels zu erschießen. Nun fühlte sie sich noch mieser.

Sie ließ die Kugel in die Schachtel zurückfallen. *Ich bin eine Dämonin. Die Gefühle eines einsamen Wolfs sollten mir vollkommen schnuppe sein!* Frustriert stopfte sie die Schachtel wieder in die Tasche.

Ansonsten befanden sich in Logans Tasche ein paar Sweatshirts und eine Jeans, an denen noch die Preisschilder hingen. Nadia zog seine Jacke aus und stattdessen eines der Sweatshirts an. Selbst dem brandneuen Kleidungsstück haftete bereits eine Spur seiner Lebensessenz an.

Wie auch dem verschlossenen Päckchen mit Unterhosen. Nadia riss es auf und schüttelte die schlichten weißen Baumwollhosen heraus. Sehr praktisch! Detective Logan Wright hatte offenbar kein Faible für heiße Herrentangas.

Unweigerlich stellte Nadia sich Logans Hintern in der Hose vor. Er hatte einen ganz süßen Hintern.

Auch vorn dürfte er den Slip gut ausfüllen. So viel hatte sie fühlen können, als er im Bett auf ihr lag. Nadia streifte sich die Unterhose über und bemühte sich, den schwindelerregenden Genuss zu vergessen, den ihr seine Lebensessenz beschert hatte.

Zum Glück waren ihre Hüften schmal, so dass sie hineinpasste, obgleich es sich komisch anfühlte. Was für die Jeans genauso galt, die zudem an den falschen Stellen zu eng, an allen anderen zu weit saß.

Als Nadia sich aufrichtete und zufällig in den Spiegel sah, blickten ihr ihre dunklen Augen aus einem bleichen Gesicht entgegen. Hier war sie nun, fertig angezogen, und konnte nirgends hin. Einfach Samantha anzurufen und sie zu bitten, sie abzuholen, kam nicht in Frage. Zuerst musste sie ihren Part erfüllen, wollte sie nicht alles gefährden, was ihr etwas bedeutete.

Natürlich war es blöd von ihr gewesen, sich in Logans Nähe zu begeben und ihm von ihren Schwierigkeiten zu erzählen. Sie musste die Sache um aller willen beenden, selbst wenn es hieß, dass Logan sterben könnte.

Was sie nicht wollte.

Vor allem aber durfte sie sich nicht weiter mit ihm einlassen. Sie hatte Wichtiges zu erledigen.

Als sie die Tasche weiter durchsuchte, förderte sie einen Geldclip mit zehn Zwanzigern zutage. War das eine Art Notgroschen, oder hatte er es hiergelassen, um Nadia eine Falle zu stellen?

Verfluchte Werwölfe! Bloß weil sie lebensmagisch waren, nahmen die Leute an, sie stünden auf der Seite der Guten. Dabei kannten sie nur sich selbst, sowie es hart auf hart ging.

Nadia wandte sich zum Telefon um. Eigentlich wollte sie für solche Anrufe keinen Motelanschluss benutzen, nur blieb ihr keine andere Wahl.

Als Erstes rief sie bei einer Adresse am Stadtrand von Los

Angeles an. »Ist alles in Ordnung?«, fragte sie die Frau, die sich meldete. »Ist Joel aus der Schule zurück?«

»Ja, und es geht ihm prima. Wieso sollte es nicht?«

Nadia atmete erleichtert auf, machte noch ein paar alltägliche, unverfängliche Bemerkungen und verabschiedete sich. Dann wählte sie die nächste Nummer, bei der sie eine Nachricht auf Band hinterließ.

Das Motorengeräusch erschreckte sie, und sie knallte den Hörer auf. Sie wusste, dass es Logan war, denn sie kannte den Klang seiner Harley. Nachdem sie den Geldclip wieder in die Tasche geworfen hatte, linste sie trotzdem durch das winzige Fenster, wo sie Logan im gelben Lichtkegel der Außenleuchte sah, ehe sie die Tür öffnete.

Beide Hände voller Tüten, kam er herein und mit ihm ein Schwall Wind und Schnee. Rasch schloss Nadia die Tür hinter ihm und verriegelte sie. Als sie sich zu ihm umdrehte, musterte er sie interessiert.

»Ich sagte dir doch, dass ich dir etwas kaufe. Andererseits gebe ich zu, dass du in diesen Sachen ziemlich gut aussiehst.«

»Mir war kalt.«

Er wandte den Blick ab. »Du kannst jederzeit duschen, vorausgesetzt, in diesem Loch gibt es Warmwasser.«

Nadia malte sich aus, wie sie in einem dampfvernebelten Bad stand und herrlich warmes Wasser auf sie herabprasselte. Noch schöner wäre es, wenn Logan durch den Dampf zu ihr käme, seine Hände in ihr Haar vergrub und sie küsste.

Lass das!

»Im Moment ist mir eher nach Essen«, gab sie zurück.

»Das konnte ich ganz in der Nähe auftreiben.« Logan hielt eine weiße Papiertüte von einer Fastfood-Kette in die Höhe. »Wie viele Cheeseburger möchtest du?«

Nadias Magen knurrte. Wie lange hatte sie nichts mehr gegessen? Achtundvierzig Stunden?

»Gib mir einen.«

Logan grinste und warf ihr einen papierumwickelten Burger zu. Nachdem Nadia sich an den zerkratzten Tisch gesetzt hatte, riss sie ungeduldig das Papier auf und biss in das weiche Brötchen.

Saftiges, warmes Hackfleisch, zerlaufener Käse ... noch nie hatte Junkfood so gut geschmeckt!

»Dämonen mögen Burger?«, fragte Logan.

Nadia wischte sich den Mund mit der dünnen Papierserviette ab. »Hast du gedacht, wir lechzen nach dem Geschmack von Menschenfleisch? Oder nach leckeren lebensmagischen Kreaturen?«

»Sehr witzig! Iss nicht zu schnell, sonst wird dir schlecht!«

Das war Nadia egal. Sie könnte alles essen, was auf dem Tisch stand, und noch mehr.

»Danke«, murmelte sie mit vollem Mund.

Logan wickelte sich achselzuckend einen Burger aus. »Bei denen war nichts los, also konnte ich sie überreden, mir alles zu geben, was sie schon fertig hatten.«

Das hieß wahrscheinlich, dass Logan sie mit seinen goldenen Wolfsaugen angesehen hatte, worauf sich alle überschlugen, um zu tun, was immer er wollte.

»Willst du mir jetzt erzählen, was passiert ist?«, hakte er nach und legte seinen Burger nach nur wenigen Bissen ab.

Nadia seufzte. »Logan, frag mich nicht! Ich weiß deine Hilfe zu schätzen, aber bring mich bitte nur irgendwohin, wo es sicher ist, und vergiss mich wieder!«

»Das kann ich nicht. Ich sagte dir, dass ich dich beschützen würde, und ich nehme meine Versprechen sehr ernst.«

»Schon, aber wer beschützt mich vor dir?«

Ihre Blicke begegneten sich, so dass Nadia die Macht des dominanten Werwolfs spürte. Der Dämonin in ihr gefiel es nicht, doch zugleich war sie fasziniert.

»Ich würde dir nie wehtun, Nadia.«

Sie lächelte zynisch. »Es sei denn, ich nehme mir zu viel Lebensessenz oder leiste mir etwas ähnlich Dämonisches, vor allem in deinem Zuständigkeitsbereich.«

»Das glaubst du?«

»Du bist ein paranormaler Cop, folglich ist es dein Job. Außerdem bist du ein Werwolf, der Feind todesmagischer Kreaturen. Keiner von uns beiden ist vor dem anderen sicher, auch wenn ich gestehe, dass ich dir momentan nicht einmal in den Hintern treten könnte, wenn ich wollte.«

Ein Lächeln huschte über seine Züge. »Wieso solltest du mir in den Hintern treten wollen? Ich habe dich gerade gerettet.«

Er sollte nicht so lächeln. Versuchte er, ihren letzten Rest Widerstand aufzuweichen? »Und jetzt bin ich in deiner Gewalt. Samantha erzählte mir, dass du ein Beta-Wolf warst. Ich schätze, das heißt, du warst der Obercop in deinem Rudel.«

Das Lächeln erstarb. »Früher einmal.«

Er schob seinen Burger beiseite und stützte die Ellbogen auf den Tisch. Seine Unterarme waren von goldenem Haar gesprenkelt, und winzige Narben kreuzten sich auf seiner Haut.

»Einer der Wölfe, die dich gejagt haben, war mein früherer Alpha-Wolf, Matt Lewis.«

Bildete sie es sich ein, oder wollte er sehen, wie sie auf diesen Namen reagierte? »Ach ja? Jagt er häufiger Dämonen?«

»Er dürfte sie überhaupt nicht jagen. Ich denke, hier geht es um mich, nicht um dich. Er benutzt dich als Köder.«

Nadia blickte auf die Reste ihres Burgers. »Wieso sollte er das machen? Du kennst mich doch kaum.«

»Ich kenne dich gut genug«, erwiderte er, wobei er seltsam unbehaglich wirkte.

Zweimal hatten sie sich nach der Befragung im Krankenhaus gesehen, zusammen Bier oder Kaffee getrunken und über Harleys geredet. Sie hatten sich nie persönliche Fragen gestellt oder ein richtiges Date gehabt. Was immer Nadia an erotischen Phantasien um Logan spann, waren und blieben Phantasien.

»Ich bin sicher, dass Matt einen Spion in Los Angeles hat, der ihn über mich auf dem Laufenden hält«, erläuterte er.

Nadia fühlte, dass mehr dahintersteckte.

»Haben Matt oder seine Wölfe dich in Los Angeles erwischt?«

Waren Halbwahrheiten besser als gar keine? »Nicht ganz. Ich kam allein hierher.«

Logan runzelte die Stirn. »Wozu?«

Sehr sorgfältig zupfte Nadia Käse von dem Papier. »Ich brauchte mal einen Tapetenwechsel, und ich dachte, ich guck mich hier nach einem Job um.«

Er sah sie genauso an, wie er einen Verdächtigen ansehen dürfte, dem er im Verhörraum gegenübersaß. »In dieser Gegend tummeln sich nicht direkt viele übernatürliche Wesen. Keine Werwolfrudel, keine Vampire. Wie kommst du auf die Idee, jemand würde eine Dämonin einstellen? Oder gibt es hier draußen Dämonenclubs?«

»Nein, es ist nicht, wie du denkst«, erwiderte sie beleidigt. »Ich dachte, ich könnte vielleicht in einem Berghotel als Empfangsdame oder so etwas arbeiten. Ausflüge für reiche Skitouristen planen. In den Clubs in L.A. habe ich bloß gearbeitet, weil ich dringend das Geld brauchte.« Und sie es von Kunden bekam, die high werden wollten, während eine Dämonin ihnen die Lebensessenz aussaugte. Bei den Annäherungsversuchen war ihr regelmäßig übel geworden, nur hatte sie keine andere Wahl gehabt.

»Aber du und deine Schwester, ihr habt doch gar nicht mehr in den Clubs gearbeitet«, widersprach Logan.

»Weil der Mistkerl, der den Club in Santa Monica betrieb, dauernd hinter Bev her war. Sie hatte Angst vor ihm. Also habe ich ihm gesagt, was er mit sich machen kann, und wir sind abgehauen.«

»Der Clubbesitzer gehörte nicht zu deinem Clan, stimmt's? Du bist vom Lamiah-Clan, er war ein Obsejan.«

»Gute Arbeit, Detective! Du hast mich überprüft, ja?«

»Ich wollte wissen, warum zwei Mädchen aus einer Lamiah-Familie im Club eines rivalisierenden Clans arbeiten. Und wieso ihr danach nicht in einen der Lamiah-Clubs gegangen seid, zum Beispiel ins Merrick's.«

Sie grinste. »In die Clubs zu kommen, ist nicht so einfach, wie du meinst. Die Chefs neigen dazu, jede ihrer Angestellten als ihr persönliches Eigentum zu betrachten. Merrick war okay und ließ uns meistens in Ruhe, aber er hätte uns nie geholfen, ohne eine Gegenleistung zu verlangen. Jetzt darfst du dreimal raten, wie die aussehen sollte.«

Zwar rührte Logan sich nicht, doch Nadia spürte, wie er wütend wurde. »Ich konnte Merrick noch nie ausstehen.«

»Ja, er ist manchmal ein echter Kotzbrocken.«

»Ich bin froh, dass du aufgehört hast«, sagte Logan leise.

»Nach dem, was mit Bev passierte …«

Sie verstummte, denn der Schmerz wallte in ihr auf. Ihre Schwester und sie waren entführt und furchtbar verprügelt worden, weil sie Dämonen waren, wehrlos gemacht durch Zauber, gegen die sie nichts ausrichten konnten. Die Fanatiker hatten Bev ermordet, und Nadia hatte sich geschworen, nie wieder sich oder jemanden, der ihr etwas bedeutete, in solch eine Gefahr zu bringen.

Bald darauf hatte sie angefangen, mit den Dämonenmädchen in den Clubs und auf der Straße über die Risiken zu reden, denen sie sich aussetzten. Ja, sie war zu einer Kreuzritterin geworden.

Es dauerte nicht lange, bis die Clubbesitzer ihr Hausverbot erteilten, denn in den Dämonenclubs verdienten sie üppig an den Idioten, die nach dem Dämonenerlebnis gierten. Zum Glück hatten einige der Mädchen auf sie gehört und dieses Leben ebenfalls aufgegeben.

»Wozu brauchst du das Geld?«, fragte Logan.

Nadia zuckte zusammen. »Was?«

Wieder sah er sie prüfend an. »Du hast gesagt, dass ihr in den Clubs arbeiten musstet, weil ihr das Geld brauchtet. Und wenn du hierhergekommen bist, um einen Job zu suchen, vermute ich, dass du es immer noch brauchst.«

»Also, das geht dich nichts an.«

»Jetzt schon. Du bist zu Hause bei deinem Lamiah-Clan nicht sicher, und mein Rudel-Alpha hetzt dich durch die Wälder.«

Nadia verschränkte ihre Arme vor der Brust. Ihr war ein bisschen merkwürdig. In dem Cheeseburger-Papier klebte immer noch etwas geschmolzener Käse, aber ihr war der Appetit vergangen. Sie hätte wohl langsamer essen müssen.

»Mein Clan hat mich und meine Schwester verstoßen. Das wusstest du.«

»Inzwischen ist Samantha deine Clanchefin, und sie hat eindeutig erklärt, dass du wieder willkommen bist.«

»Lass es gut sein, Wolfsmensch!«

»Kann ich nicht, Höllenbrut«, entgegnete Logan schlagfertig, ohne eine Miene zu verziehen. »Du hast mich zu Hilfe gerufen, und ich betrachte dich als eine Freundin. Dass du kein Werwolf bist, tut nichts zur Sache. Ich bin der Beta, der Beschützer, und nun beschütze ich dich.«

Nadia stand auf. Vor Angst wollte sie um sich schlagen. »Du bist nicht mein Beschützer! Ich bin dir dankbar, dass du mir geholfen hast, aber sobald wir hier weg sind, war's das. Uns verbindet rein gar nichts!«

»Und dennoch hast du mich angerufen, als du in Schwierigkeiten stecktest.«

Er baute sich so dicht vor ihr auf, dass ihre Zehen sich berührten, und beugte sich über sie. »Verrate mir, weshalb du wirklich hier heraufkommen wolltest!«

Götter, konnte er denn nicht einfach aufhören? Sie trat einen

Schritt zurück. »Das habe ich. Ich wollte einen Job finden, einen richtigen Beruf. Du weißt schon, ein neues Leben anfangen!«

»Allein.«

»Ja, allein.«

»Du hättest keine Ruhe«, machte Logan ihr streng klar. »Du wärst schutzlos, eine leichte Beute für jeden miesen Typen, der nach einem Opfer sucht. Guck dir doch an, was bereits passiert ist!«

Als er auf sie zukam, wich sie zurück, bis sie mit dem Rücken an der Wand stand. Er packte ihre Schultern mit seinen starken Händen und beugte sich über sie – furchteinflößend.

Seine Augen waren so wunderschön wie die eines Löwen, mit jenem durchdringenden Blick, der ihre innersten Geheimnisse zu sehen schien.

Alle bis auf eines.

»Es war ja nicht direkt meine Schuld«, verteidigte sie sich. »Ich bin nicht den Hügel zu den Werwölfen hinaufgerannt und habe gesagt: ›Hi, ich bin hilflos und allein, wieso jagt ihr mich nicht?‹«

»Das musstest du gar nicht.«

»Du weißt nichts über mich!«, zischte sie. »Mich wundert sowieso, warum du dir die Mühe gemacht hast, mir zu helfen, als ich dich anrief.«

Logan beugte sich noch näher zu ihr und fasste sich an die Schläfe. »Wie sollte ich nicht? Du schwirrst mir durch den Kopf, seit ich dich zum ersten Mal sah.«

»Warum? Weil der mächtige Werwolf-Cop gern die Dämonen-Elemente in seiner Stadt im Blick hat?«

»Nein. Deshalb.«

Er legte beide Hände an ihre Wangen und küsste sie.

Kapitel 6

Götter, schmeckte sie gut!

Logan fühlte, wie ihre Finger sich in seinem Nacken verwoben und ihre Lippen sich ihm öffneten. Sogleich tauchte er mit seiner Zunge in ihren Mund und spielte dort mit ihrer, während er ihre Angst und ihre Wut ebenso schmecken konnte wie ihre Verzweiflung.

Sie vergessen? Niemals!

Logan hatte sie in jenem Moment begehrt, in dem er zum ersten Mal die dunkelbraunen Augen in dem zarten Gesicht und die gespannten Schultern erblickte, die sagten, dass sie nicht zusammenbrechen würde. Und sein Interesse an ihr war gewachsen, je mehr er in den letzten sechs Monaten über sie herausfand. Zugleich hatte da mehr als Interesse, ja, sogar mehr als Verlangen existiert. Er hatte eine verbindende Magie empfunden, wie sie ein hochrangiger Wolf für seine Gefährtin fühlte, und er hatte dem Gefühl widerstanden. Das sollte er jetzt auch.

Logan vertiefte seinen Kuss und lehnte Nadia an die Wand. Sie war schmal und klein, aber so stark! Und selbst der schwächste Dämon war immer noch stärker, als ein Mensch es je sein konnte.

Ihre Zunge umkreiste seine, drang tiefer in seinen Mund vor. Sie hatte keine Angst, nein, sie wollte dies hier.

Während er den Kuss zum Ende brachte, fuhr er ihr mit den Händen durchs Haar. Ihr Gesicht war schmutzig vom Lauf durch die Wälder, zerkratzt und rissig von schneidenden Zweigen.

Er malte die Schnitte sachte mit seinen Fingerspitzen nach und wünschte, er besäße Tains Heilkräfte. Tain hätte Nadias Wunden in maximal zwei Sekunden schließen und verschwinden lassen können.

Der Drang, sie zu heilen, festzuhalten, für sie zu sorgen, war übermächtig. Er wollte sie in seine Arme nehmen und nach Hause tragen, wo er sie behielt, bis er die Welt sicherer für sie gemacht hatte.

Derlei Regungen sollte er für seine Rudelgefährtin empfinden, nicht für eine Dämonin – ganz gleich, wie schön sie war. Falls Logan noch eine Verbindung zu seinem Rudel hatte, könnte Matt fühlen, dass er eine Gefährtin erwählt hatte. Alphas hatten ein sehr gutes Gespür für die Nuancen eines jeden im Rudel, und Logan hätte wetten können, dass sein Fortgang allein dieses Band nicht gekappt hatte. Nein, Matt nutzte es aus, so wie er alles andere zu seinen Zwecken nutzte.

»Du solltest duschen«, sagte er leise, »und schlafen. Du musst dich ausruhen.«

Als er Verlangen in Nadias Augen aufblitzen sah, hämmerte sein Herz. Das Bett stand gleich neben ihnen, ein wackliges Möbelstück mit einem fadenscheinigen blauen Überwurf.

Er bemerkte, wie Nadia zum Bett und dann wieder zu ihm blickte.

Hitze loderte auf. Sie wollte es.

Nein!

Er wich zurück. »Geh duschen! Wir reden später darüber, was wir mit dir machen.«

»Mit mir machen?«, fragte sie und wurde rot. »Ist es zu viel von deinem Hirn verlangt, zu begreifen, dass du nichts mit mir zu tun hast?«

Ohne seine Antwort abzuwarten, schlüpfte sie an ihm vorbei und zum Bad, wo sie die Tür hinter sich zuknallte, dass die dünnen Wände wackelten.

Logan starrte auf die Badezimmertür. Dann hörte er, wie die Dusche aufgedreht wurde und die Rohre klimpernd ächzten, als das warme Wasser hindurchfloss.

Zwangsläufig stellte er sich vor, wie sie alles auszog – seine

Sachen – und auf den kalten Fliesenboden fallen ließ. Wie sie nackt den Plastikvorhang zurück- und wieder vorschob, während sie unter den dampfenden Wasserstrahl trat.

Logan machte einen Schritt auf das Bad zu und verharrte dort. Sein Magen krampfte sich zusammen.

Er war hergekommen, um sie zu beschützen, nicht um sie sich zu nehmen. Auf keinen Fall würde er sich wie Matt verhalten.

Also wandte er sich vom Bad ab. Er verlangte schmerzlich nach ihr, und seine Erektion nahm es ihm übel, dass er sie nicht ins Bett zerrte. Zweifellos wollte er sie, wollte ihr zeigen, wie viel er in der ganzen Zeit an sie gedacht hatte.

Und vor allem wollte er sie aus einem ganz niederen Grund: Um ihren warmen weiblichen Körper unter seinem zu spüren, um ihr in die Augen zu sehen, wenn sie kam, wenn sie sich unter ihrem Höhepunkt wand und ihn mit ihren inneren Muskeln umklammerte.

Schluss!

Er nahm sein Handy vom Tisch und klappte es auf. Eine ganze Weile sah er nur auf das Display, ehe er langsam eine Nummer eingab, die er bisher erfolglos versucht hatte zu vergessen.

Eine Frau nahm ab und meldete sich mit einem atemlosen »Hallo?«.

»Kayla«, sagte Logan.

Er musste ihr nicht erklären, wer dran war. Sie rang hörbar nach Atem.

»Logan.«

»Wo steckt Matt?«

»Du dürftest nicht anrufen, Logan. Du gehörst nicht zum Rudel. Du wurdest ver …«

»Wo zur Hölle ist Matt?«, fiel Logan ihr knurrend ins Wort. Der Beta-Wolf in ihm war noch mächtig genug, dass sie abbrach, sich jedoch nicht traute, einfach aufzulegen. »Weißt du überhaupt, wo er sich herumtreibt?«

»Ja, ich weiß es.«

»Er jagt mir nach, stimmt's? Warum?«

»Matt kann reisen, wohin er will«, entgegnete Kayla schnippisch. »Er ist der Rudelführer, Arschloch!«

Wenn man bedachte, dass Logan einst in sie verliebt gewesen war …

Nein, Liebe war das nie gewesen. Sie war ihm versprochen und er ihr gegenüber loyal gewesen und hatte sie beschützt. Sein Lohn dafür hatte darin bestanden, dass sie zu Matt gerannt war und eine erbitterte Feindschaft zwischen ihnen gesät hatte.

»Matt ist hergekommen, um mich zu töten«, fuhr Logan ungerührt fort. »Weshalb macht er sich solche Umstände? Ich habe das Rudel verlassen, wie du sagtest. Ich bin weggegangen, damit ihr beide bis ans Ende eurer Tage glücklich und zufrieden leben könnt.«

»Es ist noch nicht vorbei«, antwortete Kayla.

»Doch, das ist es.« Für Logan war es vorbei und erledigt. Er hatte seinem alten Leben den Rücken gekehrt, und dabei blieb es.

»Du hast nie gegen ihn gekämpft.« Kaylas Worte sprudelten aus ihr heraus, als würden sie übereinanderpurzeln. »Du hast die Aufforderung zum Duell nicht angenommen. Damit hast du ihn ruiniert. Die Hälfte des Rudels meint, du seist der stärkere Wolf, dass du gewonnen hättest, wenn es zum Kampf gekommen wäre. Erst fing es klein an, aber immer mehr rebellierten, bis keiner mehr auf Matt hören wollte. Sie sagen, du müsstest der Alpha sein und er hätte dich widerrechtlich verbannt. Karl, der neue Beta, kann gar nichts durchsetzen – nicht so wie du.«

»Sehe ich es richtig, dass Matt hierhergekommen ist, um mich zum Kampf zu fordern?«, hakte Logan nach, und jetzt erst schien Kayla sich zu beruhigen.

Allerdings hörte er die Tränen in ihrer Stimme. »Ja. Bitte, töte ihn nicht, Logan!«

Also glaubte auch Kayla, dass er der stärkere Wolf war. Interessant!

»Wieso hat er mich nicht einfach herausgefordert? Warum musste er eine meiner Freundinnen entführen und sie quälen, um mich hierherzuholen? Er hätte doch gleich zu mir kommen können.«

»Ich weiß nicht. Ich weiß gar nichts über die ganze Sache.«

Matt hatte es getan, um Logan allein in die Wildnis zu locken, zweifellos, weit weg von jeder Hilfe, die er in L.A. bekäme. Nadia zu entführen, diente zweierlei Zweck: Erstens würden die beginnenden Bande sicherstellen, dass Logan ihr tatsächlich nachfuhr. Zweitens würden die anderen Wölfe erfahren, wie viel ihm eine Dämonin bedeutete. Zu was für einem Werwolf machte das Logan?

»Wirst du ihn töten?«, fragte Kayla sehr ängstlich.

»Das kommt ganz auf Matt an.«

Kayla fing an, irgendetwas zu heulen, aber Logan legte auf.

Er wollte das Handy gegen die Wand schleudern, in die Wand boxen, irgendetwas tun, um die Wut in sich zu entladen.

Dann hörte er, wie das Wasser in der Dusche abgedreht, der Duschvorhang beiseitegeschoben wurde, und kurz darauf kam Nadia in ein Badelaken gewickelt aus dem Bad.

Er verschluckte sich an seinem Atem, als seine Wut einem rasenden Verlangen wich. Verflucht, war sie absichtlich so sexy?

Na klar war sie das, denn Nadia war eine Dämonin!

Das einzige große Handtuch, das vom Motel zur Verfügung gestellt wurde, war so klein, dass es kaum ihre zierliche Gestalt umhüllte. Entsprechend zeichneten ihre Kurven sich sehr deutlich durch den dünnen Stoff ab, als sie durch das Zimmer zu den Plastiktüten ging, die Logan mitgebracht hatte.

»Ah, schön, du hast Zahnbürsten gekauft!« Sie suchte weiter in den Tüten herum und zog Sweatshirts und eine Jeans heraus, die für Frauen geschnitten war. »Woher wusstest du, welche Größe du kaufen musst?«

»Ich erinnerte mich.«

Sie drehte sich zu ihm um, das kurze schwarze Haar am Kopf klebend. »Woher?«

»Aus den Aufzeichnungen der Matriarchin.«

»Du hast dir meine Akte angesehen?«, fragte sie entrüstet. »Das hat Samantha zugelassen?«

»Na ja, sie hat es mir nicht im wörtlichen Sinne erlaubt.« Logans Detective-Instinkt wie auch sein wölfischer waren recht stark ausgeprägt.

Als Nadia zu ihm aufsah, konnte er nicht umhin zu bemerken, dass das Badelaken ihr Dekolleté sehr verlockend betonte. »Heißt das, du hast spioniert? Wir hätten bei der alten Politik bleiben sollen, dass Nichtdämonen keinen Zutritt zur Matriarchinnenvilla haben.«

»Das würde Samanthas Eheleben einen gewaltigen Dämpfer aufsetzen«, lautete Logans Kommentar.

»Wozu hast du mich überprüft? Wolltest du sehen, ob ich auch ja keines deiner paranormalen Gesetze gebrochen habe? Und was wolltest du machen, wenn ich es getan hätte? Mich beschatten?«

»Ich wollte mich nur vergewissern, dass es dir gut geht.«

»Hättest du mich da nicht einfach fragen können?«

»Jemand hatte dir wehgetan, Nadia – übelst wehgetan. Ich wollte verhindern, dass es noch einmal geschieht. Ich lasse nicht zu, dass dir so etwas wieder passiert.«

Sie öffnete den Mund, schloss ihn aber gleich wieder. Logan wünschte, sie wäre nicht so verflucht verführerisch und er würde sie nicht aufs Bett legen und ihr das Handtuch herunterreißen wollen.

»Mit wem hast du telefoniert?«, erkundigte sie sich abrupt. »Ich habe ein sehr gutes Gehör, und du klangst reichlich sauer.«

»Mit Kayla, Matts Gefährtin.«

»Die Frau, die du eigentlich heiraten solltest?«

»Woher weißt du davon?«

Sie schmunzelte. »Du hast mich überprüft, ich dich. Warum hast du sie nicht geheiratet?«

Logan kehrte ihr den Rücken. Ihn überraschte, wie wütend es ihn nach wie vor machte. »Wir waren uns seit der Kindheit versprochen. Mein Vater, der vor mir der Beta-Wolf war, und ihr Vater hatten es arrangiert. Als dann der Zeitpunkt kam, an dem Kayla zu meiner Gefährtin werden sollte, erklärte Matt, er wolle sie. Ich hatte die Wahl, seine Duellforderung anzunehmen oder wegzugehen, und entschied mich für Letzteres.«

»Werwölfe arrangieren ihre Ehen? Das habe ich noch nie gehört.«

»Die meisten tun es heute auch nicht mehr. Aber Werwölfe an der Rudelspitze heiraten zum Wohl des Rudels. Kaylas Familie bekleidet einen hohen Rang, und sie war eine gute Partie für einen Beta. Bis Matt beschloss, dass sie besser für den Alpha war.«

»Weshalb hast du dich nicht gegen ihn gewehrt?«

Logan hörte, wie Plastiktüten raschelten, dann wie das Handtuch zu Boden fiel.

»Weil Kayla wollte, dass einer von uns stirbt. Hätte ich gewonnen, wäre ich Alpha geworden. Hätte Matt gewonnen, wäre ich tot. Kayla wollte mit dem Alpha verheiratet sein, und das über Matts oder meine Leiche. Ich wollte ihr die Befriedigung nicht gönnen, einen von uns sterben zu sehen, also ging ich.«

»Ich wette, das war hart für dich«, sagte sie mit einem Anflug von Mitgefühl.

»Nie ist mir etwas so schwergefallen. Der Wolf in mir wollte Matt umbringen und ihn den Geiern zum Fraß vorwerfen. Aber ich wollte weder für Kayla sterben noch für sie morden.«

»Klingt, als wäre sie ein echtes Miststück. Du darfst dich jetzt wieder umdrehen.«

Sie zog sich ein Sweatshirt über. Beim Anblick des kleinen

Bauchausschnitts mit dem Schatten ihres Nabels, den Logan noch zu sehen bekam, beschleunigte sich sein Puls.

Er wollte sie aufs Bett stoßen und ihren Bauch liebkosen, bis er zufrieden war. Was er damit allein nicht wäre. Nein, er müsste ihre Jeans aufknöpfen und herunterziehen, um seine Zunge unter ihren Slip zu tauchen und ihre Hitze zu schmecken.

Logan zog sich einen Stuhl vom Tisch und hockte sich rittlings auf ihn; so hoffte er, seine pochende Erektion zu verstecken.

»Also, erzähl mir, was passiert ist!«, zwang er sich in die Rolle des Ermittelnden zurück. »Warum wolltest du ausgerechnet in dieser Gegend nach einem Job suchen? Schwebte dir ein bestimmter Ort vor?«

Seine Stimme klang vollkommen natürlich, normal. Vor ihm saß Nadia im Schneidersitz auf dem Bett, die Ellbogen auf ihre Knie gestützt, und sah immer noch müde aus. Logan blieb auf seinem Stuhl und klammerte sich an die Lehne, als hinge sein Leben davon ab.

»Ich bekam eine E-Mail«, antwortete sie, »ein Jobangebot.«

»Was für ein Angebot?«

Nadia betrachtete ihre Fingernägel, und Logan hatte das Gefühl, dass sie ihre Worte sorgfältig abwog. »Ich sollte zu einer Skihütte hier in den Bergen kommen und an der Rezeption arbeiten. Es hörte sich an wie die ideale Chance für einen Neuanfang. Also brach ich alle Zelte in L.A. ab und trampte nach Norden.«

Die Stuhllehne knarzte, so fest drückte Logan sie. Sich vorzustellen, wie sie an einer dunklen Landstraße stand, supersexy in ihrer engen Jeans, und den Daumen herausstreckte, auf dass irgendein lüsterner Irrer sie mitnahm, brachte sein Blut zum Kochen.

»Welche Hütte?«

»Ein Skihotel beim Crater Lake, das dauernd neues Personal sucht. Anscheinend liegt es so weit von allem ab, dass die meisten

Leute nicht lange bleiben wollen. Für mich hingegen klang es super.«

»Wie kamen sie an deine E-Mail-Adresse? Oder war es eine Massensendung?«

»Nein, sie war an mich persönlich gerichtet. Sie erwähnten eine Frau, die ich kennenlernte, als ich in Santa Monica arbeitete. Und das Angebot war gut.«

»Aber du kamst nie dort an.«

»Ich war fast da. Ich bin bis Sacramento getrampt und habe von dort einen Bus in die Berge genommen. Die Fahrt war ewig lang, allerdings wunderschön«, ergänzte sie wehmütig.

»Und stand in der E-Mail ein Name?«

»Ja, Dan Martin. Ich habe ihn nie gesehen. Als ich aus dem Bus stieg, wurde ich von einem Van mit dem Hotellogo abgeholt. Hinten drin saß ein Mann, und sobald wir ein Stück gefahren waren und kein Verkehr mehr herrschte, schoss er mit einem Betäubungsgewehr auf mich.«

Ein Knurren stieg in Logans Kehle auf. »Weiter!«

»Ich kam tief im Wald wieder zu mir, nackt. Und der Mann, der mich vom Busbahnhof abgeholt hatte, zielte mit einem Gewehr auf mich. Er sagte mir, dass er Männer in den Wald gebracht hätte, die mich jagen sollten. Ich sollte ihnen ja nicht den Spaß verderben, sonst würde er mich erschießen. Falls ich die Jagd überlebte, würde er mir zweitausend Dollar und ein Ticket geben, mit dem ich fahren könnte, wohin ich wollte. Mir blieb gar nichts anderes übrig, also rannte ich wie der Teufel. Sie jagten mich, drei Werwölfe und der Kerl, ein Mensch. Ich habe alles versucht, um sie abzuhängen, aber ich schaffte es einfach nicht. Die verdammten Wölfe spürten mich überall auf.«

Logans Knurren drohte aus ihm herauszuplatzen, und seine Haut wurde heiß, genau wie unmittelbar vor der Wandlung.

»Wie hieß das Berghotel?«

»Lodge of the Pines.«

Logan stieg vom Stuhl und ging in dem kleinen Zimmer auf und ab. Das Biest in ihm wollte unbedingt befreit werden.

»Weißt du, wo es liegt?«

»Nur ungefähr. In der E-Mail stand, dass ein Van regelmäßig die Gäste vom Busbahnhof abholt, deshalb brauchte ich keine Wegbeschreibung. Ich dachte mir, das finde ich heraus, wenn ich dort bin.«

»Busbahnhof«, wiederholte Logan nachdenklich.

»Ja, was hast du vor? Willst du etwa hingehen und warten, ob noch ein Van vom Hotel vorfährt?«

Er drehte sich zu ihr um. »Ja.«

Kapitel 7

Nadia sprang aus dem Bett und stellte sich Logan in den Weg. Seine Augen sahen seltsam aus, gelb und rot gesprenkelt.

»Wie kommst du darauf, dass sie dich nicht mit einem Betäubungspfeil beschießen?«, fragte sie. »Falls einer dieser Wölfe dein Rudelführer ist, wird er dann nicht schon auf dich warten?«

»Das hoffe ich.«

Vor Angst klopfte ihr Herz schneller. »Tu es nicht, Logan!«

Sein Körper vibrierte vor Zorn. So hatte sie ihn noch nie gesehen. Die paar Male zuvor hatte er stets streng gewirkt, aber ruhig, wenn auch nicht übertrieben freundlich. Er machte den Eindruck, als wäre er selbst inmitten anderer allein.

Sie konnte ihn sich gut vorstellen, wie er in Wolfsgestalt auf einem Hügel saß, der Wind sein Fell zerzauste, während die anderen Mitglieder seines Rudels es tunlichst mieden, sich ihm zu nähern. Wölfe waren wunderschön, von einem Reiz, gegen den Nadia keineswegs immun war, und in ihrer Phantasie war Logan ein besonders prächtiger Wolf.

Der unsagbar einsam war.

»Ich soll nicht hinfahren?«, fragte er ungläubig. »Wieso nicht?«

»Weil er dich töten könnte, darum. Du bist allein, und dieser Kerl hat Freunde mitgebracht.«

»Sie haben dich gejagt. Es ist mein Job, Matt klarzumachen, was passiert, wenn er sich an den Meinigen vergreift.«

Bei seinem Gesichtsausdruck dürften sich die Wölfe, die er als Beta bestrafen musste, reihenweise in die Hosen gemacht haben.

»Götter, bist du ein arroganter Idiot! Was soll dieser ›Meinigen‹-Blödsinn?«

Logans goldene Augen brannten sich geradezu in ihr Gesicht. »Ich habe eine Verbindung zu dir, die sie im Rudel offensichtlich spüren konnten. Ich wollte es nicht, aber es ist eben so. Folglich stehst du jetzt unter meinem Schutz. Dass du kein Werwolf bist, tut nichts zur Sache. Ich bin nach wie vor an Gesetze gebunden, die weit über alles hinausgehen, was Matt jemals kapieren wird.«

Für einen kurzen Moment schloss er die Augen, und als er sie wieder öffnete, schienen sie ein klein wenig menschlicher. »Und ich will die Mistkerle kriegen, die dir das antaten!«

Nadia stemmte ihre Hände in die Hüften. Eine Verbindung? Wenn sie ehrlich war, musste sie zugeben, dass sie etwas Besonderes gefühlt hatte, als sie mit Logan in der Bar saß und sich unterhielt. Mit ihm redete es sich ungewöhnlich leicht. Zumindest konnte sie es, solange nichts auf dem Spiel stand.

Matt hatte seinen Teil des Tauschgeschäftes mit ihr bereits eingehalten, trotzdem besaß er noch eine beängstigende Macht über sie. Sie musste dringend dafür sorgen, dass Logan lange genug am Leben blieb, sonst konnte ihr nichts und niemand mehr helfen.

»Wenn du da mit nichts als deiner überbordenden Arroganz ankommst, machen sie dich platt«, warnte sie ihn. »Wir brauchen einen Plan.«

»Wer ›wir‹?«

»Ich will sie auch, Logan.«

Er kniff die Lippen zusammen, und der Ausdruck in seinen Augen wurde vollkommen ruhig. Nun sah er wieder ganz wie der L.A.-Cop aus, der stets auf Distanz blieb, auch dann, wenn er ihr gegenüber an einem Restauranttisch saß.

Mit dem einzigen Unterschied, dass sie diesen Mund inzwischen geküsst, seine Lippen auf ihren gefühlt und seine Lebensessenz gekostet hatte. Seine Magie war ihr durch und durch gegangen und hatte ihre Sehnsucht nach mehr geweckt.

»Ich kann Verstärkung rufen«, erklärte er. »Ich habe einen neuen Partner, einen Navajo-Schamanen, der gut darin ist, Zauber in die Irre zu leiten. Zwar würde ich ihn am liebsten nicht mit reinziehen, aber er wäre der Richtige, falls ich Hilfe brauche.« Logan nahm seine Waffe und das Halfter vom Tisch. »In der Zwischenzeit suche ich dieses Berghotel. Du bleibst hier, verriegelst die Tür und schläfst dich aus!«

»Sei nicht blöd! Ich komme mit dir.«

»Einen Teufel wirst du!«

»Du bist nicht mein Beta-Wolf, Logan, und wir sind nicht in L.A. Also hast du mir rein gar nichts zu befehlen!«

Logan sah sie gleichermaßen wütend wie verwundert an, und plötzlich begriff sie, dass Ungehorsam eine gänzlich neue Erfahrung für ihn sein musste. Vermutlich hatten die Wölfe in seinem Rudel sich überschlagen, ja alles zu tun, was er anordnete. Und die Kriminellen in L.A. bereiteten ihm gewiss keine Schwierigkeiten.

»Darf ich an deine Vernunft appellieren?«, knurrte er. »Du bist erschöpft, und ich kann mich leichter umsehen, wenn ich mir nicht fortwährend Sorgen um dich machen muss.«

»Du brauchst dich überhaupt nicht um mich zu sorgen. Wir sind bloß zwei Leute, die zu einem Berghotel wandern. Sollte das Einzige, was sie dort oben veranstalten, eine Dämonenjagd sein, wüsste längst jede Matriarchin im Land Bescheid und wäre dort, um ihnen die Hölle heiß zu machen – wörtlich gemeint. Wahrscheinlich ist es ein geheimer Nebenerwerb, oder die Jäger benutzen einen Van mit dem Hotellogo zur Täuschung.«

»Oder es existiert kein Berghotel.«

»Auch eine Möglichkeit. Das lässt sich herausfinden.«

Sie zog die Schublade im Nachttisch auf und nahm ein zerfleddertes Telefonbuch hervor.

Logan beugte sich über ihre Schulter, so dass sein Atem über ihren Nacken strich, während sie die Gelben Seiten mit den Hotels und Ferienunterkünften durchging. Viele gab es nicht, und so fand sie rasch eine kleine Anzeige der *Lodge of the Pines.*

»Hier ist es.« Sie tippte mit dem Finger auf das Logo, das seitlich auf dem Van geprangt hatte. »Ach, na sieh mal an, sie haben sogar eine Karte abgedruckt!«

Logan bedachte sie mit einem vernichtenden Blick, setzte sich auf das Bett und griff nach dem Telefon. Die Matratze sank ein, so dass Nadia seitlich gegen ihn sackte und ihr der Atem stockte.

Als sie zu ihm aufblickte, bemerkte sie ein Funkeln in seinen Augen. Die Wärme seines Schenkels, der an ihrem lehnte, strömte ihr durch den ganzen Leib. Unwillkürlich fiel Nadias Blick auf seine Lippen, denn abermals dachte sie an den Kuss, an seine gleißende Lebensessenz.

Logan wandte sich ab, nahm sein Handy und schaute stirnrunzelnd auf das Display. Dann warf er den Apparat auf das Bett und hob das schwarze Telefon vom Nachttisch auf. Nachdem er eine Nummer eingetippt hatte, wartete er.

»Nez«, sagte er, »kannst du etwas für mich tun?«

»Klar doch, Wolfsjunge!« Die weiche Stimme, die aus dem Hörer drang, war laut genug, dass Nadia sie verstehen konnte. »Hast du einen Berglöwen gefunden, den ich für dich zähmen soll?«

»Nein, ein verdächtiges Skihotel. Finde alles über eine *Lodge of the Pines* in ... Point Grace, Oregon, heraus, was du kannst! Das liegt in der Nähe vom Crater Lake.«

»Ist notiert. Soll ich dich unter dieser Nummer zurückrufen?«

»Versuch's erst auf meinem Handy, sonst hier.«

»Geht in Ordnung, Partner! Ist deine Freundin okay?«

»Ich glaube schon. Ich habe sie rechtzeitig gefunden.«

»Schön. Brauchst du Verstärkung?«

»Noch nicht. Ich gehe zu der Lodge rauf und sehe mich dort um.«

»Sei vorsichtig, mein Freund!«

Logan blickte zu Nadia. »Ich halte dich auf dem Laufenden.«

»Ich dich auch. Viel Glück!«

Es klickte am anderen Ende, und Logan legte auf, allerdings erst, nachdem es ein zweites Mal geklickt hatte.

»Jemand hat mitgehört«, stellte sie erschrocken fest.

»Ich weiß. Ich hörte ihn atmen.« Logan stand auf.

Er ging zum Tisch, wobei Nadia nicht anders konnte, als seinen Hintern in der engen Jeans zu bewundern.

Mit seiner 45er in der Hand drehte er sich zu ihr, klappte den Zylinder aus, prüfte die Kugeln und schob die Waffe ins Halfter.

»Kannst du schießen?«

Nadia nickte. »Ich weiß, wie man eine Neun-Millimeter abfeuert. Samantha hat es mir beigebracht. Sie bemüht sich, nicht aus der Übung zu kommen.«

Logan zog eine Braue hoch, schwieg aber. »Dann nimm die Glock – und erschieß mich nicht!«

Nadia überprüfte, ob sie gesichert war, und schnallte sich das Halfter um, während Logan sein Messer mit dem Hexenzauber in seinen Stiefel steckte.

»Hübsches Messer«, bemerkte Nadia. »Wieso hast du es mitgebracht? Ich dachte, bei Werwölfen wirken nur Silberkugeln.«

Bei dem Blick, den Logan ihr zuwarf, erstarrte sie. Anstelle der kalten Strenge des Beta-Wolfes erkannte sie Trauer, Angst und Erleichterung.

»Es war für dich«, antwortete er, »für den Fall, dass es alles wäre, was ich für dich tun kann.«

Mit diesen Worten drehte er ihr den Rücken zu, zog seine gefütterte Jacke über und ging hinaus.

Kapitel 8

Logan war sich Nadias hinter ihm auf dem Motorrad sehr bewusst, denn sie schmiegte sich dicht an seinen Rücken. Die Jacke, die er ihr gekauft hatte, saß hervorragend, und die Jeans brachte ihren Po sehr schön zur Geltung. Am liebsten wollte er wenden und geradewegs zu seinem Apartment in L.A. fahren, wo er sie ausziehen und jeden Millimeter ihrer Haut küssen könnte.

Nadia lehnte sich an ihn, den Helm hart an seiner Schulter, um sich vor dem Wind zu schützen. Wäre es nach ihm gegangen, dürfte sie gern den Rest seines Lebens mit ihm mitfahren.

Der Karte zur Lodge zu folgen war einfach. Logan entsann sich, an der Abzweigung zu der kleinen Seitenstraße vorbeigekommen zu sein. Dem Wegweiser nach waren es von hier fünf Meilen zur *Lodge of the Pines.*

Alles wirkte unverdächtig. Logans Harley summte im frühen Morgenlicht unter den Bäumen hindurch. Hier war der Wald so dicht, dass noch kein Schnee bis auf die Straße gelangt war.

Nach einigen Kurven wurde die Fahrbahn etwas breiter und mündete in einen Parkplatz vor einer Ansammlung von Hütten. Auf einem Holzschild war in Schmucklettern »LODGE OF THE PINES« eingebrannt.

Logan parkte sein Motorrad neben einem Geländewagen, wartete, bis Nadia abgestiegen war und schwang sein Bein über den Sitz, ehe er die Maschine auf ihren Ständer hievte.

»Sieht nett aus«, stellte Nadia fest, die ihren Helm abnahm und sich durchs Haar wuschelte. »Die Art Hotel, in der Menschen ihre Flitterwochen buchen, wenn sie etwas für Wandern oder Skilanglauf übrighaben.«

Oder fürs Knutschen vor dem Kamin, dachte Logan. Er malte sich aus, mit Nadia auf einem Sofa zu liegen, ihren Kopf an seiner Schulter. Ihre warmen Locken würden seine Wange kitzeln, und er hätte die Arme um ihre Taille geschlungen.

Seine Phantasie wechselte zu ihnen beiden nackt auf dem Sofa unter einer Decke. Ihr Körper war erhitzt, und ihr weicher Po rieb sich an seiner Hüfte. Eilig verbannte er das Bild, bevor seine physische Reaktion peinlich wurde.

Drinnen fanden sie eine riesige Eingangshalle, deren Wände aus gespaltenen Baumstämmen bestanden. Am Ende der Halle brannte ein großes, wärmendes Kaminfeuer. Von oberhalb des Kamins blickte ein ausgestopfter Elchkopf herab. Auch sonstiges unglückliches Wild dekorierte die Wände. Sitzgruppen standen im Raum verteilt, auf denen Gäste in Pullovern und Jeans lasen, sich unterhielten oder den Sonnenaufgang über den Bergen bewunderten.

Der junge Mann an der Rezeption sah auf, als Logan zu ihm kam, und zuckte zusammen. Erst jetzt wurde Logan klar, dass er furchtbar aussehen musste, blass und schmutzig von der langen Fahrt und der Suche nach Nadia im Wald. Er befühlte sein Kinn, auf dem deutliche Stoppeln sprossen.

Nach ihrer Dusche und in den sauberen Sachen wirkte Nadia weit zivilisierter, obwohl dunkle Ringe unter ihren Augen lagen. Logan rechnete fast damit, dass der Empfangsportier den Sicherheitsdienst rief und sie hinauswerfen ließ.

Deshalb kam er ihm zuvor, indem er seine Dienstmarke zückte. »L.A.P.D., paranormale Abteilung«, stellte er sich vor und legte seinen Ausweis so auf den Tresen, dass der Mann ihn ansehen konnte. »Ich möchte Dan Martin sprechen.«

»Dan?« Der Empfangsportier sah zu Nadia, dann wieder zu Logan. Offensichtlich erkannte er Nadia nicht. »Ich schaue nach, ob er Zeit hat.«

Er verschwand durch eine Tür hinter ihm, und Nadia blickte

sich um. »Wenn ich's mir recht überlege, gefällt mir das hier nicht.«

»Ich weiß. Es riecht falsch.«

»Aber nicht nach Werwölfen.«

Logan schüttelte den Kopf und sah sich ebenfalls um. Alle Leute hier waren Menschen, durchschnittliche, alltägliche Sterbliche. Keine Hexen, keine Dämonen, keine Vampire, keine Werwölfe. Was also war dafür verantwortlich, dass sich ihm die Nackenhaare aufstellten?

Der junge Mann kam zurück und verkündete, dass Dan gleich bei ihnen wäre. Anschließend wandte er sich einem Gast zu, der gerade angekommen war, und achtete nicht mehr auf Logan und Nadia.

Logan ging zum Fenster und sah hinaus. Nadia stellte sich neben ihn. Es wäre die natürlichste Sache der Welt gewesen, seinen Arm um sie zu legen.

»Es ist wunderschön da draußen«, murmelte sie. »Von hier drinnen, versteht sich. Ums Überleben zu kämpfen, während man durch eine wunderschöne Landschaft gejagt wird, ändert die Sichtweise.«

Unweigerlich stellte Logan sie sich vor, wie sie verängstigt und allein um ihr Leben rannte. Sowie er Matt fand, würde er ihn sehr langsam und ausgiebig bestrafen.

Ein Mann in einem dunklen Anzug und marineblauer Krawatte näherte sich ihnen. »Was kann ich für Sie tun? Mein Mitarbeiter sagte, Sie sind von der Polizei?«

Bei aller Höflichkeit verriet sein Tonfall, dass er einen Beweis wollte, also zeigte Logan ihm seine Dienstmarke sowie den Ausweis. Der Mann zuckte nicht einmal mit der Wimper.

»Sind Sie Dan Martin?«, fragte Logan. »Der Manager?«

»Ja.« Er bedeutete ihnen, ihn zu einer etwas abgelegenen Sitzgruppe zu begleiten. »Warum?«

Logans erste Wahl war die direkte Herangehensweise. »Wissen

Sie, warum einer Ihrer Vans benutzt wurde, um meine Freundin zu kidnappen und zur Jagd in den Wäldern auszusetzen?«

Nun wurde Dan Martin blass. »*Was?!*«

»Irrtum ausgeschlossen«, versicherte Nadia streng. »Es war ein Van mit Ihrem Logo. In dem Wagen saßen Werwölfe und ein Mensch.«

»Kann nicht sein. Keine Werwölfe.«

»Warum nicht?«, fragte Logan.

Dan hatte Schwierigkeiten, ihn anzusehen, aber das musste nicht heißen, dass er log. Logan war drauf und dran, diesen Laden auseinanderzupflücken, und er fühlte seine Wolfswut, die auch Martin wahrnehmen musste. Nicht alle Menschen konnten einem Wolf in die Augen schauen.

»Paranormale sind hier nicht erlaubt, sondern ausschließlich Menschen.« Dan zupfte eine Broschüre aus dem Aufsteller neben ihnen und zeigte auf ein winziges Symbol unten: ein durchgestrichener gehörnter Kopf. »Das bedeutet, dass hier jeder vor Vampiren, Dämonen, Werwölfen und dergleichen sicher ist.« Bei Letzterem beäugte er Logan missmutig.

»Ich hatte nicht vor, ein Zimmer zu mieten«, beruhigte dieser ihn. »Ich suche nach jemandem, den ich wegen Entführung, tätlichen Angriffs, versuchten Mordes und vielleicht auch Beihilfe zu diesen Vergehen festnehmen kann.«

Dan wurde noch blasser. »Tja, ich kann Ihnen nicht helfen. Wir führen genauestens Buch, wann unsere Vans wie eingesetzt werden, und unter unseren Gästen sind keine Werwölfe.«

»Ich könnte mir einen Durchsuchungsbefehl beschaffen und die Fahrtenbücher überprüfen.«

»Nur zu!« Er kräuselte die Lippen. »Sie werden nichts finden.«

»Dann macht es Ihnen gewiss nichts aus, wenn ich mit den Fahrern spreche«, entgegnete Logan. »Sollte einer unter ihnen sein, der sich zu paranormalen Verbrechen in Ihrer blütenweißen

Einrichtung hinreißen lässt, wäre es Ihnen doch bestimmt recht, wenn wir ihn finden, nicht wahr?«

Dan zögerte, ehe er nickte. »Okay. Die Garage ist hinterm Haupthaus. Sagen Sie ihnen, ich sei einverstanden.«

»Sie wollen nicht mitkommen?«

»Nein, ich habe zu tun. Und es war sowieso keiner meiner Fahrer. Jeder könnte unser Logo kopieren und auf einen Van sprühen. Je eher Sie das herausfinden und verschwinden, desto besser.«

Logan fühlte, wie Nadia ihn ansah, doch er zuckte mit den Schultern, als wäre ihm gleich, was Dan machte. Er dankte ihm lächelnd, legte eine Hand auf Nadias Schulter und wandte sich um.

»Er klingt überzeugt«, meinte Nadia, als sie draußen die Eingangsstufen hinuntergingen. »Aber es riecht verkehrt.« Sie blickte zur Steinbalustrade auf der breiten Veranda und den hohen Bergen, die sich aus den Wäldern in den wolkenverhangenen Himmel erhoben. »Ich schätze, ich will meine Flitterwochen nicht hier verbringen.«

»Hast du demnächst vor zu heiraten?«

»Wer weiß?«, antwortete sie achselzuckend. »Ich könnte doch jemanden kennenlernen.«

Ein primitiver Instinkt forderte von Logan, dass er sie sofort in seine Arme nahm, an sich drückte und ihr erzählte, sie würde verflucht noch mal nicht »jemanden« kennenlernen, geschweige denn den Mistkerl heiraten!

Sie gingen um das Haupthaus herum zur Garage, die aus vier Buchten bestand. Sie waren alle offen, und in jeder parkte ein Van. Links von der Garage befand sich ein Büro.

Nadia sah die identischen Kleinbusse an und schien unsicher. »Ich weiß nicht, aber ich glaube nicht, dass ich in einem von denen hier saß. Der Van am Busbahnhof war kleiner. Andererseits erinnere ich mich nicht besonders gut. Ich war immerhin betäubt, und ich habe seit Tagen nicht geschlafen.«

»Sehen wir, ob du einen der Fahrer wiedererkennst.«

Was nicht der Fall war. Logan stellte sich in dem Büro vor, das von einem Heizlüfter gewärmt wurde, und erklärte, er würde eine Routineüberprüfung der Vans vornehmen. Werwölfe erwähnte er nicht.

Martin hatte offenbar schon telefonisch Bescheid gegeben, denn der Cheffahrer zeigte Logan sofort das Fahrtenbuch, in dem genau eingetragen war, wann welcher Van in den letzten Tagen genutzt worden war. Keiner war um die Zeit, als Nadia ankam, zum Busbahnhof gefahren.

Wieder draußen, schüttelte Nadia den Kopf. »Derjenige, der mich abholte, war nicht dabei.«

Womit sie wieder bei null anfangen konnten. »Okay«, entschied Logan, der seinen Helm aufnahm, »wir haben es auf die nette, gesetzestreue Weise versucht. Jetzt gehen wir es auf die Werwolf-Art an.«

»Und die wäre? Alle böse anfunkeln, bis sie gestehen?«

»Sehr witzig! Woher plötzlich dieser Sinn für Humor?«

»Den hatte ich immer schon, Logan. Dir ist er bloß nicht aufgefallen.«

Logan legte ihr eine Hand auf die Schulter und drehte sie zu sich. »Glaub mir, es gibt nichts an dir, was mir nicht auffällt!«

Dann beugte er sich vor und küsste sie.

Kapitel 9

Logans Mund auf ihrem fühlte sich wunderbar warm und fest an, so dass Nadia wimmern wollte, als er wieder verschwand.

Götter, wenn er sie weiterhin küsste, würde sie ihm überallhin nachlaufen und alles tun, was er sagte! Zudem regte ihr Verlangen nach seiner unglaublichen Lebensessenz sich aufs Neue.

Vermutlich wusste er es. *Dieser Schuft!*

Logan betrachtete sie mit halb geschlossenen Augen und strich ihr durchs Haar, ehe er sie wieder losließ. Dann stieg er auf sein Motorrad und startete es, sobald sie hinter ihm saß.

Während er die Harley auf die Straße zurücklenkte, schlang Nadia beide Arme um ihn. Es machte ihr Angst, wie sicher sie sich fühlte, bloß weil sie sich an ihm festhalten konnte.

Wie sie schon befürchtet hatte, brachte Logan sie zu dem Campingplatz, auf dem die Jäger sie gefangen genommen hatten. Ihr Feuer war längst mit Erde zugeschüttet, aber das Motorrad lag noch dort, nutzlos.

Logan hockte sich vor die Reste des Lagerfeuers. »Sie haben sich nicht einmal die Mühe gemacht, ihre Fährten zu verwischen. Ich kann ihnen problemlos von hier aus folgen.«

Ein kalter Schauer lief Nadia über den Rücken. »Sie sind Werwölfe und haben es auf dich abgesehen.«

Er blickte mit einem gefährlichen Lächeln zu ihr auf. »Dann jage ich eben die Jäger.«

»Und was, wenn du sie hast? Willst du allein vier Männer angreifen? Was für ein Plan soll das denn sein?«

»Ich greife sie nicht an.«

Fast hätte sie ihm geglaubt, wäre da nicht das Funkeln in seinen Augen gewesen, ganz zu schweigen von der Mordlust, die ihm buchstäblich ins Gesicht geschrieben stand. Er mochte behaupten, in Los Angeles zivilisierter geworden zu sein und sich nahtlos in die paranormale Polizei eingefügt zu haben, hier und jetzt jedoch war er Logan der Beta, bereit, die Wölfe seines Rudels in Stücke zu reißen. Allein.

»Also willst du dich in einen Nackten verwandeln und ihnen ins Gewissen reden?«, fragte sie.

»Erst einmal spüre ich sie auf, dann entscheide ich, was ich mache.«

Er würde auf sie losgehen. Sie wusste, dass ein wütender Werwolf, ganz besonders ein hyperdominanter, der eine alte Rechnung zu begleichen hatte, sich von Kleinigkeiten wie der zahlenmäßigen Überlegenheit anderer nicht bremsen ließ.

»Das ist nicht dein Kampf«, erinnerte Nadia ihn.

»Doch, das ist es.«

»Du musst mich nicht rächen. Ich bin schließlich kein Wolfswelpe aus deinem Rudel.«

»Sie müssen aufgehalten werden.«

»Ja, das müssen sie. Und deshalb solltest du die Paranormalen rufen, damit sie dir helfen, die Typen zu stoppen.«

Bei seinem Blick wäre jede weniger selbstbewusste Frau sofort in Deckung gegangen, aber Nadia reckte trotzig ihr Kinn.

»Erzähl mir nicht, das hier sei nichts Persönliches!«, knurrte er. »Es ist verflucht persönlich, und das wird es immer sein, wenn du betroffen bist!«

So, wie er sie anschaute, begann ihre Haut zu kribbeln. »Ich will doch nur, dass du vorsichtig bist!«

Für einen Moment sah er sie schweigend an, ehe er sich umdrehte, sein Motorrad im Gebüsch versteckte und sich Jacke und Sweatshirt auszog.

Er besaß die Figur und die Muskeln eines Athleten, eines Mannes, der regelmäßig lief und kämpfte. Seine Brust war von goldenem Haar gesprenkelt, das in eine schmale Linie überging, die bis zu seinem Hosenbund reichte.

Nadia bemerkte erst, wie aufmerksam sie seine Hände am Jeansverschluss beobachtete, als er sich abwandte und hinter einem Baum weiter entkleidete. Der Stamm war nicht breit genug, um Logans hübschen Hintern gänzlich zu verbergen, als er sich die Jeans auszog und sich bückte, um seine Sachen zusammenzuschnüren. Unterdessen gewann Nadia den Baum richtig lieb.

Natürlich könnte sie mit ihm die Werwölfe jagen, nur müsste sie dazu ihre Gestalt ebenfalls ändern. Sie zögerte.

Die meisten Menschen und lebensmagischen Kreaturen reagierten angewidert auf die wahren Dämonengestalten. Menschen konnten im Alltag mit Dämonen leben, solange sie ihre Blendzauber als wunderschöne menschliche Gestalten aufrechterhielten. Äußere Schönheit entwaffnete selbst den Zornigsten. Schuppen und Hörner hingegen brachten sie dazu, ihre Waffen zu zücken. Allerdings kennzeichneten nicht alle Dämonen Schuppen und Hörner.

Nadia zog sich rasch aus und ließ den Blendzauber von sich abfallen. Sie fühlte, wie sie größer wurde, ihre Glieder geschmeidiger und zugleich stärker, muskulöser.

Ein Wolf kam hinter dem Baum hervorgetrottet, ein riesiges graues Tier mit sandfarbenen Augen und einem flachen, kräftigen Wolfsgesicht. Er blickte sie an und sträubte die Nackenhaare. Dann setzte er sich und betrachtete sie schweigend.

Nadias Leib nahm seinen weißen Glanz an, den sie steigern und dämpfen konnte, wie sie wollte. Das Haar fiel ihr schwarz und lang bis zur Taille, ihr Gesicht bekam eine dreieckige Form, und ihre Augen wurden größer. Sie konnte Formen erkennen, die gewöhnlichen Leuten im Schatten verborgen blieben, und Farben, für die Menschen nicht einmal Namen hatten.

Schwarze gefiederte Flügel sprossen aus ihren Schultern, die am Ende bis zu ihren Fersen reichten, und sie spürte, wie sie einige Zentimeter über dem Waldboden schwebte.

Logans ruhiger, aufmerksamer Wolfsblick wich keine Sekunde von ihr. Nach einer Weile, die sie einander stumm angeschaut hatten, stand er auf und lief zu ihr.

Sie hielt den Atem an, denn so stark sie nun auch sein mochte, könnte ein Werwolf – erst recht einer wie Logan – sie immer noch überwältigen. Er fixierte sie, während er geradewegs auf sie zuhielt. Erst in letzter Sekunde wich er ein klein wenig zur Seite, so dass sein fester Körper sich an ihren Beinen rieb.

Gebückt strich sie ihm über den Rücken. Sein Fell war rauh und drahtig, kitzelte aber auch.

Er umrundete sie einmal vollständig, und Nadia hockte sich halb hin, um auf Augenhöhe mit ihm zu sein. Während ihre Angst wich, schimmerte ihr Leib auf. Logan sah ihr direkt in die Augen und schmiegte seine feuchte Schnauze unter ihr Kinn.

»Mmm.« Nadia legte ihre Arme um ihn und vergrub ihr Gesicht in seinem warmen Pelz. »Gutes Hundchen!«

Mit einem leisen Knurren entblößte Logan seine beeindruckenden Reißzähne und drückte sich fester an Nadia, die prompt auf den Rücken kippte, zweihundert Pfund Wolf auf sich.

Ihre Flügel federten ihren Fall ab, und Logan verlagerte sein Gewicht, um sie nicht zu erdrücken. Seine Pfoten blieben allerdings auf ihren Schultern, so dass ihr sein heißer Atem über das Gesicht wehte.

»Wolfsatem, lecker! Den wollte ich schon immer mal aus der Nähe riechen.«

Wieder knurrte Logan leise, wobei sein gesamter Leib vibrierte wie bei einer schnurrenden Katze, nur zehnmal stärker. Nadia hob einen Flügel und berührte damit seinen Rücken.

Seine Lebensessenz war so schwindelerregend, dass sie fürchtete, ohnmächtig zu werden. Sie wollte ihn vollständig umschlingen, ihr Gesicht an seine Schnauze drücken und die Essenz in sich aufsaugen. Doch würde sie wohl so gierig trinken, dass sie nicht aufhören könnte. Bisher hatte sie ausschließlich die Lebensessenz von Menschen genommen, die dämonensüchtig waren und fortwährend halb leer gesogen wurden. Keiner von ihnen hatte auch nur annähernd die wilde, mächtige Essenz dieses Wolfes besessen.

»Was hast du für große Zähne!«, sagte sie.

Logan berührte sie mit selbigen ganz sanft am Hals. Es war eine Dominanzgeste, sozusagen Wölfisch für *Ich bin dir überlegen.*

Obgleich Nadia gewiss nicht vorhatte, sich ihm unterzuordnen, gab sie einen Wonnelaut von sich. Seine Nähe, die Hitze seines Atems richtete etwas mit ihrem Innern an und weckte den Wunsch in ihr, er möge sich wieder in seine Menschengestalt wandeln und sie küssen, bis sie von Sinnen war.

Logan leckte ihr mit der Zunge über den Hals.

Abermals stieß Nadia einen tiefen wohligen Laut aus. »Ah, und was für eine große Zunge du hast!«

Knurrend leckte Logan ihr die Wange ab und stieg von ihr herunter.

Nun streckte Nadia ihre Flügel unter sich aus. Sie hatte keine Eile, aufzuspringen und die Jäger zu jagen. Trotz der Gefahr und ihrer Sorge fühlte sie sich wunderbar erleichtert.

Logan verabscheute ihre Dämonenform nicht. Falls er sie hasste, hätte er seinen Wolf übernehmen und ihn tun lassen können, was Werwölfe instinktiv taten: Dämonen töten. Plötzlich wollte sie feiern.

Logans Augen ruhten auf ihr, als sie widerwillig aufstand. »Ich schätze, wir haben Werwölfe aufzuspüren«, ermahnte sie sie beide.

Logans Blick wurde mürrisch, und er knurrte bedrohlicher, denn Nadia glühte förmlich, ein gleißendes Licht im dunklen Wald. Es kostete sie einige Mühe, das Feuer in sich zu dämpfen, ehe sie Logan folgte.

Nachdem er kurz am Boden geschnüffelt hatte, hob er den Kopf und lief los. Nadia eilte ihm nach, was nicht weiter schwierig war, denn seine Lebensessenz ähnelte einem Leuchtpfad.

Ihr Herz flatterte, als sie sich an ihre Flucht durch den Wald erinnerte, an ihren verzweifelten Kampf, als die Jäger sie schließlich gefangen hatten, und an den brennenden Schmerz des Netzes, das sie ihr überstülpten.

Logan glaubte, er hätte das Problem bereits so gut wie gelöst: Er würde sich von diesen Wölfen zu seinem Alpha führen lassen, Matt Lewis in seine Schranken weisen und Nadia nach L.A. zurückbringen. Nur gestaltete ihre Lage sich ein bisschen komplizierter.

Matt hatte sie in der Hand, und das wusste er. Seine Anweisungen waren eindeutig gewesen. Matt bekam Logan, dann war Joel in Sicherheit. Allerdings hatte Matt nicht erwähnt, dass er Nadia von seinen Wölfen jagen ließe, bis sie umfiel. Vermutlich wollte er sicherstellen, dass ihre Angst echt war und sie überzeugend verzweifelt klang, als sie Logan anrief.

Ihr Herz fühlte sich wie ein Eisklumpen an. Bis Matt ihr weitere Instruktionen gab, musste sie bei Logan bleiben. Zwar hatte sie Matt wie vereinbart angerufen, ihn jedoch nicht erreicht, und deshalb hatte sie keine Ahnung, was sie tun sollte.

Verfluchte Werwölfe! Gerade hatte sie ihr Leben wieder in halbwegs normale Bahnen gelenkt, da beschlossen diese Biester, sie für ihre Zwecke einzuspannen! Nadia besaß nicht viel, aber sie hatte Joel, und er machte ihre Existenz überhaupt erst lebenswert.

Matt drohte, ihr Glück für immer zu zerstören, und dafür sollte er bezahlen.

Ein Stück weiter vorn wurde Logan langsamer und blieb schließlich stehen. Nadia schlich sich zu ihm, bis hinter seine Schulter, während er gebannt nach vorn sah.

Dann bewegte er sich lautlos weiter, duckte sich und kroch bis zum Kamm eines kleinen Hügels. Nadia nahm ihre Flügel dicht an ihren Körper und kroch ihm nach.

Von oben sahen sie auf eine Gruppe von Zelten, die um einen Campingofen aufgebaut waren. Drei Werwölfe saßen auf Klappstühlen um den Ofen und tranken Kaffee – Espresso, genau genommen. Was für eine Arroganz!

Logan lag flach auf der Erde, die Ohren aufgestellt, und schnupperte konzentriert. Beide beobachteten, wie der menschliche Wanderführer aus seinem Zelt kam, und ihnen entging nicht, dass die drei Werwölfe ihn verächtlich musterten.

»Na gut, wenn wir die niedliche Dämonin nicht finden«, raunte einer der Werwölfe, »können wir doch einfach einen Menschen jagen.«

Der Mann blieb stehen und wirkte angespannt.

»Ist nicht ganz so gut«, pflichtete ein anderer Wolf dem ersten bei, »aber kann auch Spaß machen. Wir lassen die Kleine ein bisschen weglaufen, und dann darf sie mal testen, wie sich Werwolfschwänze anfühlen.«

Nadia konnte sich nur knapp beherrschen, dass sie nicht angeekelt aufschrie, wohingegen Logan vollkommen still blieb. Sein Blick indessen war mörderisch.

Wenige Sekunden sahen sie sich die Szene weiter an, dann schlich Logan rückwärts, drehte sich um und eilte lautlos zu der Stelle zurück, wo sich ihre Sachen und das Motorrad befanden. Dort dämpfte Nadia die Magie in sich und nahm wieder ihre menschliche Gestalt an.

Logan umkreiste sie und presste seinen Wolfskörper an ihre Beine, so dass sie leise kicherte, als sie stolperte und sich abfing. Sie kniete sich hin und umarmte den Wolf lächelnd, der zuließ, dass sie ihr Gesicht an ihm rieb. Eine solch liebevolle Geste würde er in seiner menschlichen Form niemals erlauben, aber noch dachte er wie ein Wolf.

Im nächsten Moment begann er, sich zu verwandeln. Seine

Essenz floss in die Glieder eines Mannes, sein Gesicht wurde flacher und das Haar zu dem zerzausten Schopf, den Nadia vom ersten Moment an so gemocht hatte.

Logans Arme hielten sie weiter fest, und der Zungenstrich, den er als Wolf begonnen hatte, endete in einem Kuss.

Eigentlich hatte sie erwartet, dass er sie wegstoßen würde, doch stattdessen drückte er sie noch fester an sich. Ihre Brüste waren an seinen Oberkörper gepresst, sein Leib wärmte sie.

Er legte eine Hand in ihren Nacken, die andere auf ihren Po und drückte sie an sich, während er den Kuss vertiefte.

Nadia öffnete ihm den Mund, weil sie es gar nicht abwarten konnte, ihn zu schmecken. Sie streichelte seinen Rücken und seinen strammen Hintern. Es war nach wie vor kalt hier draußen, aber das bemerkte sie nicht, solange Logan an sie geschmiegt war.

Ihr Herz verdoppelte seinen Takt. Sie war im Begriff, sich in diesen Mann zu verlieben, was äußerst gefährlich war. Als er sie in dem Netz gefangen fand, war sie gerührt gewesen, dass er umgehend zu ihrer Rettung herbeigeeilt war. Sie bedeutete ihm etwas.

Begierig drängte sie sich näher an ihn. Er duftete nach Wald, der moschusartigen Wolfsnote und der salzigen des Mannes. Logan, der Beta-Wolf, der Stärkste von allen, war bewusst sanft zu ihr.

Sanft, wohlgemerkt, nicht zimperlich, denn er biss sie in die Wange, ehe er sie erneut auf den Mund küsste. Und ungeachtet des Schmutzes und modernden Laubs unter ihnen, drückte er Nadia mit seinem Gewicht auf den Waldboden.

Atemlos hob er seinen Kopf. Doch statt von ihr zu springen, strich er sanft über ihr Haar. »Dies ist weder der Ort noch der Zeitpunkt.«

»Nein, ist es nicht.« *Aber vielleicht ist es die einzige Chance, die ich bekomme.*

Logan küsste sie nochmals zärtlich, dann stand er auf und reichte ihr die Hand, um sie nach oben zu ziehen. Er hob ihr Kinn an und streichelte mit seinem Daumen über ihre Lippen.

»Sorgen wir erst einmal für ein bisschen Gerechtigkeit.«

Kapitel 10

Nadia war enttäuscht, aber natürlich hatte er recht. Sie konnten sich nicht hier im Wald vergnügen, während Matts Werwölfe gleich hinter dem Hügel hockten. Und so sah sie verdrossen zu, wie Logan sich seine Jeans anzog.

»Was willst du machen?«, fragte sie.

»Matt suchen.«

Nadia riss die Augen weit auf. »Jetzt?«

»Sobald ich dich in Sicherheit gebracht habe.«

Fröstelnd streifte sie sich ihre Kleidung über. »Und was hast du vor? Willst du die Werwölfe überfallen und zwingen, dich zu Matt zu bringen?«

»Nein, ich behalte sie einfach nur im Auge. Früher oder später werden sie sich mit ihm treffen.«

»Was ist, wenn sie dich sehen?«

»Ich bin bewaffnet und gefährlich«, antwortete er gelassen und zog sich die Jacke an.

Gefährlich, ja. Logan war immer noch wütend. Er wollte Rache, was etwas anderes war als Gerechtigkeit.

»Wie wär's, wenn wir sie zusammen beobachten?«

Seine Augen glühten gelblich. »Du musst von hier weg. Und du tust, was ich dir sage!«

»Vergiss es, mächtiger Beta-Wolf!«, konterte Nadia, die sich von seinem Blick nicht einschüchtern ließ. »Wer garantiert mir, dass du nicht hierher zurückkommst und auf sie losgehst, sowie du mich ›in Sicherheit‹ gebracht hast?«

Was er täte, dessen war sie sich beinahe sicher. Er sagte ihr lediglich, was sie hören wollte, und er wollte sie aus dem Weg haben, damit sie ihn nicht zurückhielt.

»Ich gehe nur, wenn du mir dein Wort gibst, dass du nicht über sie herfällst, solange ich weg bin. Schwöre es mir!«

Wut blitzte in seinen Augen auf. Im Gegensatz zu Dämonen, die unterschiedliche Stufen von Schwüren kannten, taten sich Werwölfe ungleich schwerer damit. Für Dämonen waren gegebene Versprechen nicht bindend, und selbst mit Handschlag besiegelte Eide galten einzig, wenn beide Parteien zuvor entschieden, nicht Wort zu brechen. Allerdings kannten sie auch ernste Eide, im Geheimen abgegeben, an finsteren Orten mit Blutsymbolen und uralten Ritualgesängen besiegelt. Diese banden sie bis zum Tod.

»Das kann ich nicht«, gab Logan zurück.

»Dann gehe ich nicht ohne dich.«

»Verdammt noch mal, Nadia, wir haben keine Zeit für diesen Blödsinn!«

»Kein Problem, wir können das ganz schnell und einfach klären. Schwöre mir bei deinem Blut, dass du Verstärkung anforderst, ehe du dir die Typen vorknöpfst, und du darfst mich hinbringen, wo immer du willst.«

Sie sprach vollkommen ruhig, aber ihr Atem ging schnell, denn sie hatte entsetzliche Angst, dass er ablehnte. Falls Logan starb, könnte es gut sein, dass sie den Rest ihrer Existenz nicht mehr für lebenswert erachtete.

»Ich will dich nicht auch noch verlieren«, gab sie zu.

Er wurde zusehends zorniger. »Verdammt noch mal, was meinst du mit ›bei meinem Blut schwören‹? Ist das so eine Dämonengeschichte?«

»Es ist ein Eid neunten Ranges, der dich so lange bindet, bis die Umstände sich ändern. Werwölfe stehen zu ihrem Wort, wie ich gehört habe.«

»Ja, das habe ich auch gehört«, entgegnete Logan trocken. »Und wie leiste ich diesen Schwur?«

Nadia erklärte es ihm, worauf er ein Taschenmesser aus seiner

Jacke nahm und sich die Handinnenfläche anritzte. Sowie Blut über seine Hand rann, drückte er sie in Nadias.

»Ich schwöre bei meinem Blut, dass ich das Lager nicht angreife oder hinter Matt herjage, ehe ich Hilfe gerufen habe. Okay?«

Seine Hand verbrannte ihre, und seine mächtige Magie kribbelte in ihren Fingern. Mit ihr drang etwas von seiner Lebensessenz in sie ein, so dass sie hörbar die Luft anhielt. Die wenige Energie, die sie schon von ihm bekommen hatte, hatte sie vollkommen erglühen lassen. Wie musste es sein, noch mehr davon zu nehmen?

Nadia zwang sich, einen Schritt zurückzutreten, und sah ihm in die Augen. Keine Frage, er würde sein Wort nicht brechen – egal, wie wütend er war.

»Danke«, sagte sie, stellte sich auf die Zehenspitzen und gab ihm einen Kuss.

Logans Miene wurde finsterer. »Es sei denn, sie greifen zuerst mich an. Ich behalte mir vor, mich zu verteidigen.«

»Das Recht spreche ich dir natürlich nicht ab.« Wieder küsste sie ihn, dann wandte sie sich zu dem Motorrad um. »Darf ich fahren? Das ist eine bombastische Maschine!«

Auf der Fahrt zum Motel zurück hatte Logan seine Arme fest um Nadias schmalen Körper geschlungen. Diese Position versetzte ihn in einen veritablen Lustrausch, dennoch entging ihm nicht, wie bewundernswert sie sein Motorrad lenkte. Er staunte, wie geschmeidig sie sich in die Kurven legte, sein Gewicht und ihres ausbalancierte und währenddessen den Motor sehr virtuos zum Klingen brachte.

So könnte er Meile um Meile zurücklegen, einfach fahren, mit oder ohne Ziel, und nachts am Wegesrand mit ihr in den Armen schlafen.

Werwölfe waren Nachtschwärmer, und Logan spürte, wie das

zunehmende Licht ihn müde machte. Einen Tag und eine Nacht hatte er nicht geschlafen und in der ganzen Zeit nur einen kleinen Cheeseburger gegessen.

Sein Instinkt sagte ihn, dass er jagen, töten, essen und danach schlafen sollte. Denn wenn er seinen Menschenkörper vernachlässigte, übernahm der Wolf gern. Zudem schrie es in ihm, er müsste Nadia beschützen.

Ich passe ja auf sie auf!, ermahnte er sich verärgert. *Ich bringe sie weit aus der Gefahrenzone weg.*

Theoretisch war ihm alles klar. Trotzdem wollte Logan sie in einen bewachten Raum einschließen, solange er diejenigen jagte, die es gewagt hatten, sie zu verletzen.

Ihre Dämonengestalt hatte ihn überrascht. Dämonen variierten im Aussehen wie keine andere Spezies, von kleinen, fledermausartigen Kreaturen bis hin zu großen, gehörnten Wesen mit dicken Hufen. Aber eine Gestalt wie Nadias hatte er noch nie gesehen.

Sie war groß gewesen, ähnlich einer Sidhe, mit einem üppigen, wunderschönen, weiß schimmernden Körper. Er war nicht einmal sicher gewesen, was an ihr Licht und was Körper war. Ihr Gesicht war zart gewesen, mit schwarzen Mandelaugen, groß und bezaubernd schön.

Und die Flügel! Ihre langen schwarzen Flügel hatten ihn warm gestreichelt. In jenem Moment hatte Logan sich in seine Menschengestalt zurückwandeln und in die Flügel einhüllen wollen. Er hatte sich danach gesehnt, sie überall auf sich zu fühlen und dabei von Nadia gehalten zu werden.

Er fragte sich, ob ihr Blendzauber, der Ruf, mit dem die Dämonen lebensmagische Wesen anlockten, schuld an seinem Verlangen nach ihr war. Nadia war eine Vollblutdämonin, und obgleich Logan stark war, könnte sie ihn aussaugen. Und er würde bis zum Schluss lächeln.

Ihm ging nicht aus dem Kopf, wie Nadia ihn umarmt und ihr

Gesicht an seinem gerieben hatte. Der Wolf in ihm hatte begeistert reagiert, denn sie benahm sich wie ein ideales Weibchen.

Sein Herz pochte. *Ja.* Das hatte sich vollkommen richtig und natürlich angefühlt. Es ließ sich nicht leugnen, dass das Band zwischen ihnen beständig fester wurde.

Sie ist eine Dämonin!, schalt sein Verstand ihn.

Sie weiß, was es heißt, ausgegrenzt und allein zu sein. Ich gehöre nicht mehr zu meinem Rudel. Ihre Familie und ihr Clan verbannten sie, so dass sie ganz auf sich gestellt war, bis ihr jene Tragödie widerfuhr.

Er wollte, dass sie etwas Derartiges nie wieder erleben musste. Er würde sie beschützen wie seine Wölfin, für sie töten.

Logans Hand kribbelte, und er sah auf den getrockneten Schnitt. Er hatte bei seinem Blut geschworen, keinen der Werwölfe zu töten, bevor er Verstärkung bekam. Dieses Versprechen hatte Nadia ihm abgenötigt.

Zum Teufel mit ihrem niedlichen Hintern und ihren großen braunen Augen!

Bis zum Motel waren sie die Einzigen auf der Straße. Nadia parkte das Motorrad und stieg nach Logan ab. Dann lehnte sie sich gähnend an die Harley.

»Ich brauche dringend Schlaf.«

Als sie sich streckte wie eine Katze, spielte Logans Libido verrückt.

Er legte einen Arm um sie und zog sie an sich. Im ersten Moment wirkte Nadia erschrocken, lächelte aber gleich und schmiegte sich an ihn, als wäre ihr Platz an seinem Körper. Für eine kurze Weile standen sie stumm da und hielten einander in den Armen.

Logan hätte ewig so stehen bleiben können, doch die Gefahr war zu nahe.

»Lass uns hineingehen!«, sagte er und küsste sie auf das Haar.

Kaum hatte er die Tür hinter ihnen geschlossen und verriegelt, faltete er eine Karte auseinander und markierte die Stelle, an der das Zeltlager gewesen war. Als Nächstes rief er Nez wieder an. Derweil sank Nadia müde auf einen Stuhl und beobachtete ihn.

»Nez sagt, er will ein Team zusammenstellen«, erzählte er ihr nach dem Telefonat. »Leider sind die Behörden hier wenig kooperativ. Sie leugnen, dass in der *Lodge of the Pines* etwas Übles vorgeht. Nez kann eine Lüge riechen wie ich Blut, und er denkt, dass die örtliche Polizei in deine Entführung verwickelt war oder zumindest Bescheid wusste und nichts unternahm. Ich schätze, dass Matt sie ebenso bezahlt hat wie die Lodge, um einen ihrer Vans zu benutzen.«

Nadia nagte an ihrer Unterlippe. »Ja, das würde einen Sinn ergeben. Und Leute, die ein Hotel betreiben, in dem keine Paranormalen verkehren dürfen, haben sicher nichts dagegen, wenn ein Dämon entführt wird. Sie halten alle Dämonen für böse.«

»Ich bin froh, dass du mich anrufen konntest. Woher hattest du überhaupt meine Nummer?«

Merkwürdigerweise wurde Nadia rot. »Ich hatte sie noch im Kopf. Du hast mir doch einmal deine Karte gegeben.«

»Das war vor zwei Monaten!«

Achselzuckend wandte sie ihr Gesicht ab.

»Den Göttern sei Dank, dass du sie noch wusstest!«

Kaum schwand ihre Verlegenheit, wirkte sie blass und erschöpft. Zudem meinte er, Tränen in ihren Augen zu erkennen, die sie rasch wegblinzelte.

Ihre Tapferkeit rührte ihn. Im letzten Jahr war Nadia durch die Hölle gegangen, als man die Dämonen in den Straßen von Los Angeles jagte. Und jetzt war sie auch noch in Logans blödes Leben hineingezogen worden.

Er sollte eigentlich gar nichts mit ihr zu schaffen haben, und doch war er in der Sekunde, in der er sie erstmals gesehen hatte, von ihr fasziniert gewesen. Ihm hatte gefallen, wie sie ihn von ihrem Krankenhausbett aus mit ihren zornigen braunen Augen ansah und wie sie sich einverstanden erklärte, in den Zeugenstand zu treten. Ihre Entschlossenheit, die Mistkerle zu bekommen, die sie verletzt und ihre Schwester ermordet hatten, hatte Eindruck auf ihn gemacht.

Von Samantha erfuhr er dann, dass sie Motorräder mochte, und arrangierte eine »zufällige« Begegnung bei einem beliebten Harley-Laden. Ihr Gespräch über Motorräder hatte ihm Spaß gemacht. Er redete sich ein, dass alles ganz harmlos wäre, nichts weiter als zwei Bekannte, die sich über ihre gemeinsamen Interessen unterhielten. Der Wolf in ihm hatte hingegen ganz andere Pläne; er begann sofort, eine Verbindung zu ihr einzugehen, die der Mensch in ihm nicht verhindern konnte.

Was sie nun beinahe das Leben gekostet hätte.

Logan ging neben ihrem Stuhl auf die Knie und neigte seinen Kopf auf ihre Schenkel. Sofort fühlte er ihre Hand auf seinem Haar.

Eigentlich sollte er ihre Art fürchten und hassen, und Nadia sollte ihn verabscheuen. Tod und Leben, die sich gegenseitig ausschlossen? Oder Yin und Yang, die zwei Gegensätze, die ein Ganzes ergaben?

Sie strich ihm über das Haar, und er verharrte vollkommen regungslos.

»Ich danke dir, Logan«, flüsterte Nadia.

Sie konnte nicht glauben, dass Logan neben ihr kniete, seinen Kopf zärtlich auf ihren Schoß gebettet. Genüsslich streichelte sie sein rauhes, zugleich seidiges, dichtes Haar.

Als er den Kopf hob, waren sie auf Augenhöhe. Stoppeln bedeckten seine Wangen und sein Kinn, und seine Haut war von roten Kratzern übersät. Vor allem aber sah Nadia an seinem Blick, dass der Wolf in ihm erwachte.

Sie beugte sich vor und küsste ihn. Sofort lagen seine Hände an ihren Wangen.

Nadia tauchte ihre Finger tiefer in sein Haar und zog ihn näher zu sich. Was auch immer als Nächstes geschähe, sie konnte ihn jetzt haben. Wenn dies hier vorbei war, würde er sie nie wiedersehen wollen, aber jetzt könnte sie bei ihm sein.

Leider löste Logan ihre Umarmung behutsam. »Ich brauche eine Dusche. Und du musst schlafen.«

Nadia nahm seine Hände. »Wir sind beide weit von zu Hause fort, und hier draußen gelten die Regeln nicht. Nur du und ich.«

»Ich weiß.« Logan stand auf und ließ ihre Hände los. »Deshalb gehe ich nach nebenan.«

Mit diesen Worten wandte er sich ab, ging ins Bad und schloss die Tür hinter sich. Das Klicken erschien Nadia schmerzlich scharf, während sie noch das Bild von seinem hübschen Hintern im Kopf hatte.

Kapitel 11

Logans Hand zitterte, als er die Wasserhähne bediente, was nicht seiner Müdigkeit, Wut oder Angst geschuldet war, sondern allein der Anstrengung, Nadia zu widerstehen. Er zog sich aus und stieg unter den Wasserstrahl, der angenehm warm auf seinen kalten, erschöpften Leib niederprasselte. Nadia hatte recht, dass sie fernab von ihrem Zuhause waren und keine Regeln sie trennten. Was es umso schwieriger machte, ihr Angebot abzulehnen.

Seine Haut mochte kalt sein, aber ansonsten war er heiß und hart, und sein Herz hämmerte wie verrückt. Er wollte Nadia, doch zu viele Dinge bereiteten ihm Sorge.

Zum Beispiel die Frage, wo Matt steckte. Falls er Logan unbedingt hierherlocken wollte, warum war er ihm dann nicht gefolgt und hatte ihn angegriffen? Wieso blieben die Werwölfe mit ihrem Wanderführer im Zeltlager, statt nach Nadia zu suchen?

Logan glaubte keineswegs, dass Nadia in diesem Motelzimmer sicher war. Die Tür hatte ein Schloss, und sie waren bewaffnet, doch ihm wollte das zweite Klicken nach seinem Anruf bei Nez nicht aus dem Kopf gehen. Die Frau vorn an der Rezeption mochte schlicht neugierig sein, ebenso gut jedoch könnte sie von Matt bezahlt werden.

Also warum tauchte Matt nicht auf? Und warum hatte er Nadia entkommen lassen?

Sie hatte großes Glück gehabt, ein Telefon zu entdecken, noch dazu, sich an Logans Nummer zu erinnern. Aber wenn sie es schon bis zu dem Telefon geschafft hatte, wieso hatte sie nicht den Notruf gewählt oder war in den Tankstellensupermarkt gelaufen, um die Leute um Hilfe zu bitten?

Auf so manches konnte sein müdes Hirn sich keinen Reim machen.

Plötzlich ging die Badezimmertür auf. Der Luftzug wehte den dünnen weißen Duschvorhang nach innen, so dass das Plastik an Logans Haut klebte. Noch ehe er sich wieder befreien konnte, wurde der Vorhang zurückgezogen, und Nadia stieg zu ihm in die Dusche.

Sie war nackt. Im Wasserdampf kräuselten sich ihre Haare sofort, und ein glänzender Film legte sich auf ihre Haut.

Während er sie wortlos anstarrte, trat Nadia näher und schlang ihre Arme um seinen Hals. Ihre Augen waren groß und dunkel wie die ihrer Dämonengestalt.

Das tiefe Knurren, das aus Logans Kehle drang, erfüllte den kleinen Raum. Spielerisch knurrte Nadia ebenfalls und küsste ihn aufs Kinn.

Logans Beherrschung war endgültig dahin, besiegt von seinem Verlangen. Er schob Nadia gegen die Kachelwand, neigte seinen Kopf in ihre Halsbeuge und inhalierte genüsslich ihren Duft nach Wald, Schweiß und ihrer ganz besonderen Note. Er bedeckte sie mit Küssen, und sie lächelte sinnlich.

Beide Hände in ihrer Taille, fühlte er, wie ihre Brüste sich oberhalb seiner Daumen wölbten. Im Wald hatte er Nadia nackt gesehen, als sie sich verwandelte, doch solange der Wolf in ihm die Oberhand hatte, achtete er kaum auf Nacktheit. Erst nachdem er eine Weile wieder Menschengestalt angenommen hatte, zählten Dinge wie Kleidung oder Scham für ihn.

Und nun pulsierte sein Körper angesichts ihrer überwältigenden Schönheit. Nadia leckte ihm schmunzelnd über den Mund.

Als ihre kleine Zunge ihn berührte, wurde seine bereits harte Erektion noch größer. Sie rieb sich an ihm, wiegte ihre Hüften, dass seine Gliedspitze in ihren Nabel drückte, und sie lachte.

»Hör auf damit!«, raunte er.

»Aufhören womit?«, fragte sie provozierend.

»So verflucht niedlich zu sein.«

»Niedlich?«, wiederholte sie verwundert. »Als niedlich bezeichnet man kleine Katzen. Ich bin eine Dämonin, mein Süßer.«

Eine Dämonin, die höllisch verführerisch auf diesen Werwolf wirkte. Logan umfing ihre Brüste und neckte die harten Spitzen. Seit Monaten begehrte er sie und hatte ihr schon viel zu lange widerstanden.

Nun hob er sie hoch und lehnte sie gegen die Kacheln. Er spürte, wie seine Augen golden zu glühen begannen, und Nadias Lächeln machte ihn alles andere vergessen.

Die kalten Fliesen drückten so fest gegen Nadias Rücken, dass sie sicher war, das Muster später auf ihrer Haut zu haben. Logan war noch nicht rasiert, sein Kinn vom Bart überschattet. Es sah so verlockend aus, dass sie gar nicht anders konnte, als über seinen Hals zu lecken. Die Reibung auf ihrer Zunge war köstlich.

Stöhnend legte er beide Hände an ihre Wangen und küsste sie. Er schmeckte königlich, nach einem Hauch Zahnpasta und seiner eigenen Würze.

Ihre Brustspitzen wurden heiß, während seine Brust sich an ihnen rieb. Ungeduldig griff Nadia zwischen ihrer beider Körper nach seiner festen Erektion an ihrem Bauch. Sie war sehr warm und unglaublich groß.

Bei allen Göttern der Finsternis, warum war Logan so sexy? Und wieso wollte sie einen *Werwolf*? Sie musste komplett den Verstand verloren haben.

Sie wanderte mit ihrer Hand zu seiner Gliedspitze und genoss die Wärme, die sie in ihrer Handinnenfläche spürte, und wie er in ihren Mund stöhnte, als sie die Finger um ihn schloss.

Aus Gründen, die sie nicht kannte, meinte es das Schicksal reichlich gut mit ihr, dass es sie hier, in dieser Dusche, bei diesem phantastischen Mann landen ließ. Vom ersten Augenblick an hatte sie seinen Körper begehrt, seine Kraft, seine Berührung. Küssend und leckend bewegte sie sich beständig tiefer und sank langsam auf die Knie.

»Verflucht, Nadia, bring mich nicht um!«

»Ich will dich nicht umbringen«, erwiderte sie lächelnd, »nur kosten.«

Seine eine Hand senkte sich schwer auf ihre Schulter. »Du musst damit aufhören!«

Nadia gab sich betont gelassen. »Wenn du unbedingt willst.«

»Nein!« Er ballte die Hand zur Faust und stemmte sie neben ihr gegen die Wand. »Ich will nicht.«

»Gut.« Nadia öffnete den Mund weit und neckte seinen zuckenden Penis mit ihrer Zunge, bevor sie ihn mit den Lippen einfing.

Logan stöhnte. Er war glatt und heiß, und sein steifes Glied füllte ihren Mund vollständig aus.

»Warum tust du mir das an?«, flüsterte er heiser.

Im Moment konnte sie nicht antworten, denn sie sog sanft an ihm und rieb die schmale Wölbung unterhalb seiner Eichel mit ihrer Zunge.

Logan vergrub seine Finger in ihrem Haar, während er sich weiter mit einer Faust an der Wand abstützte. Gleichzeitig bewegte er seine Hüften vor und zurück, als flehte er nach ihr.

Sie nahm seine festen Hoden in die Hand, die sich göttlich anfühlten, und drückte einen.

»Mist!«, ächzte Logan.

Er wiegte sich noch schneller, stieß sein Glied in ihren Mund. Und Nadia leckte und sog an ihm, wobei sie gleichzeitig noch einmal mit der Hand zudrückte.

Kräftige Hände packten ihre Schultern und zogen sie von seinem prächtigen Penis weg. Nadia sah überrascht zu Logan auf, der sie nach oben riss.

»Noch nicht.«

Seine Augen funkelten golden, und hinter seiner gekräuselten Oberlippe zeigten sich leicht vergrößerte Eckzähne.

»Warum nicht?«, fragte sie. Ihr Leib pochte vor Verlangen, ihre Scham brannte für ihn.

Anstelle einer Antwort hob er sie hoch, stieg mit ihr aus der Dusche und rannte mit ihr in das Zimmer zurück.

»Willst du nicht das Wasser abdrehen?«, fragte Nadia, als sie tropfnass auf das wacklige Bett fiel.

»Egal.«

Die Dusche prasselte munter weiter, während Logan sich über sie legte. Sein Glied zeigte zielgerichtet auf sie, als er sich auf Hände und Knie stützte.

Im Vergleich zum Bad war das Zimmer kühl, doch Nadia war heiß genug. Ihr wurde sogar noch heißer, sobald Logan sich auf sie senkte.

»Was meinst du mit ›noch nicht‹?«, fragte sie ihn lächelnd. »Gefiel dir nicht, was ich tat?«

Sein Gesicht schwebte nur wenige Zentimeter über ihrem. »Wenn ich komme, will ich in dir sein.«

»Ist mir recht.«

Mehr brauchte es nicht. Logan drückte gegen ihre Schenkel, die sie für ihn spreizte, weil sie ihm zeigen wollte, wie bereit sie für ihn war. Sie öffnete ihre Schamlippen mit den Fingern, so dass er sehen konnte, dass sie nicht nur von der Dusche feucht war.

»Du bist gemein«, knurrte Logan.

»Was?«

»Warum willst du, dass ich leide?«

»Will ich nicht!«, widersprach sie erschrocken.

Sein Haar kitzelte sie, als er sich dichter zwischen ihre Schenkel drängte. Jeder seiner Muskeln war hart angespannt, von seinem Hals über seinen Rücken bis zu seinen Schenkeln.

Schließlich tauchte er in sie ein, und sie musste an sich halten, um nicht zu schreien. Er war riesig und hart, sie eng vor Verlangen.

»Logan!«, hauchte sie, biss sich auf die Lippen, und Tränen stiegen ihr in die Augen.

Er hielt inne. »Bist du okay?«

»Ja, wieso hörst du auf?«

Sein Atem klang angestrengt. »Ich will dir nicht wehtun.«

»Kannst du nicht.«

»Doch, ich könnte. Glaub mir, das könnte ich! Aber ich werde es nicht.«

Nadias Herz klopfte schneller, und sie fasste seine Hüften. »Mach schon!«

Ohne zu antworten, glitt er mit einem Stoß vollständig in sie hinein. Sie rang nach Atem, als er sie ausfüllte. Er war so verflucht groß, doch es tat nicht weh. Nein, es fühlte sich phantastisch an.

»Logan, bitte!«

Für ihn gab es keine Fragen mehr, keine Worte. Er küsste sie leidenschaftlich und begann, seine Hüften zu bewegen.

Ihr Liebesspiel war still und intensiv. Unter ihnen knarzte und wackelte das Bett, wovon sie kaum etwas wahrnahmen, denn sie hielten einander bei den Händen und bewegten sich zusammen.

An diesem Akt war nichts Zärtliches oder Langsames. Vielmehr gaben sie beide dem pochenden Verlangen nach, das sie schon zu lange unterdrückt hatten. Nadia schwang sich jedem seiner Stöße entgegen. Wieder und wieder schlugen ihre Leiber aneinander.

Sie beide waren stark genug, um diese rohe Vereinigung auszuhalten. Nadia krallte ihre Finger in Logans Rücken, und er knabberte an ihrem Hals, wo seine Reißzähne sie kratzten. Er hielt sich zurück, um sie nicht zu beißen, während sie sich unter ihm wand und fragte, was passieren würde, wenn er jede Beherrschung fahren ließe.

Sie war dämonisch, also könnte sie alles hinnehmen, was er tat, und sich nicht minder wild gebärden. Noch nie war sie mit jemandem zusammen gewesen, der so stark wie Logan war. Bei ihm hatte sie immerzu das Gefühl, klein und zart zu sein. Was für ein Witz!

Er sah sie an. »Was ist?«, raunte er.

»Mir gefällt, wie stark du bist.«

Nun knurrte er und stupste seine Nase ziemlich wolfsähnlich an ihren Hals. »Und mir gefällt, wie stark *du* bist, Nadia. Und wie wunderschön. Ich will, dass du dich gut fühlst.«

Dann küsste er sie. Sein Körper öffnete ihren auf eine Weise, die sie bisher nicht gekannt hatte. Solch einen Liebesakt hatte sie, seit sie achtzehn gewesen war, nicht mehr erlebt, und selbst der verblasste gegen diesen mit Logan. Damals war sie fast noch ein Kind und bis über beide Ohren verliebt gewesen; jetzt hingegen war sie erwachsen und verstand die Bedürfnisse Erwachsener besser.

Sie fühlte das Kribbeln seiner Lebensessenz, und die Dämonin in ihr konnte nicht widerstehen, danach zu greifen. Sie funkelte auf ihren Händen, als sie Logan über das Gesicht strich.

In letzter Sekunde zwang sie sich, ihre Hände zurückzuziehen, denn sie wollte ihm seine Essenz nicht stehlen. Schließlich war er kein Süchtiger in einem Club. Nein, so durfte es mit ihm nie werden!

»Nimm sie!«, flüsterte er.

»Ich will dich nicht verletzen.«

»Ich bin ein großer, böser Werwolf, Süße. Deine Matriarchin hat sich ein Jahr lang an mir genährt, und es hat mich nie beeinträchtigt.«

Eifersucht regte sich in Nadia. »Hat sie das?«

»Sie wollte nicht. Also los, nimm sie! Du brauchst sie, und ich habe genug übrig.«

Die Dämonin in ihr fauchte vor Gier, hungerte nach dem, was sie kosten durfte. Also legte sie ihre Hände abermals an seine Wangen und ließ die Finsternis in ihr nach dem Licht streben.

Kapitel 12

Nadia schrie auf unter der Wucht, mit der Logans Lebensessenz aus ihm herausströmte und sie mit Licht flutete. Gleichzeitig reckte sie sich ihm entgegen, um auch von ihm ausgefüllt zu sein.

Sie zog ihn zu sich, um ihn zu küssen. Seine wundervolle Lebensessenz funkelte auf ihrer Zunge, und sie trank sie wie eine Verdurstende. Ihr Körper bewegte sich mit seinem, als er fester und fester in sie hineinstieß, bis sie seinen Namen rief und er ihren stöhnte. Trotz der Kälte waren sie beide schweißgebadet. Nadia fühlte sich sogar heißer denn je.

Seine Lebensessenz verquickt mit ihrem Orgasmus war das Gigantischste, was sie jemals empfunden hatte. Sie hatte ihn ganz und gar bekommen, alles aus ihm in sich eingesogen. *Götter, Logan, ich liebe dich!*

Logan stöhnte nochmals und ergoss seinen Samen tief in sie hinein. Im selben Moment wurden seine Augen zu denen des Wolfes, kehrten allerdings gleich wieder zu seinen menschlichen zurück.

»Ich liebe dich«, flüsterte er rauh. »Ich liebe dich, Nadia.«

Atemlos sank er auf sie und küsste sie mit heißen geschwollenen Lippen. Nadia schlang ihre Arme um ihn, während sie die Dämonin in sich von seiner Lebensessenz fortzwang.

Es war vorbei. Logans Lebensessenz strömte noch einen kurzen Moment durch ihre Finger, dann war sie fort. Und Nadia schloss die Augen, damit Logan ihre Tränen nicht sah.

Logan lag träge neben der schlafenden Nadia. Ihre Brust hob und senkte sich unter ihren ruhigen Atemzügen, die Spitzen dunkel auf der hellen Haut.

Anscheinend ließ seine Lebensessenz sie friedlich schlafen, was ihn freute, denn ihre Erschöpfung war unübersehbar gewesen.

Auch er war müde, fühlte sich jedoch nicht ausgelaugt. Die Vereinigung mit Nadia hatte das Band zwischen ihnen besiegelt. Zum ersten Mal in seinem Leben war Logan vollkommen ausgefüllt statt leer.

Sie hatte ihn verwundert angesehen, als er ihr sagte, dass er sie liebte, ja, sogar sehr erschrocken. Er lächelte. Er musste sie behutsam an die Tatsache gewöhnen, dass ein lebensmagisches Wesen alles an ihr liebte. Außerdem musste er ihr erklären, dass er sie als seine Wölfin wollte. Sein Wolf hatte das längst entschieden, aber Nadia musste die Wahl haben.

Rastlos stieg er aus dem Bett und zog sich leise seine Jeans an. Sie schlief weiter. Wie schwarze Halbmonde lagen ihre Wimpern auf den hellen Wangen. Behutsam zog er die Decke um sie herum höher und ging zum Tisch, um alles für die Fahrt zurück nach L.A. zu packen.

Vorerst war es wichtiger, Nadia in Sicherheit zu bringen, als Matt zu finden. Logan wusste, dass Samantha sie bei sich im Haus der Matriarchin in Beverly Hills unterbringen würde, wo die Sicherheitsvorkehrungen viel zu streng waren, als dass Matt dort hereinkäme. Samantha und Tain würden verdammt gut für Nadias Sicherheit sorgen.

Anschließend würde Logan sich zusammen mit Tony Nez auf den Weg zurück hierher machen, wo sie die Werwölfe hochnähmen und Matt aufspürten. Er war Matts Spielchen gründlich leid und bereit für die letzte Konfrontation. Und wenn es ein Kampf auf Leben und Tod würde, dann musste es eben so sein.

Im Bad drehte Logan das Wasser ab, das inzwischen eiskalt war. Er steckte den Motelschlüssel ein und trat in den Schnee hinaus, um die Rechnung zu bezahlen, damit er direkt mit Nadia aufbrechen konnte, nachdem er sie geweckt hatte.

In der Rezeption angelte die müde Frau seine Rechnung aus einem Stapel und nahm seine Kreditkarte. In dem Zimmer hinter ihr schrien sich zwei Kinder bei plärrendem Fernseher an.

»Wofür ist das?«, fragte Logan und tippte auf einen Betrag auf der Rechnung.

Die Frau guckte seitlich auf den Beleg. »Telefon.«

Logan hatte nur einen einzigen Anruf getätigt, zu Nez. »Können Sie mir die Anrufe auflisten?«

Sie warf ihm einen genervten Blick zu, seufzte und drückte eine Taste auf ihrer Computertastatur. Ein Blatt glitt aus dem Drucker, und sie schob es ihm über den Tresen. Dann wandte sie sich wieder ab und ging ins Hinterzimmer, weil sie offenbar meinte, damit wäre ihre Unterhaltung beendet.

Logan sah sich die Liste der Telefonate an. Ein Anruf bei Nez. Ein Anruf mit 805er-Vorwahl, einem Vorort von Los Angeles, sowie zwei Anrufe bei einer Nummer, die Logans Blut gefrieren ließ.

Er starrte auf das weiße Blatt mit den schwarzen Zahlen, die sich partout nicht verändern wollten.

Jemand in Zimmer fünf hatte Matt Lewis angerufen.

Logan stürmte aus der Rezeption und zu seinem Zimmer zurück, wobei ihm die Kälte überhaupt nicht auffiel. Seine Wut wurde mit jedem Schritt größer, und gleichzeitig wurde ihm speiübel.

Warum zur Hölle hatte Nadia Matt angerufen? Er hatte sie entführt, sie hierhergebracht, seine Wölfe auf sie losgelassen, damit Logan zu ihrer Rettung herbeigeeilt kam.

Obwohl die Chancen außergewöhnlich schlecht standen, hatte Nadia ein öffentliches Telefon gefunden, um Logan anzurufen. Bei diesem Gedanken verwandelte Logans Angst sich in blanke Wut.

Gute Götter, er war ein totaler Idiot! Wie der letzte Trottel war er in Matts Falle getappt. Er war in dem Moment hier hinaufgerast, als Nadia ihn um Hilfe anflehte, weil sie sich verzweifelt anhörte. Er hatte sie gerettet, sie in den Armen gehalten, sie geküsst, mit ihr geschlafen und ihr gesagt, dass er sie liebte.

Du dämlicher, bescheuerter Volltrottel!

Matt lachte sich wahrscheinlich schlapp.

Er riss die Tür weit auf, so dass die eisige Luft in das Zimmer drang. Nadia lag immer noch schlafend im Bett und regte sich nicht.

Der Wolf in ihm knurrte. Wie leicht wäre es, zum Werwolf zu werden, ihr die Decken herunterzureißen und sie zu zerfleischen! Sie schlief, weil sie ihm vertraute, wie er ihr vertraut hatte.

Er hatte ihr sogar gestattet, von seiner Lebensessenz zu nehmen, sich um ihretwillen geschwächt. Und dazu hatte er gelächelt und gesagt: *Ich liebe dich.*

Das war es, was Dämonen taten. Nadia hatte einst in einem Dämonenclub gearbeitet, wo sie die Kunden anlächelte und ihnen zu dem Kick verhalf, den sie nur erhielten, wenn sie mit einem Dämonen zusammen waren. Alles, was Nadia machen musste, war zu behaupten, sie hätte dieses Leben hinter sich gelassen, wäre überhaupt nur hineingeraten, weil sie keine andere Wahl gehabt hätte, und er glaubte ihr jedes Wort.

Logan spürte, wie sein Gesicht sich veränderte, seine Zähne spitzer wurden und die Konturen sich zu denen eines Wolfs verlängerten. Mittels purer Willenskraft zwang er sich, menschlich zu bleiben. Er wollte sie nicht töten. Vielmehr wollte er ihr in die Augen sehen und eine Erklärung verlangen, weshalb sie sich für Matts Plan einspannen ließ.

Er ging ins Bad, drehte den Wasserhahn auf und klatschte sich kaltes Wasser ins Gesicht. Aus dem Spiegel starrten ihm Wolfsaugen entgegen, gelb und zornig, so dass er sich mit noch mehr kaltem Wasser bearbeitete, um sich zu beruhigen.

Als er wieder ins Zimmer kam, schlief Nadia noch. Wie wunderschön sie aussah, das Haar auf der Stirn gekräuselt und eine schmale Hand an ihre Wange geschmiegt!

Sobald Logan sie weckte, würde die Illusion von ihr, die er seit sieben Monaten mit sich herumtrug, zerplatzen: die Illusion, sie wäre tapfer und wunderschön, und sie beide könnten irgendwie zusammen sein.

Er atmete tief durch und riss die Decken herunter.

Nadia regte sich und blinzelte schläfrig. Mit einer Hand rieb sie sich die Augen, dann streckte sie sich und krümmte dabei ihre Zehen.

»Logan?«, fragte sie benommen. »Ist etwas passiert?«

Stumm hielt er ihr die Telefonliste hin, auf der Matts Nummer klar und deutlich zu erkennen war.

Nadia brauchte ein paar Sekunden, bis sie begriff, was sie vor sich sah. Logan hielt ihr das Blatt vollkommen ruhig direkt vor die Nase, und dort am Ende der Nummernliste war der Beweis ihres Anrufs.

»Logan.«

Sein Blick war unheimlich. »Steh auf, zieh dich an und dann verschwinde verflucht noch mal aus meinem Leben!«

Nadia zog die fadenscheinige Überdecke hoch, um ihre nackten Brüste zu bedecken. »Logan, er ließ mir keine Wahl!«

»Du hast ihm gesagt, wo ich bin. Wann wird er aufkreuzen?«

»Er wusste es sowieso schon. Die Frau an der Rezeption hatte es ihm verraten.«

Logan verzog nach wie vor keine Miene. »Was springt für dich dabei heraus? Geld? Oder die Befriedigung, einen Werwolf zur Strecke gebracht zu haben? Oder war es meine Lebensessenz, auf die du es abgesehen hattest?«

Wie versteinert saß Nadia da. Tränen rannen ihr über die Wangen. Sie hatte getan, was sie tun musste, und wusste, dass sie Logan darüber verlor. Aber ihr war nicht bewusst gewesen, wie sehr es schmerzen würde. Ihre Tagträume von einem Happy End mit ihm zerplatzten wie die Seifenblase, der sie von Anfang an geähnelt hatten.

»Ich war achtzehn«, begann sie.

»Als du Matt kennengelernt hast?«

»Nein, als ich schwanger wurde.«

Logan wandte sich ab. Er war schon angezogen und seine Tasche zur Hälfte gepackt.

»Ich will deine Lebensgeschichte nicht hören. Schon vergessen? Ich habe deine Polizeiakte gelesen.«

Nadia wischte sich die Augen ab. »Ich erzähle es dir aus einem bestimmten Grund. Mit achtzehn verliebte ich mich in einen Menschen namens Terry Snyder. Ich lernte ihn in einem Kaufhaus in Westwood kennen, wo ich damals arbeitete. Sie stellten gern Dämoninnen ein, weil wir klasse aussehen und menschliche Kunden anlocken konnten. Ich wusste, dass Dämonen menschliche Frauen schwängern können, aber mir war nicht klar, dass es auch andersherum funktioniert. Götter, war ich naiv! Jedenfalls bekam ich ein Kind von Terry, einen Sohn. Joel ist heute zehn Jahre alt.«

Sie schluckte. Es war schwer, darüber zu reden, doch sie musste es Logan begreiflich machen. Danach hasste er sie vielleicht immer noch, aber wenigstens würde er sie verstehen.

Logan warf ein paar Sachen in seine Tasche. Er weigerte sich, sie anzusehen. Sie war nicht einmal sicher, ob er ihr zuhörte.

»Terry wollte Joel nicht«, fuhr Nadia fort. »Und er wollte mich nicht – nicht, wie ich wirklich war. Meine Familie ist sehr konservativ und findet, dass Dämonen sich niemals mit anderen Arten verbinden sollten. Entsprechend erkannten sie Joel nicht als Familienmitglied an. Er lebt seit Jahren bei seinen menschlichen Großeltern. Die Snyders sind gute Menschen und schämen sich, weil ihr Sohn uns so schlecht behandelte.«

Schweigend packte Logan weiter. Seine Bewegungen waren seltsam steif.

»Ich habe gearbeitet, um für Joels Unterhalt zu sorgen, denn ich wollte nicht, dass Terrys Eltern für alles allein aufkamen, und Terry war weg. Er fuhr dauernd in schicken Sportwagen herum, und eines Tages kam er bei einem Unfall ums Leben. Ich bin zumindest ziemlich sicher, dass es ein Unfall war und nicht einer von meinem Clan Rache übte oder so. Zu jener Zeit hatte der Clan mich längst ausgeschlossen.«

Endlich drehte Logan sich um, doch sein Gesichtsausdruck war abweisend. »Was zur Hölle hat all das mit Matt zu tun?«

»Du hattest recht, dass Matt dich ausspionieren ließ. Er wollte wissen, ob dir irgendjemand in L.A. nahestand. Er weiß, wie viel Samantha dir bedeutet, aber er war nicht so blöd, die Matriarchin eines mächtigen Dämonenclans als Köder für dich zu benutzen. Außerdem hatte er von Tain gehört und entschied, dass es eine blöde Idee wäre, sich Ärger mit einem Unsterblichen einzuhandeln.« Beinahe hätte sie geschmunzelt. »Andererseits gab es niemanden, den interessierte, was mit mir passiert, also beschloss Matt, dass ich sein leichtestes Opfer wäre.«

»Das meiste von Matts Plänen habe ich mir schon selbst zusammengereimt«, bemerkte Logan. »Was du ausgelassen hast, ist, warum du ihm hilfst.«

Ungehindert liefen ihre Tränen. »Kapierst du es denn nicht? Er droht, Joel umzubringen! Matt sagte, wenn ich nicht hierherauf komme, bringt er Joel um. Ein paar seiner Leute überwachen Joel auf Schritt und Tritt und warten nur auf seinen Befehl, ihn zu töten. Matt braucht nichts weiter zu tun, als sie anzurufen. Wenn ich tue, was Matt sagt, wird Joel nie erfahren, dass er überhaupt in Gefahr war.«

»Dann waren deine Entführung und die Jagd durch den Wald bloß eine Finte?«

Sie schüttelte den Kopf. »Nein, das war echt. Ich trampte und nahm den Bus, genau wie ich dir erzählt habe. Der Van holte mich ab, und als ich aus der Betäubung aufwachte, stieß Matt mich aus dem Van und befahl mir, wegzulaufen. Meine Angst sollte echt sein, erklärte er, sonst würdest du gleich merken, dass etwas nicht stimmt.«

Logan wandte sich wieder ab, und ein Muskel in seinem Rücken zuckte. »Also könnte man das Ganze eher als Reality-Show bezeichnen.«

Nadia starrte auf die Decke. »Matt zwang mich, zwischen dir und Joel zu wählen. Ich musste mich für Joel entscheiden.«

Da sie keine Worte oder Gefühle mehr übrig hatte, schwieg sie. Logan blickte derweil weiter ins Nichts.

Er hatte gesagt, dass er sie liebte. Und sie liebte ihn.

»Warum hast du es mir nicht gesagt?«, fragte er schließlich.

»Bitte, frag mich das nicht! Ich konnte dir nichts erzählen.«

»Doch, das konntest du wohl!« Logan drehte sich um, und seine Augen sprühten Feuer. »Hast du gedacht, ich würde dich hassen, weil du ein Kind hast? Weil Matt dich benutzt? Er ist ein Perversling, der seine eigene Mutter benutzen würde, um zu kriegen, was er will. Das tat er sogar schon. Oder erzählst du mir bloß Blödsinn, damit ich Mitleid mit dir habe?«

»Nein, es ist alles wahr.« Nadia setzte sich auf, denn nun wurde sie wütend, und ihre Wut verlieh ihr Kraft. »Ich habe dich nie belogen!«

»Wesentliche Teile der Wahrheit auszulassen ist dasselbe wie Lügen. Du hast mir immer noch nicht geantwortet. Warum hast du mir nicht gesagt, was los ist? Dachtest du, ich würde nicht versuchen, deinen Sohn zu schützen?«

»Ich weiß nicht, was ich dachte. Ich weiß nur, dass, wenn ich es dir gesagt hätte und du hinter Matt hergejagt oder zu Joel gefahren wärst, um ihm zu helfen, Joel gestorben wäre. Matt versicherte mir, sobald er dich hat, gibt er seinen Männern Order, Joel in Ruhe zu lassen. Aber wenn sie bis morgen früh keinen Anruf von ihm erhalten, bringen sie meinen Sohn um. So viel ist sicher. Er befahl mir, dich hier festzuhalten, weit weg von jeder Hilfe.«

Logan fuhr sich seufzend mit einer Hand durchs Haar. Er sah müde aus. »Deshalb hast du Matt angerufen, während ich unter der Dusche stand, und sagtest ihm, wo wir sind. Und danach hast du dein Bestes getan, um mich hierzubehalten. Deine Taktik war sehr effektiv, das muss man dir lassen!« Sein Zynismus und der Blick in seinen Augen brachen ihr das Herz.

»Das ist nicht der Grund, weshalb ich mit dir geschlafen habe.«

»Ach nein? Aber das war noch nicht genug. Du hast auch noch von meiner Lebensessenz genommen, um mich zusätzlich zu schwächen.«

Nadia kniete sich auf das Bett, die Decke um sich geschlungen. »Ich schwöre dir, das hatte nichts mit Matt zu tun!«

»Tut mir leid, Süße, aber ich glaube dir nicht.«

Mit einem bitteren Lächeln wandte er sich wieder seiner Tasche zu. Sein Zorn war beinahe mit Händen zu greifen.

Jetzt verachtete er sie. Nadia hasste es, dass sie eine Wahl treffen musste, doch sie konnte unmöglich ihren eigenen Sohn opfern.

»Ich hoffe, du weißt, dass ich nicht vorhabe, mich von Matt umbringen zu lassen«, sagte Logan sehr ruhig, auch wenn sie die Anspannung in seiner Stimme hörte. »Ich dachte, wenn ich von meinem Rudel fortgehe, wäre es vorbei. Offenbar ist es das nicht.«

»Wieso hast du nicht früher gegen ihn gekämpft? Ich wünschte, du hättest es getan, dann wäre ich ihm niemals begegnet.«

»Ich ging fort, weil ich wusste, dass ich ihn töten würde. Dann müsste das Rudel entweder mich als den Alpha akzeptieren oder mich vernichten. Kayla wollte es so, und den Triumph gönnte ich ihr nicht.«

Seine Ungerührtheit schmerzte fast noch mehr als seine Wut. »Logan, es tut mir leid.«

»Es ist nicht deine Schuld, dass du in den schlechten Scherz hineingezogen wurdest, der mein Leben ist.« Logan trat ans

Fenster. »Niemand kann dir vorwerfen, dass du alles tust, um deinen Sohn zu schützen. Ich bin nur stinksauer, weil du mir nicht vertraut hast.«

»Wie sollte ich? Du bist ein Werwolf, ein lebensmagisches Wesen, mein natürlicher Feind! Außerdem bist du ein Cop, und ich bin eine Dämonin, die in den Clubs gearbeitet hat. Alles drei sind gute Gründe, weshalb ich dir auf keinen Fall vertrauen sollte.«

»Ich dachte, wir wären befreundet. Als wir zusammen ausgingen und ich mit dir über alles reden konnte, bildete ich mir ein, wir könnten uns näherkommen. Schön blöd, was? Du hast Joel nie auch nur erwähnt.«

»Bei scharfen Typen stehen ledige Mütter nicht gerade hoch im Kurs«, konterte sie gereizt. »Ich wollte dich erst besser kennenlernen.«

Logan blickte sich zu ihr um. »Ich hatte geglaubt, dass wir dabei sind, eine Beziehung aufzubauen. Das war anscheinend reines Wunschdenken.«

»Hör mal, ja, ich hätte ebenso gut gar nichts sagen können, und Matt hätte dich völlig unerwartet überfallen!«

Sein Mund wurde zu einer schmalen Linie. »Du hast es mir erst erzählt, nachdem ich dich ertappt hatte.«

Nadia schwieg. Er war zu wütend, um ihr richtig zuzuhören, folglich war es vollkommen egal, was sie sagte. Sie schleuderte die Decken beiseite und griff nach ihrer Unterwäsche.

Logan wandte sich wieder ab. Selbst wenn sie ihn mit ihrem Körper verlocken wollte, was nicht der Fall war, würde es ihr nicht gelingen.

»Zieh dich an!«, sagte er streng. »Ich bringe dich zurück nach L.A.«

»Hast du mich nicht gehört? Matt will …«

»Ich pfeif drauf, was Matt will!« Als Logan sich abermals zu ihr umdrehte, hatten seine Augen sich zu denen eines Wolfs gewandelt und seine Eckzähne sich verlängert. »Er wird seinen Teil der Vereinbarung nicht einhalten, Süße. Werwölfe kennen weder unterschiedliche Grade von Schwüren noch irgendwelche Achtung vor Dämonen. Sie sind sehr direkt.«

Nadia wurde vor Angst schlecht. »Logan, bitte, er ist mein Sohn! Er ist doch nur ein kleiner Junge, der mit alledem nichts zu tun hat!«

»Und deshalb fahren wir zurück nach L.A., Nadia.« Logans Gesicht sah inzwischen menschlicher aus, obgleich seine Augen vor Wut glühten. »Um deinen Sohn vor Matt zu retten. Was du danach tust, ist deine Sache.«

Während Nadia sich anzog, tätigte Logan zwei Anrufe. Er sah absichtlich nicht zu ihr.

Als sie auf der Harley vom Motel zum Highway rasten, fühlte er ihren warmen Körper an seinem Rücken. Aber vor lauter Wut konnte er dieses Gefühl nicht recht genießen. Zudem musste er seine gesamte Konzentration aufwenden, um menschlich zu bleiben und auf die Straße zu achten.

Nadia hatte ihn verraten, doch Matt würde sie verraten. So handhabte Matt es nun einmal: Er benutzte Leute und warf sie anschließend weg. Falls er gegen Logan kämpfte und siegte, würde er Joel und Nadia töten, weil er es konnte. Ein Werwolfsieger durfte mit den Frauen, den Kindern und dem Besitz seines Rivalen tun, was er wollte. Selbst in der heutigen aufgeklärten Zeit würde die menschliche Polizei bei einem Mord an einer Dämonin und einem Halbdämon kaum allzu angestrengt ermitteln.

Logan war ein guter Fahrer. Er schaffte es, stets mit maximaler Geschwindigkeit zu fahren, ohne die örtliche Polizei aufzuscheuchen. Binnen knapp zwei Stunden erreichten sie die Autobahn nach Süden.

Bis endlich die Lichter von Los Angeles am Horizont auftauchten, der Stadt, die sich längst über die Berge hinaus und in die Wüste ausgedehnt hatte, war es nach Mitternacht. Entsprechend herrschte kein allzu dichter Verkehr, als sie von der 405 zur 101 nach Westen abbogen.

Nadia dirigierte Logan durch die Straßen von Thousand Oaks zu einem mittelgroßen Haus, dessen Fenster sämtlich hell erleuchtet waren.

Es hielten sich zu viele lebensmagische Wesen hier auf, stellte Nadia fest, noch bevor sie die Einfahrt hinaufgelaufen war. »Joel?«

Eine riesige Hand packte sie und riss sie zurück. Mit einem stummen Schrei blickte Nadia in das Gesicht des beängstigendsten Mannes auf, den sie jemals gesehen hatte.

Er hatte rotes, kurzes Haar, mehrere Narben und eine Klappe über einem Auge. Das andere war leuchtend blau, und zwei fies aussehende Schwerter steckten in ihren Scheiden an seinem Gürtel. Vom ihm ging eine überwältigende Lebensmagie aus.

»Tain«, hauchte Nadia, die gleichzeitig erleichtert und erschrocken war.

»Was ist da los?«, erkundigte Logan sich, der zu ihnen kam.

Tain musterte Nadia, und sie bemerkte das Mitleid in seinem Blick. »Sie haben alle im Haus als Geiseln genommen«, erzählte er. »Sie warten auf dich, Logan. Ich hätte sie ausgeschaltet, aber Samantha befürchtet, dass sie den Jungen töten, und ich schätze, sie hat recht.«

Nadia stand stocksteif da, ihr Herz wie eingefroren. Ihre schlimmsten Befürchtungen wurden wahr.

»Nein«, flüsterte sie und rannte los.

Kapitel 13

Diesmal war es Logan, der sie packte und zurückriss. »Was hast du vor?«, fragte er. »Das dort drinnen sind Werwölfe, die auf einen Dominanzkampf aus sind, und du begibst dich nicht einmal in ihre Nähe, verstanden?«

»Joel ist in dem Haus!«, presste Nadia hervor. Sie war kreidebleich.

Tain beobachtete das Haus. »Dieser Rudelanführer von dir brachte Wölfe mit, die ihm treu ergeben sind, weil er ihnen versprochen hat, dass sie in der Rangordnung aufsteigen können. Will er eventuell ein eigenes Rudel bilden, falls das alte sich spaltet?«

»Könnte sein«, knurrte Logan. »Und wie kann er besser beweisen, dass er noch stark genug ist, ein Alpha zu sein, als indem er einen Beta besiegt? Verfluchte Werwölfe!«

»Ja, unangenehm«, bestätigte Tain.

»Mein Sohn ist da drinnen«, erinnerte Nadia. »Wie kannst du da von ›unangenehm‹ sprechen?«

Tain sah sie vollkommen ruhig an. »Samantha wartet dort drüben.« Er zeigte auf einen dunklen Geländewagen, der vor dem Nachbarhaus parkte. »Geh zu ihr!« Sein Akzent klang auffallend melodisch. Walisisch, behauptete Tain, wann immer man ihn darauf ansprach, aber Logan wusste, dass er aus einer Zeit stammte, in der Wales noch gar nicht Wales geheißen hatte. Tain war ein Unsterblichenkrieger, der vor fast zweitausend Jahren geboren worden war.

»Ich gehe nicht«, entgegnete Nadia.

Auch Logan wollte sie auffordern, mit Samantha zu warten, nur war ihm klar, dass es reine Zeitverschwendung wäre. Sie würde nicht in dem Wagen hocken bleiben, es sei denn, er schlug sie bewusstlos und band sie dort an. Überdies würde Samantha zu ihnen kommen, sowie sich etwas tat. Sie war eine gute Polizistin gewesen, und sie würde ihre Freunde niemals in eine Gefahrensituation marschieren lassen, ohne ihnen Rückendeckung zu geben.

Er spürte weit mehr Leute in der Dunkelheit, als die Schatten preisgaben. Manche besaßen die dunkle Aura von Dämonen, andere mächtige Lebensmagie, und wieder andere waren menschlich. Tain und Tony Nez waren fleißig gewesen.

»Lass mich mit ihnen reden!«, bat Logan.

Tain sah zu den Fenstern, und Logan fühlte einen seltsamen Druck in seinem Kopf. »Sprich mit normaler Stimme. Sie werden dich hören.«

»Ich bin hier«, begann Logan, ohne zu fragen, was Tain gemacht hatte. »Ich komme allein rein, aber nur, wenn ihr zuerst den Jungen und seine Großeltern gehen lasst.«

Stille. Nadia stand mit geballten Fäusten neben ihm.

Eines der Fenster wurde geöffnet. »Erst kommst du rein!«, rief jemand. »Unbewaffnet!«

Logan erkannte die Stimme. Es war einer der Wölfe, die Matt schon immer umgarnt hatten.

»Wo steckt Matt?«

»Er wartet auf dich«, antwortete der Wolf selbstzufrieden.

»Na gut, ich komme rein, und ihr lasst sie raus!«

Tain schaute zu Logan und schüttelte kaum merklich den Kopf. Was Tain nicht begriff, war, dass diese Wölfe sich nicht zufriedengeben würden, solange sie nicht auf Logan losgehen durften. Was mit Joel und seinen Großeltern geschah, war ihnen herzlich egal.

Logan zog sich seine Jacke aus, die er im mildwarmen L.A. ohnehin nicht brauchte, und nahm das Schulterhalfter mit der Pistole ab. Als Nächstes nahm er die verzauberte Klinge aus seinem Stiefel und reichte beide Waffen Nadia.

»Das war's«, sagte er in Richtung Haus. »Ich komme jetzt rein.«

Nadia warf ihm einen ängstlichen Blick zu, worauf Logan ihr mit der Hand über die Wange strich und ihr einen Kuss gab. Ohne auf ihre Überraschung einzugehen, wandte er sich um.

»Tain, unternimm nichts, bis Joel bei Nadia ist!«, wies er den Unsterblichen an.

Dieser nickte. »Keine Sorge! Bring den Jungen aus dem Haus, dann kümmere ich mich um den Rest.«

Wie Logan wusste, verfügte Tain über die Macht, das Dach vom Haus zu blasen und jeden zu töten, der sich darin befand. Er war froh, dass dieser Mann Skrupel hatte, Unschuldige zu verletzen. Seit er im vorigen Jahr halb wahnsinnig und höchst gefährlich in L.A. angekommen war, hatte Tain sich sehr gewandelt.

Logan drückte seine Schultern nach hinten durch und schritt den Weg zur Vordertür hinauf.

Das Haus war vor dreißig Jahren gebaut worden und hatte vorn eine Doppeltür, deren untere Hälfte aus massivem Holz bestand, die obere aus Sprossenfenstern. Damit nicht jeder gleich hineinsehen konnte hingen schlichte Vorhänge innen an den Scheiben. Aber Logan musste gar nicht hineinschauen, denn er roch die strenge Note der aufs Töten versessenen Werwölfe.

Es waren vier, alle wütend bis an die Grenze des Irrsinns, und Matt. Drei der Wölfe waren noch in ihrer menschlichen Gestalt, einer hatte sich bereits gewandelt, wie Logan an dem Knurren erkannte. Auch das beschleunigte Atmen der drei Menschen, die sie gefangen hielten, konnte er hören.

Logan klopfte sachte an das Fensterglas. »Ich bin's – Logan. Lasst sie raus!«

Ein Werwolf öffnete die Tür. Seine Augen waren von einem dumpfen Wolfsgelb, und seine Zähne wurden schon länger. »Die Hände an die Wand und die Beine spreizen!«

Widerwillig nahm Logan die geforderte Haltung ein und

stützte sich an der glatt verputzten Außenwand ab. Der Wolf klopfte ihn ab; ehe er sich wieder aufrichtete, rammte er ihm seinen Ellbogen in die Hoden.

Für einen kurzen Moment war Logan fast benommen vor Schmerz, bekam jedoch mit, wie der Werwolf zischte: »Er ist sauber.«

»Schickt das Kind raus!«, wiederholte Logan mit zusammengebissenen Zähnen.

»Ja, ja, schon gut!« Der Werwolf zerrte ihn ins Haus.

Von der Diele mit schiefergrauem Fliesenboden ging es geradeaus ins Wohnzimmer, das eine Stufe tiefer als der Rest des Erdgeschosses lag. Ein verängstigter Mann und eine Frau in den Fünfzigern saßen in zwei Sesseln, jeder von einem Werwolf mit halbautomatischer Pistole bewacht.

Der vierte Werwolf, eine große graue Bestie, stand vor einem kleinen Jungen. Joel hatte Nadias Augen, wie Logan sofort auffiel, und war von dem Wolf in eine Ecke gedrängt worden.

Das Kind sah ängstlich aus, aber nicht panisch. Logan fühlte seine Todesmagie, die allerdings eher schwach war und größtenteils von seiner menschlichen Seite überdeckt wurde.

Der Werwolf, der Logan ins Haus geholt hatte, wies mit dem Kinn auf die beiden, die den Mann und die Frau bewachten. Die Werwölfe wichen ein paar Schritte zurück, ohne ihre Waffen herunterzunehmen.

»Raus!«, befahl der erste Werwolf.

Die Frau sah zu Joel, doch vor diesem lief der Wolf knurrend auf und ab.

»Ich passe auf ihn auf«, versuchte Logan sie zu beruhigen. »Gehen Sie zu Nadia!«

Obwohl sie sichtlich wütend und verängstigt war, nickte sie und ging mit ihrem Mann zur Tür hinaus, die der erste Werwolf ihnen aufhielt. Die anderen beiden richteten ihre Waffen auf Logan.

»Und Joel«, beharrte er.

»Das Kind bleibt«, erwiderte der erste Werwolf.

»So war es nicht abgemacht.«

»Jetzt ist es abgemacht. Entweder das Kind bleibt, oder wir erschießen seine Großeltern draußen auf dem Gehweg. Wie wäre das?«

Mit größter Mühe bändigte Logan seinen Zorn. »Wenn ihr für Joels Sicherheit garantiert, bringe ich euch nicht um.«

Der erste Werwolf lachte. »Was glaubst du, wo du hier bist, Beta? Du kriegst überhaupt keine Garantien.«

Joel blickte über den Wolfsrücken hinweg zu Logan. »Ist meine Mom okay?«, fragte er mit erstaunlich fester Stimme.

»Ja, ihr geht es gut«, antwortete Logan. »Sie sorgt sich um dich, aber sie ist okay.«

Joel schien erleichtert. »Sie macht sich dauernd Sorgen um mich.«

»Tja, du wirst von einem Haufen bescheuerter Werwölfe als Geisel gehalten, das ist schon ein Grund zur Sorge, findest du nicht?«

Joel grinste. Natürlich hatte er Angst, aber er hielt sich wacker. »Stimmt auch wieder.«

»Treib's nicht zu weit, Logan!«

Matt Lewis lehnte im Türrahmen, nackt, die Muskeln fest und schimmernd. Seine Augen glühten gelb, als Logan ihn ansah. Matt war von massiger Statur, der bulligste Wolf in seinem Rudel, und er besaß die dazu passende Persönlichkeit eines Rüpels.

Logan ließ sich nicht schrecken. »Ich nehme die Aufforderung zum Duell an«, erklärte er, »doch du musst vorher Joel rausschicken.«

»Aufforderung zum Duell?« Matt lachte. »Meinst du etwa, ich gewähre dir das Privileg eines Duells? Nein, ich werde dich schlicht umbringen.«

»Mir ist ziemlich schnurz, was du vorhast. Joel geht vorher.«

»Nein. Was ich machen werde, ist, dich hinzusetzen und dir

ein paar Silberkugeln in den Schädel zu jagen. So halten wir es mit Rudelverrätern. Entweder das, oder wir bringen den Jungen um. Also, wofür entscheidest du dich?«

Logan prüfte den Abstand zwischen sich und den beiden Bewaffneten. Selbst wenn er sie beide überwältigte, könnte der Wolf Joel mit einem einzigen Prankenhieb töten.

»Na gut, erschieß mich! Nur pfeif den Wolf zurück. Und lass den Jungen aus der Ecke! Nachdem Joel draußen bei seiner Mutter ist, darfst du mich erschießen.«

Matt wirkte ein wenig verwundert. »Du würdest für ein halbdämonisches Kind sterben?«

»Er hat nichts mit dem hier zu tun. Dies ist dein Spiel, nicht seines.«

»Es ist kein Spiel, Logan.«

Logan schüttelte den Kopf. »Nein, nicht mehr. Du übertrittst Rudelgesetze, was bedeutet, dass du die Kontrolle über das Rudel verloren hast.«

»Habe ich nicht!«, fauchte Matt. »Das dominanteste Weibchen ist meine Gefährtin, und ich habe einen neuen Beta ausgewählt.«

Logans Blick wanderte zu dem Wolf, der Joel bewachte. »Das ist er? Wie heißt er noch gleich … Karl?«

»Er ist ein verflucht besserer Beta, als du es warst, denn er gehorcht mir.«

»Das ist nicht die Aufgabe des Beta. Betas haben auf die Einhaltung der Rudelgesetze zu achten, nicht die Launen des Alphas zu befriedigen.«

»Du warst schon immer ein beschissenes Großmaul, weißt du das? Der Kleine, ist er von dir?«

»Wäre er teils Werwolf, würdest du es doch erkennen.«

»Aber er ist die Brut deiner dämonischen Geliebten. Du hast deine eigene Art verraten und dich mit einer todesmagischen Dämonin eingelassen. Da kriege ich das Kotzen!«

»Ich habe dein Leben verschont und dir Kayla gegeben«, erinnerte Logan ihn.

»Du bist vor der Aufforderung zum Duell geflohen, weil du feige bist.«

»Ich gestehe, dass ich einen Fehler gemacht habe«, erwiderte Logan ruhig. »Ich dachte, ich helfe dem Rudel, indem ich fortgehe, aber hätte ich dich gleich getötet, würde das Rudel sich jetzt nicht selbst zerfleischen.«

»Keiner zerfleischt sich! Ich bin immer noch der Alpha. Es gibt bloß ein paar Arschlöcher, die mehr wollen, als ihnen zusteht.«

»Kayla klang verängstigt.«

Ein roter Schimmer trat in Matts Augen, und er kam auf Logan zu. »Wenn du Kayla angefasst hast ...«

»Ich habe mit ihr telefoniert. Sie glaubt, dass ich dich töten kann, und flehte mich an, es nicht zu tun.«

»Schlampe!« Matt verwandelte sich beinahe, und der Gestank seines Hasses durchwaberte den ganzen Raum. »Wir machen Folgendes: Du rufst deine ›Partnerin‹ herein, dann ficke ich die Dämonenhure und lasse ihr Kind gehen.«

»Das läuft nicht.« Der Wolf in Logan knurrte vor Zorn, aber der Mensch bändigte ihn. In dem Moment, in dem sein Wolf auf Matt losging, würde einer von dessen Werwölfen Logan oder Joel erschießen. Er musste vorsichtig sein.

»Dann kriege ich das Kind«, forderte Matt. »Ich versuche, ihn zu wandeln. Mal sehen, ob das bei Dämonenbrut funktioniert.«

Logan wurde eiskalt. Werwölfe hatten sich über Jahrhunderte weiterentwickelt und waren seit längerem imstande, andere Werwölfe zu zeugen, weshalb heutzutage die meisten Werwölfe geboren, nicht gewandelt wurden. Zwar konnte immer noch ein Mensch zum Werwolf gemacht werden, aber das war unüblich, extrem schmerzhaft und endete oft mit dem Tod des angehenden Werwolfs. Noch dazu hatte Logan nie von einem Werwolf gehört, der ein Kind zu wandeln versuchte.

»Kämpfe gegen mich!«, forderte Logan schroff. »Wenn du unbedingt der Alpha bleiben willst, stell dich dem Duell!«

»Soll ich mich vielleicht von deinem Kriegerfreund in dem Augenblick ausschalten lassen, in dem wir zu kämpfen anfangen? Nein, ich will eine Garantie, dass ich hier lebend rauskomme, und die Garantie ist der kleine Dämonenjunge.«

Logan wollte ihn in Stücke reißen. »Ich sage ihnen, dass sie dich und deine Wölfe gehen lassen, wenn du Joel in Ruhe lässt.«

»Klar, als könnte ich dir trauen!« Matt sah ihn von oben herab an. »Ich habe das Kind schon gebissen.«

Logan sah zu Joel, der langsam nickte und eine Hand an seine linke Achsel legte. Da war kein Blut auf seinem T-Shirt, was bedeutete, dass Matt nicht vorgehabt hatte, ihn zu reißen. Er sicherte sich seine Belohnung.

»Wozu willst du ihn?«, fragte Logan.

»Als Souvenir.«

»Kannst du mit Kayla keine Kinder kriegen?«

Matts wutverzerrtem Gesicht nach zu urteilen, hatte er richtig geraten.

»Dann adoptiert eines aus dem Rudel!«, schlug Logan vor. »Ein Halbdämon könnte dir sowieso nicht als Alpha folgen.«

»Nein, aber er würde mir gehören.« Matt knurrte wie ein Wolf, und sein Gesicht veränderte sich. Seine Lippen bleckten sich über riesigen Zähnen, und er setzte auf Joel zu.

»Joel, runter auf den Boden und die Hände über den Kopf!«, rief Logan ihm zu.

Joel warf sich sofort flach auf den Bauch. Halb geduckt lief Matt auf den Jungen zu und stellte sich knurrend über ihn.

»Auf die Knie!«, befahl einer der Werwölfe Logan und wedelte mit seiner Pistole.

Matt knurrte den Wolf an, der Joel bewachte, bis seine menschliche Stimme wieder durchdrang. »Beta! Zur Tat!«

Der große Wolf wurde zu einem hochgewachsenen Mann mit

kahlrasiertem Schädel. Er nahm ein Schwert vom Boden auf – das silberne Beta-Wolf-Schwert, das Logan einst getragen hatte.

»Ich dachte, ihr wolltet mich erschießen«, sagte Logan.

Der neue Beta-Wolf sah ihn voller Ingrimm an. »Schwerter sind besser.«

»Tu es, oder das Kind stirbt!«, befahl Matt.

Joel würde so oder so sterben, dachte Logan. Es blieb keine Zeit mehr für Tain, Joel herauszuholen, ehe Matt ihn hatte.

Sehr langsam sank Logan auf die Knie, während sein Herz raste. Er unterdrückte willentlich den Wolf in sich, denn er wusste, dass die anderen seine Wandlung umgehend bemerken würden. Als Beta war er stets ruhig gewesen, hatte niemals Gefühle gezeigt. Diese Ruhe lag ihm jetzt fern, doch er konnte sie zumindest vortäuschen.

Die kalte Schneide des Schwertes drückte gegen seinen Hals, und das Silber brannte auf seiner Haut. Der Beta-Wolf holte weit aus und schlug zu.

Nur war Logan nicht da. Er hatte sich weggerollt und sah für einen Moment alles rot, während er sich verwandelte. Seine Kleider platzten ihm vom Körper, was er jedoch nicht bemerkte, denn er machte schon einen Satz auf Matt zu. Als sie beide zu Boden gingen, wechselte auch Matt vollständig die Gestalt. Mit reißenden Klauen und Zähnen attackierten sie sich.

Nur vage nahm Logan die Flüche der anderen Werwölfe und den Knall eines Pistolenschusses wahr. Gleich darauf fühlte er einen brennenden Schmerz in seinem Rücken. Silber.

Kapitel 14

Nadia hörte den Schuss. »Joel!«, schrie sie.

Die Dämonin in ihr loderte gleißend weiß auf, und ihre Flügel sprengten das Sweatshirt, das Logan ihr gekauft hatte. Sie registrierte Samantha, die sie zurückrief, doch da flog sie schon mit ausgebreiteten Schwingen auf das Haus zu. Ihre Dämonenwut war entfesselt.

»Nadia, runter!«, rief Samantha, und Nadia spürte eine gigantische Welle von Lebensmagie, die an ihr vorbeirauschte.

Sie fiel bäuchlings auf den Rasen und hob gerade rechtzeitig ihren Kopf, um zu sehen, wie Fenster und Türen des Hauses nach außen barsten. Tain stand hinter ihr, seine Schwerter gezückt, auf deren Klingen zackenartig Elektrizität hin und her zuckte.

»Joel!«, brüllte Nadia.

Dann hörte sie seinen Schrei. »Mom!«

Nadia rannte los, sprang in die Luft und ließ sich von ihren Dämonenschwingen geradewegs ins Haus tragen.

Logan kämpfte erbittert gegen Matt. Die beiden Wölfe verschmolzen zu einem einzigen Knäuel aus Pelz und Reißzähnen.

Er wusste nicht mehr, wo Joel war, und hoffte inständig, der Junge wäre hinaus- und in Sicherheit gerannt. Er fühlte Zähne, die ihm die Haut zerrissen, Klauen, die sich tief in sein Fleisch gruben. Die Kugel in seinem Rücken brannte wie Feuer. Sie hatte kein Organ verletzt, aber das Silber schwächte ihn und würde ihn sehr bald umbringen.

Bis dahin kämpfte er mit allem, was er hatte. Er landete üble Treffer, während er versuchte, Matts Kehle zu erwischen. Matt stank nach Wolfswut, und seine Klauen rissen an Logans Unterleib.

Die anderen Wölfe waren zurückgewichen. Logan sah, dass der neue Beta einfach abwartete, sein Silberschwert zwischen den anderen Wölfen und Matt und Logan erhoben. Dies hier war ein Duell, ein Zweikampf bis zum Tod. Rudelgesetz in Reinform.

Etwas helles Weißes krachte in das Zimmer, von dem Todesmagie ausstrahlte. Die Werwölfe krümmten sich, aber Matt in seinem Blutrausch bemerkte es gar nicht.

Nadias schwarze Flügel falteten sich an ihren weißen Körper, und sie prallte mit den Füßen voran gegen einen der Wölfe. Er drehte sich um, wollte sie angreifen, traf jedoch auf Tains Schwert. Der Krieger überkreuzte die Klingen, aus denen weißglühende Magie zischte.

»Wo ist Joel?«, schrie Nadia.

Wie von Ferne hörte Logan Samanthas Stimme und Nez' Antwort. Die beiden waren wieder ganz Cops. »Macht dem hier ein Ende!«, befahl Nez seinen Uniformierten.

Silbernetze flogen durch die Luft und fingen die Werwölfe ein. Der Beta-Wolf wehrte sich, aber er ging mit den anderen zu Boden. Matt knurrte ob des Silbergestanks, und auch Logans Nase brannte.

»Nein«, rief der Beta, »lasst sie das auskämpfen! Es muss einen klaren Gewinner geben, oder wir müssen alles von vorn anfangen.«

»Quatsch!«, konterte Nadia.

Ihr nackter Fuß traf Matt, und ihre Dämonenkraft drang zwischen ihn und Logan. Matt aber hörte nicht auf, denn sein Wolf kämpfte um sein Leben und seinen Platz im Rudel. Wenn er Nadia tötete – Logans Gefährtin –, brächte ihm das einen riesigen Vorteil ein.

Unterdessen fühlte Logan, wie er durch die Silberkugel schwächer wurde. Nadia hingegen war dank seiner Lebensessenz kräftiger denn je. Ihre Dämonin wurde wild, hackte ihre Klauen in Matt, der auf einmal überall zu bluten schien.

Falls Matt sie tötete, wollte Logan auch sterben. Die Verbindung, die zwischen ihnen besiegelt war, seit er mit Nadia geschlafen hatte, band sie für immer an ihn. Er konnte ihre Wut fühlen, die dunkle Magie in ihr und ihre Freude, wenn ihre Klauen Matts Haut zerrissen.

Sie stemmte sich mit ihren Füßen von Matt ab, rollte beiseite und stellte sich auf. Blitzschnell griff sie eine Waffe, die einer der Werwölfe fallen gelassen haben musste, und hielt sie vor Matts Gesicht. »Du hast meinem Sohn wehgetan«, fauchte sie. »Wie konntest du es wagen?«

Knurrend zielte Matt mit seinen rasiermesserscharfen Krallen auf Logans Kehle. Sein Gesicht verwandelte sich gerade lange genug in das eines Menschen, dass er Nadia antworten konnte. »Ich habe deinen Gefährten ermordet, Schlampe! Das heißt, du richtest die Waffe auf dich.«

»Ich bin eine Dämonin«, entgegnete Nadia, »kein Werwolf.« Und sie drückte den Abzug.

In dem Moment, da die Kugel in Matts Gehirn eindrang, hoben alle Werwölfe im Zimmer, einschließlich Logan, ihre Köpfe und heulten. Der Klang schnitt durch die Luft und brachte alle Menschen dazu, sich hinzuknien. Einzig Tain blieb stehen, sein Gesicht bleich. Nadia ließ die Waffe fallen und klatschte sich beide Hände auf die Ohren.

Logan fühlte einen unbeschreiblichen Kummer, bevor sein menschlicher Verstand wieder übernahm. Er verwandelte sich in seine Menschengestalt zurück, schwer atmend. Der Schmerz in seinem Rücken brachte ihn um.

»Der Rudelführer ist tot«, keuchte er.

»Forderst du das Rudel?«, fragte Karl der Beta heiser.

Logan schüttelte den Kopf. »Ich habe ihn nicht getötet.«

»Du und deine Gefährtin – ihr habt es getan!«, widersprach Karl. »Es ist dein Rudel, solange niemand dich zum Duell fordert.«

»Wen kratzt das?«, rief Nadia dazwischen. »Wo ist Joel?«

»Er ist durch die Hintertür hinausgelaufen«, antwortete Samantha. »Ich habe einen Polizisten hingeschickt, der auf ihn aufpasst.«

Als Nadia Logans Schulter berührte, war ihr weißes Dämonengesicht angsterfüllt.

»Geh!«, ächzte Logan. Nadia streichelte ihm über die Wange, bevor sie davoneilte. Ihre Dämonenschwingen machten sie schneller.

Das dunkle Gesicht seines Navajo-Partners tauchte vor ihm auf. »Alles klar, Mann?«, fragte Nez.

»Ich wurde von einer Silberkugel getroffen. Was glaubst du wohl?«

»Tain«, sagte Samantha ruhig.

Der riesige Krieger kniete sich neben Logan und legte eine Hand zwischen dessen Schulterblätter. »Das könnte wehtun.«

Es konnte unmöglich übler schmerzen als all die tiefen Schnitte und Bisse, die Matt ihm zugefügt hatte. Oder vielleicht doch. Logan rang nach Luft, sowie die Kugel sich bewegte und eine klaffende Wunde riss. Gleich darauf stöhnte er, denn ein Schwall weißer Magie drang in ihn ein, reinigte sein Blut und schloss die Wunde.

»Verdammt!«, stöhnte Logan. »Erinnere mich in Zukunft, mich in deiner Nähe nicht mehr verletzen zu lassen.«

Der Anflug eines Lächelns huschte über Tains Züge. Er hatte ihn schon früher geheilt. Da war er selbst halb tot gewesen. »Ich hatte es eilig.«

»Hast du das nicht immer?«

»Soll ich diesen Typen ihre Rechte vorlesen?«, fragte Nez, als Logan sich aufsetzte. »Oder möchtest du es tun?«

»Nein, ich muss Nadia suchen.«

Samantha reichte ihm die Hand und half ihm auf. Dass er nackt war, irritierte sie längst nicht mehr, denn sie hatte schon oft gesehen, wie er sich vom Mann zum Wolf und zurück verwandelte. »Du siehst furchtbar aus«, stellte sie fest. »Aber ich bin froh, dass du noch atmest.«

Logan lächelte matt, überließ Nez die Festnahmen und rannte durch die Küche zur Hintertür.

Hinter dem Haus befand sich ein großer ummauerter Garten, dessen Rasenfläche sanft abfiel. Zu seiner Linken bewegte sich etwas, aber Logan erkannte, dass es sich um Polizisten und einige von Samanthas engsten Vertrauten handelte. Unweit von ihm lag ein Uniformierter reglos auf dem Weg.

Logans Herz schlug schmerzlich, als er hinsah. Nadias Duftspur, die deutlicher als die ihres Sohnes war, führte den kleinen Hügel hinunter. Beide wurden allerdings von strengem Wolfsgeruch überlagert.

»Verflucht!« Logan sprintete ihnen nach. Wie es aussah, hatte Matt Verstärkung hier draußen gehabt, die einschreiten sollte, falls er Schwierigkeiten bekam.

Die Lichter vom Haus schienen nicht bis ans Gartenende, und die Außenbeleuchtung war nicht eingeschaltet. Entsprechend hörte Logan den Kampf, bevor er dort ankam: das Geräusch schlagender Flügel, ein leiser Aufschrei Nadias, Wolfsknurren.

Auch Logan knurrte. Er rannte in die Dunkelheit und sah den Werwolf, dessen Körper halb Mann, halb Wolf war. Seine Arme waren fest um Joel geschlungen. Der Wolfsmann hob den kleinen Jungen hoch und begann zuzudrücken, während Nadia, noch in Dämonengestalt, verzweifelt nach ihm schlug.

Logan sprang. Als der Wolf mit ihm zu Boden ging, ließ er Joel los.

In diesem Moment wurde Logan wieder zum Beta-Wolf, zum Schwert der Gerechtigkeit. Er war Richter, Geschworener und

Vollstrecker des Rudels in einer Person. Der Wolf, gegen den er kämpfte, wollte Joel umbringen, um Logan wehzutun.

Er drückte ihn zu Boden und griff nach seinem Hals. Ängstlich krabbelte der Wolf zurück, wobei er mit seinen Krallen ganze Grasbüschel ausriss. Es gelang ihm, sich Logan zu entwinden, doch statt in die Freiheit zu preschen, machte er einen Satz auf Nadia zu, die Joel in ihren Armen hielt.

Sein Maul war weit aufgerissen, die scharfen Krallen ausgestreckt. Mit großen Augen starrte Joel den sicheren Tod an. Dann, in letzter Sekunde, riss Nadia den Jungen hinter sich.

Der Wolf warf sich auf Nadia, die schreiend hinfiel. Bäuchlings lag sie da, hilflos, während die Bestie ihr Rücken und Flügel zerfetzte.

Gleichzeitig landete Logan auf dem Wolf, rammte seine Zähne in dessen Nacken und zerrte ihn von Nadia herunter. Mit einem kräftigen Ruck schüttelte er den winselnden Werwolf. Es folgte ein Knacken, als sein Genick brach, und das Tier erschlaffte.

Logan nahm seine Menschengestalt an und drehte Nadia behutsam um, die nach wie vor Joel mit ihrem Körper abschirmte. »Nadia.«

»Logan«, murmelte sie.

Joel rappelte sich atemlos auf und sah seine Mutter erschrocken an.

Vorsichtig hob Logan sie hoch. Ihr Blut war heiß, und ihre gebrochenen Flügel fühlten sich weich an.

»Danke«, hauchte sie und strich Logan über das Gesicht. »Danke, dass du meinen Jungen gerettet hast.«

»Und dich rette ich ebenfalls«, entgegnete er streng. »Ich verliere dich nicht.«

Nadia lächelte. »Ich habe es dir in dem Motel nicht gesagt.« Sie schloss die Augen vor Schmerz, als sie sich in eine Frau zurückverwandelte. »Ich liebe dich.«

Logan küsste sie sanft. »Hilfe ist unterwegs.«

Doch Nadia schwieg. Joel nahm ihre Hand und drückte sie. »Halt durch, Mom!«

Nochmals küsste Logan sie. »Ich liebe dich auch«, raunte er ihr zu, aber er war nicht sicher, ob sie ihn hörte.

Kapitel 15

Eine Woche später ging Nadia aus dem Haus, um Logan zuzusehen, der Joel die Feinheiten des Baseballspiels erklärte. Sein hellbraunes Haar reflektierte die Sonne, als er sich zu Joel bückte und ihm zeigte, wie er den Ball halten musste.

Joel trug ein kleines L.A.P.D.-T-Shirt, das Logan ihm geschenkt hatte und das neuerdings sein Lieblingskleidungsstück war. Und natürlich wollte er später einmal Polizist werden.

Fünf Tage lang hatte sie im Bett gelegen, um sich von den tiefen Wunden zu erholen, die ihr der Werwolf beigebracht hatte. Zwar hatte Tain den Heilungsprozess umgehend eingeleitet, doch es dauerte, bis Nadia wieder zu Kräften kam.

Joels Großeltern hatten sich wunderbar um ihren Enkel und Nadia gekümmert, und sie waren ausgesprochen freundlich zu Logan, der sie täglich besuchte. Immerhin schaffte er es, sie nach dem traumatischen Erlebnis der Werwolfschlacht in ihrem Wohnzimmer wieder zu beruhigen.

Nadia blieb in der Sonne stehen und zupfte unsicher an dem ärmellosen Kleid, das sie sich zur Belohnung für ihren Überlebenskampf gekauft hatte. Es betonte ihre unversehrten Arme und Beine, bedeckte aber die hässlichen Narben auf ihrem Rücken, von denen Tain meinte, sie würde sie für immer behalten.

Ohne Logan wäre sie jetzt tot und Joel wahrscheinlich auch.

Logan hob den Kopf, sah sie und erstarrte.

Joel winkte ihr lächelnd zu und ging in die hintere Ecke des Gartens, wo er die Würfe an der Mauer übte.

Durch das Gras, das an ihren nackten Füßen in den Sandalen kitzelte, schritt Nadia auf Logan zu.

»Du bist jeden Tag hier«, bemerkte sie und verschränkte ihre

Arme, um den Schauer zu unterdrücken, der ihr über den Rücken lief. »Passt du immer noch auf uns auf?«

»Ja, ich wollte sichergehen, dass keiner vom Rudel einen Rachefeldzug plant«, antwortete Logan ruhig. »Ich dachte, Kayla würde es vielleicht versuchen, aber wie ich hörte, will sie die neue Alpha-Wölfin werden.«

»Können weibliche Werwölfe die Rudelführung übernehmen?«

»Bisher gab es das noch nicht, doch die Zeiten ändern sich. Außerdem sitzen der Beta-Wolf und Matts treueste Anhänger im Gefängnis und warten auf ihren Prozess wegen Entführung und schwerer Körperverletzung.«

»Sehr gut«, sagte Nadia finster. »Ich hoffe, sie kriegen lebenslänglich!«

»Nicht vor einem Menschengericht. Allerdings werden sie noch vom neuen Alpha angeklagt. Sie haben gegen Rudelgesetze verstoßen, vor allem gegen das oberste Gebot, sich nie in eine Duellherausforderung einzumischen. Matt hätte sie einfach aussprechen und sich mit mir treffen müssen, statt mir aufzulauern und zu versuchen, mich umzubringen.«

»Sicher wusste er, dass er in einem fairen Kampf keine Chance gegen dich gehabt hätte. Er musste auf dich schießen, bevor er überhaupt gegen dich antreten konnte.«

»Ja, Matt war schon immer ein Betrüger.«

»Und jetzt ist er tot.« Nadia empfand keinerlei Reue, denn ihre Dämonin hatte getötet, um ihren Jungen zu schützen. »Wird der neue Alpha mich auch anklagen?«

»Nein. Du hast deinen Partner verteidigt, und Matt verstieß gegen die Duellregeln.«

»Werwolfgesetz?«

»Ja.«

»Habe ich nie studiert, bedaure.« Nadia musterte Logan, seinen schmalen Körper, seine breiten Schultern, seine sandfarbenen Augen, die sie ansahen. »Du besuchst Joel täglich.«

»Ich möchte mich vergewissern, dass es ihm gutgeht, und ich will ihm zeigen, dass nicht alle Werwölfe böse sind.«

»Sind sie nicht?«, fragte Nadia übertrieben verwundert.

»Nicht einmal alle in meinem Rudel sind es. Mit einigen bin ich bis heute befreundet.«

Sie wurde ernst. »Ich möchte sie nicht kennenlernen – noch nicht.«

»Später vielleicht. Spätestens wenn wir in Minnesota sind. Wenn sich der Sturm gelegt hat, müssen wir hin. Ich gehöre nach wie vor zum Rudel, und es gibt Regeln.«

Nadia blinzelte. »Warte mal! Was meinst du mit *Wir müssen hin*? Wen willst du mitnehmen?«

Logans Augen glühten förmlich. »Ich nehme dich mit – und Joel, wenn er mitkommen will. Ich muss dem Rudel meine Gefährtin vorstellen.«

Nadias Herz pochte schneller. »Dieses Gerede, dass ich deine Partnerin bin, war doch bloß als Täuschung für Matt gedacht.«

»Nein, das war es nicht.«

»Aber er hatte recht! Ich bin eine Dämonin, Todesmagie, und du bist Lebensmagie. Wir löschen uns gegenseitig aus.«

Logan schien auf einmal viel zu nahe zu sein. »Samantha hat Tain geheiratet.«

»Sie ist nur zur Hälfte Dämonin, und er ist von Natur aus ungewöhnlich.«

»Du brauchst Lebensessenz, und ich lasse dich keine von einem anderen nehmen.«

»Womöglich bist du dämonensüchtig«, stellte sie verzweifelt fest. »Hast du daran einmal gedacht?«

Logan legte seine Arme um Nadia und zog sie fest an sich. Sie fühlte die Wärme seiner Brust und die rauhe Jeans an ihren nackten Beinen. »Bin ich nicht. Ich habe bisher nur einer anderen Dämonin Lebensessenz gegeben, und sie habe ich nie begehrt.

Und dir gab ich letzte Woche erstmals welche, aber ich wollte dich schon ins Bett bekommen, seit ich dich kenne.«

»Warum? Stehst du auf Opfer?«

»Ich stehe auf dich, Nadia.« Er neigte sein Gesicht in ihr Haar. »Du bist mutig, stark und *gefährlich.* Ich liebe es, dich zu provozieren und dich zum Lächeln zu bringen. Ich liebe deine dunklen Augen und dein schwarzes Haar, und ich liebe es, wie du stöhnst, wenn ich mit dir schlafe.«

»Aber was ich machen wollte … Matt hätte dich töten können!«

»Matt hat dich gezwungen, und du hattest recht. Hättest du es mir erzählt, wäre ich auf die Jäger losgegangen, und Matt hätte Joel ermordet. Du musst deinen Sohn beschützen, nur wirst du es künftig nicht mehr allein tun.«

»Was ist mit meiner Dämonengestalt? Könntest du sie lieben?«

Logan strich ihr das Haar aus der Stirn. »Ich habe noch nie etwas Schöneres gesehen.«

Sie lächelte scheu. »Du und dein Wolf, ihr seid auch nicht schlecht.« Sie steckte eine Hand zwischen sie. »Was hast du nur für einen großen …« Statt es auszusprechen, presste sie ihre Hand gegen seinen Hosenschlitz.

Lachend stellte Logan sich mit dem Rücken zu Joel, der ohnedies nicht auf sie achtete, weil er mit seinem Baseball beschäftigt war. »Den brauche ich, um dich zu verwöhnen, meine Süße. Übrigens gefallen mir deine Flügel sehr gut, und ich würde sie gern auf meinem nackten Körper fühlen.«

Nadia wurde wohlig warm. »Das ließe sich machen.«

Das schelmische Funkeln schwand aus Logans Augen. »Götter, Nadia, ich liebe dich und will dich in meinem Leben! Wie kann ich dir das beweisen?«

Sie gab vor, zu überlegen. »Indem du mich nach Hause mitnimmst und mich bis zur Besinnungslosigkeit vögelst?«

Logan lachte und gab ihr einen atemberaubenden Kuss. »Das

ließe sich machen«, stimmte er zu. »Und danach veranlasse ich alles für unsere Hochzeit. Ich lasse dich nie mehr gehen.«

Nadia fröstelte plötzlich. »Bist du sicher, dass du das willst? Ich bin wohl kaum die Sorte Mädchen, die ein Werwolf seiner Familie vorstellt.«

»Du bist die Sorte Mädchen, die ich heirate.« Er umarmte sie fester und küsste ihre Schläfe. »Du brauchst dir niemals mehr Sorgen zu machen, Baby. Ich sorge für dich und Joel. Wenn ein Wolf sich eine Gefährtin nimmt, ist es für das ganze Leben, und wir schützen, was unser ist.«

»Ich will nicht eingesperrt sein«, flüsterte sie. »Wie ich gesehen habe, ist Werwölfen, insbesondere Beta-Wölfen, ein übertriebener Beschützerdrang angeboren.«

»Als könnte ich dich von etwas abhalten, das du dir in den Kopf gesetzt hast! Nein, dazu kenne ich dich zu gut. Du bist stark, widerstandsfähig und unabhängig. Alles, worum ich dich bitte, ist, deine Unabhängigkeit mit mir zu teilen.«

Nadia legte eine Hand an seine Wange. »Unabhängig zu sein, ist eine Sache, immerzu allein zu sein, eine gänzlich andere. Ich bin lieber bei dir. Das wollte ich immer sein.«

»Dann wäre das ja geklärt«, murmelte Logan.

Als er sie aufs Neue küsste, sank Nadia vollständig in seinen Kuss hinein, kostete seine Würze und fühlte seine funkelnde Lebensessenz.

»Da ist noch etwas«, flüsterte sie.

»Mmm?« Logan wollte sie ungern loslassen, doch sie entwand sich ihm.

»Joel, Süßer, was würdest du sagen, wenn Logan mich heiraten will?«

Joel fing den Ball, den er gegen die Mauer geworfen hatte, sah kurz zu ihnen und widmete sich gleich wieder seinem Spiel. »Ich würde sagen, das wird aber auch Zeit. Er ist in dich verknallt, Mom. Das weiß doch jeder!«

Er sprach mit der ruhigen Weisheit eines Zehnjährigen, der wusste, was wichtig war.

»*Jetzt* ist es geklärt.« Nadia drehte sich wieder zu Logan und legte beide Hände auf seinen strammen Hintern. »Und was wird jetzt aus meiner Bitte, dass du mich besinnungslos vögelst?«

Er grinste. »Wird gemacht, Liebste! Meine Braut.« Bei seinem nächsten Kuss strömte seine Lebensessenz über ihre Zunge. »Meine Gefährtin.«

Joy Nash

Blutschuld

Für Leah, Jennifer und Robin …
Danke, dass ihr die Immortals-Serie zu einem großen Abenteuer gemacht habt!

Kapitel 1

Die *Ewige Stadt.*

Man mochte sagen, was man wollte, aber dies war ein sehr passender Ort für einen Vampir.

Arthur Jackson Cabot IV. schwenkte die rubinrote Flüssigkeit in seinem Weinglas. Über dem Balkon hing noch die Hitze des Tages, die sich jedoch nicht auf Jacksons nackte Unterarme übertrug.

Die Sonne war fort. Von seinem Hotel oben in den Hügeln hinter dem Vatikanstaat beobachtete Jackson das sterbende Zwielicht, in dem die Kirchenkuppeln sich nahtlos in den tintenblauen Himmel fügten. Eine nach der anderen flackerten die Straßenlaternen auf und verwandelten die Stadt in ein glitzerndes Geschenk zu Jacksons Füßen.

Die Nacht war gekommen.

Nacht. Seine Zuflucht und seine Pein.

Hunger nagte an ihm, und seine Hand zitterte, dass der rote Glasinhalt schwappte. Er rieb sich die Augen, in denen das grelle Licht über dem Kolosseum brannte, obgleich es über drei Meilen entfernt lag. Dort fand heute Abend ein Benefizkonzert statt, wie Jackson aus den Nachrichten wusste. Mehrere internationale Rockstars traten auf, und der Erlös ging an die Vampirsüchtigenhilfe. Jackson lachte verbittert.

Die Nachtluft war schwül und zu warm, so dass ihm das Leinenhemd an der Brust klebte und seine Haut von einem Film aus Schweiß und Stadtschmutz bedeckt war. Jackson bewegte seine Schultern, als wollte er das Gefühl abschütteln, dreckig zu sein. Aber dadurch klebte der Stoff nur noch fester an ihm.

Sein Hals kratzte. Was wie ein leichter Reiz anfing, wurde

allmählich zu richtigem Schmerz. Er konnte seinen Durst nicht mehr ignorieren, egal, wie widerlich sein Verlangen ihm war. Sommerlicher Blutdurst war besonders ekelhaft, denn im Sommer waren die Tage zu lang und die Nächte zu heiß. Überdies brachte der Sommer Erinnerungen zurück. Es war Sommer gewesen, als der Tod zu ihm gekommen war.

Er war gekommen, aber er hatte Jackson nicht mitnehmen können.

Wieder sah er in sein Glas, überlegte, einen Schluck zu nehmen, dann ließ er es. Mit einer Drehung seines Handgelenks kippte er die Flüssigkeit über das Balkongeländer in den Garten unter ihm. Sozusagen als Opfer an einen rachsüchtigen Gott. Eine erbärmliche Opfergabe obendrein.

Es war schließlich bloß Wein.

Die Balkontür wurde aufgeschoben.

»Monsieur Cabot?«

Er schloss die Augen. Die blinde Ergebenheit seiner Dienerin bereitete ihm weitere Pein. Solange war viel zu jung für den undankbaren Job, den sie geerbt hatte. Warum blieb sie? Wäre es andersherum, hätte Jackson längst die Flucht ergriffen.

»Monsieur?«, wiederholte sie. »Geht es Ihnen … gut?«

Er drehte sich um. Im Türrahmen stand Solange und sah ihn ernst an. Bereits als Kind war sie stets ernst gewesen, und in letzter Zeit schien sie noch ernster zu werden.

»Wollen Sie heute Abend ausgehen?«

Die Frage klang ruhig, doch Jackson hörte das ängstliche Pochen ihres Herzens. Er konnte deutlich vernehmen, wie das Organ gegen ihre Rippen schlug. Ihre linke Hand zitterte, und der Schein der Lampe glitzerte auf dem schlichten Goldring, den sie nach wie vor trug. War es erst drei Monate her, seit Jean-Claude ein Lächeln in die Augen seiner Ehefrau gezaubert hatte? Es kam Jackson wie eine Ewigkeit vor.

»Es ist zunehmender Mond. Sie müssen …« Sie beendete den

Satz nicht, denn eine Dienerin erteilte ihrem Herrn und Meister keine Befehle – zumindest keine direkten.

Er gab ihr sein Glas. »Keine Sorge! Ich werde heute Nacht trinken.«

»Das ist gut«, sagte sie sichtlich erleichtert.

»Aber ich gehe nicht aus. Das Hotel bietet mir alles, was ich brauche.«

»Das ist auch gut.« Die junge Hexe trat durch die Balkontür zurück. »Legrands Schergen schnüffeln herum. Der Mistkerl weiß, dass Sie hier in Rom sind.«

Er folgte ihr nach drinnen, wo seine Zehen im weichen Teppich versanken.

»Ich habe es bereits erwartet. Das Finale naht.«

Solanges Nasenflügel bebten. »Es ist zu früh. Sie können nicht sicher sein, dass Sie gewinnen – noch nicht. Sie sollten sich verstecken, bis wir wissen, dass Sie stark genug sind.«

Jackson stellte sein Weinglas auf die Bar, wobei er vor Wut zu grob war, so dass es knackte. Er hatte so lange gewartet! Jetzt, da das Ende in Sicht war, musste er unbedingt vorsichtig sein. Aber er wünschte dringend, dass er alles beenden könnte – heute Nacht.

Er sah zum Fenster.

»Bitte!«, flüsterte Solange. »Ich bitte Sie! Lassen Sie uns nicht hierbleiben! Wir müssen nach unten, bevor die Sonne aufgeht. Wir können nicht riskieren …«

Jackson zog beide Brauen hoch.

Prompt wurde Solange rot, blickte ihn aber weiter an. »Verzeihen Sie meine Direktheit, Monsieur. Aber ich … ich mache mir Sorgen.«

Und ihre Sorge war berechtigt. Solange mochte jung sein, verfügte jedoch über einen ausgezeichneten Instinkt. Jackson wollte ihren Rat trotzdem nicht befolgen, denn die Illusion von Menschlichkeit, die er als Hotelgast aufrechterhielt, war so verlockend wie der Kuss einer Geliebten. Pragmatismus hingegen war eine weniger verführerische Mätresse.

Ja, was Selbsttäuschung betraf, war Jackson ein Meister. Er neigte den Kopf. »Wie du wünschst. Wir reisen eine Stunde vor Tagesanbruch ab. Sag den anderen Bescheid!«

Solange drehte sich um und begann, die Glasscherben einzusammeln. »Sehr gut.«

Jackson ging ins Schlafzimmer, zog sich die verschwitzten Sachen aus und frische an. Als er ins Wohnzimmer zurückkam, wartete Solange dort. Abwesend drehte sie an ihrem Goldring: eine Angewohnheit, derer sie sich gar nicht bewusst war. Oder vielleicht doch.

»Auf der Terrasse findet eine Feier statt«, erzählte sie. »Wein fließt in Strömen, Verliebte schlendern durch die Gartenanlage hinter dem Swimmingpool. Enzo und Gunter sind bereits unten. Dort finden Sie leicht, was Sie brauchen.«

Jackson nickte und eilte zur Tür. Inzwischen war sein Hunger unerträglich geworden. Nicht einmal mehr Schuldgefühle wegen dem, was als Nächstes kam, regten sich in ihm.

Seine Eckzähne waren länger und schnitten ihm in die Lippe. Blut tropfte auf seine Zunge, gestohlenes Blut, dessen Lebensessenz beinahe aufgebraucht war. Sein Hals war wund.

Er hatte brennenden Durst.

Irgendwie schaffte er es, sich umzudrehen, als er schon eine Hand auf dem Türknauf hatte. »Ich bleibe nicht lange. Warte nicht auf mich. Geh in dein Zimmer und schlaf ein wenig!«

Seine Dienerin verneigte sich, und Jackson ging.

Solange hatte recht gehabt, wie meistens. Die Party auf der Terrasse bot eine hervorragende Jagdgelegenheit. Enzo und Gunter bewegten sich am Rande der glitzernden Menge, lachten und tauschten belanglose Nettigkeiten mit den Gästen aus. Jeder der Vampire war in Begleitung einer atemberaubend schönen Frau.

Jackson kniff die Augen leicht zusammen, aber er wusste, dass den Damen durch seine Untergebenen kein dauerhafter Schaden zugefügt würde. Ebenso wenig würden ihre Körper geschändet – nein, nicht einmal wenn sie darum bettelten. Weder Enzo noch Gunter würde wagen, Jacksons ausdrückliche Anordnung zu missachten.

Er nahm ein Weinglas von einem Tablett, trank aber nicht. Geschmeidig mischte er sich unter die wohlhabenden Hotelgäste, die aus aller Welt hergekommen waren, und wechselte mühelos zwischen Italienisch, Englisch und Französisch hin und her. Wieder einmal erwiesen sich sein Sprachunterricht in der Jugend sowie die Stunden in Haltung und Umgangsformen als äußerst nützlich. Genau wie es seine Bostoner Großmutter prophezeit hatte.

Er traf schnell eine Auswahl, denn das Brennen in seinem Innern erreichte seinen Höhepunkt. Ausschließlich Frauen, natürlich, denn sich an Männern zu nähren, weckte Erinnerungen, die besser weiterschlummerten. Sein erstes Opfer lockte er in das satte Grün jenseits der Terrasse. Das lebhafte Mailänder Model ahnte gar nicht, in welche Gefahr es sich begab. Schließlich war der erste Biss stets am schwierigsten zu kontrollieren – vor allem, nachdem man sich so lange das Nähren verweigert hatte. Mit eiserner Willenskraft hob Jackson nach nur drei Schlucken seinen Kopf.

Die junge Frau stolperte benommen davon. Sofort lockte er sich das nächste Opfer heran. Blond. Britisch. Ihr Begleiter runzelte die Stirn, als sie sich entschuldigte und seinen Armen entwand.

Und auf diese Weise ging es den Abend weiter, mit Blut aus einem Dutzend pulsierender Adern an einem Dutzend schmaler Hälse. Leben, berauschendes Leben flutete Jacksons Körper. Und mit dem Leben kam die Lust, die seine Lenden wärmte und beschwerte. Mit lang trainierter Selbstbeherrschung unterdrückte

Jackson seine körperlichen Bedürfnisse. Bei jedem Opfer verschloss er die Wunden wieder und löschte den Schmerz aus ihren Köpfen, auf dass nur noch ein vager Eindruck von Wonne blieb. Man könnte es eine Art Lohn nennen. Dennoch fühlte Jackson sich wie ein dreckiger Dieb.

»Vorresti andare alla mia camera?«

Wollen wir auf mein Zimmer gehen? Sein letztes Opfer schürzte die runden Lippen.

Jacksons Herz, das gestohlenes Blut pumpte, pochte gegen seine Rippen. Diese Frau hatte rotes Haar.

Sein Magen krampfte sich zusammen, und flüssiges Feuer strömte in seine Erektion. Mehrere Sekunden verstrichen, ehe er seiner Stimme traute. *»Mi dispiace, bella, ma no.«*

Schmollend kehrte sie ihm den Rücken zu. Jackson blickte auf ihr weich wippendes Haar, bis sie in der Menge verschwunden war. Gesättigt, angewidert und beinahe unerträglich erregt, floh er zum Fahrstuhl.

Solange hatte die Lichter in seiner Suite gelöscht. Drinnen sank Jackson auf die Ledercouch vor dem dunklen Fernseher, sprang aber gleich wieder auf und begann, im Zimmer hin und her zu gehen.

Gütiger Himmel! Rotes Haar. Und es war nicht künstlich gewesen.

Seine Erektion pulsierte, denn Bilder der namenlosen Rothaarigen – nackt auf weißem Satin ausgestreckt, die Arme über ihrem Kopf – vermengten sich mit dem einer anderen rothaarigen Sirene von vor langer Zeit.

Er schritt zur Bar, wo er sich anstelle des dekantierten Weines einen Whisky einschenkte. Unverdünnt kippte er ihn hinunter. Das Glas knackte in seiner Hand, während er sich bemühte, ruhig zu atmen. Er sang sein Mantra, die Silben, die ihm ein wenig Frieden bringen sollten. Könnte er doch bloß die Stille um sich herum packen und in sich einsaugen!

Der Drang, um Kraft und Vergebung zu beten, war überwältigend. Trotzdem gab Jackson ihm nicht nach. Ein alter Harvard-Trinkspruch besagte, die Bostoner Cabots würden ausschließlich zu Gott reden; Jackson jedoch hatte sich vor über hundert Jahren von dieser nutzlosen Konversation verabschiedet.

Nach und nach bändigte er seine Dämonen, seine Erinnerung sowie seine schmerzliche Lust und wurde mit einer Welle von Macht belohnt. Blendende, herrliche Magie flutete seine Adern, so strahlend wie die Sonne, die er nicht mehr ansehen konnte.

Einige Momente später atmete er ruhig und entspannt. Er setzte sich wieder auf die Couch, die langen Beine überkreuzt auf dem niedrigen Tisch. Gedankenverloren nahm er die Fernbedienung in die Hand und schaltete den Fernseher ein.

Er klickte sich durch mehrere Kanäle, ehe er bei einem Live-Bericht von dem Benefizkonzert im hell erleuchteten Kolosseum verharrte. Dort traten alle Wohltäter-Superstars von Rang und Namen auf: Bono, Sting, Springsteen, McCartney, Manannán. Eine vollbusige Reporterin stand nahe dem Bühneneingang und erzählte etwas in rasendem Italienisch, während hinter der Polizeiabsperrung um die fünfzig hysterische Frauen kreischten.

Jackson wollte schon weiterschalten, als eine schwarze Stretch-Limousine mit vierköpfiger *Polizia*-Eskorte auf Motorrädern vor dem antiken Steinportal hielt. Prompt ließ er die Fernbedienung sinken, sobald die Limousinentür aufschwang.

Heraus sprang Manannán mac Lir, der keltische Musiker und Halbgott, und begrüßte sein ergebenes Publikum mit einem breiten Grinsen. Hinter ihm stiegen noch mehrere andere Gestalten aus dem Wagen: zwei große Sidhe, zwei dunkelhaarige Menschenfrauen und ein großer, mürrisch aussehender Mann in einem Smoking. Jackson erkannte Letzteren. Das war der Unsterbliche Kalen, Held der Menschen und unanständig reicher Kunstmäzen.

Manannán drehte sich um und reichte dem letzten Fahrgast

die Hand. Als Erstes sah Jackson ein Paar lange, phantastische Beine. Langsam folgten eine kurvige Hüfte, eine schmale Taille, ein voller Busen und ein klassisches, wunderschönes Profil.

Spitze Sidhe-Ohren lugten durch rotes Haar.

»Götter!«

Jacksons Füße glitten vom Tisch und knallten auf den Boden, dass der Bildschirm bebte. Sein Penis wurde schlagartig steinhart, so dass er nach Luft rang, und sein Denken wurde von übermächtiger Lust ausgeschaltet.

Nebst unsagbarem Zorn.

Inzwischen mochten einhundert Jahre vergangen sein, aber er brauchte weit mehr als ein lächerliches Jahrhundert, um diese besondere Rothaarige aus seinem Kopf und seiner Seele zu löschen.

Eigentlich hatte er gedacht, sie wäre längst tot – oder zumindest älter. Aber nein! Sie war so lebendig, jung und traumhaft schön, wie er sie in Erinnerung hatte – und trieb sich immer noch mit Künstlern und Reichen herum.

Genau wie damals in Paris.

Er hatte diese Frau angebetet. Und sie hatte es ihm vergolten, indem sie Worte der Hingabe säuselte und ihn sterbend liegen ließ. Aber Jackson war nicht gestorben, jedenfalls nicht so vollständig, wie sie seinerzeit glaubte.

Diesen Fehler würde sie bald bereuen – zutiefst bereuen.

Er stand auf.

Wie es schien, sollte er heute Nacht doch noch ausgehen.

Kapitel 2

Leannas gutaussehender Halbbruder schenkte ihr ein Lächeln, das einen Oger aus seiner Höhle hätte locken können.

»Ach, Süße, das ist doch nicht dein Ernst, dass du so früh schon ins Hotel zurückwillst! Der Abend fängt gerade erst richtig an, und die Clubs warten.« Aufgedreht von seinem Auftritt, verstrahlte Mac mehr Lebensenergie, als in der menschlichen Welt erlaubt sein sollte.

»Ja, schon, aber …«, hob Leanna an.

»Nichts aber, Schwesterlein! Rom braucht dich!«

Artemis, Macs Frau, verdrehte die Augen. »Hör zu, Mac, wir können nicht zu lange wegbleiben. Um vier muss ich Cameron stillen.«

»Dann sollten wir uns beeilen. Jetzt komm, Leanna! Lass Artemis und mich nicht allein tanzen gehen.«

»Ich weiß nicht …«

»Mac«, mischte Artemis sich wieder ein, »kapierst du es nicht? Leanna will nicht durch die Clubs ziehen, also lass sie in Ruhe! Als Kalen und Christine sich nach deiner Zugabe ins Hotel verzogen haben, hast du auch nichts gesagt.«

»Weil Kalen ein alter Mann ist«, erwiderte Mac. »Er hasst Menschenansammlungen, und Christine – du meine Güte! – denkt, dass Ellie zu anstrengend für Pearl ist.« Spöttisch ergänzte er: »Als gäbe es irgendetwas, womit diese alte Schreckschraube nicht fertig wird.«

Leanna verkniff sich ein Schmunzeln. Kalens Haushälterin war halb Halbling, halb Gnom und hatte ein besonderes Talent im Umgang mit Kindern – selbst mit solch magischen Kleinen wie Kalens Unsterblichentochter, Macs Halbgott-Erstgeborenem und Artemis' magischem älteren Sohn.

Macs grüne Augen richteten sich auf Leanna. »Was ist los mit dir? Sonst bist du doch immer fürs Nachtleben zu haben. Bist du krank?«

»Nein, bin ich nicht, bloß müde.« *Und melancholisch.* »Geh du mit Artemis und amüsier dich. Ich nehme mir ein Taxi zurück zum Hotel.«

»Kommt nicht in Frage! Wir setzen dich mit der Limousine ab. Ich muss nur noch ein paar Fans am Hintereingang begrüßen …«

Die »paar« Fans entpuppten sich als zehn, aus denen rasch zwanzig wurden. Bis Mac und Artemis Leanna vor ihrem Hotel oberhalb der Spanischen Treppe absetzten, war es nach zwei Uhr morgens. Gedämpfte Stimmen und Gitarrenklänge wehten von der berühmten barocken Treppe herauf, wo sich noch einige Touristen vergnügten. Leanna sah nicht einmal hin. Vor Jahren hatte sie auf jenen Stufen gesessen, lachend und mit einem jungen Poeten namens John Keats flirtend, im Schatten desselben Hauses, in dem er wenig später starb.

Leanna hatte ihn getötet.

Nun ja, rein theoretisch war es wohl kein Mord gewesen. Keats hatte sein Leben aus freiem Willen gegeben, wie andere Liebhaber Leannas ebenfalls. Sie alle waren verzweifelte Künstler gewesen, die darum gefleht hatten, von ihrer Musenmagie inspiriert zu werden. Allesamt hatten die Poeten, Maler und Musiker bereitwillig ihre Lebensessenz gegen Ruhm und Reichtum eingetauscht, da sie beides weit höher schätzten als ihr Leben.

Jeder der Männer hatte den Tod selbst gewählt. Zumindest hatte Leanna, eine keltische *Leannan-Sidhe*, Liebesmuse, so über zweihundert Jahre lang ihre skrupellose Magie gerechtfertigt.

Aber sie konnte nicht mehr lügen, nicht einmal vor sich selbst. Das entsetzliche Jahr, das sie als Dämonensklavin in den Todesreichen verbracht hatte, hatte ihr alle Illusionen geraubt. Sie war in der Hölle gefangen gewesen, vor sich eine Ewigkeit von Tod und Finsternis. Durch ein reines Wunder war Mac über Leanna gestolpert, als er an jenem scheußlichen Ort nach Artemis gesucht hatte. Und ein zweites Wunder geschah, als Mac beschloss, dass seine elende Schwester es wert war, gerettet zu werden.

Heute, nachdem sie fast ein ganzes Jahr mit Mac in der keltischen Anderwelt verbracht hatte, wo die Wunden, die ihnen die Hölle zugefügt hatte, heilen konnten, waren Leanna und ihr Bruder etwas, das sie sich niemals erträumt hätte: Freunde.

Mac winkte ihr zu, bevor die Limousine wieder abfuhr, und Leanna atmete tief ein. Leider war Sauerstoff nicht ausreichend, um die Leere in ihrer Brust zu füllen. Im letzten Jahr hatte Mac seinen inneren Dämon besiegt, seine wahre Liebe geheiratet und mit ihr sein erstes Kind bekommen. Derweil tat Leanna … nichts. Überhaupt nichts.

Sie näherte sich der Rezeption. Der Nachtportier war ein hübscher junger Mann mit olivfarbenem Teint und Schlafzimmerblick. Und das Schicksal wollte, dass es sich um einen Künstler handelte.

Ein Skizzenblock lag aufgeschlagen vor ihm, und er hielt einen Bleistift in seiner eleganten, langgliedrigen Hand. Er begrüßte Leanna lächelnd, und ehe sie sich's versah, entfuhr ihr ein dünner Faden Musenmagie. Für einen kurzen Augenblick war er wie erstarrt, dann schluckte er. Leanna bezweifelte nicht, dass sich hinter dem Schreibtisch noch andere Reaktionen zeigten.

Götter! Wie lange war es her, seit sie mit einem Künstler geschlafen hatte? Annähernd zwei Jahre. Und so verwerflich es auch sein mochte, vermisste Leanna ihre Musenmagie. Der schwindelerregende Austausch von Inspiration und Leben, der im Moment des Orgasmus stattfand, hatte ihr zweihundert Jahre ein unbeschreibliches Rauscherlebnis beschert, während ihr Gewissen geschlafen hatte.

Hier und jetzt wollte sie diesen Jungen, dringend. Sie könnte sich in ihm verlieren, wenigstens für eine Nacht. Es wäre auch kein einseitiges Nehmen. Nein, sie hatte ihm vieles zu bieten, könnte ihm seinen größten Traum erfüllen. Unter dem Einfluss ihrer Magie würde er ein brillantes Kunstwerk erschaffen, berühmt werden. Die Welt würde sich ihm zu Füßen werfen, ihn wie einen Gott anbeten.

Und dann würde er sterben.

Leanna zog ihre Magie zurück. Was dachte sie sich denn? Sie durfte nicht riskieren, diesen jungen Mann in ihr Bett zu holen. Womöglich war er so versessen auf Ruhm und Reichtum, dass er sich zerstörte, um beides zu bekommen. Bei allen Künstlern war es dasselbe: Man wusste nie, wie verzweifelt sie waren, bis es zu spät war.

Deshalb hatte sie während ihres jüngsten Aufenthalts in Annwyn ihrer Musenmagie abgeschworen. Zwar war sie im strengen Sinne nicht gleichbedeutend mit Todesmagie, aber ein Pfad in die Finsternis. Und der Todesmagie in all ihren Erscheinungsformen hatte Leanna gleichfalls abgeschworen. Sie wollte, *konnte* sich nicht noch einmal der Dunkelheit hingeben.

Also nickte sie dem Portier zu und ging wortlos weiter. Vielleicht würde er nie ein großer Künstler, aber immerhin bekäme er die Chance auf ein langes, glückliches Leben.

Die Fahrstuhltüren glitten zu und schlossen Leanna in der Kabine ein. Würde sie sich jemals daran gewöhnen, mit sich allein zu sein? Wohl nicht. Sie hasste es, nachts allein zu sein, was leider jede Nacht der Fall war, seit sie der Hölle entkam.

Ihr Hotelzimmer war still und dunkel. Leanna schaltete kein Licht ein, während sie ihr Kleid, die Schuhe, Strümpfe und den BH auszog. Nur in ihrem Tanga stieg sie ins Bett. Ihr Kopf sank auf die weichen Daunenkissen, doch sie ließ die Augen offen. Zwar hatte sie Mac gegenüber das Gegenteil behauptet, aber sie war überhaupt nicht müde.

Die Spitzenvorhänge am Fenster flatterten, und das neblige Licht von der Straße tanzte auf der Überdecke.

Plötzlich fiel ein Schatten auf ihr Bett. Sie blinzelte. Zuerst begriff sie nicht, was passierte.

Dann durchdrang eine Männerstimme die samtige Dunkelheit.

»*Bonsoir,* Leanna. Oder sollte ich um diese Stunde eher *bon matin* sagen?«

Sie rang nach Atem.

Offenbar war sie doch nicht allein.

Kapitel 3

Elfenfeuer schwebte aus Leannas Hand über ihren Kopf. Der Eindringling war groß, hatte eine breite Brust und lange, kräftige Beine. Todesmagie umwaberte ihn. Leanna vermutete, dass die Kraft, die sie spürte, lediglich einen Bruchteil dessen darstellte, was er an Macht besaß. Er trug eine dunkle Anzugjacke über einem schwarzen Hemd, dessen oberster Knopf offen war. Sein haselnussfarbenes Haar schimmerte im Mondschein. Eigentlich sollte Leanna Angst haben, doch seltsamerweise fürchtete sie sich nicht.

Er kam ihr bekannt vor.

»Kennen wir uns?«, fragte sie.

Als er zynisch lächelte, blitzten weiße Zähne auf.

»Lässt dein Gedächtnis dich im Stich, Leanna? Dabei hast du versprochen, mich nie zu vergessen. Andererseits hast du so viele Männer gekannt, dass es gewiss schwierig ist, uns alle im Kopf zu behalten.«

Er trat einen Schritt vor, worauf ihr Elfenfeuer sein Gesicht erhellte.

Leanna starrte ihn an. Ihre eine Hand wanderte zu ihrem Hals und presste sich auf ihre Brust, um ihr Herzpochen zu beruhigen. Sie öffnete den Mund, brachte jedoch keinen Ton heraus.

»Sprachlos?«, fragte er spöttisch. »Wie erstaunlich! Soweit ich mich entsinne, warst du niemals um Worte verlegen.«

Sie schluckte, was schmerzhaft war. Als sie schließlich ihre Stimme wiedergefunden hatte, klang sie wie ein heiseres Flüstern.

»*Jackson?* Jackson Cabot?«

Er verneigte sich vornehm. Wie elegant! Ganz so, wie der Mann, an den sie sich erinnerte.

Aber Jackson war … tot.

»Du bist …« Sie räusperte sich. »Du bist kein Geist.«

»Nein«, bestätigte er.

Nun kam er noch näher, fast bis zum Fußende des Bettes. Elfenfeuer leuchtete ihm in sein wunderschönes Gesicht. Die vorstehenden Wangenknochen, die Patriziernase, die hohe Stirn – alles war unverändert. Nur dass in seinen braunen Augen ein zynisches Funkeln lag, das dem Mann, den sie einst geliebt hatte, gänzlich fremd gewesen war. Und sein Teint stimmte ebenfalls nicht. Der Jackson, den sie kannte, hatte jede freie Minute in der Sonne verbracht. Der Mann vor ihr … besaß nicht Jacksons sonnengebräunte, gesunde Farbe.

Blankes Entsetzen ließ ihr das Blut gefrieren. »Du bist … ein Vampir.«

Jackson stützte beide Hände auf die hohe Matratze und beugte sich zu ihr. »Und du, Leanna, bist immer noch eine bezaubernd schöne Frau.«

Sein Blick wanderte tiefer.

Unsicher zog Leanna die Decke höher.

»Schamhaft?«, fragte er ohne einen Hauch jenes neckischen Tonfalls, den sie mit ihren Erinnerungen an ihn verband. »Du überraschst mich. Was hat es zu bedeuten, dass du ohne Begleitung in dein Hotel zurückkommst? Das Letzte, was ich erwartet habe, war, dich allein in dieses Bett steigen zu sehen.« Er richtete sich wieder auf. »Was ist mit deiner jüngsten Eroberung geschehen?«

Sie starrte ihn immer noch an. Sein zynischer Ton machte sie frösteln, während sie nach wie vor mit der Tatsache rang, dass dies Jackson war, *ihr* Jackson. Hier, in ihrem Schlafzimmer. Wo er mit ihr sprach. Es war weder ein Traum noch ein Alptraum.

Mit etwas Verzögerung begriff sie, was er gesagt hatte. »Eroberung? Wovon redest du?«

»Manannán mac Lir, der Musiker. Ich sah dich im Fernsehen mit ihm.«

»Du hast Mac und mich im Fernsehen gesehen?«, lautete ihre wenig geistreiche Reaktion, denn leider versagte ihr Gehirn.

»Ja, das habe dich. Verrätst du mir, wo du ihn gevögelt hast? In seiner Limo? Oder in seinem Hotelzimmer? War er gut?«

»Was?!«, fragte sie entgeistert. »Du denkst, Mac und ich …«

»Manannáns Ruhm ist im letzten Jahr explodiert. Und nun finde ich heraus, dass er mit dir reist. Du bist eine Sexmuse. Erzähl mir nicht, dass deine Magie keine wesentliche Rolle …«

»Macs Erfolg hat nichts mit meiner Magie zu tun«, fiel sie ihm ins Wort. »Bei allen Göttern von Annwyn, Jackson, Mac ist mein *Bruder!*«

Er schnaubte verächtlich. »Ach ja? Ich entsinne mich nicht, dass du jemals einen göttlichen Bruder erwähntest.«

»Mac ist mein Halbbruder. Wir haben dieselbe Mutter. Ich habe dir nie von ihm erzählt, weil Mac und ich nicht miteinander sprachen, als du und ich … als wir …« Ihr fehlten die Worte. Überdies wurde ihre Kehle schmerzlich eng, und ihr stiegen Tränen in die Augen.

»Ein Liebespaar waren?«, half Jackson ihr sarkastisch aus.

Sie sah ihn an. »Ja, als wir ein Liebespaar waren.«

»Liebe«, wiederholte er abfällig. »Ich dachte, es wäre Liebe, Leanna, aber ich erkannte bald, wie tödlich deine besondere Version dieses Gefühls ist, nicht wahr?«

Er schritt im Zimmer auf und ab. »Ein begabter Autor könnte jahrelang von der Ironie unserer Affäre leben. Ich wollte dich nie um deiner Magie willen wie deine anderen Liebhaber. Schon nach zwei Tagen in Paris wurde mir klar, dass mein mageres Talent nichts war gemessen an der Kunst der großen Meister. Ich hatte mich damit abgefunden, Paris als hübsches Zwischenspiel zu betrachten, ehe ich nach Boston zurückkehren und das Fabrikimperium meines Vaters übernehmen müsste.« Abrupt drehte er sich zu ihr um. »Und dann fand ich dich.«

»Wir fanden einander«, flüsterte Leanna.

Jackson rieb sich über das Gesicht. »Ich wollte dich zur Frau. Mir war bewusst, dass du meinen Antrag höchstwahrscheinlich ablehnen würdest. Womit ich indessen nicht rechnete, war, dass du mich tötest.«

Er klang so verletzt, dass Leanna am ganzen Leib zu zittern begann. Wie oft hatte sie in Jacksons Armen gelegen, das Ohr auf seiner Brust, wo sie das Vibrieren seiner tiefen Stimme spürte, während er ihr von seinem Leben, seiner Liebe und seinen Träumen erzählte?

»Aber ... du warst nicht tot, als ich dich verließ! Ich wollte dich nicht umbringen. Ich wollte nur nicht, dass du mir folgst. Deshalb habe ich dir genügend Lebensessenz gelassen, damit du dich erholst. Ich dachte ... Ich nahm an, dass du am nächsten Morgen aufwachst und zu deiner Familie in Boston zurückreist ...«

»Welch phantasievoller Plan, selbst für deine Verhältnisse! Du wusstest allerdings weit besser als ich, welcher Abschaum sich in jenen Tagen in den Pariser Straßen herumtrieb.«

Die Götter mochten ihr beistehen, ja, das hatte sie gewusst!

Wieder blitzten seine Zähne auf. »Wahrlich, Leanna, du hast mich zu früh verlassen. Es wäre klüger gewesen, du hättest mich richtig getötet. Was wir nicht beenden, holt uns früher oder später ein und erdrückt uns.«

Zum ersten Mal überkam sie Angst. »Was ... was ist dir in jener Nacht passiert, Jackson? Ich hatte dich mit einem Schutzzauber versehen. Niemand hätte ihn durchbrechen können.«

Er verschränkte seine Arme vor der Brust. »Armand Legrand konnte es.«

»Oh Götter!« *Armand Legrand* war damals – war bis heute – der älteste und skrupelloseste Vampir auf dem europäischen Kontinent.

»Ich bot Legrand ein exzellentes Mahl. Mein Blut war vollständig intakt, nur fehlte mir die Kraft, um mich zu wehren.

Legrand war so entzückt, dass er beschloss, mich zu behalten. Am nächsten Tag wachte ich auf, frisch verwandelt und frisch versklavt.«

Leanna erschauderte. Legrands Brutalität war legendär. Die Erniedrigungen und sexuellen Perversionen, die der Vampirmeister seinen neu verwandelten Untergebenen aufzwang, galten allgemein als …

Ihr wurde übel. »Es tut mir unendlich leid, Jackson.«

»Nicht leid genug«, entgegnete er leise, »noch nicht.«

Angst schnürte ihr die Kehle zu. Es vergingen einige Momente, ehe sie bemerkte, dass ihr die Decke aus den tauben Fingern geglitten war und Jacksons eisiger Blick auf ihren nackten Brüsten ruhte.

Rasch zog sie die Decke wieder hoch.

»Nein«, befahl er harsch, »lass das!«

Sie zog die Decke noch höher, bis zu ihrem Hals, und blickte an Jackson vorbei zur Tür. Mac war gewiss noch nicht zurück, aber Kalens Zimmer befand sich nur ein Stück weiter den Flur hinunter. Falls sie schrie …

Jacksons zorniger Blick war leider wirksamer als jeder Knebel. Hatte sie ihn überhaupt schon einmal wütend erlebt? Sie erinnerte sich nicht. Der Jackson Cabot, den sie einst gekannt hatte, war ein ausgesprochen umgänglicher, freundlicher Mann gewesen, der oft lächelte.

Nun lächelte er nicht.

»Mach keinen Fehler, Leanna! Du entkommst mir nicht, solange ich dich nicht gehen lasse.«

Seine Augen veränderten sich. Die braune Iris wurde dunkler, so dunkel wie die Hölle. Leanna versuchte zu blinzeln, doch ihre Lider versagten ihr den Dienst. Genauso war es ihr unmöglich, das Gesicht abzuwenden. Jacksons Vampirbann war stärker als alle, die ihr bisher begegnet waren, was überhaupt keinen Sinn ergab. Die Macht eines Vampirs wuchs mit seinem Alter. Jackson aber war erst vor hundert Jahren gewandelt worden, also müsste Leannas Sidhe-Magie ihm allemal überlegen sein. Was sie nicht war. Jackson kontrollierte sie, als wäre sie eine Marionette.

Ein Druck wie von einer unsichtbaren Hand umschloss ihr Handgelenk und drängte ihren Arm nach unten. Mit ihm senkte sich die Bettdecke, die sie festhielt. Kühle Baumwolle glitt über ihre Brust.

Sie hauchte einen Zauber – Lebensmagie, die mächtigste, die sie zustande brachte. Aber die Worte purzelten ins Leere wie ein bedeutungsloser Silbenwirrwarr. Inzwischen hatte die Bettdecke ihre Brüste vollständig entblößt. Jacksons Blick folgte der Decke bis zu ihrer Taille.

Er verschlang sie mit seinen Augen. In ihrer gemeinsamen Zeit in Paris hatte er es oft getan – sie einfach nur angesehen. Nicht gesprochen. Sie nicht berührt. Dieses stumme Vorspiel hatte sie jedes Mal erregt. Nun erinnerte ihr Körper sich wieder. Ihre Haut wurde heiß, und ihr Herz pochte wild. Die Spitzen ihrer Brüste juckten. Da war ein ziehendes, sehnsüchtiges Gefühl wie ein langsamer Fall aus großer Höhe, das sich in ihrem Bauch festsetzte und nicht verschwinden wollte.

Ihr blieb keine andere Wahl, als ihn weiter anzusehen. Inzwischen war seine Iris vollständig schwarz und glänzte vor Todesmagie. Das waren nicht die Augen, die sie vor hundert Jahren gekannt hatte. Jene hatten immerzu schelmisch oder amüsiert gefunkelt, vor Verlangen geglüht oder vor Zärtlichkeit und Bewunderung geleuchtet. Oder – und das war das Schlimmste gewesen – sie waren von etwas erfüllt gewesen, das Mitleid ähnelte.

Es war viel zu leicht gewesen, sich ihm anzuvertrauen. Nachdem Leanna es einmal getan hatte, war sie sich wie ein wildes Tier vorgekommen, das in einem Käfig gefangen war. Mit Lust konnte sie umgehen. Mit Lachen auch. Aber Jacksons Mitgefühl und Verständnis hatten sie in die Flucht getrieben.

Die Decke rutschte an ihrem Nabel vorbei. Noch ein geflüsterter Sidhe-Zauber verpuffte wirkungslos in der Luft. Vor einhundertzehn Jahren war Jackson der Erbe eines gewaltigen Vermögens und außerdem ein talentierter Künstler gewesen, aber auch ein gewöhnlicher Sterblicher. Er hatte nicht einmal einen Hauch Magie besessen.

Und jetzt war er stärker als sie, so dass sie in seiner Macht gefangen war. Er strahlte finsterste Emotionen aus. Das hörbare Einatmen, das Beben seiner Nasenflügel, sein strenges Kinn – all das signalisierte seine Wut. Die Wölbung seiner Hose hingegen kündete deutlich von seiner Lust.

Sie war nicht sicher, welches von beidem sie mehr erregte.

Der säuerliche Geruch der Todesmagie ging von ihm aus. Eigentlich hätte er sie ekeln sollen, doch stattdessen machte er sie scharf. Dies hier war *Jackson,* der Mann, den sie einst mit beängstigender Intensität geliebt hatte. Sie hatte geglaubt, er wäre alt geworden und schließlich gestorben. Dass er vor ihr stand, war ein Wunder, und ihr war gleich, dass dieses Wunder in Form von Todesmagie und Vampirmacht daherkam. Sie wollte ihn immer noch.

Die Decke wanderte weiter hinunter, gehalten von ihren zitternden Händen. Der obere Rand lag auf ihren Hüften, dann auf ihren Schenkeln. Ihr Tanga, ein dünner Seidenstreifen, war alles, was sie vor dem verschlingenden Blick Jacksons schützte.

Hitze loderte in seinen Augen, als die Decke ganz fort war, und Leanna fühlte sein Verlangen wie ein Messer, das ihr in den Bauch gerammt wurde. Sie erbebte. Zwischen ihren Schenkeln wurde sie feucht vor Sehnsucht. In Paris war Jackson ein sanfter Liebhaber gewesen, süß und verspielt. Sie spürte, dass er heute nicht sanft wäre. Er würde sie grob benutzen, hundert Jahre Zorn an ihr austoben. Und dennoch würde sie sich nicht gegen ihn wehren, selbst wenn sie könnte. Sie würde diesem verbitterten, verletzten Mann alles geben, was er von ihr brauchte.

Würde er nur Sex fordern? Oder wollte er auch ihr Blut trinken? Er könnte ihr ohne weiteres Blut und Leben bis auf den letzten Tropfen aussaugen. Das Einzige allerdings, was er nicht tun könnte, war, sie zu dem zu wandeln, was er war. Die Sidhe-Magie ließe niemals zu, dass einer ihrer Träger zum Vampir wurde.

Jacksons schwere Schritte umrundeten das Bett. Furcht und Verlangen durchfluteten Leanna, als er sich näherte. Es war pervers, erniedrigend, dieses dunkle Begehren. Und sie verstand es nur zu gut, war es doch ein Sehnen, das der fatalen Begierde ähnelte, die sie in ihren Künstlergeliebten geweckt hatte. Die Sünden ihrer Vergangenheit holten sie mit voller Wucht ein, und nun musste sie dafür bezahlen.

Jacksons Schatten fiel dunkel auf ihre helle Haut. Er roch nach Zorn und Magie, und Schweißperlen standen auf seiner Oberlippe. Die braune Locke, die ihm in die Stirn gefallen war, sah weicher als das Mondlicht aus. Leanna hätte sie gern berührt.

Aber sie wagte es nicht.

Angespannt lag sie da und wartete, was er als Nächstes tat. Unendliche Momente vergingen.

Er berührte sie nicht.

Und doch ging er nicht weg.

Sie benetzte sich die Lippen. »Was willst du von mir, Jackson?«

Aber er schien sie nicht zu hören. Stattdessen streckte er eine Hand aus, als wollte er sie anfassen. Ihr Bauch verkrampfte sich. Sie fürchtete die Berührung und sehnte sie gleichzeitig herbei.

Dann sank seine Hand wieder herunter an seine Seite und ballte sich zur Faust.

»Du siehst noch genauso aus«, sagte er schließlich mehr zu sich selbst als zu ihr. »Wie kann das sein? Sidhe altern langsam, aber nicht so langsam – erst recht nicht, wenn sie zur Hälfte menschlich sind.«

»Ich habe das letzte Jahr in Annwyn verbracht. Die Magie der Anderwelt gab mir meine Jugend zurück.«

Verwunderung huschte über seine Züge. »Annwyn? Du sagtest mir damals, du wärst dort nicht willkommen – dass deine Sidhe-Mutter sich weigerte, dich anzuerkennen.«

Prompt wurde sie rot. Er wusste zu viel. Er wusste, dass ihre Mutter, die Königin von Annwyn, ihre halbmenschliche Tochter verlassen hatte. Er wusste auch, dass Leannas menschlicher Vater ein trunksüchtiger Idiot gewesen war, unfähig, seine fleischlichen Gelüste zu kontrollieren, als die Sidhe-Sexmagie sich bei seiner heranwachsenden Tochter erstmals bemerkbar gemacht hatte. Sie hatte Jackson diese beschämenden Bekenntnisse in einer dunklen Nacht zugeflüstert und es sofort bereut. Angesichts seines Mitleids hatte sie sich schrecklich geschämt.

Und nun sah er sie wieder viel zu wissend an. Sie wollte wegsehen, doch das erlaubte Jackson ihr nicht. Sein Blick bannte sie mit Leib und Seele, dass sie sich fühlte wie ein Schmetterling, der von einem Naturforscher auf seine Tafel gespießt wurde.

»Mac, mein Bruder, überredete meine Mutter, mich nach Annwyn zu lassen.« Irgendwie schaffte Leanna es, zu sprechen. »Ich hatte ein Jahr in den Totenreichen verbracht und brauchte Heilung.«

»Und jetzt bist du wieder jung. Wunderschön und tödlich. Frei, zu betören. Frei, zu töten.«

»Nein, ich …«

Er beugte sich über sie, bis sein Gesicht nur noch Zentimeter von ihrem entfernt war, und legte ihr eine Hand auf den Mund. »Ruhe. Lieg still!«

Sie spürte, dass er einen Kampf mit sich ausfocht. Nach einer Weile atmete er aus, und seine Schultern sackten kaum merklich herunter. Wie es schien, hatte er eine Art Niederlage akzeptiert, aber was genau ihn besiegt hatte, konnte Leanna sich nicht einmal ausmalen. Und immer noch besaß er die alleinige Macht bei dieser Begegnung.

Seine rechte Hand blieb auf ihrem Mund, während die linke sie berührte: erst eine Brust, dann die andere. Hatte sie Grobheit erwartet? Da war nichts Schroffes oder Wütendes. Vielmehr streichelte er sie unsagbar zart. Sie musste an den Nachmittag denken, als sie zu ihm in sein Atelier mit Seine-Blick gekommen war. Sein weicher Pinsel hatte genauso über ihre Brüste gestrichen.

An jenem Abend vor langer Zeit, nach dem herrlich erschöpfenden und befriedigenden Liebesakt mit ihm, hatte sie Jackson zugesehen, wie er denselben Pinsel in Farbe tunkte. Er hatte Bilder geschaffen wie Gott den Garten Eden.

Nun wandte er ebenjene künstlerische Fertigkeit auf ihren Körper an.

Seine Fingerspitzen streiften ihre Brustspitzen, streichelten ihren Bauch, umkreisten ihren Nabel. Von ihm malte er eine Line nach unten über ihren Venushügel. Dort hielt er inne, zu zart, an der Stelle, die für ihn pochte.

Ihre Schenkel öffnete sich – ob auf sein stummes Kommando hin oder von Leannas Verlangen bewegt, wusste sie nicht. Er erkundete sie zwischen den Beinen, strich mit den Fingern zu beiden Seiten des feuchten Tangas entlang. Stöhnend bog sie sich ihm schamlos entgegen, bot sich seiner Hand an.

Er beobachtete sie aufmerksam, als er sie berührte. Während sie zu ihm aufblinzelte, regte sich Angst in ihr, die ihre Lust verdrängen wollte, denn Jacksons Miene hatte sich verfinstert. Seine Brauen waren zusammengezogen, und seine Augen glühten. Seine Hand auf ihrem Mund zuckte. Eisige Furcht rammte sich wie eine Faust in Leannas Bauch.

Langsam nahm er seine eine Hand von ihren Lippen, die andere aus ihrem Schritt. Dann stemmte er beide Fäuste auf ihr Kissen, zu beiden Seiten ihres Kopfes. Sein Atem ging schwer, und seine Brust hob und senkte sich.

Ihre Blicke hielten einander fest. Ein metallischer Geruch, wie Tod, wie Blut, würgte sie wie eine Schlinge. Ihr Körper reagierte, und sie konnte nichts tun. Sie hatte Todesmagie praktiziert. Sie hatte ein Jahr als Dämonenhure in den Totenreichen durchlebt. Es zählte nicht, dass sie am Ende in Annwyn aufgenommen worden war. Es zählte nicht, dass sie der Todesmagie abgeschworen und sich dem Licht und der Lebensmagie verschrieben hatte.

Sie lechzte nach der Dunkelheit, lechzte nach Todesmagie. Und dieser Hunger würde nie verschwinden, das wusste sie. Er war Teil ihrer Seele. Und Jackson mit seiner vampirischen Macht und Magie wusste es ebenfalls.

Er senkte sich auf das Bett. Sein langer, starker Körper streckte sich zu Leannas Rechter aus, den Oberkörper auf einen Ellbogen aufgestützt. Die Matratze bog sich unter seinem Gewicht durch, so dass Leanna zu ihm rollte, bis sie vollständig an ihn gelehnt war.

Sie fühlte seine Erektion an ihrem Bauch. »Jackson …«

»Ruhe!«

Er umfasste ihr Kinn mit einer Hand und sah ihr in die Augen, während sie so still dalag, wie er befohlen hatte. Chaotische Gefühle schüttelten ihren Leib. Sie befeuchtete ihre Lippen, worauf seine Augen sich gefährlich verdunkelten.

»Verführerin«, flüsterte er. »Sirene. Hure.«

Die Worte fielen wie Kieselsteine in einen ruhigen Teich, dessen Wellen bis in die äußersten Winkel ihrer Seele schwappten. Unterdessen zitterte Jacksons Körper ebenso heftig wie ihrer.

»Du wirst mich wieder zerstören.«

»Nein, niemals! Ich …«

»Ruhe!«

Ihre Worte erstarben auf ihrer Zunge. Ihr Herzpochen wurde sekündlich schneller, als sie wartete, dass er etwas tat. Quälend lange rührte er sich nicht, so dass Leanna sich fragte, was ihn zurückhielt.

Und dann hielt ihn gar nichts mehr zurück.

Kapitel 4

Maßlos stolz, wie er war, hatte Jackson geglaubt, seine Selbstbeherrschung wäre durch nichts zu erschüttern.

Zu seiner ewigen Schande musste er feststellen, dass dem nicht so war. Leannas Lippen waren weich und schmeckten ganz leicht nach Kirschen.

Aus Geschmack wurde Duft, aus Duft Empfindung, und aus Empfindungen entstanden Bilder. Erinnerungen fluteten sein Denken. Da war wieder der Abend, als er sie zum ersten Mal gesehen hatte, auf einer Party eines gemeinsamen Freundes. Ihr rotes Haar leuchtete im Kerzenschein, ihre spitzen Ohren zart und unglaublich erotisch. Sie hatte zerbrechlich und irgendwie unbeschreiblich traurig gewirkt.

Seine Finger streiften ihre, als er ihr eine Sektflöte reichte. Er forderte sie zum Tanz auf. Sie lehnte ab. Ihr schwacher schottischer Akzent hatte ihn fasziniert.

Er bat sie ein zweites, dann ein drittes Mal.

Letztlich brachte er sie zum Lachen, und sie nahm an.

Ihr erster Tanz war ein Walzer gewesen. Hinterher waren sie durch den Garten des Gastgebers geschlendert. Von da an waren sie unzertrennlich gewesen. Sie waren durch Montmartre spaziert, hatten sich in die Menge im Moulin Rouge gemischt. Sie waren Gustave Eiffels Verrücktheit hinaufgestiegen und hatten Paris bestaunt, wie es ihnen zu Füßen lag.

In den frühen Morgenstunden hatten sie sich geliebt …

Seine Hand rieb ihre Brust, gefangen in Erinnerungen. Finger umfassten weiche Wölbungen. Seine Küsse, die ungeduldiger wurden. Dies hier war gefährlich. Keine Frage. Er verfiel ihr schon wieder, zu schnell, zu sehr. Wenn er nicht rechtzeitig aufhörte …

Er musste sich daran erinnern, warum er zu ihr gekommen war. Nicht hierfür. Sie sollte sein Werkzeug sein, nicht seine Zerstörung.

Er besann sich auf seine Willenskaft. Und fast hätte seine Vernunft gesiegt. Aber dann wimmerte Leanna an seinem Mund und reckte sich seiner Hand entgegen, in der er ihre feste Brustspitze fühlte. Der hilflose Laut, den sie von sich gab, bedeutete nicht Angst, sondern Verlangen.

Wie ein Blitzschlag traf seine Lust ihn. Die Magie, die sein Herz am Schlagen hielt, Todesmagie, reckte ihr hässliches Haupt. Hunger, sexueller Hunger, der zu lange unterdrückt worden war, brach sich Bahn. Seine Zunge tauchte in ihren Mund, während seine Reißzähne sich verlängerten. Erschaudernd kämpfte er gegen den Drang, fest und tief zuzubeißen. Allein diese Anstrengung machte jedes Überlegen unmöglich.

Leanna sollte sich gegen ihn wehren, aber sie tat es nicht – ganz im Gegenteil: Sie schlang ihre Arme um ihn, verschränkte sie in seinem Nacken, wickelte ihre Beine um seine Hüften. Die Macht seines Verlangens ließ ihn erzittern. Es war über sieben Jahrzehnte her, seit er eine Frau gehabt hatte. Zu lange nach jeder männlichen Rechnung. Viel zu lange.

Sie leckte sein Ohr. Ihre Beine umfingen seinen Rumpf. Magie, *Lebensmagie,* flutete über ihn hinweg.

Sie war wie ein Eimer voller Eiswasser, der in eine Feuersbrunst geleert wurde. Plötzlich meldete seine Vernunft sich wieder.

Was in Gottes Namen tat er? Er riss seine Lippen von ihren, packte ihre Waden und stieß ihre Beine von seinen Hüften. Dann stemmte er sich von ihr ab und stellte sich neben das Bett. Von hier blickte er schwer atmend auf ihre Schönheit hinab. Sie sah zu ihm auf, errötet und atemlos. Verwirrt, aber willig. Sehr willig.

Gott mochte ihm beistehen! Er schloss die Augen, ballte die Fäuste und konzentrierte sich auf sein schwierigstes Mantra.

»Jackson?« Ihre Stimme war nicht mehr als ein Hauchen.

Er öffnete die Augen wieder und bereute es sogleich. Leanna war so wunderschön, dass allein sie anzusehen tief in seinem Innern schmerzte. Ihr rotes Haar war sehr viel kürzer als damals in Paris, aber sein besonderer Glanz wie auch seine einzigartige weiche Struktur hatten sich nicht verändert. In den dichten Wimpern, die ihre klaren grauen Augen umrahmten, hafteten Tränen.

Beide zitterten sie, doch kaum überkam ihn eine Welle von Mitgefühl, verdrängte er sie, indem er sich auf seinen Zorn besann. Er hatte Leannas Tränen schon gesehen, hatte erlebt, wie sie Weinen als Waffe einsetzte. Ein blankgewetztes Schwert könnte einen Mann nicht wirksamer zerfetzen als die feminine Trauer, die sie jederzeit zu mimen verstand. In jener letzten Nacht in Paris hatte sie geweint, wenige Momente bevor sie seine Seele leer sog.

Wenn er nicht vorsichtig war, riss sie ihn aufs Neue in den Ruin.

Sie streckte ihre Hand nach ihm aus. »Jackson, was ist?«

»Du wirst feststellen, dass ich nicht mehr der Narr von früher bin.«

»Du warst nie ein Narr, Jackson.«

Er packte den Bettpfosten, um die Balance zu wahren. »Zieh dich an! Dein Körper interessiert mich nicht mehr.«

Für einen winzigen Moment blitzte etwas wie Verletztheit in ihren Augen auf, was er ignorierte. Er drehte sich um und trat ans Fenster, von wo er auf die Straße hinabblickte, ohne den Anblick wahrzunehmen. Er war ganz von den Szenen gefangen, die sich in seinem Kopf abspielten. Das Bett knarrte leise, und Leannas Schritte waren zu hören. Eine Schublade wurde geöffnet, dann folgte das leise Rascheln von Stoff auf Haut.

Ihr stummer Gehorsam bescherte Jackson immerhin ein Minimum an Befriedigung. Er stellte sie sich auf Knien vor, einem anderen Befehl von ihm gehorchend und die rosigen Lippen öffnend, um …

Verdammt! Er kniff die Augen zu, rief sein Mantra und konzentrierte sich auf seine Erektion, die gefälligst verschwinden sollte. Was sie auch sehr langsam tat. Dann spürte er Leanna hinter sich, die ihn beobachtete. Zwar war er nun ruhiger, doch noch nicht bereit, sie anzusehen. Stattdessen blickte er wieder aus dem Fenster. Eine einsame Gestalt schritt über das Kopfsteinpflaster. Gunter. Jackson fühlte, dass Enzo und Solange gleichfalls in der Nähe waren.

Kaum forderte er seinen Untergebenen auf, zum Fenster hinaufzusehen, hob Gunter auch schon den Kopf. Ein Fingerschnippen von Jackson, ein Gedanke, den er dem jungen Vampir schickte, war alles, was es brauchte.

Gunter nickte und verschwand.

Nun drehte Jackson sich zu Leanna um. Er würde nicht zulassen, dass sie ihn von seinem Ziel ablenkte. Sie hatte seine Vergangenheit zerstört, da war es nur passend, dass er sie benutzte, um seine Zukunft zu sichern.

Zunächst sagte er nichts, sondern beobachtete sie, wie ihr das Schweigen zusehends unheimlicher wurde. Sie hatte sich ein schlichtes Strickkleid angezogen, in Rohweiß, eng und knielang. Ihre Brüste schienen unter dem dünnen Stoff noch verlockender als nackt.

An den Füßen trug sie flache Sandalen. Sie rang die Hände, und ihr Puls flatterte. Ihr Gesicht war sehr blass.

»Jackson, warum bist du hergekommen?«

»Um dich mitzunehmen«, antwortete er wahrheitsgemäß.

Sie riss die Augen weit auf. »Wohin? Warum?«

»Das wirst du früh genug erfahren.«

»Und wenn ich nicht mit dir kommen will?«

Er lachte. »Bedaure, du hast keine Wahl. Wie ich dir bereits demonstrierte, bin ich mächtiger als du. Ich kann dich wie eine Marionette tanzen lassen.«

Was er ihr abermals zeigte, indem er die Finger einer Hand spreizte und Leannas Blick einfing. Dann schickte er einen kleinen Strahl seines Vampirbanns in ihre Richtung.

Leannas Leib zuckte.

Mittels Gedankenkraft dirigierte er sie durch das Zimmer.

Ihre Beine gehorchten ihm sofort. Sie versuchte, sich zu sträuben, investierte all ihre Magie, doch er spielte mit ihr, ließ sie einmal los, dass sie glaubte, sie hätte seine Kontrolle durchbrochen, ehe er sie mühelos wieder überwältigte. Letztlich beugte sie sich seiner größeren Macht und sank auf die Knie.

Gleich explodierten die verbotenen Phantasien in seinem Kopf. Fluchend riss er sie auf die Füße zurück, gröber als beabsichtigt. In diesem Moment brannte sein Selbsthass schlimmer denn je.

Leanna wurde rot vor Scham. Ihre Schultern bebten. »Jackson, bitte nicht, tu das nicht! Ich komme freiwillig mit dir, wenn du mir nur sagst, warum.« Sie schnappte nach Luft. »Hast du vor, mich zu töten?«

»Nein.«

»Was dann? Bitte, sag mir …«

Sie brach ab, als die Tür zum Flur aufging. Gunter kam herein, dicht gefolgt von Enzo und Solange, die die Tür hinter sich schloss. Leannas Blick wanderte zu der anderen Frau, und mehrere Sekunden lang standen beide regungslos da und schätzten einander ab.

Enzo und Gunter sahen erwartungsvoll zu Jackson.

»Nehmt sie mit!«, befahl er ihnen.

Als Leanna zu sich kam, konnte sie sich nicht bewegen.

Ihre Handgelenke waren hinter ihrem Rücken gefesselt und ihre Arme taub. Auch ihre Knöchel waren fixiert. Ihre Gedanken schwirrten wirr durch ihren Kopf. Selbst die Lider zu heben, kostete sie eine enorme Anstrengung.

Wo immer sie sein mochte, es war dunkel. Sie erinnerte sich nicht, wie sie hergekommen war. Die letzten Bilder, deren sie sich entsann, waren hoffnungslos verschwommen. Vampirmagie. Die Untoten spielten gern mit dem Denken der Lebenden. Ein Vampir konnte Menschen dazu bringen, Dinge zu tun, die sie freiwillig niemals täten.

In ihrem langen Leben hatte Leanna viele Vampire gekannt. Zum Glück zählte Armand Legrand nicht zu ihnen. Bis heute war Jackson der mächtigste Vampir, dem sie je begegnet war.

Sie blinzelte in die stygische Finsternis. Unter ihr befand sich etwas Weiches, ein Bett vielleicht. Ihre Kleidung war, den Göttern sei Dank, noch heil, und ihr tat nichts weh, abgesehen von dem Schmerz in ihren ausgestreckten Armen. Ihre hilflose Lage indessen jagte ihr gewaltige Angst ein.

Sie schnupperte. Ein modrig-feuchter Geruch mit der schalen Note eines lang zurückliegenden Sterbens. Vergebens bemühte sie sich, nicht zu erschaudern.

Sie strengte sich an, gegen den Nebel in ihrem Kopf zu kämpfen und ihre Magie zu aktivieren. Die Kraft war da, nur weit weg. Sie berühren zu wollen, erschien Leanna, als wollte sie über eine breite Schlucht langen. Das flackernde Elfenfeuer, das sie zustande brachte, war schwächlich, aber besser als nichts.

Das spärliche Licht erhellte eine felsige Decke. Schatten verbanden sich zu Formen. Ihr Gefängnis schien eine enge Höhle zu sein. Ein Seidenteppich zierte den Boden, und Samtstoff war an den Wänden gespannt. Oberhalb vermochte sie blanken Fels zu erkennen. Ungefähr anderthalb Meter vom Fußende des Bettes entfernt hing ein Wandteppich, der diese Kammer von dem abtrennte, was immer dahinter liegen mochte.

Die Möblierung war karg: ein Tisch, zwei schlichte Stühle, ein weicher Ledersessel. Erschrocken bemerkte Leanna, dass Letzterer besetzt war: von der jungen Frau, die Jackson in ihr Hotelzimmer gelassen hatte.

Die Frau sprach als Erste. »Ah, Sie sind also wach. Endlich!«

Sie war jung und hübsch, mit langem, schimmerndem Haar. Und sie sprach zwar Englisch, aber mit einem starken französischen Akzent. Katzengleich erhob sie sich und neigte ihren Kopf in Leannas Richtung, als wären sie sich eben auf einer Party vorgestellt worden. Leanna prüfte ihre Aura. Sie war menschlich ... und mächtig, lebendig, kein Vampir. Eine Hexe.

»Wer sind Sie? Wo ist Jackson?«

Die Hexe legte die ausgestreckten Hände vor ihrer Brust zusammen. »Die Sonne scheint, der Meister schläft. Er befahl mir, über Sie zu wachen.«

»Und Sie sind ...«

»Selbstverständlich die Dienerin des Meisters.«

Bei dieser Erklärung merkte Leanna auf. Die meisten Vampire hielten sich menschliche Diener, die ihre Schlafplätze bewachten und alle erdenklichen Dinge für sie erledigten, die bei Tageslicht zu tun waren; aber diese Frau war so jung. Sie war kaum in den Zwanzigern, wie Leanna schätzte. Gewiss war Jackson nicht körperlich intim mit ihr. Andererseits, was wusste sie schon über den Mann, zu dem Jackson geworden war?

»Solange.« Als hätten ihre Gedanken ihn herbeigerufen, mischte Jacksons Stimme sich ein. »Du kannst uns jetzt allein lassen.«

Sofort drehte Solange sich zu ihm und verneigte sich. »Oui, Monsieur.« Sie verschwand hinter dem Gobelin.

Nun trat Jackson in den Schein des Elfenfeuers. Leanna betrachtete ihn. Seine Gesichtszüge wirkten streng und seine Haut sehr bleich. Der Ausdruck seiner Augen war vollkommen gefühllos.

Eine Träne kullerte ihr über die Wange. Sie hatte ihn zu dem gemacht, was er war. Von all den zahlreichen Sünden, die sie in ihrem Leben beging, war die schlimmste wohl, was sie Jackson angetan hatte. Weil er sie so sehr geliebt hatte. Vielleicht so sehr, wie er sie jetzt hasste.

»Weinst du, Leanna?«, fragte er spöttisch. »Du? Du überraschst mich.«

Sie blinzelte und war schockiert, ihn neben ihrem Bett stehen zu sehen, ihren Körper mit seinem dunklen Blick verschlingend. Er war so schnell und so lautlos quer durch das Zimmer gekommen, dass sie gar keine Bewegung wahrgenommen hatte.

Nervös schluckte sie gegen den Kloß in ihrem Hals an. Sie wünschte, sie hätte sich ihre tränennasse Wange abwischen können.

»Jackson, was ist das hier? Wo sind wir?«

Er antwortete nicht gleich. Stattdessen beugte er seinen Kopf über ihre Knöchel und löste die Fesseln. Als Nächstes band er ihre Hände los und trat mit hochgezogenen Brauen zurück.

Sie versuchte, sich zu rühren, spannte ihre Muskeln an und kämpfte mit aller Kraft, um sich aufzurichten. Es war zwecklos. Die Fesseln hatten nur Solanges Schutz gedient. Jackson selbst brauchte sie gar nicht, denn seine Todesmagie hielt sie gefangen.

Es bedurfte nicht mehr als eines Kopfnickens von ihm, um den Bann zu lösen. Und er hatte ihr eindringlich bewiesen, wie mächtig er war. Nie könnte sie ihm entkommen. Ihn misstrauisch beäugend, setzte sie sich auf.

»Wir sind verborgen«, erklärte er ihr. »Meine Untergebenen stehen Wache. Niemand kommt dich retten, Leanna, falls es das ist, worauf du hoffst.«

Er drehte sich um und hob den Samtwandvorhang neben dem Bett. Tiefe Fächer waren in die Felswand geschlagen, jedes gerade lang und tief genug, um einen menschlichen Körper zu beherbergen. Tatsächlich lagen sogar in mehreren menschliche Leichname, in verrottendes Leinen gewickelt.

»Dies ist eine Krypta«, hauchte Leanna.

»Ja. Ein unentdeckter Teil der Domitilla-Katakomben, um genau zu sein.«

Er ließ den Samtvorhang wieder fallen. »Stell dir das vor, Leanna: Über unseren Köpfen gehen die Sterblichen ihren täglichen Verrichtungen nach und sind sich auf herrliche Weise nicht bewusst, dass unter dem Stein, auf dem sie laufen, der Tod lauert! Lebensessenz und Lebensmagie in Hülle und Fülle. Für sie ist der Himmel blau. Für sie scheint die Sonne.« Er atmete langsam aus. »Die Sonne. Ich habe sie seit über hundert Jahren nicht mehr gesehen. Ich lebe in der Dunkelheit, Leanna – deinetwegen.«

»Oh, Jackson!« Eine Träne rann ihr über die Wange und das Kinn, gefolgt von einer weiteren. »Es tut mir unsagbar leid – mehr, als du dir vorstellst.« Sie hatte Mühe, ruhig zu bleiben. »Warum hast du mich hergebracht, Jackson? Ich verstehe es nicht.«

Er antwortete nicht gleich. Sein lodernder Blick wanderte unverhohlen über ihren Körper, ihre Brüste und ihre Scham. Unwillkürlich zog sie die Knie an und schlang ihre Arme darum.

»Keusch, Leanna? Ich dachte nicht, dass dieses Adjektiv überhaupt in deinem Wortschatz existiert.«

»Ich wehre mich nicht gegen dich, falls du das denkst. Ich weiß, dass du derjenige bist, dem furchtbar mitgespielt wurde.«

Schatten tanzten über seinen Unterleib, so dass sie nicht sagen konnte, ob er erregt war. Aber die Götter mochten ihr beistehen, sie war es! Finsteres Verlangen ballte sich in ihrem Bauch, und sie wurde feucht zwischen den Schenkeln. Jacksons Nasenflügel bebten. Seine Augen wurden enger. Sie war sicher, dass er spürte, wie bereit sie für alles war, was er zu tun entschied. Und dennoch berührte er sie nicht.

Er lachte. »Dir würde es gefallen, wenn ich zu dir in dieses Bett stiege, nicht wahr? Denkst du, du könntest mir befehlen, dir zu Willen zu sein? Ach nein, Leanna, ich denke nicht. Glaubst du, ich würde dir eine Chance bieten, mich zum zweiten Mal zu zerstören?«

»Nein, Jackson, du verstehst das falsch. Ich würde dir nie wehtun …«

»Wie könntest du nicht, Leanna? Deine Magie ist mein Untergang. Ihr Zauber durchwabert die Luft, die ich atme, entflammt das Blut, das durch meine Adern fließt. Selbst wenn du wolltest, könntest du dich nicht davon abhalten, mich zu zerstören. Es liegt in der Natur deiner Seele.« Sein Kinn wirkte angespannter. »Das heißt, sofern du eine Seele besitzt.«

Sie schüttelte den Kopf. Aber sie log, wenn sie es leugnete. Jacksons Anklagen waren so treffend wie ein Pfeil, der auf ihr Herz zielte. Wie viele Nächte hatte sie in Annwyn wach gelegen und sich der scheußlichen Wahrheit gestellt: Ihre Magie war fehlerhaft, eine Abweichung im Licht- und Lebensgefüge. Ihre schlimmste Befürchtung bestand darin, dass sie jenen Teil ihrer Seele nicht besiegen könnte, der sich nach Tod und Todesmagie sehnte.

Jacksons Augen beobachteten sie eindringlich, und in ihnen lag ein gefährliches Leuchten. Entsetzliche Angst schlang sich wie eine Faust um Leannas Herz.

»Was willst du von mir, Jackson?«

»Hast du es noch nicht erraten? Ich will deine Magie, Leanna. Die schlimmsten Anteile von ihr und nicht weniger.«

Sie erschrak. »Du willst sterben?«

Er lächelte matt, und für einen kurzen Augenblick sah sie den Mann, den sie einst geliebt hatte. Ihr Herz setzte aus.

»Vielleicht will ich sterben, Leanna, aber das wäre unmöglich. Die Vampirinstinkte sind viel zu stark. Nein, es ist nicht meine eigene Existenz, die ich mit deiner Magie auslöschen will, sondern eine andere.«

Angestrengt holte sie Luft. »Du willst, dass ich jemand anders töte?«

Er verzog die Lippen, so dass seine weißen Zähne zum Vorschein kamen. Auch nicht der geringste Ansatz von Reißzähnen war zu erkennen. »Ja, eine einfache Aufgabe. Du musst lediglich die Lebensessenz aus einem Geliebten saugen. Das hast du schon oft genug gemacht – und gründlich, wie wir beide wissen. Du wirst es wieder tun, für mich. Hinterher lasse ich dich frei.«

»Nein, Jackson«, erwiderte sie zittrig, »nicht das! Ich kann das nicht. Ich habe meiner Musenmagie abgeschworen. Ich ... ich werde sie nicht benutzen, um jemanden zu töten, nie wieder! Nicht einmal für dich.«

Er schnaubte. »Du tust, was ich dir befehle!« Nun lehnte er sich vor, seine Haltung trügerisch ruhig. »Ich zwinge dich. Du hast gar keine andere Wahl, als mir zu gehorchen.«

Sie sah in seine Augen und wusste, dass er die Wahrheit sagte. Er würde sie zwingen. Wenn er konnte. Sie kämpfte gegen den Drang, vor ihm zurückzuweichen.

»Du verstehst das nicht«, startete sie einen Erklärungsversuch. »Ich verbrachte ein Jahr in den Totenreichen, versklavt von Dämonen und Todesmagie. Als Mac mich nach Annwyn mitnahm, schwor ich, nie wieder zu töten.«

»Was für ein Jammer, denn du wirst deinen Schwur brechen!«

»Nein, das werde ich nicht.« Sie schluckte. »Wie lange glaubst du, dass du mich hier verstecken kannst? Mein Bruder ist überaus mächtig – noch mächtiger als du. Wenn Mac bemerkt, dass ich verschwunden bin ...«

»Er wird eine Nachricht von dir auf seiner Mailbox finden. Du hast ihm gesagt, er soll sich keine Sorgen machen, denn du hättest beschlossen, dass dir ein paar Tage in einem Wellness-Hotel in der Toskana unendlich gut tun.« Auf ihren schockierten Blick hin hob er die Brauen. »Was? Hast du das vergessen? Wie seltsam!«

»Das funktioniert nicht – jedenfalls nicht lange.«

»Oh, ich benötige deine Dienste auch nicht lange«, entgegnete er. »Eine Nacht ist alles, was ich brauche. Heute Abend besuchst du Armand Legrand in seinem Club in der Innenstadt. Du spreizt die Beine für ihn und flehst ihn an, dich zu nehmen.

Und dann bringst du ihn um.«

Kapitel 5

Jackson beobachtete, wie Leannas Hals zuckte. Das Flattern ihres Pulses – gleich dort unter der süßen, zarten Haut – quälte ihn. Unwillkürlich verlängerten seine Reißzähne sich, deren Spitzen innen an seiner Lippe kratzten. Verfluchter Mist! Erst vor Stunden hatte er sich genährt; trotzdem war seine Kehle vor Durst wund. Er fühlte sich, als hätte er seit Monaten kein Blut mehr bekommen.

In den siebzig langen Jahren seines selbstauferlegten Zölibats hatte er sich nie so nach einer Frau verzehrt.

Es wäre leicht, von ihr zu trinken, in den Puls an ihrem Hals, ihrem Handgelenk und zwischen ihren Schenkeln einzutauchen. Sie würde wie Sonnenschein schmecken. Und Jackson lebte schon sehr, sehr lange in der Dunkelheit.

Durfte er sich diesen Luxus gönnen? Einen kleinen Schluck? Leannas Blut zu nehmen, würde seine eigene Macht nicht schmälern – ganz im Gegenteil: Ihr Sidheblut mit der gewaltigen Lebensessenz würde ihn stärken. Die Gefahr war einzig, dass es bei dem Biss nicht bliebe. Er würde seine fleischliche Lust nur steigern, und am Ende könnte Jackson nicht widerstehen, seinen Schwanz in Leannas phantastischen Körper zu vergraben, seine teuersten Schwüre zu brechen, und das würde seine Macht mindern. Falls sie es schaffte, außerdem noch ihre Musenmagie auf ihn wirken zu lassen …

Sie könnte ihn vernichten.

Dennoch war sein Verlangen überwältigend, ließ sein Blut langsam pulsieren und machte seine Lenden hart. Es war zu erregend, sie hier in seiner Höhle zu haben. In seinem Bett. Er durfte nicht vergessen, wie gefährlich sie war.

Im Moment allerdings hatte sie Angst vor ihm. Er jagte ihr Angst ein, und ein Teil von ihm – jener Teil, der sich hartnäckig an seine Menschlichkeit klammerte – hasste diese Angst. Der Mann, der er einst gewesen war, hätte niemals eine Frau auf solche Weise gequält. Erst recht nicht diese Frau. Einst hatte er sich nichts mehr gewünscht, als sie in seinen Armen zu halten und vor der Traurigkeit zu beschützen, die er in ihren Augen sah. Aber sie mochte ebenso gut eine Illusion gewesen sein. Vielleicht hatte er sich ihre Verwundbarkeit bloß eingebildet. Aber nein – wenn er sie jetzt ansah, erkannte er, dass die Traurigkeit nach wie vor dort war. Und immer noch wollte er sie vertreiben.

Was für ein Idiot er war!

Er wagte nicht einmal, sie auch nur mit der Fingerspitze zu berühren. Denn selbst nach all der Zeit, die vergangen war, nach allem, was ihr Verrat ihn gekostet hatte, brannte er bis heute für sie. Sollte er sie anfassen, würde es nicht dabei bleiben. Jahrzehnte, in denen er gewartet und seine Rache an Legrand geplant hatte, würden in Flammen aufgehen.

Mit einer aus langer, schmerzlicher Übung gewonnenen Kraft verdrängte er seine Begierde. Erst nachdem er seinen Appetit einigermaßen unter Kontrolle gebracht hatte, erlaubte er sich, Leanna anzusehen.

Ihre grauen Augen waren vor Entsetzen weit aufgerissen.

Sie benetzte sich die Lippen und fragte: »Du willst, dass ich mich zu Legrands … Hure mache? Und dann soll ich ihn mit meiner Magie töten?«

»Betrachte es nicht als Töten. Legrand ist ein Vampir, also ist er bereits tot.«

»Du willst, dass ich ihn zerstöre. Das läuft auf dasselbe hinaus.«

Er nickte. »Tu es, und ich gebe dich frei.«

»Bitte, Jackson, lass mich einfach gehen! Dies hier kann doch gar nicht gut enden.«

Er wandte den Blick ab. »Du wirst nicht allein sein, wenn du zu ihm gehst, falls das deine Sorge ist. Meine Untergebenen schützen dich.« Nach einer kurzen Pause sah er wieder zu ihr. »*Ich* werde dich schützen.«

»Aber … dein Plan ist irrwitzig! Du vergisst, dass Legrand und ich über Jahrzehnte in Paris lebten. Wir sind uns zwar nie begegnet, denn ich war damals nicht so blöd, mich ihm zu nähern, doch er hat ganz sicher von mir und meiner Musenmagie gehört. Er würde nie freiwillig mit mir ins Bett gehen.«

»Es dürfte kein Problem für dich sein, ihn zu täuschen. Benutze einen Blendzauber, spiel eine menschliche Hure, eine Vampirsüchtige auf der Suche nach einem Blutrausch.«

Sie senkte ihre von kastanienroten Wimpern gesäumten Lider. »Ich kann es nicht tun, Jackson. Ich kann den Schwur nicht brechen, den ich in Annwyn geleistet habe. Verstehst du das denn nicht? Ich habe beim Lebensbaum in Annwyn geschworen! Ich schwor es bei meiner Seele!«

»Und was ist mit meiner Seele, Leanna, die du zu einer Ewigkeit wandelnden Todes verdammt hast?«

»Ich weiß, dass ich dir Leid zugefügt habe, und ich bereue es unendlich. Könnte ich jene Nacht irgendwie ungeschehen machen … Ich würde mein Leben geben, um die Vergangenheit zu ändern. Aber bitte verlang nicht von mir, für dich zu morden! Das kann ich nicht.«

Jackson presste seine Zähne so fest zusammen, dass ihm der Schmerz durch den ganzen Schädel fuhr. Zu seiner Verwunderung wollte er ihr sogar ihre Sünden verzeihen, ungeachtet der Tatsache, dass sie diejenige war, die ihn zu dieser finsteren, entbehrungsreichen Existenz verdammt hatte. In Gedanken beschwor er Legrands Gesicht herauf, verzerrt von perversem Vergnügen, und das verlieh ihm die notwendige Courage. »Ich bitte dich nicht, Legrand zu töten, Leanna. Ich befehle es dir.«

»Besitzt du wirklich so viel Macht, Jackson? Ich glaube, du

machst mir etwas vor. Du kannst mich dazu zwingen, mit Legrand zu schlafen, das bezweifle ich nicht. Aber kannst du mich auch zwingen, meine Sidhe-Magie gegen ihn einzusetzen? Du bist mächtig, ja, aber *so* mächtig?«

Leider war sie viel zu clever. Es stimmte, dass Sidhe-Magie anders als menschliche Magie war. Jackson war nicht sicher, ob ein Vampir sie kontrollieren konnte – egal, wie stark seine Bannmagie war.

»Selbst wenn ich bereit wäre, dir zu helfen«, fuhr Leanna fort, »glaube ich kaum, dass meine Magie eine solch alte Kreatur wie Legrand töten könnte. Er muss mehrere Jahrtausende Lebensessenz in sich horten – zu viel, als dass ich sie ihm vollständig aussaugen kann.«

»Nun gut, ich biete dir eine Lösung für deinen moralischen Zwiespalt«, lenkte Jackson gelassen ein. »Du musst Legrand nicht töten. Du brauchst nichts weiter zu tun, als ihn zu schwächen, und ich werde den Rest mit Freuden selbst erledigen.« Er stützte beide Hände auf die Bettkante und beugte sich zu ihr. »Zumindest das bist du mir schuldig, Leanna!«

Ihm war wohl bewusst, dass seine Stimme einen flehenden Ton annahm, und er hasste es. Beinahe so sehr, wie er den Gedanken hasste, dass Leanna ihren Körper Legrand hingab. Aber Gott mochte ihm beistehen – mit ihrer Hilfe könnte es heute Nacht vorbei sein. Legrand könnte Staub sein, wenn die Sonne aufging. Und für diesen Triumph hätte Jackson alles geopfert.

Nur Zentimeter trennten seine Lippen von Leannas Haut. Er konnte ihr Sidhe-Blut hören: stark, süß und lebendig pulsierte es durch ihre Adern. Und er wollte es, wollte sie.

Während sie zu ihm aufblickte, löste sich ihre defensive Körperhaltung. Als sie sich auf die Knie aufrichtete und eine ihrer kleinen Hände auf seinen Unterarm legte, zuckte er zusammen.

»Ich kann mir vorstellen, was du unter Legrand erleiden musstest. Und jetzt sinnst du auf Rache. Das verstehe ich, Jackson, sogar besser, als du denkst. Aber Rache heilt dich nicht. Es wäre das Klügste, einfach fortzugehen. Du entkamst Legrands Einfluss vor Jahren. Warum bist du die ganze Zeit in seinem Territorium geblieben? Wieso bist du nicht nach Hause zurückgekehrt, nach Boston? Du könntest Legrand vergessen und ein neues Leben beginnen.«

»Weglaufen wie ein geprügelter Hund? Oh nein!«

»Betrachte es nicht als Niederlage! Sieh es als den Anfang eines neuen Lebens! Du könntest mit mir nach Schottland kommen. Legrands Einfluss reicht nicht bis in die Highlands. Dort wärst du sicher.«

Sicher? In einer Welt, in der es Legrand gab? Das war unmöglich. Der Vampirmeister hatte seine giftige Essenz in das Mark von Jacksons Seele gebrannt. Der Schmerz, die Erniedrigung, der Wahnsinn, von einem solchen Monster versklavt zu sein, würde nie aufhören. Das Entsetzen nach seinem ersten Mord, die Beschämung, als er das erste von Legrand ausgewählte Opfer ausgesaugt und benutzt hatte, die sexuellen Perversionen, die er Unschuldigen aufzwang – und solchen, die Legrand ihm aufdrängte –, die bitteren Erinnerungen an das, was er gewesen war, würden ihn nie verlassen. Er war befleckt, schmutzig. Manchmal war der Zorn über das, was er ertragen und was er geworden war, so groß, dass er sich fragte, wie sein Körper ihn fassen konnte. Er würde niemals rein sein, niemals Frieden finden, nicht, solange Legrand überlebte.

Und dann war da noch Jean-Claudes Schicksal zu bedenken. Hätte Jackson einen leiblichen Sohn gehabt, hätte er ihn nicht mehr lieben können. Solanges Ehemann war von Legrands Untergebenen entführt worden. Hatten sie ihn getötet? Oder litt Jean-Claude in diesem Moment dieselben Qualen, die Jackson als frisch verwandelter Vampir hatte durchmachen müssen? Er konnte nicht ruhen, ehe er es wusste.

»Ich schwor, Legrand zu vernichten«, sagte er leise. »Und

dazu werde ich alle Waffen nutzen, die ich zur Verfügung habe – selbst dich, Leanna.«

»Ach, Jackson!«, seufzte Leanna, und ihre Enttäuschung gab ihm das Gefühl, unrein zu sein. »So muss es nicht sein.«

Sie stieg aus dem Bett und schwang ihre Hüften verführerisch, geradezu hypnotisch. Langsam kam sie auf ihn zu, wobei sich ihr Lebensessenz in zarten Strömen entwand, die sich wie warme, frische Luft, beinahe wie Sonnenstrahlen anfühlten.

Er ballte die Fäuste, um nicht danach zu greifen.

Leanna kam näher, hob ihre schmalen Arme und schlang sie um seinen Nacken. Dann neigte sie ihren Kopf nach hinten. Jackson inhalierte ihren Duft, der wie grünes Gras in der Sonne war. Ein klarer, funkelnder Bach, in dem sich diamantenes Licht spiegelte. Weiße Wolken, die über einen blauen Himmel schwebten. All die Dinge, die er nie wieder sehen würde.

Er konnte ihr Herz schlagen hören. Rasch pumpte es das Lebensblut durch ihre Adern. Er wollte kosten, trinken, es mit Leib und Seele aufnehmen. Aber wenn er das tat, würde er sich selbst wie auch seine hart erarbeitete Kraft verlieren. Und Legrand würde gewinnen.

Ehe er begriff, was sie vorhatte, stellte sie sich auf ihre Zehenspitzen und küsste ihn.

»Nein …« Sein Protest erstarb in seiner Kehle, als sie ihren Körper an seinen presste. Ihre weichen Formen verschmolzen mit seinen ungleich härteren, schmiegten sich an seine Brust, seinen Bauch, seine Schenkel. Die Empfindungen wirkten wie eine Droge, die sein Denken wie seine Ziele vernebelte. Ihre Schenkel umfingen seine Erektion. Die Sirene verführte ihn, und mit ihr raste der Ruin in Lichtgeschwindigkeit auf ihn zu. Er konnte sich nicht mehr abwenden.

Leannas Magie nahm ihn gefangen.

Wieder einmal.

Kapitel 6

Jacksons leiser Fluch hallte durch Leannas Kopf. Ihr Körper reagierte mit einem solch überwältigenden Verlangen, dass sie außerstande war, ihre Magie zurückzuhalten. Sie schlang ihre Arme fester um ihn, rieb ihre Brüste an ihm, wollte in ihn hineinkriechen. Mochten die Götter ihr beistehen, denn sie verzehrte sich nach der Todesmagie, die seine Existenz sicherte.

»Diese junge Hexe, Solange, ist sie deine Geliebte?«, flüsterte sie.

Er versteifte sich und wich zurück. »Gott, nein! Solange ist wie eine Tochter für mich. Ihr Großvater – ein mächtiger Zauberer – war fast fünfzig Jahre lang mein Diener. Solange übernahm seine Rolle, als er starb.«

»Sie ist so jung.«

»Eine weitere meiner zahlreichen Sünden. Ich hätte ihr nicht gestatten dürfen, meine Dienerin zu werden. Das Risiko ist viel zu groß. Meine Flucht erzürnte Legrand, der mich nun seit über siebzig Jahren jagt. Aber Solange war schon mit achtzehn eine äußerst fähige Hexe, und sie kannte die Gefahren. Ein Nein von mir wollte sie nicht akzeptieren. Umso froher war ich, als Jean-Claude sich uns anschloss.«

»Jean-Claude?«

»Ein junger Zauberer, den ich in Marseille kennenlernte. Ich konnte ihn aus Legrands Fängen befreien, und zum Dank wollte er in meine Dienste treten. Als er und Solange sich verliebten, fand ich es beruhigend, denn ich wusste, dass Jean-Claude sie mit seinem Leben schützen würde.« Er schluckte. »Was er auch tat. Vor drei Monaten, als Legrands Schergen uns angriffen, sorgte

Jean-Claude dafür, dass Solange fliehen konnte. Sie verschleppten ihn.«

»Ist er tot?«

»Tot oder Schlimmeres, ich weiß es nicht. Er könnte inzwischen auch zum Vampir gewandelt worden sein. In diesem Fall wird Legrands Tod ihn zumindest aus der Sklaverei befreien. Aber er wäre nicht mehr der Ehemann, den Solange kannte. Welche Frau will mit einem solchen Monster verheiratet sein?«

»Wenn sie ihn liebt, ist es ihr gleich«, gab Leanna zurück.

»Das kannst du nicht wissen.«

»Doch«, widersprach sie und holte tief Luft. »Ich weiß es, weil es für mich gleich ist.«

»Es sollte dir nicht egal sein.«

Sie legte eine Hand an seine Wange. »Jackson ...«

»Nein, Leanna.« Er bedeckte ihre Hand mit seiner, und seine Augen flackerten dunkel.

»Jackson, ich weiß, dass du meine Magie verabscheust. Aus gutem Grund. Aber bitte glaube mir, wenn ich dir sage, dass ich sie niemals gegen dich richten würde! Stoß mich nicht weg! Wenn ich dir helfen, wenn ich mich für dich zur Hure machen soll ...«

»Du sagst also zu?«, fiel er ihr ins Wort und umklammerte ihre Hand fester. »Du wendest deine Musenmagie gegen Legrand an?«

Die Augen geschlossen, richtete sie ein stummes Gebet um Vergebung an alle Götter in Annwyn. Jacksons Vampirkraft, der Duft des Todes, wirkte wie eine Droge, die ihre Sinne vernebelte. Seit sie vor einem Jahr aus der Hölle entkommen war, bemühte sie sich, ihre Sehnsucht nach diesem einzigartigen Rauschmittel zu unterdrücken, und hatte es sogar eine Zeitlang geschafft. Aber in Jacksons Armen, eingehüllt in seine Todesmagie wie in einen weichen Umhang, war sie bereit, ihre Seele herzugeben. An Jackson. Er war alles, was sie in Annwyn hinter sich gelassen hatte. Und alles, was sie sich hier und jetzt wünschte.

Sie liebte ihn.

»Ich werde versuchen, Legrand auszusaugen«, versprach sie. »Aber bevor ich es tue, Jackson, muss ich … mit dir zusammen sein.«

Entsetzt wich er zurück. »Nein. Ausgeschlossen!«

Sie versuchte, ihre Bestürzung ob seiner schroffen Abweisung nicht zu zeigen. »Du vertraust mir nicht. Du denkst, ich würde dich hintergehen …«

»Nein, das ist es nicht.« Er richtete sich auf, trat noch einen Schritt zurück und schob die Hände in seine Hosentaschen. »Hör mir zu, Leanna: Wir können keinen Sex haben!«

Ihr Blick fiel auf die deutliche Wölbung seiner Hose, und sie lächelte.

»Doch, das können wir.«

Daraufhin bleckte er die langen Reißzähne, und Leanna überkam eine seltsame Benommenheit.

»Sei vorsichtig mit dem, worum du bittest, Leanna! Sex mit einem Vampir endet unweigerlich blutig.«

»Auch das möchte ich.« Und, so wahr ihr die Götter helfen mochten, es stimmte. Wie die erbärmlichste Süchtige sehnte sie sich nach seinem Biss. Sie wollte auf jede nur mögliche Weise ihm gehören.

»Du weißt nicht, was du sagst! Ich bin nicht mehr der Mann, den du in Paris kanntest, sondern gar kein Mann mehr. Ich bin ein Monster.«

»Das ist mir egal. Ich will dich so, wie du bist.«

»Verdammt!«

Er riss seine Hände aus den Taschen und kam so schnell auf sie zu, dass sie gar keine Chance hatte, zurückzuweichen. Unsanft packte er ihre Schultern, drückte sie an sich und umschlang sie mit seinen übermenschlich starken Armen.

Leanna blieb vollkommen regungslos, als er seinen Kopf beugte und mit den Lippen über ihren Hals strich. Seine Zähne kratzten, durchbrachen ihre Haut jedoch nicht.

»Du solltest nicht nach mir verlangen, Leanna. Du ahnst ja nicht, zu was ich geworden bin!«

»Dann zeig es mir!«

Er zögerte, bevor er mit einem tiefen Knurren den Saum ihres Kleides bis zu ihrer Taille nach oben zerrte. Kalte Hände bewegten sich auf ihrer erhitzten Haut. Als er sie zwischen den Schenkeln erkundete, stöhnte sie. Sie war feucht, bereit für ihn, und kaum fühlte er es, stieß er einen rauhen, kehligen Laut aus, der furchteinflößend klang. Aber Leanna verbannte ihre Bedenken gleich wieder. Dies war Jackson. Sie musste ihm vertrauen, dass er ihr nicht wehtun würde. Als seine Hand weiter vordrang, spreizte sie ihre Beine.

Im nächsten Moment spürte sie, wie sie fiel, und schon landete sie rücklings auf dem Bett. Jackson stand über ihr, sein schönes Gesicht überschattet und angespannt. Sehnsüchtig streckte sie ihm ihre Arme entgegen, doch er rührte sich nicht. Steif hielt er sich am Fußende des Bettes, auf Abstand zu ihr. Sein Atem ging in kleinen Stößen, und seine Hände hatte er so fest zu Fäusten geballt, dass die Knöchel weiß hervortraten.

Ungeduldig vor maßlosem Begehren sah sie zu ihm auf. Sie war bereit, alles für ihn zu tun, sogar ihre eigene Seele der Verdammnis preiszugeben. Unterdessen regte er sich nicht; einzig sein Blick drohte, sie vor heißer Lust zu versengen.

Er zitterte. Ja, er wollte sie, auch wenn er sich anscheinend mit ganzer Kraft dagegen wehrte. *Ich liebe dich*, hätte sie ihm zu gern gesagt, nur würde er es ihr niemals glauben. Also blieb sie stumm, während er dastand und sie mit seinen Blicken verschlang.

Sein Blick entflammte ihren Leib, malte eine Feuerspur von ihrem Gesicht bis zu ihren empfindsamsten Körperstellen hinunter. Ihr Puls am Hals, an den Handgelenken, in den Ellbogenbeugen, den Kniekehlen und zwischen den Schenkeln pochte beständig heftiger.

Sämtliche Körperregionen schienen zu verschmelzen, so dass

Leanna das Gefühl hatte, sie würde abheben und sich vollständig öffnen. Sie brauchte einen Augenblick, bis sie begriff, dass ihre köstliche Pein bei aller Begierde nicht ganz natürlich war. Hier wirkte Magie. Dunkle Magie. Jackson entfachte dieses düstere Verlangen in ihr, das sie erniedrigte und zu blinder Ergebenheit zwang. Schließlich war es das, was Vampire taten.

Sie fing seinen Blick ein. Die Verwundbarkeit, die sie darin wahrzunehmen geglaubt hatte, war fort. Ein kalter Schauer lief ihr über den Rücken.

»Das ist es, was ich bin, Leanna«, offenbarte er ihr eisig. »Untot. Gefühllos. Ich nehme mir, was ich will, und im Tausch gebe ich den Tod.«

Eine beängstigende Welle von Lust schwappte über sie hinweg. Wie konnte sie immer noch so sehr nach Todesmagie lechzen? Ihr wurde übel. Die Empfindungen, die Jackson ihr aufzwang, hatten nichts mit Liebe zu tun. Alles drehte sich um Macht, sonst nichts. Was sie fühlte, unterschied sich nicht von dem erbärmlichen Drang, der Vampirsüchtige antrieb, die schmierigen Hinterzimmer der Clubs überall auf der Welt aufzusuchen. Gier. Abhängigkeit. Erniedrigung. Vollkommene, rettungslose Selbstaufgabe.

Sie wollte sich einreden, dass das, was sie für Jackson empfand, anders war. Einst hatte sie beide eine große Liebe verbunden. Aber jene Geschichte war Vergangenheit. Jetzt bemühte Jackson sich nicht einmal mehr, die Illusion von Liebe aufrechtzuerhalten, wie es die meisten Vampire bei ihren Opfern taten. Nein, seine Augen waren hart, leer und bitter. Die Augen eines Raubtiers, einer Kreatur des Todes.

Leanna wurde noch schlechter.

Sie wollte die Schenkel zusammenpressen, was Jackson jedoch nicht erlaubte. Eine Welle von Todesmagie hob ihm ihre Hüften entgegen. Ihr Körper wimmerte nach ihm, wollte ihn in sich. Gierte nach dem Tod, nach *ihm* – oder vielmehr nach dem Mann, der er früher gewesen war, jenem Mann, den sie geliebt hatte.

Dem Mann, den sie umbrachte. Und dennoch konnte sie einfach nicht glauben, dass er ganz und gar fort war.

Die feuchte Seide ihres Tangas rieb rauh an ihrer Scham, was ihre Wonne steigerte. Eine zynische Befriedigung spiegelte sich auf Jacksons Gesicht. »Begreifst du es jetzt, Leanna? Dies ist es, was ich bin. Wie fühlt es sich an, die Kontrolle über deinen Körper, deine Seele an einen Vampir abzugeben?«

»Himmlisch!«, hauchte sie. »Wie Himmel und Hölle in einem.«

»Zum Teufel mit dir …«

Wohlgefühl peitschte ihren Leib, und Jackson war es, der wieder und wieder mit purer Wonne auf sie einhieb. Er beschämte sie absichtlich, doch je tiefer Leanna sank, umso weniger kümmerte es sie. Stattdessen erfüllte sie ein finsteres Sehnen, zerriss sie. Sie war der Fels, der von der Brandung seines wütenden Ozeans ausgehöhlt wurde. Und sie versuchte nicht einmal, sich ihm zu widersetzen. Klippen flohen das Meer nicht.

Die Flut der Empfindungen hob sie an, warf sie umher, benutzte sie und spielte mit ihr. Beide Hände neben ihren Hüften flach auf die Matratze gestützt, wand sie sich. Und die ganze Zeit hielt sie die Augen weit offen auf Jackson gerichtet.

Immer noch hatte er sie nicht einmal angetippt.

Sie hörte ihn atmen und sah, wie ihm Schweißperlen auf die Stirn traten und in kleinen Rinnsalen über seine Schläfen hinabliefen. Seine Reißzähne funkelten im schwachen Licht. Noch nie hatte sie etwas Schöneres gesehen.

Sie war dem Orgasmus nahe, sehr nahe.

»Jackson, bitte, berühre mich! Komm in mich!«

Er biss die Zähne so energisch zusammen, dass sie glaubte, er würde sich den Kiefer brechen. Eine Ader trat an seiner Schläfe hervor, während tiefes, primitives Verlangen in seinen Augen aufblitzte.

»Zur Hölle mit dir!«, raunte er.

Dann bewegte er sich, aber nicht, um sie anzufassen. Stattdessen riss er seine Hose auf. Sein Glied sprang hervor, rot und riesig. Sogleich umfing er es so grob mit seiner Hand, dass Leanna sicher war, es müsste schmerzen. Sein Stöhnen belehrte sie eines Besseren.

Sie beobachtete, wie er sich streichelte, für sie. Dieser Anblick erregte sie noch mehr. Ihre Hüften reckten sich zu ihm, und ihr angestrengter Atem mischte sich mit seinem. Seine Selbstbefriedigung, sein harter Körper, seine strengen Gesichtszüge, als er sich rieb, waren maßlos erotisch. Aber, Götter, sie wollte ihn fühlen!

Plötzlich kniete er über ihr auf dem Bett, ganz nahe.

Herrlich!

Er streichelte sich mit einer Hand weiter und sie mit der anderen. Beinahe zornig erforschte er ihren Körper, setzte ihre Haut in Brand. Sie versuchte, ihn zu erreichen, doch er entzog sich ihr, so dass ihre Finger ins Leere griffen. Sehnsüchtig bog sie ihren Rücken durch, bot sich ihm dar. Er knetete ihre Brüste, ihren Bauch und rieb seine Hand an ihrem Venushügel. Erst dann tauchten seine kühlen Finger in sie ein.

Das war zu viel. Ihr Orgasmus brach über sie herein wie eine Flut, die sich aufgestaut hatte, bis sie das letzte Hindernis durchbrach. Gleichzeitig spannte sein Leib sich an, und Jackson stieß einen Schrei aus, der ihre Ohren betäubte. Im nächsten Moment spritzte sein Samen auf ihre Schenkel.

Es war toter Samen, der niemals wachsen würde.

Und dennoch fühlte die feuchte Hitze sich wie neues Leben an.

Kapitel 7

Der Schrei, der Jacksons Kehle im Moment seines Höhepunktes entfuhr, entsprang gleichermaßen Entzücken wie Zorn. Der Orgasmus, sein erster in fast einem Dreivierteljahrhundert, tobte durch sein Gehirn wie eine tollwütige Bestie. Siebzig Jahre eherner Selbstbeherrschung, die sich in einem einzigen ekstatischen Stöhnen auflösten!

Siebzig Jahre, in denen er Macht angehäuft hatte, die nun durch die Risse in seinem mühsam errichteten Schild aus Todesmagie entwich.

Er blickte auf Leanna hinab, und sein totes Herz krampfte sich schmerzlich zusammen. Leben, Liebe, Sinn: Hatte er gedacht, dass ein Jahrhundert Tod die Erinnerung an all das auslöschen konnte? Nein. Er hatte Leanna geliebt. Und mochte ihm Gott helfen, er liebte sie noch. Deshalb würde er sich auf ihrem Altar abermals zerstören.

Er fühlte, wie seine Macht sich durch pures Verzücken auflöste. Und dieses Gefühl riss ihn jäh in die Gegenwart zurück. Mit aller Kraft entwand er seinen Verstand der Sinnesvernebelung, drängte seine unwillentlich freigesetzten Empfindungen in deren Gefängnis zurück und raffte alles zusammen, dessen er an Macht habhaft werden konnte. Manches war unwiederbringlich verloren. Nein, er würde diese Begegnung nicht unbeschadet überstehen. Die Frage war nur, wie viel er verloren hatte. Ein Jahr? Zehn Jahre? Mehr? Er verbannte sich zu weiteren zehn Jahren Warten und Verstecken. Denn nun wusste er, dass sein Plan, Leanna als Waffe zu benutzen, niemals aufgehen würde.

Gefangen, wie er zwischen den Nachwirkungen der höchsten Wonne und dem Bewusstsein um das war, was er verloren hatte, bemerkte Jackson gar nicht, dass die Höhlenmauern erzitterten, bis Leannas erschrockener Schrei ihn aus seiner Gedankenstarre riss. Ein lautes Knacken lenkte seine Aufmerksamkeit auf seine unmittelbare Umgebung zurück. Dann regneten Gesteinsbrocken, begleitet von rieselnden Lehmstücken und Kieseln, um sie herab.

Leanna setzte sich hustend auf und schob ihr Kleid herunter, so dass sie wieder bedeckt war. »Götter! Die Decke …!«

Jackson blickte auf und sah überall Risse aufklaffen. »Das kann doch nicht wahr sein!«

Er packte Leannas Arm und zerrte sie vom Bett. Im nächsten Moment brach ein Stück aus der Katakombendecke und krachte auf die Stelle, an der Leanna eben noch gelegen hatte. Jackson verlor das Gleichgewicht, und sie landeten beide auf dem Teppich. Instinktiv rollte er sich über Leanna, um sie vor den herunterstürzenden Putz- und Gesteinsbrocken zu schützen.

Etwas traf ihn am Arm und blieb dort brennend haften. Einen Fluch unterdrückend, sah er hin, doch erblickte er nicht etwa ein brennendes Putzstück, wie er erwartet hatte.

Sonne schien auf seine Haut.

Erschrocken blickte er nach oben. Durch die Öffnung in der Decke schaute man direkt in den blauen Himmel. Und es brach noch mehr Putz an den Rändern weg, so dass das Loch sich beständig vergrößerte. Jackson lag am Rande eines ausgefransten Lichtkegels.

»Verdammt!« Er zog die bewusstlose Leanna mit sich aus dem Licht. Sie hatte die Augen geschlossen, und Blut sickerte aus einem Schnitt in ihrer Stirn. Für einen Augenblick erstarrte er angesichts der dunkelroten Linie. Mehr als alles andere wollte er seine Zunge in diesen Lebenssaft tunken.

Stattdessen zwang er sich, weiter in die Dunkelheit zu kriechen. Sobald er der Sonne entkommen war, setzte er sich hin, legte Leannas Kopf in seinen Schoß und atmete gegen den

Schmerz in seinem Arm an. Er sah sich zu dem Lichtstrahl um, aus dem er geflohen war. In der dunklen Katakombe leuchtete er wie das Schwert eines Racheengels. Weißer Staub tanzte in dem hellen Schein.

Angst krampfte Jacksons Magen zusammen. Solange war oben und bewachte sein Versteck. Falls der Deckeneinsturz eine natürliche Ursache gehabt hätte, wäre sie bereits oben an der Öffnung erschienen, um nach ihm zu schauen. Dass sie nicht dort war, verhieß nichts Gutes.

Er hätte viel gegeben, wäre er in der Lage, hinauf in die Sonne zu springen und nach seiner Dienerin zu rufen. Aber das war unmöglich, und er verfluchte sich dafür. Schon spürte er, wie sein Gesicht sich von dem grellen Licht rötete und ihm die Augen brannten.

Schlimmer noch war, was die Sonne mit seinen Gefühlen anstellte. Das Licht entblößte seine Seele, so dass er sich schwach und nackt wie ein neu gewandelter Vampir fühlte, der sich vor dem Schein einer einzelnen Kerze krümmte.

Die Erinnerung an Legrands Lachen hallte ihm durch den Kopf. Das Monstrum hatte die Leiden seines Sklaven weidlich genossen.

Denk nicht an die Vergangenheit. Das Hier und Jetzt zählt!

Er hielt die Frau in seinen Armen fest an sich gedrückt.

»Leanna?«

Keine Antwort. Sie war immer noch bewusstlos. Halb trug, halb zog er sie weiter vom Licht weg. Durch die Bewegung erwachte sie. Den Göttern sei Dank! Flatternd hob sie ihre Lider.

Sie wirkte benommen, als sie zu ihm aufsah. »Was ist passiert?«

»Die Katakombendecke ist eingestürzt. Ein Mauerbrocken traf dich am Kopf.«

»Mir ist schwindlig.«

»Keine Sorge, ich passe auf dich auf!« Jacksons Knie bebten, als er aufstand, sie gaben aber zum Glück nicht vollständig nach. Er stieg durch den Schutt zu dem Wandteppich, der die eingestürzte Kammer vom restlichen Katakombenbereich trennte. Wenn er es nur bis auf die andere Seite schaffte – bis dorthin, wo ihm die Sonne nicht folgen konnte –, wäre er vielleicht imstande, seine Panik lange genug zu verdrängen, um seinen nächsten Schritt zu planen.

Es stand zu befürchten, dass Legrands Untergebene den Einsturz herbeigeführt hatten. Hatten die Mistkerle Solange etwas angetan? Sie womöglich verschleppt? Der Gedanke war unerträglich. Und wie ging es Enzo und Gunter? Jacksons Vampire waren weiter hinten in den Gängen auf Wachposten. Beide hätten längst bei ihm sein müssen – es sei denn, sie waren ebenfalls angegriffen worden.

Mit der Schulter schob Jackson den Gobelin beiseite und schlüpfte dahinter. Im nächsten Moment gefror ihm das Blut, als er hart klingende Worte mit gälischem Akzent vernahm. Wie versteinert starrte er auf die Gestalt, die aus dem Schatten trat.

»*Bonjour,* Monsieur Cabot.« Weiße Zähne blitzten auf. »Endlich habe ich das Kaninchen in seiner Höhle gestellt! Nun darf es das scharfe Gebiss des Fuchses zu spüren bekommen. Der Meister wird hocherfreut sein.«

»Xaviere«, sagte Jackson.

Legrands Helfer kam näher. Xaviere war ein großer, dürrer Vampir, beinahe so alt wie sein Meister. An seinen knochigen Fingern bogen sich messerscharfe Nägel. Nachdem er einen weiteren Schritt näher gekommen war, konnte Jackson sein Gesicht deutlich erkennen.

Xaviere war genauso hässlich, wie Jackson ihn in Erinnerung hatte.

In Jacksons Armen drehte Leanna sich um. Sanft stellte er sie hin.

»Lauf! Flieh! Er kann dir nicht ins Licht folgen.«

Sie rührte sich nicht.

Xavieres kleine Augen wanderten zu Leanna, dann wieder zu Jackson. Der Vampir grinste widerlich.

»Bist du überrascht, *mon ami,* dass ich dich jage, während die Sonne scheint? Ach, das solltest du nicht! Die Nacht hat sich als keine gute Jagdzeit für dich erwiesen. Du bist viel zu schlau für deine jungen Jahre. Aber deine Untergebenen, die beiden in den Tunneln, sie sind jung und dumm. Und jetzt sind sie … fort.«

»Du lügst.«

»Tue ich das?« Xaviere öffnete seine Faust, worauf Asche aus seinen Fingern rieselte.

Jackson wehte eine flüchtige Note von Gunters Duft entgegen, dann Enzos. Für eine Sekunde schloss er die Augen, als ihn die Trauer überkam.

»Deine junge Dienerin oben ist klüger«, fuhr der Vampir fort. »Aber bedauerlicherweise nicht klug genug. Sie gab ihr Bestes, doch …« Er hob und senkte seine Schultern. »*C'est la vie*, nicht wahr? Oder passender wohl: *C'est la mort.*«

Jackson wurde schlecht. »Dafür wirst du bezahlen, Xaviere!«

Dieser bleckte seine Reißzähne. »Das glaube ich kaum, *mon jeune ami.* Aber ich kann dir berichten, dass deine Dienerin mutig gekämpft hat und einen ehrenvollen Tod starb, um ihren Meister zu beschützen. Und keine Angst, sie ist nicht für immer fort. Bald schon wacht sie auf, beim Meister. Legrand freut sich bereits, sie mit dem Vampir wiederzuvereinen, der einst ihr Ehemann war.«

Jean-Claude! »Ihr Schweine!«, zischte Jackson.

»Na, na, Cabot! Wirst du dieses Spiel nicht leid? Du kannst nicht gewinnen und dich ewig vor Legrand verstecken. Früher oder später zwingt er dich in die Knie.« Der Vampir lachte. »Das kennst du ja. Wenn du hübsch bettelst und befriedigende Leistungen bringst, duldet der Meister eventuell, dass du weiterexistierst.«

Jackson hörte ihm kaum zu. In Gedanken sah er Solange vor

sich, blutleer, hilflos und versklavt. Weil sie ihm die Treue gehalten hatte. Warum hatte er zugelassen, dass sie ihm diente? Er hätte sie wegschicken müssen, als ihr Großvater gestorben war.

Leanna berührte seinen Arm. Deutlich fühlte er ihre Empathie. Doch er wollte sie nicht ansehen. Würden sein Stolz und sein erbärmliches Verlangen nach menschlichem Kontakt sie ebenso zerstören wie Solange? Verflucht, warum lief sie nicht weg? Er stellte sich vor sie, um sie mit seinem Körper vor Xaviere abzuschirmen.

Der amüsierte Blick des Vampirs wanderte zu einem Punkt unterhalb von Jacksons Bauch. Zu spät wurde diesem bewusst, dass seine Hose noch offen stand. Fluchend zog er den Reißverschluss zu.

Xaviere schmunzelte anzüglich. »Ich gestehe, dass ich nicht erwartete, dich beim ... Schäferstündchen zu ertappen. Hast du dir eingebildet, dein Refugium sei unverwüstlich? Deine Macht mag weit über die eines gewöhnlichen Vampirs deines Alters hinausgehen, Cabot, trotzdem wirst du bald in deine Schranken verwiesen. Legrand macht dich so schwach wie einen Welpen.«

»Legrand soll zur Hölle fahren!«

»Zweifellos wird er das eines Tages, aber heute wohl nicht. Heute gehört dir.« Xaviere kam einen Schritt näher. »Falls du glaubst, du könntest mich schlagen, irrst du dich, denn ich bin viel älter und stärker als du. Dein Spiel ist aus, Cabot. Ich bin hier, um dich zu zerquetschen.«

Und es könnte dir gelingen. Jackson strengte sich an, um seine Erschöpfung nicht zu zeigen. Seine Knie zitterten nach wie vor, und der Orgasmus hatte seine Magie geschwächt. Wie sehr, wusste er nicht genau. Eines jedoch war sicher: Xaviere erkannte die Schwäche seines Gegners. So viel verriet das Lächeln, das über seine Züge huschte.

Jackson überlegte, wie groß seine Überlebenschancen in einem Duell mit dem Vampir waren. Xaviere war nicht so mächtig wie Legrand. Vor einer Stunde noch hätte Jackson ihn besiegen können. Nun war er nicht einmal mehr sicher, ob er sich wehren könnte.

Als hätte sie seine Gedanken gelesen, trat Leanna hinter ihm hervor an seine Seite. Xaviere musterte sie kühl.

»Eine Sidhe, wie interessant! Der Meister wird es genießen, sie auszusaugen.«

Bei diesem Satz verlor Jackson die Beherrschung. Er stürzte sich auf die hämische Fratze des Vampirs. Die plötzliche Attacke traf Xaviere unvorbereitet, so dass es Jackson gelang, ihn mit dem Schädel an die Mauer hinter ihm zu schlagen. Dann umschlang er Xavieres Hals und drückte zu.

Leider währte das Überraschungsmoment nicht lange. Fluchend stieß Xaviere ihn zurück. Doch Jackson umklammerte weiter den Hals des Vampirs, so dass er Xaviere mit sich zog. Beide stolperten in einem grotesken Tanz, drehten sich und kippten gegen den Wandteppich, der aus der oberen Halterung riss und ihren Sturz dämpfte.

Jackson packte eine Ecke des schweren Teppichs, während von oben Putz auf ihn herabrieselte und er zu Boden ging. Xaviere fiel auf ihn und rammte ihm ein Knie ins Zwerchfell, dass ihm die Luft wegblieb.

Jackson keuchte, als sein Feind wieder aufsprang. Nun packte Xaviere ihn beim Hemdkragen und hob ihn einhändig hoch. Mit einem brutalen Schubs schleuderte er Jackson in Richtung Sonnenlicht.

Gerade rechtzeitig fing Jackson sich an einem Tisch ab, um seinen tödlichen Sturz abzuwenden. Das schwere Möbelstück kippte um, und er duckte sich dahinter. Als er auf die Knie ging, sah er Leanna, die über den Schutt auf das Bett stieg, mitten ins Licht. Ihr helles Kleid leuchtete wie ein Engelsgewand.

Lauf!, befahl er ihr stumm. *Fliehe!*

Sie blieb unmittelbar unter dem klaffenden Riss in der Decke stehen. Nur ein kurzer Sprung trennte sie von der Freiheit. Warum hielt sie inne?

Einen Augenblick später begriff Jackson. Zwei bullige Gestalten kletterten durch die Öffnung, umrahmt von Tageslicht. Legrands menschliche Schergen. Leanna hatte gar nicht vorgehabt, zu fliehen. Gütiger Herr im Himmel, sie verteidigte Jackson!

Ein fremd klingender Wortschwall entfuhr ihren Lippen, der sich wie ein Schlachtruf anhörte. Dazu malte sie mit ihren Fingern ein Muster in die Luft. Elfenfeuer explodierte. Der heulende Schrei eines Mannes verriet Jackson, dass sie ihr Ziel getroffen hatte. Der dumpfe Aufprall, mit dem der massige Kerl auf dem Höhlenboden aufschlug, hallte von den Wänden wider.

Dann blockierte Xaviere ihm die Sicht auf Leanna. Der Vampir schwang die Hand, dass seine Fingernägel durch die Luft pfiffen, und hieb zu. Jacksons Verteidigung war zu langsam, denn die scharfen Nägel rissen ihm bereits den Hals auf.

Blut spritzte. Seine Lebenskraft entwich und bildete eine rote Pfütze auf dem Steinboden.

Lachend schloss Xaviere seine Finger um Jacksons Hals. Noch mehr Blut schoss aus der Wunde. Als Xaviere seine Klauen drehte, würgte Jackson. Nackenwirbel sprangen hervor.

Verzweifelt zerrte er an Xavieres Händen, doch sie hielten ihn eisern fest. Also versuchte er, seinerseits den Vampir zu würgen. Aber Xaviere war größer, seine Arme länger, und so konnte Jackson nicht genügend Druck ausüben.

Xavieres Augen verdunkelten sich zufrieden. »*C'est finis,* Cabot. Das Ende. Ich bedaure nur, dass der Meister nicht hier ist, um deine Vernichtung mitanzusehen.«

»Du wirst ihn gewiss trösten«, keuchte Jackson. »Ich bin sicher, dass du dich vor ihm beugst und Legrand deinen …«

Weiter kam er nicht, denn Xavieres Faust zerquetschte ihm die Luftröhre. Es drang keine Luft mehr in seine Lunge. Nicht zu atmen war ein seltsames Gefühl, wenn auch kaum tödlich. Vampire mussten nicht atmen.

Sehr wohl hingegen brauchten sie Blut, und Jacksons Körper verlor dieses kostbare Gut in erheblicher Menge. Er konnte nur noch verschwommen sehen. Nun allerdings setzte ein primitiver Überlebensinstinkt ein, und er schlug mit aller Kraft zu. Leider reichte sie nicht mehr aus.

Xaviere war stärker, und daran war ganz allein Jackson selbst schuld.

Er konnte Leanna nicht sehen. Hatte sie den anderen menschlichen Untertanen Legrands überwältigt und war in Sicherheit geflohen? Er hoffte es inständig. Wenn sie sicher war, könnte er halbwegs friedlich sterben.

Frieden. Endlich.

Er schloss die Augen und betete für seine verdammte Seele. Zwar glaubte er nicht, dass Gott ihn hören konnte, geschweige denn, ihm antworten würde, aber es war eine alte Gewohnheit aus Kindertagen.

Xavieres Lachen hallte durch die Gänge. Er packte Jacksons Hals noch fester, so dass das Blut in den Schmutz sprühte. Dann vernahm Jackson einen merkwürdigen Klang, ein Klingeln in seinen Ohren, befremdlich melodisch. Und auf einmal wurde alles vor ihm hell.

Das war sein Ende. Er hoffte bloß, dass es schnell ging.

Kapitel 8

Leannas Zauber knallte Xaviere direkt zwischen die Schulterblätter.

Es war womöglich der stärkste Fesselzauber, den sie jemals gewirkt hatte. Das Ergebnis jedenfalls war eindrucksvoll und höchst zufriedenstellend. Der Vampir wurde sofort stocksteif, die Knie eng zusammengepresst. Seine Finger spreizten sich, und seine Arme flogen weit zur Seite. Eine endlose Sekunde lang schwankte er, bevor er der Länge nach hinschlug.

Der Fesselzauber war lebensmagisch, konnte somit nicht töten. Aber es dürfte ein Leichtes sein, den bewegungsunfähigen Xaviere in die Sonne zu ziehen, die den Rest erledigen würde. So viel zu den Schwüren, die sie in Annwyn geleistet hatte! Ihre Versprechen, ihre guten Vorsätze für die Zukunft gingen in Flammen auf. Drei von Legrands menschlichen Handlangern waren bereits tot. Doch Leanna verdrängte ihre Schuldgefühle. Über ihre Verbrechen konnte sie später nachdenken.

Nachdem sie die begangen hatte, die nötig waren.

Sie kletterte den Gesteinshaufen vor dem Bett hinunter, halb rutschend, halb fallend, wobei sie sich das Schienbein aufschürfte, weil sie es eilig hatte, zu Jackson zu kommen. Er lag in einer Blutlache, hatte einen böse aussehenden Schnitt sowie violette Abdrücke von Xavieres Fingern am Hals. Weder atmete er, noch konnte Leanna seinen Puls fühlen. Wäre er sterblich, würde das bedeuten, dass er tot war. Aber Jackson war ein Vampir, vor langer Zeit schon gestorben. Auf ihn trafen die normalen Regeln nicht zu.

Putz regnete auf Leanna herab, und sie blickte nach oben. Ein Grasklumpen – und der schlaffe Arm eines Toten – hingen über den Rand der Deckenöffnung, eingerahmt von einem Flecken blauen Himmels. Sie hielt die Luft an. Erst als sie nichts hörte außer dem entfernten Brummen von Straßenverkehr, war sie sicher, dass keine weiteren Legrand-Untergebenen in der Nähe waren.

Falls sie fliehen wollte, wäre dies der geeignete Zeitpunkt.

Diesen Gedanken jedoch schob sie von sich, sobald er auftauchte. Jackson hatte sie gedrängt wegzulaufen, aber sie hatte nicht vor, ihn zu verlassen. Sie blickte zu Xavieres regungsloser Gestalt. Eines nach dem anderen.

Kurz entschlossen packte sie den Vampir bei den Knöcheln und zog ihn zum Licht. Er war schwer, weshalb sie einen Zauber benutzte, der ihr half. Trotzdem ächzte sie, als sie den Untoten in den Lichtkegel auf Jacksons Teppich hievte.

Heller Sonnenschein erleuchtete Xavieres hässliches Gesicht. Im nächsten Moment wurde seine Haut erst krebs-, dann blutrot. Angeekelt beobachtete Leanna, wie sich Brandblasen bildeten, die sich schwärzlich von dem weißen Schädel darunter lösten und zu Asche zerfielen. Als Nächstes verbrannten Muskeln und Knochen, so dass Hemd und Hose zusammensackten wie ein Ballon, aus dem man die Luft herausließ. Am Ende war von Xaviere nichts als Staub übrig, aus dem eine Rauchwolke aufstieg, der ein Geräusch wie ein menschliches Seufzen entwich.

Leanna wandte sich ab. Sie hatte Mühe mit dem Atmen, denn allzu leicht konnte sie sich vorstellen, wie Jacksons wunderschöner Körper dasselbe scheußliche Ende nahm. Kopfschüttelnd drehte sie sich um und lief wieder zu ihm.

Er lag unmittelbar außerhalb des Lichtkegels. Seine normalerweise blasse Haut war rot und blasenübersät. Götter, die Sonne! Inzwischen hatte der Einfallwinkel des Lichts sich verändert, so dass erste Strahlen Jackson erreichten. Rasch hakte Leanna beide Hände unter seine Achseln und zog ihn durch den Schutt tiefer in die Katakomben. In dem dämmrigen Gang schleppte sie ihn zwischen antiken Gräbern und mumifizierten Leichen hindurch und blieb erst stehen, als sie um eine Biegung gegangen und die Sonne nicht mehr zu sehen war.

Sie beleuchtete den dunklen Tunnel mit einem Ball Elfenfeuer, was sie jedoch gleich wieder bereute, denn wie sie jetzt feststellte, hatte sie Jackson durch einen Berg gebrochener Knochen und Schädel geschleift. In Letzteren steckten sogar teils noch verrottete Zähne. Und alles war von Jacksons Blutspur überzogen. Eine grau-weiße Staubschicht bedeckte seine Kleidung und sein Gesicht.

Er lag da wie tot, und Leanna konnte nur mühsam ihre Panik eindämmen. Er war nicht tot. Oder vielmehr: Er war tot, aber er hatte sie nicht verlassen. Ein Vampir besaß phänomenale Heilfähigkeiten, solange sein untotes Herz weiterschlug. Jackson würde wieder aufwachen. Aber wann? Sie blickte sich nervös in dem Tunnel um. Jeden Moment könnten mehr Legrand-Schergen angreifen. Lebende von oben, Vampire aus den Tiefen der Katakomben.

»Jackson.«

Sie schmiegte eine Hand an seine Wange. Seine Haut war kalt. Die Verbrennungen von der Sonne verblassten bereits, und Leanna redete sich ein, dass seine Blässe ein gutes Zeichen war.

»Jackson, hörst du mich? Wach auf, bitte!«

Keine Antwort. Doch sie glaubte, dass seine Brust sich ganz leicht bewegt hatte. Vorsichtig legte sie ihre Hand auf seine Rippen und hielt den Atem an.

Sein Brustkorb dehnte sich. Zog sich wieder zusammen. Anfangs war es kaum merklich, aber mit jedem Atemzug wurde die Bewegung deutlicher. Und Leanna fühlte ein schwaches Pochen. Sein Herz schlug noch. Sie beobachtete staunend, wie die Ränder seiner Halswunde sich zusammenfügten, bis nichts mehr als eine schmale rote Linie zu sehen war.

Vor lauter Erleichterung seufzte sie.

Sekunden vergingen, bis Jackson langsam seine Lider hob. Seine Augen waren glasig, sein Blick verständnislos. Er runzelte die Stirn.

»Leanna«, hauchte er und benetzte sich die Lippen. »Du bist … noch hier.« Er schluckte. »Warum?«

»Weil ich hier sein will – bei dir.«

»Xaviere?«

Leanna holte tief Luft. »Er wurde von der Sonne getroffen und ist fort.«

»Die Sonne. Du hättest fliehen sollen, weit weg von hier.«

Sie blinzelte, weil ihr Tränen kamen. »Ich werde nie von dir weglaufen, Jackson, niemals!«

Als er versuchte, seinen Kopf zu heben, verzog er das Gesicht und ließ ihn gleich wieder sinken, so dass eine Staubwolke aufflog.

»Was ist mit Legrands Leuten – denen oben?«

»Ich … ich habe sie getötet.«

Deutlich merkte sie, wie sich ein Teil der Anspannung in Jacksons Körper löste. »Gut.«

»Es werden mehr kommen.«

»Ja, gewiss.«

»Wir müssen hier raus. Glaubst du, du kannst aufstehen?«

»Ich versuche es.« Jackson stützte sich auf einen Ellbogen auf. Sein Arm zitterte. »Gott, bin ich schwach!«

Angestrengt richtete er sich zum Sitzen auf. Sogleich stützte er den Kopf auf seine angewinkelten Knie und stöhnte.

Leanna sah ihn aufmerksam an. »Alles in Ordnung?«

»Ja, den Umständen entsprechend schon. Aber ich bin kraftlos.« Gequält schaute er zu ihr auf. »Es ist lange her, seit ich mich das letzte Mal so ausgelaugt fühlte. Das habe ich nicht mehr erlebt, seit ich zuletzt …« Er wandte den Blick ab. »Ich werde eine Weile brauchen, bis ich wieder bei Kräften bin.«

»Ich bleibe bei dir.«

»Nein, du …« Er verstummte abrupt, ehe er so leise fortfuhr, dass sie ihn fast nicht verstand. »Wie viele Liebhaber hattest du nach unserer Pariser Zeit, Leanna?«

Die unvermittelte Frage erschreckte Leanna, und sie wurde rot. »Ich weiß es nicht.«

Er schloss die Augen. »Zu viele, um sie zu zählen, vermute ich.«

Womit er recht hatte. Leanna hatte in den letzten hundert Jahren viele, sehr viele Männer gehabt. Die meisten waren Künstler gewesen. Sie hatte ihnen magische Inspiration geschenkt, im Austausch gegen ihre Lebensmagie. Dennoch hatten ihre Gaben nicht erreicht, dass sie sich lebendig fühlte. Das war einzig bei Jackson der Fall gewesen.

»Was ist mit dir, Jackson? Vampire sind nicht unbedingt für ihre sexuelle Zurückhaltung bekannt. Du musst in den letzten hundert Jahren Hunderte von Frauen gehabt haben.«

»In meinen frühen Jahren als Vampir waren es viele. Legrand wählte jede Einzelne von ihnen aus, und ich durfte mich ihnen nicht verweigern. Ich benutzte sie. Oft tötete ich sie hinterher.« Seine Stimme klang unsagbar traurig. »Es klebt so viel Blut an meinen Händen, Leanna. Die Gier eines neu gewandelten Vampirs … du kannst dir nicht vorstellen, wie sehr sie einem den Verstand trübt. Ich hätte in jenen Jahren alles für Blut getan. Alles. Die Verbrechen, die ich beging, werden mich bis in alle Ewigkeit in die Hölle verdammen.«

»Du hattest keine Wahl.«

»Nein, anfangs nicht. Aber dann nahm meine Vampirkraft zu. Ich war immer besser imstande, meinem eigenen Willen zu gehorchen, die Zeit, den Ort, die Opfer zu wählen. Meine Vergehen wurden zu meinen eigenen. Über Jahre wollte ich nicht wahrhaben, zu was ich geworden war. Aber dann, eines Nachts, spürte ich es doch. Und es hat mich fast vernichtet.«

»Ach, Jackson!«

»Gut zwanzig Jahre nach meiner Wandlung war ich nicht besser als die übelsten Untergebenen von Legrand. Erst dann hatte ich den Mut, meinen eigenen Weg einzuschlagen.«

»Wie?«

Seine Augen fixierten einen Punkt oberhalb ihrer rechten Schulter. »Es war im Mai. Ich erinnere mich noch sehr gut daran. Frühling in Paris, überall blühte der Flieder. Ich konnte ihn natürlich nur bei Nacht sehen, wenn das Licht fort und die Farben gedämpft waren, aber der Duft verfolgte mich. Meine Großmutter hatte Flieder in ihrem Garten gehabt. In jenem Frühling, als der Flieder in voller Blüte stand, erhielt ich die Nachricht, dass sie gestorben war.«

Seine Mundwinkel zuckten. »Ich hatte einen Privatdetektiv engagiert, der mir Neuigkeiten von meiner Familie bringen sollte. Sie dachten, ich wäre tot – was ich ja auch war. Ich war der Liebling meiner Großmutter gewesen. Sie erholte sich nie von ihrem Kummer, weil ich verschwunden war. An dem Tag, nachdem ich von ihrem Tod erfahren hatte, schlief ich in Legrands Keller und träumte von ihr. Die Bilder waren so klar, so real, so … lebendig. Als ich aufwachte, fühlte ich mich beinahe wieder … menschlich. In der Nacht darauf, als die Zeit kam, durch die Dunkelheit zu ziehen und zu vergewaltigen, ging ich nicht. Ich nahm Blut, ja, denn ich konnte den Blutdurst nicht ignorieren, ohne mich zu zerstören. Aber ich trank nur wenig von jeder Frau und insgesamt nur, was ich unbedingt brauchte. Hinterher sorgte ich dafür, dass die Opfer vergaßen, was geschehen war. Was meine fleischlichen Gelüste betraf, so befriedigte ich sie nicht. Bei Morgengrauen kehrte ich in meinen Sarg zurück.«

Er lachte matt. »Am nächsten Abend wachte ich merklich stärker auf. Nach einem Monat Abstinenz war ich tausendmal mächtiger. So wurde mir klar, dass sexuelle Energie eine Art Lebensessenz war, die ein Vampir für gewöhnlich vergeudet. Ich fragte mich, ob ich diese Energie horten könnte, indem ich meinen Drang nach Beischlaf unterdrückte. Überall um mich herum verschleuderten andere Vampire ihre sexuelle Essenz, allen voran Legrand. Sein unstillbarer Appetit hinderte seine Macht daran, zu wachsen, aber er merkte es gar nicht, oder es war ihm gleich. Legrand ist der älteste Vampir in Europa, entsprechend groß ist seine Macht. Und es war Jahre her, seit er seinen letzten Widersacher zerstört hatte. Aber in derselben Nacht schwor ich, ihn zu vernichten.«

»Wie lange ist das her?«

»Dreiundsiebzig Jahre.«

»Und in der ganzen Zeit …?«, flüsterte Leanna.

»Hatte ich keine Frau. Ich habe mir nicht einmal Erleichterung gestattet, bis heute, bei dir.«

Sie sah ihn entsetzt an. »Und unsere Begegnung hat deine Macht gemindert?«

»Ja.« Er verzog das Gesicht. »Der Blutverlust war allerdings auch nicht hilfreich.« Sein Blick wanderte zu der Blutspur auf dem Höhlenboden. »Ich werde einige Zeit brauchen, um genug Energie zu sammeln, dass ich laufen kann.«

»Würde es schneller gehen, wenn du Blut trinkst?«

Ohne sie anzusehen, antwortete er: »Ja.«

Ja.

Wie konnte so viel Verbitterung in einer einzigen Silbe mitschwingen? So viel Selbstverachtung, Selbstekel?

Es brach ihr fast das Herz. Mit dieser einzelnen Silbe hatte Jackson mehr über sich und seine Untotenexistenz enthüllt, als er beabsichtigt haben dürfte. Er hasste, was er war. Zutiefst. Und doch gab es kein Entkommen.

»Es gibt nichts, dessen du dich schämen musst, Jackson.«

»Ach nein? Dem würde ich widersprechen. Verlass mich, Leanna! Geh jetzt!«

»Ich werde nicht …« Sie brach ab, als ein schwacher Strahl

Todesmagie herbeiwehte, der sich wie ein unangenehmer Druck auf ihre Brust legte. Jemand – etwas – kam näher. Lauschend neigte sie ihren Kopf und tastete mit ihrer Magie. Unheimliche Vibrationen übertrugen sich vom Boden auf ihren Körper.

Jacksons Atem ging schneller, sein Ton wurde dringlicher, denn auch er fühlte die Eindringlinge. »Vampire. Legrands Leute. Sie werden gleich bei uns sein, Leanna. Los, lauf weg! Noch kannst du vor ihnen fliehen!«

»Was ist mit dir?«

»Ich halte sie auf, bis du beim Tageslicht bist.«

»Vergiss es!« Leanna war bereits auf den Beinen. »Wenn Sidhe nicht gesehen werden wollen, sieht sie auch niemand. Ich kann uns verstecken. Sie werden nie erfahren, dass wir hier waren.«

Blitzschnell wirkte sie einen Blendzauber und umhüllte Jackson und sich damit. Dann sank sie neben ihm auf die Knie und befahl dem Elfenfeuer, zu erlöschen, worauf alles um sie herum dunkel wurde.

»Beweg dich nicht!«, flüsterte sie. »Und sprich nicht!«

Sie fühlte, wie Jacksons Stolz sich aufbäumte. Trotz seines geschwächten Zustands wollte er sich nicht vor seinen Feinden verstecken, sondern gegen sie kämpfen. Leanna stärkte den magischen Schutz und drückte sich fest an Jackson. Er war so kalt, eiskalt. Ihr eigenes Herz gefror vor Angst.

Drei dunkle Umrisse erschienen am Ende des Gangs. Augen glühten dunkel. Sie murmelten auf Französisch miteinander, als sie sich Jacksons und Leannas Versteck näherten.

»Der Dreckskerl muss hier sein. Wir haben alle Ausgänge blockiert. Xaviere pfählte Cabots lächerliche Diener …«

Jackson versteifte sich, worauf Leanna ihn umso fester umarmte.

»Er kann sich nirgends verstecken«, raunte eine zweite Stimme. »Wir haben jeden Tunnel durchsucht. Dieser hier ist eine Sackgasse.«

»Trotzdem haben wir ihn noch nicht. Und Xaviere ist ebenfalls verschwunden.«

»Vielleicht hat er Cabot schon.«

»Und wo soll er ihn hingebracht haben? Ins Licht?«

Murmelnd gingen die drei nur Zentimeter von Leannas rechtem Fuß entfernt vorbei. An der Biegung blieben sie stehen und linsten zur Sonne. Dann machte ihr Anführer einen Satz zurück, als hätte ihn etwas gestochen.

»Staub«, sagte er, »Asche!«

»Cabot?«, fragte einer seiner Gefährten.

Der Anführer machte zaghaft ein paar Schritte nach vorn und schnupperte. Dann stieß er ein tiefes Stöhnen aus. »*Merde!* Nein, nicht Cabot. Xaviere.«

Fluche hallten durch die Dunkelheit.

»Dafür lässt uns der Meister sicher bluten«, meinte einer der Vampire hörbar ängstlich.

»Er wäre friedlicher, wenn wir ihm Cabot bringen«, murmelte der Anführer.

»Und wie sollen wir das anstellen? Der Dreckskerl ist weg!«

»Aber nicht weit weg. Seht mal, da ist eine Blutspur …«

Erschrocken sah Leanna auf, als die Vampire näher kamen. Sie verstärkte den Blendzauber mit ihrer gesamten Magie. Zunächst kamen Legrands Schergen immer näher, bis sie nur noch drei Schritte von ihnen entfernt waren.

»Hier ist die Blutspur zu Ende. Hört einfach auf!«

Der Anführer stieß einen verärgerten Laut aus. »Was für eine verquere Magie ist das? Verfluchter Cabot! Der Typ ist schwerer zu packen als ein glitschiger Aal!«

Fluchend und unnütze Vorschläge austauschend, standen die drei eine Weile da, ehe sie endlich wieder kehrtmachten und davontrotteten. Erst nachdem nichts mehr zu hören war, wagte Leanna zu sprechen.

»Sie sind fort.«

Jackson antwortete nicht. Stumm bewegte er sich auf Abstand zu ihr. Im Schutz des Blendschildes wirkte Leanna ein Elfenlicht.

Jackson saß an die Mauer gelehnt, seine Arme auf den angewinkelten Knien. Gleich oberhalb seines Kopfes befand sich eine Grabnische mit einem leinenumwickelten Skelett.

Als Leannas und sein Blick sich begegneten, war da nichts Menschliches in Jacksons Augen. Ihr Herz pochte.

Vampirhunger. Roh und erbarmungslos.

Leise knurrend zog er die Lippen zurück und entblößte seine Reißzähne. Leanna musste die blitzenden weißen Eckzähne anstarren und sehnte sich danach, sie auf ihrer Haut zu fühlen. War das ein Vampirbannzauber, der bewirkte, dass ihr sehr heiß zwischen den Schenkeln wurde? Oder ihr eigenes Verlangen nach Todesmagie?

»Jackson.« Sie schluckte. »Was ist los? Was passiert mit dir?«

Seine Stimme kam einem heiseren Flüstern gleich. »Ich habe dich gewarnt, zu fliehen, solange du noch konntest. Du wolltest nicht auf mich hören. Dir so nahe zu sein … hier in der Dunkelheit … mit brennendem Durst. Dein Blut, Leanna, ich kann es riechen. Wusstest du das? Der Duft ist so süß …«

Er stöhnte tief. »Lediglich ein winziger Rest Menschlichkeit hält mich davon ab, meine Zähne in deinen bezaubernden Hals zu bohren und dir das Blut bis auf den letzten Tropfen auszusaugen. Geh weg von mir, Leanna! Flieh in die Sonne, jetzt, bevor es zu spät ist!«

»Nein.«

Das Wort kam ihr wie von selbst über die Lippen, und sie bereute es nicht. »Ich gehe nicht, Jackson – egal, wie sehr du mich bittest. Ich bleibe hier bei dir.«

Sie legte ihre Hand auf seine Brust. Sein Herzschlag war so schwach, dass sie ihn nicht fühlen konnte. »Du musst mir mein Blut nicht stehlen, denn ich gebe es dir bereitwillig.«

»Warum willst du dich beflecken? Ich kann dir nichts als Todesmagie, Besessenheit und Zerstörung bieten. Das willst du nicht, Leanna.«

»Ich weiß, was Todesmagie ist«, erwiderte sie ruhig. »Ich habe sie selbst praktiziert. Ich rief einen Dämon herbei, einen Ewigen. Arrogant, wie ich war, dachte ich, ich könnte das Böse meinem Willen beugen. Stattdessen wurde ich zu seiner Sklavin. Meine Seele ist schon befleckt. Ein Vampirbiss könnte sie kaum schwärzer machen. Mein Blut gehört dir, Jackson. Nimm es, bitte!«

»Leanna ...«

Er fasste grob ihren Kopf und zwang sie, ihn anzusehen. Was sie in seinen Augen erkannte, jagte ihr schreckliche Angst ein. Ja, er war eine Todeskreatur, gierig und unbarmherzig. Wie konnte der Mann, den sie liebte, hinter diesen toten, brennenden Augen stecken?

Trotzdem glaubte sie fest, dass er immer noch da war. Er musste, denn etwas anderes wollte sie nicht akzeptieren. Und genau das sprach sie aus.

»Ich liebe dich, Jackson. Das habe ich immer getan und werde es auch immer tun. Nichts, was du tust oder bist, wird daran etwas ändern.«

»Verdammt, Leanna! Weißt du, wie viele Menschen ich getötet habe? Wie viele Unschuldige ich zu untoten Monstern machte?«

»Nein, und ich will es auch nicht wissen. Sag es mir nicht, denn es macht keinen Unterschied für mich. Ich weiß, wer du bist.«

»Ach ja? Dann weißt du mehr als ich.«

Sie berührte seine Wange. Er war so furchtbar blass. Tränen kamen ihr, während sie den Mann ansprach, der er einst gewesen war.

»Erinnerst du dich an den Abend, als wir uns kennenlernten?«

Für einen kurzen Moment schloss er die Augen, doch zuvor

hatte sie noch jenes Aufflackern von Menschlichkeit gesehen, das er hatte verbergen wollen. »Wie könnte ich ihn vergessen? Du standest unten an der Treppe. Ich kam aus dem Ballsaal und sah dich, umringt von Männern, aber ich glaube nicht, dass du sie wahrgenommen hast. Du wirktest so verloren.«

»Niemand sonst an dem Abend bemerkte, wie unglücklich ich war. Keinen kümmerte, wie ich mich fühlte – vor allem nicht die Künstler, die mir an den Lippen klebten. Sie waren viel zu sehr damit beschäftigt, nach meiner Magie zu gieren und meinen Busen zu begaffen.«

»Ich wollte nichts anderes, als dich zum Lachen bringen.«

Leanna lächelte. »Was dir auch gelang.«

Tatsächlich wurden seine Züge ein wenig weicher. »Einen Kellner mit einem Tablett voller Weingläser umzurennen, gehörte nicht zu meinem großen Plan, dich zu amüsieren, sei es versichert!«

»Aber als der Merlot in Mrs. Emersons Dekolleté landete …«

Jackson lachte leise, und Leanna ging das Herz auf. »Ich danke Gott und dem Himmel, dass sie mich nicht erkannte«, sagte er. »Sonst hätte sie umgehend meinem Vater geschrieben, der wiederum mir befohlen hätte, meine Albernheiten zu unterlassen und auf der Stelle nach Boston zurückzukehren.«

So rasch, wie Leannas Unbeschwertheit gekommen war, wich sie einem Gefühl der Leere. »Du bist nie nach Hause zurückgereist – meinetwegen.«

Auch Jackson wurde wieder ernst. »Weil ich mich in dich verliebt hatte. Ich wollte bei dir bleiben und dich so lange zum Lachen bringen, wie du wolltest.«

»Teils wollte ich das auch. Ich liebte dich so sehr.«

»Hast du das wirklich, Leanna? Eine Zeitlang dachte ich, es könnte wahr sein. Ich dachte es in jenem Sommer jedes Mal, wenn ich dein Lachen hörte, wenn wir uns liebten und in der Nacht, als ich dein Porträt malte.«

Götter! Ihr Porträt.

Er schluckte. »Das Gemälde ist hier in Rom. Es hängt in der Galleria Nazionale. Hast du das gewusst?«

»Nein«, antwortete Leanna leise, »aber es überrascht mich nicht, denn es ist ein echtes Meisterwerk.«

»Allerdings nicht mein Meisterwerk. Deine Magie schuf dieses Porträt.«

»Deshalb kamst du doch nach Paris, nicht? Um ein großes Werk zu schaffen.«

»Ja, das war der Grund, bis mir Paris begreiflich machte, dass mein eingebildetes großes Talent nichts als Farbenspiele eines Dilettanten waren. Aber dann begegnete ich dir, und es bedeutete mir nichts mehr. Alles, was ich wollte, war deine Liebe.«

»Sie war nicht der große Preis, für den du sie gehalten hast«, sagte Leanna traurig. »Meine Gefühle für dich machten mir Angst. Ich konnte mir nicht einreden, dass du bloß hinter der Inspiration meiner Magie her warst. Trotzdem zwang ich mich, dich genauso zu behandeln wie die anderen. Ich sagte mir, wenn du meine Magie annimmst, ein wahres Meisterwerk malst, würde es bedeuten, dass du mich nicht wahrhaftig liebst. Und du hast ein Meisterwerk geschaffen, Jackson.«

Er starrte sie entgeistert an. »Deshalb hast du mich verlassen?«

Leanna nickte.

»Ach, Leanna! Hätte ich das gewusst, hätte ich jene Leinwand verbrannt!«

»Ich bin nicht sicher, ob du mich damit überzeugt hättest. Kein Mann hatte mich je um meinetwillen begehrt. Alle wollten meine Magie, meinen Körper. Sogar mein eigener Vater ...« Sie blinzelte ihre heißen, beschämenden Tränen fort. »Ich konnte mir gar nichts anderes vorstellen.«

Jackson blieb stumm. Sein Atem klang rauher, wie Leanna besorgt feststellte, und seine Hände zitterten. Er war kreidebleich. Als er sie ansah, schien er sie gar nicht mehr richtig zu erkennen.

»Du wirst schwächer«, stellte Leanna ängstlich fest. »Du brauchst Blut. Nimm meines, Jackson, ich bitte dich!«

Er benetzte sich die Lippen. »Führe mich nicht in Versuchung!«

»Warum nicht? Es besteht überhaupt keine Gefahr. Sidhe können nicht zu Vampiren gewandelt werden.«

»Aber sie können sterben. Mein Durst ist viel zu groß. Ich könnte dich binnen eines Augenblicks leer saugen.«

Leanna kniete sich vor ihn und nahm seine Hände. »Das wirst du nicht. Ich vertraue dir.«

Zitternd wanderten seine Hände zu ihrer Taille. »Das solltest du nicht. Bei Gott, ich vertraue mir selbst nicht.«

»Dann vertraue ich dir genug für uns beide.«

Er verspannte sich, und Leanna dachte schon, er würde sie wegstoßen. Dann aber wurde sein Griff an ihrer Hüfte fester.

Sie lehnte sich in seine Umarmung und streifte seine Lippen mit ihren. »Jackson …«

»Leanna, nicht!«

Doch sie ignorierte sein Flehen, öffnete ihren Mund und glitt mit der Zungenspitze über seine Lippen. Als sie die Spitze seines Eckzahns leckte, durchfuhr ihn ein Schauer.

Schließlich gab er jeden Widerstand auf und zog Leanna stöhnend auf seinen Schoß. Seine Arme umfingen ihren Hals, und Leanna presste sich an ihn, ihre Brust an seiner, ihre Beine rechts und links seiner Schenkel. Er war so schrecklich kalt, und sie wollte nichts dringender, als ihm alles Feuer und Leben schenken, das ihre Seele beherbergte.

Seine Küsse erfüllten sie mit einem berauschenden Wonnegefühl. Vampirmagie? Oder war sie süchtig nach dem Mann selbst? Seine Hände erforschten ihren Körper, streichelten ihre Brüste, umfingen ihren Po und zerrten ihren Kleidersaum nach oben. Sie fühlte seine kühle Hand an ihrem erhitzten Innenschenkel.

Sie bedeckte sein Kinn mit Küssen, rieb ihre Wange an seinen Bartstoppeln und streckte ihm ihren Hals entgegen. Jackson holte hörbar Atem, als seine Zähne an der Stelle kratzten, an der ihr Puls flatterte. Hart drückte seine Erektion sich an ihre Hüfte, worauf eine atemberaubende Welle von Lust sie überrollte. Ihr Blut floss schneller – für ihn, einzig und allein für ihn.

Ihr Verlangen ähnelte einem Dolch, der sich geradewegs in ihre Seele bohrte und sie umso begieriger machte. Es war, als hätte Jackson jedes Atom in ihrem Körper freigesetzt, in die Atmosphäre zu entschweben, um sie sogleich wieder einzufangen und sein zu machen.

Er stieß einen heiseren Fluch hervor. »Leanna, du willst das nicht. Du kannst nicht …«

Es nicht wollen? Im Moment würde sie für seinen Biss sterben. Sie gab einen Laut von sich, der halb Lachen, halb Stöhnen war.

»Götter, Jackson, ich will dich dringender als die Luft zum Atmen! Tu es, Jackson! Für dich und für mich.«

Einen ewig langen Moment geschah nichts, so dass sie schon dachte, er würde seinen Hunger bändigen. Dass sein Widerstand dann doch nur wenige Herzschläge lang andauerte, bewies vielleicht nur, wie viel Kraft ihn der Kampf mit Xaviere gekostet hatte. Auf einmal erbebte er von Kopf bis Fuß, und Leanna fühlte Tränen an ihrer Wange.

Sie tauchte ihre Finger in sein Haar.

Dann küsste er ihren Hals.

»Leanna«, hauchte er, seine Stimme belegt vor Entzücken, und gab sich seiner Lust hin. Der Stich seiner Zähne war so flüchtig, dass sie ihn kaum spürte.

Als Nächstes sogen seine Lippen an ihr, was eine seltsame Empfindung in ihrem Herzen weckte. Seine Zähne gruben sich tiefer in sie hinein und lösten etwas in ihr aus, das sie bisher nicht gekannt hatte.

Wonne. Natürlich hatte sie das erwartet. Wären Vampire keine Meister darin, wahre Wonne zu bereiten, würden die Menschen nicht ihre Seele für das Privileg verkaufen, sich den Untoten hinzugeben. Diese Wonne war intensiv, aber nicht unerträglich. Und Leanna kannte solche Hochgefühle, sogar in zahlreichen Schattierungen, seit vielen Jahren und von unzähligen Liebhabern in Licht wie in Dunkelheit.

Aber hier war Wonne erst der Anfang.

Sie spürte auch Furcht, eine anwachsende Panik, die das Erotische an Jacksons Biss noch steigerte. Angst um ihr Leben, während das Blut aus ihrem Herzen in seinen Leib gepumpt wurde. Und ihr war, als würde ihre Seele mit ihm reisen.

Sie konnte sich so wenig bewegen wie eine Fliege, die in einem Spinnennetz saß, denn sie war gleichsam gelähmt. Jackson blickte in ihre Seele, in ihren Geist und sah ihre finstersten Begierden. Sie war ihm vollkommen wehrlos ausgeliefert, so dass er sich von ihr nehmen oder ihr geben konnte, was immer er wollte.

Hingegen konnte sie ihm nicht in die Seele oder in seinen Geist blicken.

Diese einseitige Intimität, die er ihr aufzwang, war fast nicht auszuhalten. Leanna war darin geübt, ihr Innerstes zu verbergen. Sie war es gewohnt, ihr Denken von ihrem Körper zu trennen, sobald ihre Gefühle zu stark wurden. Diese Technik hatte sie bereits erlernt, als sie vom Mädchen zur Frau geworden war, da sie nur so die Hände ihres menschlichen Vaters auf ihrem Leib ertrug.

Über Jahre, noch lange nachdem sie ihre volle Sidhe-Macht erreicht hatte und aus den Highlands geflohen war, prägten ihre bitteren Jugenderfahrungen sämtliche Begegnungen mit Männern. Niemals entblößte sie gegenüber ihren Liebhabern ihre Seele. Stets versteckte sie einen wesentlichen Teil vor ihnen.

Jetzt jedoch, bei Jackson, konnte sie nichts verbergen. Er öffnete sie sich vollständig, setzte ihre Seele dem Licht aus, auf dass er sie in aller Ruhe betrachten konnte. Sie gehörte ihm. Jacksons

Vampirbiss berührte ihr Innerstes nicht bloß. Er zerlegte es, inhalierte es, verschlang es.

Und ihr blieb keine andere Wahl, als es hinzunehmen.

Der Biss zog sich hin, Wonne und Schmerz, die sich unendlich auszudehnen schienen. Leanna fühlte ihr Blut in ihn fließen, was ihr ein köstliches Erlebnis bescherte. Falls er sich nicht beherrschte und sie ganz und gar aussaugte, würde sie nicht einmal protestieren. Als er sich schließlich zurückzog, schrie sie auf und wollte verhindern, dass er seinen Mund von ihr löste.

Der Raum um sie herum schwankte. Längst hatte sie die Kontrolle über ihr Elfenlicht verloren, das sich wie der Strahl eines Leuchtturms drehte. Jacksons schönes Gesicht wurde abwechselnd hell angestrahlt und tauchte wieder in die Dunkelheit. Seine Reißzähne, fleckig von ihrem Blut, blitzten im Schein. Unwillkürlich leckte Leanna sich die Lippen und rechnete fast damit, es zu schmecken.

Seine Augen beobachteten ihren Mund, wobei sie zunehmend dunkler wurden. Bald waren sie so schwarz, dass Leanna glaubte, in ihrer samtigen Tiefe auf immer untergehen zu können.

Dann senkte er seine Lider, und endlich gelang es ihr, Atem zu holen. Doch kaum beugte er seinen Kopf aufs Neue zu ihrem Hals, bog sie sich ihm entgegen.

Es folgte kein Biss. Vielmehr glitt seine Zunge über ihre Wunde, was ein angenehmes Kitzeln bewirkte. Der vage Schmerz verschwand, und als Leanna ihren Hals betastete, fühlte sie nichts als glatte, unversehrte Haut.

Er klang selbstironisch, als er erklärte: »An dieser Stelle lösche ich üblicherweise die Erinnerungen der Opfer aus. Ich könnte es auch bei dir tun, wenn du willst.«

»Nein«, flüsterte Leanna errötend. Obgleich sie die Sekunden absoluter Hilflosigkeit durchaus gern vergessen hätte, behagte ihr die Vorstellung nicht, dass Jackson sich daran erinnerte, während sie selbst von nichts mehr wusste. »Nein, tu das bitte nicht!«

Er nickte, stand auf und lehnte sich seitlich gegen ein Mauerstück zwischen zwei Grabnischen, so dass er ihr halb den Rücken zukehrte. Leanna zog die Knie an ihre Brust und schlang ihre Arme darum. Sie beobachtete ihn, und nach und nach wurde sie sich ihres Körpers bewusster. Merkwürdigerweise fühlte sie sich weder schmutzig noch ausgelaugt, wie es bei Vampiropfern nach einem Biss für gewöhnlich der Fall war. Stattdessen empfand sie ... Reinheit. Ruhe.

Ihr war fast friedlich zumute.

»Hast ... hast du genug genommen? Mir war, als hättest du zu früh aufgehört.«

Er blickte kurz zu ihr hinab, dann wieder weg.

»Ich nahm mir, was ich brauchte. Immerhin hast du Sidhe-Blut.«

Sein Ton verriet nicht, ob das gut oder schlecht war. Langsam richtete sie sich auf.

»Ist Sidhe-Blut ein Problem?«

»Weit gefehlt! Dein Blut ist sehr viel lebendiger als das eines Normalsterblichen.« Ausatmend drehte er sich um und drückte seine Schulterblätter gegen die Höhlenwand. »Dieser Schluck aus deinen Adern hat, glaube ich, das meiste von dem ersetzt, was ich vorhin verlor, als wir ...« Er beendete den Satz nicht.

Wieder wurde Leanna rot. »Das freut mich.« Dann fiel ihr etwas ein. »Würde dich noch ein Schluck stärker machen? Stark genug, um Legrand zu zerstören? Ich gebe dir gern mehr von meinem Blut, Jackson. So viel, wie du brauchst.«

»Nein, Leanna.«

Sein Tonfall machte sie frösteln. »Aber ...«

»Du gibst mir nichts mehr, weder Blut noch Trost noch Hilfe.« Er rieb sich über das Gesicht, wobei sie bemerkte, dass er zitterte. Wortlos zeigte er auf seinen Schritt. Als sie die enorme Wölbung erblickte, stieß Leanna einen stummen Schrei aus.

Jackson lachte zynisch. »Denkst du ernsthaft, dass ich mehr

von deinem süßen Hals trinken könnte, ohne dir diesen lächerlichen Fetzen von Kleid herunterzureißen? Ohne deine Schenkel auseinanderzudrücken und zwischen sie zu stoßen? Ohne in dich einzudringen, dich zu benutzen, zu missbrauchen, bis deine flehenden Schreie, ich möge aufhören, längst verhallt sind?«

Die primitive Erotik dieser Bilder ließ Leannas Knie schwach werden, und sie bekam irgendwie nicht genügend Luft.

»Ich würde dich nicht anflehen aufzuhören. Ich würde darum betteln, dass du es für immer andauern lässt.«

Er presste die Lippen zusammen, als hätte er Schmerzen. Und als er sprach, blickten seine Augen leer, und seine Stimme war so tief, dass die eherne Entschlossenheit fühlbar vibrierte.

»Du weißt nicht, was du redest. Du hast keine Ahnung, was es bedeuten würde, auf ewig an mich gekettet zu sein – das heißt, sofern du meine Lust überlebst. Du kannst dir nicht vorstellen, wie nahe ich dem völligen Kontrollverlust war. Und deshalb drehst du dich jetzt um und gehst ins Licht hinter dem Wandteppich. Steig hinauf in die Sonne, zurück in dein Leben! Und sieh dich nicht um!«

»Nein, das mache ich nicht. Ich …«

»Ich brauche dich nicht mehr, Leanna. Und ich will dich auch nicht mehr.«

Seine Worte verletzten sie. Sie ermahnte sich, dass es Lügen waren, dass er sie auf die einzige Weise beschützen wollte, die er kannte. Doch das machte den Schmerz seiner Zurückweisung nicht erträglicher.

»Falls ich gehe, was wirst du tun?«

Er antwortete nicht.

»Du willst Legrand stellen, nicht wahr? Du willst Europas Vampirmeister zum Duell fordern, heute Abend, sowie die Sonne untergeht. Und das, obwohl du nicht einmal sicher bist, ob du hinreichend Kraft besitzen wirst, um ihn zu besiegen. Trotzdem willst du nicht mehr von meinem Blut nehmen, auch wenn dir klar ist, dass es dir einen Vorteil verschaffen würde.«

»Hör auf, Leanna! Ich spüre, wie meine Kraft wiederkehrt. Vielleicht bin ich sogar noch stärker, als bevor ich in dein Hotelzimmer kam. Ich glaube, dass ich Legrand schlagen kann. Und jetzt geh! Du hast mir gegeben, was ich brauchte.«

»Es reicht nicht, Jackson. Schick mich noch nicht fort! Ich möchte dir helfen.«

»Du hast mir schon genug geholfen.« Sein Blick wirkte ein klein wenig milder.

»Ich möchte mehr für dich tun! Erst vor wenigen Stunden warst du bereit, mich zum Kampf gegen Legrand zu zwingen.«

»Da war mir noch nicht bewusst, dass ich …« Abrupt verschränkte er die Arme vor seiner Brust. »Da war ich wütend. Mein Zorn scheint sich ausgebrannt zu haben. Jetzt will ich nur noch, dass du mich verlässt – sofort, Leanna! Ich will dein Leben nicht auf dem Gewissen haben.«

»Aus dir spricht dein Stolz.«

»Stolz?« Er lachte hämisch. »Wohl kaum! Was ich einst an Stolz besaß, habe ich seit langem verloren. Schuldgefühle vielleicht, ja, ich gestehe, dass ich die in Hülle und Fülle habe.« Ein Schatten legte sich auf seine Züge. »Solange war oben, um meine Höhle zu bewachen. Nun ist sie verschleppt und getötet worden, genau wie Jean-Claude. Sie sind inzwischen Vampire, weil ich sie beide im Stich ließ. Doch ich werde nicht ruhen, ehe ich sie aus Legrands Klauen befreit habe.«

»Und dafür brauchst du meine Hilfe! Was nützt es ihnen, wenn du bei dem Versuch, sie zu retten, stirbst?«

»Sterben? Leanna, du vergisst, dass ich bereits tot bin!«

Kapitel 9

Keine sechs Monate zuvor hatte Leanna bei den heiligen Silberästen von Annwyns uraltem Lebensbaum geschworen, nie wieder zu töten.

Leider hatte sie ihren heiligen Eid gebrochen. Sie hatte Legrands Untergebene ermordet. Sie hatte Xaviere vernichtet, und es hatte sich gut angefühlt, das Monster umzubringen. Bei diesem Gedanken erschauderte sie. Was besagte das über ihre Seele? Nein, darüber wollte sie nicht einmal nachdenken, denn noch waren weitere Morde zu begehen.

Die Sonne war beinahe untergegangen. Die letzten Strahlen warfen lange Schatten auf das dichte Gewirr mittelalterlicher Bauten in der römischen Altstadt. Leanna trat aus einer verwinkelten Gasse in das Lichtermeer und blieb stehen. Auf der Piazza Navona herrschte reger Betrieb: Pantomimen und Zauberer, Café-Gäste und Straßenhändler tummelten sich hier. Die Gäste waren größtenteils Touristen, nur hier und da erblickte man Einheimische. Niemandem fiel auf, dass sie wie eine Hure angezogen war, denn ein starker Blendzauber schirmte Leanna vor neugierigen Blicken ab. Vorsichtig stöckelte sie mit ihren hohen Absätzen über das unebene Kopfsteinpflaster zu dem Brunnen in der Platzmitte. Vielleicht konnte die Lebensmagie des plätschernden Wassers ihre zunehmende Angst lindern.

Was sie leider nicht tat.

Leanna presste ihre Abendhandtasche an ihren Bauch und betrachtete die Brunnenfiguren. Erst jetzt entsann sie sich, dass sie vor nur einer Woche mit Kalen und Christine hier gewesen war. Sie sah auf die Skulptur, die ihr am nächsten war, einen Mann, der auf der Seite lag und seine Augen mit erhobener Hand vor der Kirchenfassade über ihm schützte. Kalen hatte erzählt, dass der Bildhauer ein Konkurrent des Kirchenarchitekten gewesen war und diese Figur geschaffen hatte, um seinen Rivalen zu verhöhnen. Letzte Woche hatte Leanna gar nicht weiter über diese Geschichte nachgedacht. Nun hingegen wurde ihr beim Anblick dieser auf immer in Stein gemeißelten tiefen Verachtung eiskalt.

Hass konnte sehr langlebig sein.

Dann fiel ihr wieder ein, wie Jackson ausgesehen hatte, als sie ihm endlich gehorchte und aus den Katakomben ins Licht hinaufgestiegen war. Seine Miene war wie erstarrt und leer gewesen. Er wollte ihre Hilfe nicht. Und ihr Blut wollte er ebenso wenig. Deshalb verschloss er seinen Geist und sein Herz vor ihr. Sein ganzes Sein war von seinem Hass auf Legrand eingenommen.

Ja, Hass überdauerte noch lange, nachdem die Liebe gestorben war.

Die letzten Sonnenstrahlen tönten die Stuckfassaden der Piazza erst bernsteinfarben, dann schokoladenbraun. Als das Tageslicht schwand, verließ Leanna den Brunnen. Sie schlüpfte an einer großen Gruppe deutscher Touristen vorbei auf eine Gasse am anderen Ende des Platzes zu.

In diesen schmalen Gang fiel auch bei Tage kaum Licht, denn zu beiden Seiten ragten hohe, dunkle Mauern auf. Je weiter Leanna ging, umso leiser wurden die lebhaften Geräusche von der Piazza. Nach mehreren Biegungen gelangte sie zu einem großen Torbogen. Es handelte sich um einen unauffälligen Eingang, dessen einzige Markierung in einem Messingschild mit einer Sechs darauf bestand. Der Türklopfer hatte die Form eines Katzenkopfes mit rubinroten, matt glänzenden Augen.

Zum hundertsten Mal fragte Leanna sich, ob es richtig war, dass sie allein herkam. Ihrem Bruder und den anderen im Hotel war sie weiträumig aus dem Weg gegangen, denn sie sollten nicht wissen, dass sie mit einem Vampir zusammen gewesen war. Andererseits wäre es vielleicht klüger gewesen, Mac alles zu erzählen und ihn um Hilfe zu bitten. Nur war sie nicht sicher, ob er überhaupt bereit wäre, ihr zu helfen. Mac verabscheute Vampire. Und eventuell hätte er sich nicht bloß geweigert, einen Vampirclub zu betreten, sondern sie womöglich noch daran gehindert, hierherzukommen. Dieses Risiko wollte sie nicht eingehen.

Also hatte sie sich heimlich in ihr Hotelzimmer geschlichen, alles zusammengerafft, was sie brauchte, und war wieder verschwunden, ohne dass Mac oder die anderen etwas mitbekamen. Sollten sie ruhig glauben, sie würde sich in einem Wellnesshotel in der Toskana verwöhnen lassen. So war es für alle sicherer.

Sie holte einmal tief Luft, überprüfte ihren Blendzauber aufs Neue, obwohl seit dem letzten Mal erst fünf Minuten vergangen waren und seit dem vorletzten Mal gerade zehn. Legrand war ein Ewiger, also durfte ihr Zauber nicht den kleinsten Fehler aufweisen. Zwangsläufig würde er misstrauisch, wenn eine Sidhe sich freiwillig einem Vampir näherte. Schlimmer noch wäre, wenn er die Verbindung zwischen ihr und der Sidhe-Muse herstellte, die einst in der Pariser Halbwelt berühmt gewesen war. Und ihren Pfad zum Ruhm hatten die Leichen gutaussehender Künstler gepflastert. Wie sie Jackson erzählt hatte, war sie Legrand nie persönlich begegnet, dennoch dürfte der Vampirmeister von ihr wissen, so dass ihm auch klar wäre, wozu sie imstande war.

Sie betätigte den Klopfer, dessen dumpfes Pochen durch den Raum hinter der Tür hallte.

Gleich darauf wurde geöffnet.

Der spindeldürre Portier war erst seit kurzem ein Vampir. Die ruckartigen, mechanischen Bewegungen des jungen Mannes, im Verein mit der wilden Panik in seinem Blick, sprachen eine deutliche Sprache. Seine Züge waren von Hoffnungslosigkeit und Ekel gezeichnet. Er war ein Sklave, nein, weniger als ein Sklave, denn dieser hätte wenigstens noch die Hoffnung, eines Tages fliehen zu können. Ein frisch gewandelter Vampir hatte sie nicht.

Leanna konnte sich nicht vorstellen, dass Jackson einst in derselben Situation wie dieser bemitleidenswerte junge Mann gewesen war. Selbst niedergestreckt, ausgelaugt und verwundet strahlte Jackson Macht sowie rohe, zornige Magie aus: eine Kraft, von der Leanna beinahe glaubte, sie hätte eine Chance gegen das ewig Böse, das Legrand verkörperte.

Aber solange sie nicht fest davon überzeugt war, würde sie nicht zulassen, dass er sich in solch eine Gefahr begab.

Sie überquerte die Schwelle und ging an dem Portier vorbei, der sie wortlos passieren ließ. Der lange, dunkle Korridor wurde nach hinten immer schmaler, bis er schließlich an einem leinenverhüllten Tisch endete. Eine blasse Vampirin musterte sie mit untoten Augen.

Leanna wusste, was die Vampirin sah: eine wunderschöne menschliche Frau mit runden Ohren und langem blondem Haar. Das Spitzenkorsett hielt ihre üppigen Brüste nur knapp im Zaum, und ihr runder Po war von dem dünnen schwarzen Rock höchst spärlich bedeckt. Zarte Kettchen baumelten von ihren Strumpfbändern und hielten die durchsichtigen Strümpfe, die ihre langen, wohlgeformten Beine umhüllten. Ihre Absätze waren hoch und scharf genug, um einen Vampir zu pfählen, was die Türsteherin zum Glück nicht zu kümmern schien.

»Fünfhundert Euro in bar«, war alles, was sie von sich gab.

Leanna öffnete den Schnappverschluss ihrer Tasche und zog die Scheine hervor. Die Vampirin krallte sich das Geld und nickte stumm zu einer massiven schwarzen Tür.

Der Türknauf war heiß. Leannas Herz pochte schneller, als sie die Tür hinter sich schloss und sich am Rande einer überfüllten Tanzfläche wiederfand, in einem Raum, der fast so dunkel wie die Katakomben war. Musik wummerte aus versteckten Lautsprechern, und das so laut, dass es schien, als käme sie direkt aus Leannas Schädel.

In dem vergeblichen Bemühen, sich dem Rhythmus anzupassen, ließ ihr Herz einen Schlag aus. Die Klänge waren in einer Intensität von Todesmagie durchwirkt, dass ihr übel wurde. Sich schlängelnde, zuckende Körper drängten sich auf der Tanzfläche; menschliche Hälse reckten sich Untoten entgegen. Leanna wandte den Blick ab, als ein alter Vampir seine verrotteten Reißzähne in den Hals eines sehr jungen Mädchens bohrte.

Während sie einige Schritte weiterging, gewöhnten ihre Augen sich an die dunkle, verrauchte Umgebung, welche die anämischen Wandleuchten nur höchst unzureichend zu erhellen vermochten. Jemand drückte ihr ein Glas in die Hand. Bei dem metallischen Gestank, der daraus aufstieg, krampfte sich Leannas Magen zusammen. Blut. Sie sah auf. Vor ihr stand ein bleicher Vampir, der sie beobachtete. Seine Lippen waren rot gefleckt, und er prostete ihr mit seinem Glas zu, wobei er seine verlängerten Eckzähne entblößte.

Jetzt wurde Leanna richtig schlecht.

Eilig drehte sie sich um und bahnte sich einen Weg durch die Menge. Das volle Glas drückte sie in die nächstbeste leere Hand, die sie entdeckte. An den Rändern des Saals war es noch dunkler als in der Mitte, denn hier befanden sich überall halb abgeschlossene Nischen. Menschliche Schatten wanden sich dort, und es waren Seufzer wie auch lustvolles Stöhnen zu hören.

Die erotische Kakophonie ekelte Leanna an. Zudem verschwendete sie nur ihre Zeit, wenn sie sich in diesem Saal noch länger aufhielt. Sie kannte Vampirclubs gut genug, um zu wissen, dass die Besitzer sich selten unter das Volk von der Straße mischten. Legrand vergnügte sich eher in einem Privatsalon mit handverlesenen Opfern, die ihm seine vertrautesten Untergebenen zuspielten. Ihr fielen ein paar solcher Elitegarden auf, die weiter hinten am Rand der Tanzfläche auf und ab gingen.

Eine Treppe in der Ecke hinter ihnen führte in die oberen Stockwerke, wo Menschen und Vampire beim Sex Blut austauschten. Leanna überlegte, wie wahrscheinlich es war, dass

Legrand sich in einem jener Zimmer aufhielt, und verwarf den Gedanken. Ein Ewiger würde sich niemals oberirdisch vergnügen. Nein, der Meister musste sich irgendwo unter dem Saal befinden.

Sollte sie einen seiner Untergebenen ansprechen und sich seinem Meister anbieten? In diesem Fall könnte leicht einer von ihnen beschließen, sie lieber selbst zu vernaschen. Nein, es wäre besser, wenn sie sich ihrer Sidhe-List bediente und selbst nach Legrand suchte.

Hinter der Bar entdeckte sie eine Treppe nach unten, die von zwei Vampiren bewacht wurde, einem männlichen und einem weiblichen. Der Macht nach zu urteilen, die sie umgab, waren sie nicht frisch gewandelt. Allerdings schienen sie nicht sonderlich aufmerksam, eher entsetzlich gelangweilt.

Sehr gut.

Es war recht leicht, ihren Blendzauber um einen Wegsehzauber zu erweitern, der sie so gut wie unsichtbar machte. Schwieriger hingegen war es, sich unbemerkt durch die Menge zu bewegen, denn die Gäste drängten sich dicht an dicht. Entsprechend kam Leanna nur langsam voran.

Aber letztlich erreichte sie das Wächterpaar. Keiner von ihnen blickte auch bloß in ihre Richtung, als sie sich an ihnen vorbei- und die Treppe hinunterschlich. Sie seufzte erleichtert, sobald sie den ersten Treppenabsatz hinter sich hatte.

Die Stiege führte in einen kurzen Korridor, von dem lediglich eine einzige schwere Tür abging. Zu Leannas Überraschung war sie mit einem ganz gewöhnlichen Schloss gesichert. Ein gebündelter Schuss Elfenfeuer löste es problemlos in seine Bestandteile auf. Hinter der Tür fand sie eine weitere geschwungene Treppe mit einer Art Salon an deren unterem Ende, mit dicken Teppichen und gepolsterten Ledermöbeln. Die Wände waren kahl und uralt. Es musste sich um einen alten römischen Keller handeln, wie man aus den diamantförmig geschlagenen Steinen schließen konnte, die ein Netzmuster ergaben. Alles schien verlassen, auch wenn eine deutliche Aura von Bösartigkeit in der Luft hing. Die feuchte Kühle verursachte Leanna eine Gänsehaut an Armen und Beinen, und sie musste sich anstrengen, um das Gefühl zu verdrängen, sie würde in eine Falle gelockt.

Von hier gab es nur einen einzigen Durchgang an der gegenüberliegenden Wand. Unter der Tür hindurch leuchtete ein horizontaler Lichtstreifen. Als sie sich dem Türbogen näherte, nahm sie Geräusche wahr: das Pfeifen und Knallen einer Peitsche, den scharfen Schrei eines Mannes, ein kehliges Stöhnen und einen verzückten Seufzer. Ihr Magen drehte sich um. Sie schluckte und legte eine Hand auf den Türrahmen.

Ein Riegel und ein einzelnes altmodisches Schlüsselloch sicherten die Tür. Leanna kniete sich hin und spähte durch das Schlüsselloch. Allein der kleine Ausschnitt, den sie sehen konnte, reichte aus, dass ihr aufs Neue und noch übler wurde als zuvor.

Leanna war eine Sklavin in den Dämonenreichen gewesen, war sogar in die Hölle selbst hinabgestiegen. Sie hatte furchtbare Dinge gesehen, die sie bis heute in ihren Träumen verfolgten. Aber dies hier? Das war schlimmer, denn sie wusste, dass es sich um eine Wiederholung dessen handelte, was vor langer Zeit Jacksons Schicksal gewesen war – ein Schicksal, dem Leanna ihn ausgeliefert hatte.

Sie wollte weglaufen. Stattdessen nahm sie alles zusammen, was von ihrer einst berühmten Kühnheit übrig war, und stieß die Tür auf. Äußerlich ungerührt stolzierte sie in das Licht Hunderter tanzender Kerzen.

Die vergleichsweise grelle Beleuchtung war ungünstig. Wäre es in diesem Kerker dunkler gewesen, hätten Legrands nackte Schultern weniger beängstigend gewirkt. Seine Muskeln wölbten sich furchteinflößend, als er den nackten jungen Mann auspeitschte, der an einen X-förmigen Holzrahmen gekettet war. Blutige Striemen kreuzten sich auf Schultern und Rücken des

Opfers, und die roten Rinnsale auf seinem Po waren leider allzu deutlich zu erkennen. Andererseits hätte Leanna Dunkelheit weder vor dem Pfeifen der mit Metalldornen versehenen Peitsche bewahrt noch vor den Schmerzensschreien des Mannes.

Für einen Lebenden war er viel zu bleich; er war ein Vampir, höchstwahrscheinlich erst vor sehr kurzer Zeit zu einem geworden. Und er war nicht der einzige Vampirsklave in diesem Raum: eine junge Frau lag bleich und regungslos auf einer samtbezogenen Chaiselongue. Zwei tiefe Bissnarben verunstalteten die glatte weiße Haut ihres Halses, und ihr langes dunkles Haar hing über den Rand der Chaiselongue hinab. Leanna wurde eiskalt, als sie in das Gesicht der jungen Frau sah.

Solange.

Tot, aber nicht vergangen, lag sie im tiefen Schlummer nach ihrem ersten Vampirbiss. Wenn sie aufwachte, wäre sie eine Vampirin.

Legrand unterbrach sein Peitschen und neigte den Kopf. Er hatte Leanna gespürt. Langsam drehte er sich um. Für einen Moment sagte er nichts, sondern konzentrierte sich auf das, was er von seinem Besuch erahnen konnte. Die blutige Peitsche baumelte an seinen langen Fingern.

Leanna reckte ihr Kinn, streckte die Brust heraus und begegnete dem Blick des Vampirs mit stummer Herausforderung. Innerlich krümmte sie sich vor Angst. Europas Vampirmeister war ein großer Mann, weit über zwei Meter, und sein Oberkörper strotzte vor Muskeln. Bei seinem Tod war Legrand in bester körperlicher Verfassung gewesen, und zweitausend Jahre hatten seiner körperlichen Vollkommenheit nichts anhaben können.

Er hob die Peitschenhand und strich sich eine lange schwarze Strähne aus dem Gesicht. Schweiß glänzte auf seiner Stirn. Seine Lederhose – das einzige Kleidungsstück, das er trug – stand vorn offen und gab den Blick auf jenes Körperteil frei, das gleichfalls zu seinem protzigen Namen passte.

Der Geruch sexueller Ekstase, gewonnen aus dem Leid seines Opfers, hing wie Schmutz an ihm. Ein tiefer, gequälter Laut entfuhr den Lippen des jungen Mannes. Entschlossen machte Leanna sich noch gerader. Legrand war ein Monster, eine untote Abscheulichkeit, die vernichtet werden musste.

Und sie würde es mit Freuden tun.

Lässig legte sie ihre Abendtasche auf einen niedrigen Tisch.

»Ah, was haben wir denn hier?« Legrand fuhr sich mit der Zungenspitze über die blutbefleckten Lippen. Gleichzeitig wanderte sein Blick über Leanna, was sich anfühlte, als würde ihr ein Insekt über die Haut krabbeln. Für einen winzigen Moment fürchtete sie, dass er ihren Blendzauber durchschaute. Aber nein, er begutachtete bloß sein neuestes Spielzeug.

»Remy schickt mir also ein hübsches kleines Geschenk.« In seinen Worten schwang noch eine gewisse aristokratische Note mit, und sah man genauer hin, ließ sich erahnen, dass er einst ein gutaussehender Mann gewesen sein musste.

»Ja, das tut er«, murmelte sie.

»Wie immer beweist mein Untergebener einen tadellosen Geschmack.« Legrand schwenkte seine Peitsche geradezu achtlos in Richtung seines Sklaven, worauf sich weitere blutige Risse an dessen Rücken auftaten, und der junge Mann ächzte. »Dieses hier langweilt mich allmählich schon. Mit ihm wird es erst wieder unterhaltsam, wenn meine jüngste Sklavin erwacht.« Lächelnd schaute er zu Solange. »Ich freue mich schon darauf, diesen Wurm mit seiner nunmehr untoten Gemahlin zu vereinen.«

Leannas Vermutung wurde bestätigt. Der junge Vampir war Jacksons entführter Diener Jean-Claude, tot und zum Vampir gewandelt, wie Jackson befürchtet hatte.

Solanges Ehemann zerrte an seinen Fesseln und funkelte Legrand an. »Schmor in der Hölle, Legrand!«

»Schweig!«

Der Vampir fuhr herum und landete einen üblen Hieb auf

Jean-Claudes bereits zerfetztem Rücken. Der Angekettete bog seinen Rücken durch, während ihm ein Schrei in der Kehle stecken blieb. Nach einem zweiten Hieb sackte er stumm in sich zusammen, und sein Kopf fiel zur Seite.

»Endlich Ruhe! Ach, nun ja, der hier ist jung und aufmüpfig. Es wird noch eine Zeit brauchen, um ihn zu brechen. Bis dahin«, Legrand zeigte lächelnd seine Reißzähne, »ist mir frisches süßes Blut wie deines überaus willkommen.«

Leanna musste ihre gesamte Selbstbeherrschung aufbieten, damit er ihr den Ekel nicht ansah.

Wieder musterte er sie. »Ja, Remy hat eine gute Wahl getroffen. Nur hätte er dir die Kleidung abnehmen sollen, ehe er dich zu mir schickt. Los, zieh dich aus, und beeile dich!«

Leanna erstarrte.

Sogleich verengten sich Legrands Augen, und er packte den Peitschenknauf fester.

Mit zitternden Händen hakte sie ihr Korsett auf, denn sich Legrand zu verweigern, war unsinnig. Schließlich war sie einzig zu dem Zweck hergekommen, ihn zu verführen und dabei zu vernichten. Und je schneller es anfing, umso schneller wäre alles vorbei. Als sie den obersten Korsetthaken gelöst hatte, drückten ihre Brüste die Öffnung weit auf. Legrand starrte auf ihr Dekolleté.

»Sehr hübsch!«, murmelte er. »Mach weiter!«

Sie nahm ihre Arme herunter und trat einen Schritt auf ihn zu. »Aber«, widersprach sie in samtigem Französisch, »das wäre doch so … gewöhnlich. Gewiss willst du mich nicht so nehmen wie deine anderen … Geliebten.«

Er schien amüsiert. »Und wieso nicht? Nach zweitausend Jahren sind mir meine Bedürfnisse recht vertraut.«

Sie ging näher zu ihm, bis nur noch eine Armeslänge sie von dem Monster trennte. »Lass mich dir beweisen, dass ich dir etwas Neues bieten kann. Etwas … Einzigartiges. Schließlich bin ich allein deinetwegen nach Rom gekommen.«

»Das ist nichts Neues. Viele reisen von weither zu mir.«

»Aber keine von ihnen ist wie ich.«

Sie nahm ein gewaltiges Risiko auf sich, aber sie musste es versuchen. Legrand war sogar noch brutaler, noch perverser, als sie ihn sich vorgestellt hatte, und er war ein Ewiger. Deutlich spürte sie seine vibrierende Macht, die nach ihr griff. Falls sie ihn überlisten wollte, musste sie seine Neugierde wecken – jetzt. Ihr war bewusst, dass sie damit auf einem sehr schmalen Grat balancierte. Auf keinen Fall durfte sie ihm zu viel enthüllen.

Sie atmete tief ein, streckte ihre Brüste vor und hob ihre Arme, um sich das Haar nach hinten zu streichen. Gleichzeitig schwächte sie ihren Blendzauber gerade genug, dass ihre zarten spitzen Ohren sichtbar wurden.

Die Überraschung war ihr gelungen. »Na, was haben wir denn hier? Eine Sidhe?«

»Nein, ich bin menschlich, größtenteils zumindest. Aber in meinen Adern fließt ein bisschen Sidhe-Blut. Hinreichend, um dein Interesse zu wecken, hoffe ich.« Leanna wartete gespannt, ob er ihre List durchschaute.

Er packte ihr Kinn, und sie hatte Mühe, nicht aufzuschreien. Als er sie fasziniert anlächelte, entspannte Leanna sich und dankte den Göttern, dass er offensichtlich nicht begriff, wie gefährlich sie war.

»Deine Lebensessenz ist sehr stark«, stellte er fest.

»Ich gebe sie dir mit Vergnügen, im Tausch gegen eine Kostprobe von deiner Todesmagie.«

Seine Hand wanderte von ihrem Kinn in ihren Nacken, wo er seine Finger um ihren Hals spannte und sanft zudrückte.

»Was für ein Spiel soll das werden? Die Sidhe verabscheuen Todesmagie.«

Leannas Puls schlug gegen seinen Daumen. »Aber die Menschen nicht. Mein menschliches Verlangen überwiegt meine Sidhe-Eigenschaften bei weitem. Hier«, flüsterte sie, »ich zeige es dir.«

Ehe sie es sich anders überlegen konnte, öffnete sie ihre Seele und berührte den dunklen Flecken auf ihrer Lebensessenz, der niemals ganz verschwinden würde, nicht einmal, wenn sie tausend Jahre in Annwyn bliebe. Rote Lichter wirbelten vor ihren Augen, und ihr wurde leicht schwindlig. Was sie gewesen war, was sie früher getan hatte, ekelte sie maßlos. Doch sie überwand ihren Widerwillen und ließ Legrand spüren, welch ewige Schande in ihr war.

Prompt wurde sein Lächeln breiter angesichts des Schmutzes, den er von ihr empfing. Er zog die Brauen hoch, und ein gieriges Funkeln trat in seine Augen.

»Du bist eine Dämonenhure«, sagte er und leckte sich die Lippen.

»Ich war eine. Meine Meister wurden von ihren Feinden vernichtet, und ich entkam den Totenreichen. Danach habe ich versucht, die Todesmagie aus meiner Seele zu löschen, aber ich stellte fest, dass es unmöglich ist. Der Tod ist ein Teil von mir. Ich denke an ihn, träume von ihm. Ja, ich verzehre mich nach ihm.«

Schamesröte stieg ihr ins Gesicht, denn leider war nicht gelogen, was sie sagte.

»Und deshalb«, fuhr sie flüsternd fort, »bin ich zu dir gekommen, Todesmeister. Mein Meister.«

»Meine Sklavin.« Sein Blick, seine Berührung, sein Atem waren wie schmierige Finger, die ihren Körper, ihren Geist und ihre Seele betatschten. Legrand bleckte seine großen Zähne, die etwas gelblich und an den Rändern mit frischem Blut befleckt waren.

Er ließ seinen hypnotischen Bann auf sie wirken. Leanna wehrte sich nicht, konnte sich gar nicht wehren, als er sie zurückschob, bis ihre Kniekehlen an ein weiches Polster stießen. Ein Sessel. Sie setzte sich hin, worauf Legrand sich über sie beugte und ihre Schenkel mit seinen muskulösen Beinen spreizte. Er entließ einen Schwall fauliger Todesmagie auf sie, der jeden Millimeter ihrer Haut zu versengen schien.

»Heb deine Arme über den Kopf!«

Sie gehorchte, ohne zu zögern. Das hätte sie gar nicht gekonnt, denn seine Magie war noch um ein Vielfaches stärker als Jacksons. Glaubte Jackson ernsthaft, er könnte Legrand zerstören? Nein, dazu war er nicht fähig.

Sie hingegen konnte es. In dem Moment, in dem Legrand in ihr zum Orgasmus käme, würde sie ihre Musenmagie freisetzen und die gestohlene Lebensessenz bis auf den letzten Tropfen aus seiner verdammten Seele saugen. Die Vorstellung, ihn in ihren Körper eindringen zu lassen, verursachte ihr Übelkeit, und sie musste schlucken.

Natürlich hatte sie schreckliche Angst, aber ihre Angst um sich, um das, was sie tun würde, war nichts gemessen an der um Jackson. Er war mächtig, doch nicht so mächtig wie Legrand. Ein Duell der beiden wäre Jacksons Untergang. Und das durfte Leanna nicht zulassen.

Legrands Hände lagen auf ihr. Seine langen Fingernägel kratzten sie schmerzhaft, als er ihr Korsett in Fetzen riss, bis er ihre Brüste vollständig entblößt hatte.

Seine Hände entfachten ein dunkles Wonnefeuer auf ihrer Haut, nur war es falsche Wonne, eine Vampirillusion. Aber sie fühlte sich sehr real an. Leanna stieß einen stummen Schrei aus und versuchte, nicht an Jackson zu denken. Er würde sie niemals mehr berühren wollen, nachdem Legrand sie besudelt hatte. Doch das war unerheblich. War Legrand erst tot, wäre Jackson sicher.

»Sieh mich an!«, befahl das Monstrum.

Sie tat es. Seine Augen waren vollkommen schwarz, ohne den geringsten Unterschied zwischen Pupille und Iris, und ein tödliches Licht schimmerte darin. Leanna wünschte von ganzem Herzen, dass sie die Kraft aufbrächte, wegzuschauen.

Ein Fingernagel glitt über ihren Innenschenkel und verharrte kurz vor ihrer Scham. »Du hast nicht gelogen, als du mir etwas

Einzigartiges versprachst. Ich rieche dein Blut. Es ist süßer als alles, was ich bisher kenne.«

Er kniete sich hin, riss ihr die Schuhe von den Füßen und die Strümpfe in Stücke. Leanna verkrampfte sich, als er seinen Kopf über ihren Fuß beugte und mit seinen Zähnen über ihre Zehen schabte. Wie eine Flamme leckte seine Zunge an ihrer Fußsohle.

Dann fühlte Leanna ein Kneifen. Legrand sog einen Tropfen ihrer Lebensessenz auf. Rauschartige Schwäche machte ihre Glieder bleiern. Anscheinend hatte er es nicht eilig, mit ihr zu schlafen. Sie wollte sich bewegen, ihn ermuntern, aber ihr Körper gehorchte ihr nicht mehr. Sie war seine Marionette, die sich in beschämender Wonne unter ihm wand. Finsternis drang in ihren Kopf, so dass einzig ihre Angst sie noch davon abhielt, das Bewusstsein zu verlieren. Götter! Wollte Legrand sie ohnmächtig, ehe er sie missbrauchte? Falls sie seinem berauschenden Nebel nachgab, wäre sie außerstande, ihre Musenmagie zu wirken.

»Süß«, raunte er, »so süß!«

Sein Atem strich heiß über ihren Fuß. Wollte er noch mehr von ihrer Essenz? Wie lange würde er mit ihr spielen, bevor er seine Zähne in ihr versenkte und sie trank? Wie viel konnte sie noch aushalten, ehe sie bewusstlos wurde?

Nein, diese Begegnung würde er nicht gewinnen. Sie hob den Kopf und sah ihn an. Er zog beide Brauen hoch.

»Komm in mich!«, drängte sie.

Er zeigte ihr seine Zähne. »Geduld, mein Kleines!«

»Nein, ich kann nicht warten. Ich brauche dich!« Sie flehte ihn an wie die Hure, die sie einst gewesen war. »Ich werde wahnsinnig, wenn du mich nicht jetzt gleich nimmst.«

»Wahnsinn hat durchaus etwas Vergnügliches. Eventuell ziehst du ihn dem klaren Verstand vor.«

»Bitte!«

Er streichelte ihre Wade. Todesmagie strömte aus seinen Fingern, stinkend, vertraut, und wieder verschwamm alles. Leanna musste eine enorme Kraft aufwenden, um die einströmende Dunkelheit zu bändigen.

»In mich, jetzt, bitte!«

Legrand ließ sie los, stand auf und blickte auf sie herab, genauer gesagt: auf die Stelle an ihrem Hals, wo ihr Puls flatterte. Seine Magie hielt sie in ihrem Bann, so dass sie sich nicht rühren konnte. Falls er beschloss, sie auszusaugen, bevor er in sie eindrang, wäre ihre Magie wertlos.

Ängstlich wartete sie. Seine Hände wanderten zu seinen Lenden, und er begann, sich zu streicheln.

»Wie du wünschst, *ma cherie*. Steh auf und zieh dir die restlichen Sachen aus!«

Sie richtete sich auf und ging ein wenig auf Abstand. Ihr Instinkt sträubte sich gegen seinen Befehl, aber jeder Widerstand wäre unsinnig, denn ihre Musenmagie konnte sie erst im Moment seines Höhepunktes freisetzen. Sie betete, dass es nicht lange dauern möge, und konzentrierte sich ganz auf ihr Ziel: den toten Legrand, der aller Lebensessenz beraubt war. In dem Moment, in dem er seine Augen schloss, würde sie ihren Schuh nehmen und ihm den Absatz ins Herz stoßen.

Ihre Hände zitterten, als sie den Reißverschluss ihres Rocks öffnete. Im nächsten Augenblick fiel das kleine Stoffstück zu Boden, und Leanna trug nur noch ihren Tanga.

Ja, sehr bald würde Legrand ihr zu Füßen liegen und sich nie wieder erheben.

Es war ein guter Plan. Und er hätte sogar funktionieren können.

Wäre Jackson Cabot nicht gewesen, der sich exakt diese Sekunde ausgesucht hatte, um die Höhle seines Feindes zu betreten.

Kapitel 10

Der Schock, Jean-Claude an Legrands Peitschgestell gekettet zu sehen, war schlimm genug gewesen. Der Anblick von Solanges bleichem, reglosem Körper war noch schlimmer. Aber Leanna vorzufinden, die so gut wie nackt vor Legrand stand …

Jackson kochte vor Wut, konnte keinen klaren Gedanken mehr fassen.

Ein Rotschimmer legte sich über den Kerkerraum. Jackson preschte auf Leanna zu, die aufschrie, als er sie hinter sich zog und sich zu seinem Gegner umdrehte.

»Du Idiot!«, zischte Leanna ihm zu.

Er sah sie nicht an, denn Legrand erholte sich rasch von seinem Schreck ob Jacksons unerwartetem Erscheinen in seinem privaten Refugium.

Gelassen richtete Legrand sich auf, stopfte seinen Schwanz in die Hose und knöpfte sie zu.

»Cabot. *Quelle surprise!* Offenbar sind meine Untergebenen zu lasch geworden.« Er blickte zu Leanna. »Gehört die Kleine dir? Du musst ein erbärmlicher Liebhaber sein, dass sie zu mir kommt und mich anfleht, sie zu befriedigen.«

Leanna drängte sich an Jackson vorbei, als wollte sie ihn beschützen. War diese Frau von Sinnen? Jackson packte ihren Arm und zerrte sie wieder hinter sich.

»Jackson …«

»Halt den Mund! Und bleib zurück!«

Legrand grinste spöttisch. »Kein Grund, unwirsch zu werden, Cabot! Du darfst dich sehr gern zu uns gesellen.« Er breitete seine Arme aus, um Jean-Claude und Solange miteinzuschließen.

»Ja, sobald deine ehemaligen Diener wach sind, könnten wir alle fünf …«

»Mistkerl! Du weißt, warum ich hier bin. Es ist Zeit. Ich fordere dich heraus, Legrand. Kämpfen wir, hier und jetzt, bis zum Ende!«

»Ein Duell, Cabot? Wie unklug! Du kannst mich nicht besiegen.«

»Das werden wir ja sehen.«

Sein Schicksal war besiegelt. Er würde gewinnen oder sterben – und diesmal ganz und gar. Sein wäre die Rache oder das Nichts. Was seine Niederlage für die anderen in diesem Kerker bedeuten würde, darüber wollte er gar nicht nachdenken. Es würde ihn bis in alle Ewigkeit in der Hölle verfolgen.

Amüsiert grinsend, schlenderte Legrand zu dem Peitschgestell, wo er mit einer Hand über Jean-Claudes blutigen Hintern strich, dass Jacksons Magen sich zusammenkrampfte.

»Wie lange ist es her, seit ich dir den hier wegnahm? Zwei Monate? Drei? Du wirst erfreut sein, zu hören, dass er sich mir hartnäckig widersetzt hat. Ich wurde bestens unterhalten.«

Legrand wandte sich um und ging zur Chaiselongue. Jacksons Blick folgte ihm.

»Die hier wird wie eine Wölfin kämpfen, dessen bin ich mir sicher. Aber dein Sidhe-Bastard?« Er sah zu Leanna. »Sie kämpft überhaupt nicht. Sie bettelt um meinen Schwanz. Das wundert mich, Cabot. Eine solche Untergebene entspricht gar nicht deinen üblichen Ansprüchen.«

»Dennoch ist sie mein«, erwiderte Jackson.

»Ach nein, da irrst du dich. Sie ist mein, mit Leib und Seele. Und ich werde sie bis zum Letzten auskosten.« Er legte eine Pause ein und lächelte. »Nachdem ich dich vernichtet habe.«

Jackson ballte die Fäuste. »Es wird kein *Nachdem* geben – nicht für dich!«

Legrand grinste. »Wir werden sehen.«

Jackson und Legrand umkreisten sich langsam, die Augen aufeinander gerichtet. Zwischen ihnen stieg eine Todeswolke auf. Leanna schleuderte ihre Magie hin, um Jackson zu stärken, doch ihr Zauber knallte gegen eine magische Wand. Sie schaffte es kaum, sich rechtzeitig zu ducken, um dem Rückstoß auszuweichen.

»Es nützt nichts«, vernahm sie Jean-Claudes matte Stimme. Sie hatte gar nicht bemerkt, dass der Vampir wieder bei Bewusstsein war. Als sie zu ihm sah, verrenkte er den Kopf, um sie anzuschauen. »Niemand kann sich einmischen, wenn zwei Vampire sich duellieren.«

»Aber ich muss ihm irgendwie helfen können!«

»Nein, tut mir leid, kannst du nicht.«

Ein Geräusch wie Fingernägel auf einer Tafel lenkte Leannas Aufmerksamkeit wieder zurück auf den Kampf. So schnell, dass Leanna ihn nur verschwommen sah, schoss Legrand auf Jackson zu, der ihm auswich, so dass der Ewige gegen die Wand krachte. Der Kerkerraum erbebte, und die Kerzen in den Wandhaltern flackerten. Eine fiel zu Boden, wo sie vor sich hin brannte. Leanna lief hin und löschte sie mit einem kleinen Zauber.

Zugleich sprang Legrand knurrend wieder auf. Blut rann ihm von der Schläfe.

Jackson war bereit. »Spürst du dein Alter, Legrand?«

Dieser fauchte. Seine Fingernägel verlängerten sich zu Krallen, und wieder verschwammen seine Konturen. Diesmal verfehlte er sein Ziel nicht. Leanna stockte der Atem, als Jackson und sein Feind zusammen auf den Sessel stürzten, dessen Holzbeine wegbrachen. Ringend und kämpfend rollten die beiden gefährlich nahe an Solange heran. Jean-Claude schrie, zerrte verzweifelt an seinen Fesseln und stöhnte laut, als die Vampire fast in die Chaiselongue gekracht wären, auf der seine Frau lag.

Leanna rannte zu dem jungen Vampir. Sie brauchte einen Moment, bis sie einen Zauber gewirkt hatte, der die erste Fessel öffnete, aber letztlich klickte das Schloss auf. Der junge Mann ächzte, als das Eisen aufklappte und einen breiten Ring rohen Fleisches freilegte. Mit einem Ohr auf den Kampf hinter sich lauschend, beeilte Leanna sich, die restlichen Schellen zu lösen.

Jean-Claudes Knie knickten ein, als er von dem Gestell wegstolperte. Leanna versuchte, ihn aufzufangen, doch sein viel schwererer Leib brachte sie aus dem Gleichgewicht, und sie fielen beide um. Schnell richtete der junge Vampir sich wieder auf, verzog jedoch sein Gesicht vor Schmerz, als er in die Hocke ging. Eine ganze Weile rührte er sich nicht, während seine scharfen Augen auf das Geschehen in der Kerkermitte blickten. Wellen von Todesenergie strömten von den Duellierenden aus.

Leanna hockte sich neben ihn. »Kannst du erkennen, was vor sich geht? Wer gewinnt?«

»Nein, ich erkenne nichts. Jackson konnte es nicht erwarten, ihn zu fordern, aber Solange und ich …« Er blickte zu seiner bewusstlosen Frau. »Wir fürchteten, dass er noch nicht bereit ist. Wir wollten, dass er noch mindestens ein Jahr wartet.«

Jean-Claude erhob sich und lief zu seiner Frau. Die tiefen Schnitte, die Legrands Peitsche ihm beigebracht hatte, begannen schon, sich zu schließen. Er beugte sich über Solange und legte eine Hand an ihre Wange.

»Solange? Kannst du mich hören?«

Keine Reaktion.

»Zu früh«, murmelte er.

Die kämpfenden Vampire taumelten gegen den Peitschrahmen, so dass das schwere Holzgestell gegen die Wand geschmettert wurde und in tausend Teile zerbarst. Leanna duckte sich hinter die Chaiselongue, um den herabregnenden Splittern auszuweichen. Eine rauchende Kerze streifte das Polster. Blitzschnell löschte Leanna die Flamme. Jean-Claude schirmte seine Frau mit seinem Körper ab, so gut er konnte.

Vorsichtig lugte Leanna hinter dem schmalen Sofa hervor. Verdammt! Mehrere kleine Feuer schwelten im Raum, von denen Rauchfahnen aufstiegen. »Das kann nicht mehr lange so weitergehen. Wir müssen Jackson irgendwie helfen!«

»Das können wir nicht. Es wird ein Kampf bis zum Tod.« Jean-Claude hob Solange hoch. »Wir sollten fliehen.«

»Weglaufen? Bist du irre? Wir können ihn doch nicht einfach im Stich lassen!«

»Jackson würde es uns befehlen, wenn er könnte«, entgegnete er, auch wenn Leanna ihm ansah, dass es ihm widerstrebte, ohne Jackson zu gehen. »Falls Jackson dieses Duell gewinnt, wird er in Europa herrschen, und alles wird gut. Falls er verliert ...« Er drückte seine reglose Frau fester an sich. »Ich muss mich um Solange kümmern. Je mehr Vorsprung wir haben, desto größer sind ihre Überlebenschancen.«

»Ja, ich verstehe. Geh! Bring sie in Sicherheit! Ich bleibe.«

»Aber du kannst hier nichts tun.«

»Nein, das zu glauben, weigere ich mich. Ich verfüge über Magie – mächtige Magie. Es gibt einen Weg, wie ich Jackson helfen kann.«

Jean-Claude sah sie schweigend an, dann nickte er kurz und wandte sich wortlos zur Tür.

Stumm und regungslos starrte Leanna auf die schimmernde Energie in der Mitte des Kerkers. Wenn sie doch nur wüsste, wer gewann! Frustriert schoss sie einen Schwall Elfenfeuer über das Schlachtengetümmel hinweg. Der Strahl zuckte im Raum herum wie ein gefangener Blitz.

Während das britzelnde grüne Feuer sich auflöste, hob sich der Nebel in der Mitte. Blutig und zerschunden stand Legrand inmitten des Rauchs und der Schuttwolken seines ruinierten Kerkers. Sein muskulöser Unterarm war von hinten um Jacksons Hals geschlungen und presste ihn an seine Brust. Jackson bemühte sich vergeblich, ihn abzuwehren. Leannas Herz schmerzte beim Anblick Jacksons, der sich Legrands größerer Kraft beugen musste.

Sein Leib fiel in sich zusammen wie eine Stoffpuppe. Er bekam glasige Augen.

»Götter, nein!«, hauchte Leanna.

Legrand bleckte die Zähne. »Soll ich ihm jetzt das Genick brechen?«, überlegte er laut. »Ach nein, das wäre zu gnädig. Es gibt eine weit vergnüglichere Art, einen Verräter zu zerstören.«

Mit einem fiesen Lachen hievte er Jackson in die Luft und schleuderte ihn von sich. Er prallte gegen die Wand, dass sein Schädel krachte. Jeden Sterblichen hätte diese Verletzung getötet. Jackson rutschte zu Boden, und sein Kopf sackte zur Seite.

Glühender, maßloser Zorn stieg in Leanna auf. Sie glaubte, dass sie schrie, wusste es aber nicht mit Sicherheit. Die Flut an Magie, die sich in ihr bündelte, schaltete alle menschlichen Sinne aus. Sie hob beide Hände und schleuderte Legrand einen doppelten Schwall Elfenfeuer an den Kopf.

Der Vampir wehrte die Attacke mit einer erhobenen Hand ab und absorbierte die grünen Funken mit geübter Leichtigkeit. Seine Reißzähne blitzten, als er hämisch grinste. Im nächsten Augenblick stolperte Leanna rückwärts, während der Vampirmeister sich aufs Neue ihres Geistes bemächtigte. Abermals spürte sie den Sessel in ihren Kniekehlen und fiel nach hinten. Aus dem Augenwinkel sah sie, dass Jean-Claude seine Frau auf den Boden gelegt hatte. Der junge Vampir zerrte an der Kerkertür, doch die massive Eiche bewegte sich nicht.

»Aufstehen!«, brüllte Legrand Leanna an.

Sie sprang auf. Gelassen bückte Legrand sich und hob ein langes Holzstück auf, ein Teil des zerborstenen Peitschgestells. Mit einem unbeschreiblich bösartigen Gesichtsausdruck näherte er sich ihr und drückte ihr die Waffe in die Hand. Ihre Finger schlossen sich darum.

»*Du* wirst ihn zerstören. Leg Cabot auf den Boden und pfähle ihn!«

Leanna wollte widersprechen, aber ihre Lippen bewegten sich nicht. Sie versuchte zu schlucken, nur war auch ihr Hals wie gelähmt.

Der Rest ihres Körpers jedoch war es nicht. Sie hielt den Pfahl an ihre Brust und stakste auf Jackson zu. Seine Brust hob und senkte sich, während seine glasigen Augen jeder ihrer Bewegungen folgten. Und er wehrte sich nicht, als sie das Holzstück ablegte und sich zu ihm beugte, um seine Knöchel zu umfassen.

Sie zog ihn von der Wand weg, bis sein Hinterkopf auf dem Boden aufschlug. Seine Gliedmaßen waren schlaff, sein Körper unbewegt bis auf das heftige Auf und Ab seines Brustkorbs. Allerdings wurde sein Blick klarer. Er wusste, was sie tat.

Er wusste, dass sie ihn zerstören würde.

Blind angetrieben von dunkler Magie, war Leanna unfähig, auch bloß Widerspruch zu äußern. Sie hob den Pfahl auf. Legrands zufriedenes Knurren untermalte ihre Bewegung, als sie wieder aufstand und den Holzpflock hoch über ihren Kopf hob. Die rissige Spitze zielte auf Jacksons Herz.

Derweil schwappten Wellen schwarzer Magie über Leanna hinweg. Der Drang, zuzustoßen, war überwältigend.

Nein!, schrie Leannas Verstand in stummem Entsetzen. *Nein!*

Ihre Arme spannten sich an, und ihre Schultern zuckten.

Nein, das durfte nicht geschehen! Sie konnte Jackson nicht töten. Nicht schon wieder!

Mit geradezu mörderischer Anstrengung griff Leanna zu ihrer stärksten Magie. Sie war in den finstersten Nischen ihrer Seele verborgen, hinter einem verletzten, hässlichen Teil, der ihr solche Angst machte, dass sie es nicht ertrug, ihn ans Licht zu befördern. Der Schandfleck in ihr bedeutete, dass sie nie wieder ganz würde – egal, wie lange sie lebte oder wie sehr sie sich bemühte. Der innerste Teil ihrer selbst trug eine dauerhafte Narbe, die ihr von ihrer Sidhe-Mutter und ihrem menschlichen Vater beigebracht worden war. Von allen Männern, die sie um ihrer Magie willen benutzt hatten. Von ihrer Zeit in der Hölle. Aber die schmerzlichsten Wunden waren jene, die Leanna sich selbst zugefügt hatte, indem sie willentlich dunkle Magie praktizierte.

Dennoch verbarg sich unter diesen Narben ein Ort puren Lebens. Eine Stelle, an der Risiko noch möglich, wo Liebe echt war.

Der Pfahl, den Legrands Wille trieb, schnellte abwärts. Leanna aber griff gleichzeitig auf die Magie in jener längst vergessenen Nische ihrer Seele zu. Sie hatte keine Zeit mehr, um die Kraft zu bilden, die sie herbeirief. Keine Zeit, um sie zu einem zusammenhängenden Zauber zu formen. Alles, was sie tun konnte, war, reine Magie loszulassen, unordentliche, ja, die leider genügen musste, als der Pfahl Jacksons Brust durchbohrte.

Sein Oberkörper zuckte auf wie unter Elektroschocks.

Und dann lag er ganz still.

Vor lauter Entsetzen fühlte Leannas Brustkorb sich an wie in eisernen Zwingen gefangen. Sie konnte weder schreien noch atmen. Starr vor Angst hockte sie da und sah auf den Pfahl, der tief in Jacksons Brust steckte. Und sie starrte auf ihre tauben Finger, die sich krallengleich um das zersplitterte Holzstück schlossen. Sie konnte nicht loslassen, nicht einmal, als Jacksons Blut aus der üblen Wunde blubberte.

Reglos kniete sie in der blutroten Pfütze, die immer größer wurde.

Sie hatte versagt.

Kapitel 11

Legrand warf den Kopf in den Nacken und lachte.

Und lachte und lachte und lachte.

Leannas Welt schrumpfte zusammen, bis nichts mehr außer dieser seelenlosen Heiterkeit übrig war. Nichts mehr außer Legrands hübschem, verzerrtem Gesicht. Nichts außer seinen leeren, bösen Augen.

Nichts außer ihren Händen, die den blutigen Pfahl aus Jacksons Brust zogen.

Nichts außer ihrem Körper, der sich langsam drehte.

Sich bewegte. Sprang.

Nichts außer dem Stoß, den sie geradewegs auf Legrands Herz richtete.

Nichts außer dem Aufblitzen schockierten Begreifens in Legrands Augen.

Nichts außer dem langsamen, staunenden Fall.

Nichts außer Blut und Tod und bitterem, unermesslich bitterem Bedauern.

Kapitel 12

Fast wäre Leanna vornüber auf den blutgetränkten Legrand gekippt, hätte Jean-Claude sie nicht abgefangen und nach oben gerissen. Der so lang schon tote Leichnam des Vampirs, dessen untotes Herz das letzte gestohlene Blut verspritzte, nahm einen ekligen Grauton an. Leannas lebendiges Herz hämmerte unterdessen wie verrückt, während die uralte menschliche Hülle sich vor ihr verdunkelte und zusammenschrumpelte.

Götter! Jackson, der hinter ihr lag, hatte dasselbe Schicksal erlitten.

Sie hatte ihm das angetan. Nein, sie konnte es nicht ertragen, sich zu ihm umzudrehen. Stattdessen starrte sie auf ihre blutigen Hände.

»Bring mich hier raus, Jean-Claude!«

Der junge Vampir packte ihre Schultern. »Leanna …«

»Sofort!«

»Nein, du verstehst nicht …«

»Bring mich raus!«, schrie sie ihn an, ballte die Fäuste und trommelte auf seine Brust ein, dass Schmerz ihre Arme hinaufschoss. Doch dieser war nichts verglichen mit dem, der ihr blutendes Herz zerriss.

»Ich halte das nicht aus. Weg hier, ich muss weg hier! Ich kann ihn nicht ansehen!«

Jean-Claude schüttelte sie fest genug, dass ihr Kopf vor und zurück wippte. »Leanna, hör mir zu! Jackson ist nicht fort!«

Leanna wurde von einer Sekunde zur anderen totenstill. »Was hast du gesagt?«

»Jackson ist nicht fort.«

Sanft drehte Jean-Claude sie um. Jackson lag auf dem Boden, regungslos und bleich. Die blutige Wunde in seiner Brust klaffte weit auf. Seine Arme lagen ausgestreckt, und seine Augen starrten gen Decke. Er sah wie ein Toter aus.

Dann aber pulsierte Blut aus seiner Brust.

Leanna entwand sich Jean-Claudes Händen, fiel neben Jackson auf die Knie und legte eine Hand auf das Loch in seiner Brust. Sie fühlte einen ganz schwachen Puls.

»Götter in Annwyn, sein Herz schlägt noch!«

Als sie zu Jean-Claude aufsah, verschwammen seine Konturen in den Tränen, die sie vergoss.

»Meine Magie«, flüsterte sie, »sie muss den Stoß abgelenkt haben.«

»Ja. Wäre sein Herz durchbohrt worden, hätte es ihn sofort zu Staub verwandelt. Aber trotzdem wird es dauern, bis er sich selbst bewegen kann. Wir müssen hier raus, ehe …« Er brach mit einem leisen Fluch ab, als gedämpfte Laute hinter der Tür zu vernehmen waren. *»Sie sind hier!«*

»Wer?«, fragte Leanna.

Schwere Fäuste schlugen von draußen gegen die Tür, dass der Eisenriegel klapperte. Dazu ertönten wütende Stimmen. *»Ouvrez!«* Macht auf!

»Jean-Claude, was ist hier los?«

Der junge Vampir lief zur Tür und hob Solange in seine Arme, ehe er langsam zurückwich. »Legrands Untergebene wissen, dass er fort ist. Sie werden die Tür aufbrechen, um uns zu bekommen. *Mon Dieu!* Wie wollen wir gegen so viele kämpfen?«

»Aber warum? Legrand ist fort, und wir stellen keine Bedrohung dar. Warum sollten sie uns etwas tun wollen?«

»Weil ein Vampir über Europa herrschen muss. Jackson Cabot war der Zweitmächtigste nach Legrand. Jetzt steht er ganz oben, nur ist er nicht in der Verfassung, um seinen Rang zu verteidigen.«

»Du meinst, jeder Vampir, der Europa beherrschen will, muss zuerst Jackson vernichten?«

»Oder ihn vom Kontinent scheuchen.«

»Das sollte kein Problem sein«, meinte Leanna. »Jackson ist sicher mehr als bereit, diesen Kontinent zu verlassen.«

Die Tür wackelte in ihren Angeln. »Diese Chance wird er nicht bekommen – nicht, wenn diese Tür nachgibt. Sie werden ihn in Stücke reißen.«

»Dann müssen wir vorher hier weg! Gibt es einen Hinterausgang?« Sie blickte sich um, was bei dem ganzen Rauch und den Flammen nicht einfach war. Jedenfalls konnte sie keine zweite Tür entdecken. »Einen Geheimgang?«

»Nein, zumindest gab es in den letzten drei Monaten, die ich hier war, keinen, den ich finden konnte.«

Ein gewaltiges Krachen von der Tür ging dem Kreischen der Türangeln voraus. Fäden von Vampirmagie drangen unter der Tür hindurch und griffen nach dem Geist derjenigen, die drinnen waren.

Jean-Claude legte Solange in einen schweren Schrank, beugte sich, um ihr das Haar aus dem Gesicht zu streichen, bevor er sie sanft auf die Stirn küsste und sich neben Leanna begab. »Jackson hat mein Leben gerettet. Ich werde sterben, um ihn zu schützen.«

»Nicht, wenn ich es verhindern kann«, murmelte Leanna.

Sie wirkte einen raschen Barrierezauber, den sie über die Tür warf. Er würde nicht unbegrenzt halten, nicht gegen Vampirmagie, aber er gab ihnen ein wenig Zeit. Genügend, wie sie hoffte.

Sie drehte sich um, prüfte den Raum und warf Löschzauber auf alle züngelnden Flammen. Dann endlich erblickte sie einen Silberblitz. Ihre Abendtasche. Sie griff danach und holte ihr Handy hervor, das sie darin versteckt hatte.

Jean-Claude beobachtete sie. »Was machst du?«

»Ich rufe Hilfe.«

Wütende Stimmen erklangen hinter der Tür. »*Un, deux, trois* …« Ein Donnern durchbebte den Raum, bei dem Leanna fast aufgeschrien hätte. Dunkle Magie und brutale Kraft würden bald ihren Zauber überwinden. Sie schaltete ihr Handy ein.

»Was für Hilfe? Wir haben keine Zeit!«

Leanna sah auf das Handy-Display und antwortete nicht. »Komm schon …«

Suche nach Signal …

Kein Signal …

»Mist!« Sie wedelte mit dem Handy über sich. »Verdammt, verdammt, *verdammt!* Wir sind zu weit unter der Erde.« Bei allen Göttern, womöglich hatte Jean-Claude recht! Vielleicht waren sie verloren.

Die Tür erzitterte.

»Dort ist ein Telefon«, sagte Jean-Claude plötzlich.

Leannas Blick wanderte sofort zu dem Vampir. »*Was?*«

»Ein Telefon! Hinter der Türverkleidung. Ich weiß ja nicht, was es nützt, aber …«

»Götter in Annwyn!«, hauchte Leanna, die sich an diesen letzten Strohhalm klammerte. »Wieso hast du das nicht gleich gesagt?«

Sie nahm den Hörer ab, als auch schon die obere Türangel nachgab.

Kapitel 13

Leanna überging Macs Nummer und wählte direkt Christines. Sie brauchte Kalens Magie, aber sie wusste, dass der Unsterbliche lieber bei lebendigem Leib rösten würde, ehe er sich ein Handy anschaffte. Zum Glück antwortete seine Frau nach dem ersten Klingeln.

»Leanna? Göttin, wo steckst du? Wir dachten, du seist in diesem Wellnesshotel in der …«

Kaum hatte Leanna ihre Lage erklärt, war auch schon Kalen zur Stelle, dessen gigantische Gestalt sich in dem verräucherten Kerker manifestierte. Sogleich wurde der Raum kleiner.

Jean-Claude quollen fast die Augen aus dem Kopf.

Der Unsterbliche blickte sich kurz um, und Leanna krümmte sich innerlich bei dem Gedanken, wie er diese Szenerie wahrnehmen musste. Es sah übel aus, sehr übel: Tod, Todesmagie, Blut, Vampire … und sie war bis auf ihren Tanga nackt.

Schließlich fixierte er sie mit einem vorwurfsvollen Blick. »Leanna …«

Er verstummte gleich wieder, als ein Krachen aus der Türecke ertönte. Leannas Barrierezauber bekam feine Haarrisse. Stirnrunzelnd hob Kalen eine Hand und verstärkte ihre Magie.

»In was für einen Schlamassel hast du dich diesmal wieder hineingeritten?«

Jean-Claude stieß einen glucksenden Laut aus. »*Mon Dieu!* Du bist … Du bist …«

»Der Unsterbliche Kalen«, stellte Leanna ihn vor. »Er kann uns hier rausbringen, einzeln. Solange muss als Erste weg.«

»Leanna«, sagte Kalen warnend, »du bietest meine magischen Dienste doch wohl nicht Vampiren an!«

»Genau das tue ich. Uns bleibt keine Zeit für Erklärungen. Vertrau mir einfach!«

»Ich soll dir vertrauen, dass du was tust? Dich von Todesmagie fernhältst? Dich nicht in Vampirclubs herumtreibst? Was zur Hölle ist mit den Schwüren, die du in Annwyn geleistet hast? Waren sie nichts als ein Haufen Lügen? Nein«, ließ er sie nicht zu Wort kommen, als sie etwas erwidern wollte. »Spar dir die Antwort. Mac ist derjenige, vor dem du dein Verhalten rechtfertigen musst.«

Götter! Sie war nicht sicher, was ihr mehr Angst machte: der Gedanke, ihrem Bruder gegenüberzutreten, oder das furchterregende Knurren auf der anderen Seite der Tür. Jean-Claude wurde noch blasser, als er ohnehin schon war. Die zerbrochenen Türangeln quietschten unheimlich.

»Kalen«, zischte Leanna, »halt den Mund! Wir haben keine Zeit!«

Der Unsterbliche packte ihr Handgelenk. »Na schön! Verschwinden wir von hier, ehe das, was da hinter der Tür lauert, hereinkommt!«

Sie entwand sich ihm. »Nein! Ich meine, ja, wir müssen weg, aber du musst erst die anderen in Sicherheit bringen.«

»Diese Vampire? Das ist ein Scherz, oder? Das hier ist ihre Welt. Sollen sie damit klarkommen.«

»Nein, du verstehst es nicht. Wir sind hier nicht in irgendeinem Vampirclub. Dieser Club gehört, vielmehr gehörte Armand Legrand.«

Kalen holte Luft. »Europas Vampirfürst?«

»Ebender.« Sie nickte zu dem staubigen Lederklumpen auf dem Boden. »Das ist alles, was von ihm übrig ist.«

»Legrand wurde vernichtet? Wie?«

»Ich habe ihn gepfählt.«

Der Unsterbliche zog die Brauen hoch. »Wie zum Teufel hast du das geschafft?«

»Die Vampire hier halfen mir, ihn loszuwerden. Also, kannst du sie jetzt bitte von hier wegbringen – sofort?«

»Solange zuerst«, bat Jean-Claude, während die Risse in der Tür splitternd größer wurden. Er wollte Kalen seine Frau in die Arme drücken, wich jedoch zurück, als der Unsterbliche ihn mit einem vernichtenden Blick bedachte. »Bitte, sie ist meine Frau!«

Kalen murmelte etwas, nahm Solange aber in seine Arme und war im nächsten Moment mit ihr verschwunden.

Leanna seufzte. »Den Göttern sei Dank!«

Sie schickte ihre gesamte Magie in den Barrierezauber an der Tür. Wenige Sekunden später war Kalen wieder da.

»Christine ist sprachlos, und glaub mir, das kommt selten vor!«, berichtete er. »Was Mac betrifft, nun, ich möchte seine Worte lieber nicht wiederholen.«

»Jean-Claude als Nächster«, war alles, was Leanna entgegnete.

Kalen legte seine Hand auf die Schulter des jungen Vampirs und verschwand ein zweites Mal. Leanna sah zu Jackson. Er hatte sich bisher nicht gerührt. Wie blass er war! Er wirkte so … tot.

Er *war* tot. Schließlich war er ein Vampir, also schon vor diesem Kampf tot gewesen.

Kalen erschien neben ihr.

»Du als Nächste.«

»Nein, bring Jackson erst weg!«, bat sie und blinzelte ihre Tränen fort.

Kalens dunkelgraue Augen blickten nur kurz zu dem Verwundeten. »Wer ist das?«

»Ein Freund. Ich kannte ihn vor hundert Jahren, als er noch lebte.«

»Er bedeutet dir etwas.«

»Ja. Ich habe ihn damals geliebt, und ich liebe ihn heute noch.«

»Leanna, er ist ein Vampir! Ein Toter! Eine Todeskreatur!«

»Verdammt, Kalen, denkst du, das weiß ich nicht?« Der Raum erbebte unter Todesmagie, so dass Leanna sich unweigerlich an dem Unsterblichen festhielt. Götter! Legrands Untergebene würden noch das ganze Gebäude zum Einsturz bringen.

»Bring ihn einfach von hier fort!«

Kalen nickte. Er kniete sich zu Jackson und legte eine Hand auf seinen Arm. »Ich bin in fünf Sekunden zurück.«

Gleich darauf waren sie weg. Leanna atmete erleichtert aus.

Ehe sie wieder einatmen konnte, zerbarst die Kerkertür.

Kapitel 14

»Götter, das war verflucht knapp!«

Kalen äußerte noch ein paar andere weniger salonfähige Ausdrücke, als er Leanna auf einen Sessel in seiner Hotelsuite fallen ließ. »Eine Sekunde später hätte ich dich nur noch in blutigen Fetzen vorgefunden.«

Leanna schloss die Augen und konnte nur nicken. Ihr Herz raste, und ihre Brust krampfte sich zusammen, so dass an Sprechen überhaupt nicht zu denken war.

Eine zweite männliche Stimme mischte sich wütend ein. »Verfluchter Mist, Leanna! Was in Annwyns Namen hattest du in Armand Legrands Club zu suchen?«

»Mac, lass sie! Siehst du nicht, dass sie unter Schock steht?« Diese Zurechtweisung kam von Macs Frau Artemis.

Sie zog Leanna aus dem Sessel, die ihr stolpernd folgte. Nur vage bekam sie mit, dass ihre Schwägerin sie unter die Dusche schob und wusch, als wäre sie ein Kleinkind. Anschließend hüllte sie Leanna in einen Seidenmorgenmantel, den sie ihr fest umwickelte.

Als sie ins Wohnzimmer zurückkam, fiel Leannas Blick auf Mac. Götter, ihr Bruder war unsagbar wütend! So wie er aussah, wollte er dringend jemanden in Stücke reißen, und sie stand vermutlich ganz oben auf der Liste möglicher Kandidaten.

Artemis stellte sich schützend vor sie. »Mac, krieg dich wieder ein!«

»Oh nein, ich werde mich nicht wieder einkriegen! Sie verdient es, gepackt und geschüttelt zu werden. Kalen fand sie splitternackt, und sie war bis über beide Ohren von Todesmagie umgeben!«

Die Enttäuschung in Macs Augen war ungleich schmerzlicher als seine Wut. Bei allen Göttern, sie hatte einiges zu erklären, und das würde sie auch tun, nur zuerst musste sie …

»Wo ist Jackson?«

Mac fluchte.

»Alle drei Vampire sind im Schlafzimmer nebenan«, antwortete Kalen, der am Fenster stand. »Christine ist bei ihnen. Ich habe ihr gesagt, sie soll nicht zu viel von ihrer Magie an sie vergeuden. Sie heilen schon von selbst schnell genug.«

Zitternd stand Leanna auf und ging zu der Tür, auf die Kalen zeigte, aber Mac stellte sich ihr in den Weg.

»Du hast es mir geschworen, Leanna! Du hast es Niniane geschworen und beim Silberbaum des Lebens in Annwyn, dass du die Todesmagie für immer aufgibst!«

»Es tut mir leid, Mac, aber ich konnte Jackson nicht im Stich lassen.«

»Was bedeutet dir dieser Vampir, Leanna?«

»Bitte, ich erkläre dir später alles. Aber jetzt muss ich ihn sehen!«

Wenig subtil nahm Artemis ihren Mann beiseite. »Lass deine Schwester in Ruhe! Siehst du denn nicht, wie fertig sie ist? Wer oder was auch immer der Mann ist, sie liebt ihn!«

Mac runzelte die Stirn, als Leanna an ihm vorbeiging. Noch ehe sie die Tür erreichte, kam Christine aus dem Nebenzimmer, deren blaue Augen sehr ernst dreinblickten.

»Viel Glück!«, hauchte sie Leanna zu.

Leanna wappnete sich und betrat das andere Zimmer. Dort waren die Vorhänge zugezogen und alles dunkel, um die Vampire vor dem anbrechenden Tag zu schützen. Jackson lag auf einem großen Bett, die Augen geschlossen und sein Gesicht beinahe so weiß wie die Bettlaken. Seine Brust war nicht bedeckt, und die hässliche Wunde, die sie ihm beigebracht hatte, klaffte noch auf. Die Wundränder waren rissig und blutig.

»Er ist schwach«, sagte eine leise Frauenstimme. »Er braucht Blut, um zu heilen, aber er wird überleben.«

Leanna drehte sich zu Solange um, die hellwach in einem Sessel saß. Sie trug einen weißen Bademantel, der zu ihrer Blässe passte. Jean-Claude, geduscht und ebenfalls in einem Bademantel, stand hinter ihr.

»Den Göttern sei Dank!«, flüsterte Leanna.

»Dieselben Götter wird Jackson wohl verfluchen, wenn er zu sich kommt«, entgegnete Solange.

»Aber warum? Legrand ist fort.«

Fröstelnd blickte Solange zu ihrem Mann auf, der Leanna ansah. »Meine Frau meint, dass die Existenz unseres Meisters über sehr lange Zeit allein von seinem Hass auf Legrand genährt wurde. Jetzt, da Legrand nicht mehr ist, wissen wir nicht, was aus Jackson wird, was er tun und wie er leben will.«

»Egal, was geschieht«, erklärte Leanna, »er wird sich dem nicht allein stellen. Ich bleibe bei ihm.«

»Sei vorsichtig mit deinen Versprechen!«, warnte Jean-Claude sie. »Es ist nicht einfach, die lebende Gefährtin eines Vampirs zu sein.«

»Nein, einfach habe ich es mir auch nicht vorgestellt. Aber jemand muss den Job übernehmen, und nun, da ihr beide Vampire seid, braucht ihr eine Dienerin mit sehr starker Magie.«

»Und du bietest dich für diese Rolle an?«, fragte Solange ungläubig.

»Ja, das tue ich.« Sie wies zu Jackson. »Glaubt ihr, er wird einverstanden sein?«

Solange zuckte mit den Schultern und wandte den Blick ab.

»Deine lebensmagischen Freunde werden dich dafür verachten«, gab Jean-Claude zu bedenken.

Leanna rieb sich die Arme. »Wahrscheinlich werden sie das, ja. Aber es ist mir gleich. Ich liebe Jackson.«

»Du liebst ihn? Solange und ich, wir wissen, wer du bist und was du unserem Meister vor langer Zeit in Paris angetan hast. Du bist der Grund, weshalb Jackson ein Vampir ist.« Er machte eine Pause. »Jackson hat dich viele Jahre gehasst.«

»Ich weiß, dass ich eine Menge wiedergutzumachen habe, und ich hoffe, er gibt mir die Chance dazu.« Sie kämpfte mit den Tränen. »Darf ich bitte einen Moment mit ihm allein sein?«

Widerwillig half Jean-Claude seiner Frau auf. »Natürlich.« Dann lachte er kurz, und für einen Moment erahnte Leanna den jungen Mann in ihm, der er einst gewesen war.

»In der Zwischenzeit werden meine Frau und ich deine staunenden Freunde unterhalten.«

»Jackson? Kannst du mich hören?«

Die Frauenstimme war leise und süß. Sie klang wie ein Traum, von dem er wünschte, dass er niemals enden möge. Jackson murmelte etwas und glitt tiefer in samtige Dunkelheit.

Feuchte Hitze berührte seine Wange, während sanfte Lippen seine Schläfe streichelten.

Die Frau sprach wieder. Sie war näher und zitterte.

Um ihn?

»Jackson, bitte, wach auf!«

Er strengte sich an, zu begreifen. Ihm war, als käme die Stimme aus seiner Vergangenheit, an die er nie denken wollte. Solche Gedanken waren zu schmerzlich, zu zerstörerisch. Über Jahre, Jahrzehnte, ein Jahrhundert hatte er sie in sich verschlossen. Warum war diese Sirene hier, um jene fatalen Sehnsüchte aufs Neue zu wecken? Die Stimme entfernte sich und mit ihr die Wärme, so dass ihm kalt wurde. Er unterdrückte den Wunsch, sie zurückzurufen. Nein, er verdiente sie nicht. Er …

Ein kalter nasser Klatscher traf ihn. Eiswasser, das wie eine Ohrfeige wirkte. Er prustete, richtete sich auf und rang nach Atem. Gerade rechtzeitig vor der zweiten Wasserattacke schlug er die Augen auf.

»Den Göttern sei Dank!«, seufzte sie. »So ist es besser.«

Jackson wischte sich über das Gesicht und blinzelte wütend. Dann legte er sich wieder auf das weiche Bett. Er fühlte, dass er unter dem kühlen Leinen nackt war. Seine Brust tat weh. Wie war er hierhergekommen? Das Letzte, woran er sich erinnerte, war Leanna, die sich über ihn beugte und einen Holzpflock in sein Herz rammte.

Auch jetzt beugte sie sich über ihn, nur war die Waffe ihrer Wahl diesmal eine gekühlte Flasche Mineralwasser.

Jackson schob die durchnässte Bettdecke beiseite und schwang seine Beine aus dem Bett. Das Zimmer drehte sich unangenehm. Wütend sah er zu Leanna. »Wieso zur Hölle willst du mich ersäufen?«

Mit einem dumpfen Knall stellte sie die Flasche auf den Nachttisch. Erst jetzt bemerkte er, dass ihre Hand zitterte und Tränen über ihre Wangen liefen.

Sie wischte sie rasch ab. »Es tut mir leid, Jackson. Aber dich so bleich und reglos zu sehen, mit dem scheußlichen Loch in der Brust … Götter, du sahst so tot aus!«

»Ich bin tot.«

Sie schlang die Arme um ihren Oberkörper. »Du weißt, was ich meine.«

Er blickte auf seine Wunde hinab, worauf sogleich schwarze Punkte vor seinen Augen tanzten. Ihm war schwindlig, und er fühlte sich schwach wie ein neugeborenes Kätzchen. Außerdem quälte ihn bohrender Hunger. Seine Wunde schrie nach Blut, heilsamem, nahrhaftem Blut.

Und das süßeste Mahl, das er jemals gekostet hatte, war zum Greifen nahe.

Nein, daran durfte er nicht einmal denken.

Er hob eine Hand und zeigte auf seine Brust. »Du zielst erbärmlich. Mein Herz liegt mindestens drei Zentimeter weiter links.«

Leider lachte sie nicht. »Das weiß ich! Oh Götter, Jackson, ich habe mich so bemüht, ganz danebenzustoßen, aber die wenigen Zentimeter waren alles, was meine Magie zustande brachte.«

»Anscheinend reichte es.«

»Du hast so viel Blut verloren. Es war überall. Deshalb brauchst du dringend mehr, bevor deine Wunden verheilen können.«

Blut.

Unwillkürlich wanderte sein Blick zu der zart pulsierenden Stelle an Leannas Hals. Er konnte ihr Sidhe-Blut hören, wie es voller Leben durch ihre Adern strömte, und trotz seines geschwächten Zustands wurde er erregt. Er krallte seine Finger in die Matratzenkante, um sich zu beherrschen.

Zum ersten Mal sah er sich im Zimmer um. »Wo sind wir?«

»In meinem Hotel, in Kalens und Christines Suite, um genau zu sein. Mac und Kalen – und ihre Frauen – sind nebenan. Ich hatte Kalen von Legrands Club aus gerufen. Er kann teleportieren und brachte uns alle hierher: dich, mich, Solange und Jean-Claude.«

Jacksons Erinnerungen an die jüngsten Ereignisse waren sehr bruchstückhaft. »Solange schlief noch nach Legrands Biss. Ist sie inzwischen wach?«

»Ja. Vermutlich kämpft sie noch mit ihrem neuen Vampirdasein, aber sie wirkt nicht besonders entkräftet. Und Jean-Claude ist natürlich bei ihr. Ich glaube, er gab ihr Blut. Sie sind ebenfalls nebenan.« Leanna verzog das Gesicht. »Bei Mac und Kalen.«

»Hat Jean-Claude sich erholt?«

»Er sieht halbwegs wohl aus, bedenkt man, was er durchgemacht hat.«

Bedauerlicherweise kehrten nun die Bilder aus dem Kerker wieder zurück, und Jackson nickte ernst. »Vampire sind starke Wesen, also brauchst du keine Angst zu haben, dass wir uns hinter dir und deinen Freunden verstecken. Gleich bei Sonnenuntergang verschwinden wir von hier. Legrand wird uns sicher suchen.«

»Nein, er sucht euch nicht. Er ist nur noch ein Haufen Staub.«

Es dauerte einen Moment, bis er begriff, was sie gesagt hatte. Und selbst dann konnte er sie zunächst nur entgeistert anstarren.

»Staub?«, wiederholte er schließlich. »Aber wie? Hat Kalen …?«

»Nein, das geschah, bevor Kalen kam. Ich war es, Jackson. Ich habe Legrand vernichtet.«

»Du, Leanna?« Jackson fühlte sich, als hätte er einen Fausthieb in den Magen bekommen. »Verdammt, hattest du doch noch Sex mit dem Monster? Während ich dir bewusstlos zu Füßen lag?«

»Nein!«, erwiderte sie rasch. »Götter, nein! Ich schwöre es! Ich bin Legrand auf die altmodische Art losgeworden, indem ich ihn pfählte. Mit demselben Pflock übrigens, den ich dir in die Brust gerammt hatte.«

»Aber wie? Legrands Macht war …«

»Ich kann selbst nicht genau sagen, wie ich es geschafft habe. Nachdem ich dich pfählte, stand Legrand hämisch lachend da. Es war schrecklich, denn ich dachte, ich hätte dein Herz durchbohrt. Ich glaubte, dass ich dich verloren hätte. Danach kann ich mich kaum mehr an etwas erinnern. Ich muss wohl wahnsinnig vor Zorn gewesen sein. Jedenfalls riss ich den Pflock aus deiner Brust und stürzte mich auf Legrand. Ich … ich muss ihn überrascht haben. Das Holzstück traf ihn mitten ins Herz.«

»Mein Gott!« Legrand war zerstört worden? Von Leanna? Nach all den Jahren, die Jackson seinen fleischlichen Gelüsten entsagt und geplant hatte? Welche Ironie des Schicksals! Jackson schwieg, denn er musste diese Nachricht erst einmal verarbeiten. Legrand war fort.

Gewiss brauchte er noch eine Weile, um sich an diesen Gedanken zu gewöhnen.

Dann spürte er, wie Leanna auf die Wunde in seiner Brust schaute.

»Tut es weh?«

»Es verheilt wieder«, antwortete er.

Seufzend setzte sie sich neben ihn auf die Bettkante. Sie war zu nahe, ihr Puls nur Zentimeter von seinen Fingern entfernt. Sollte er seine Hand ein wenig zur Seite bewegen, könnte er ihr Handgelenk packen und an seine Lippen heben.

Blutdurst nagte an ihm. Er verzehrte sich danach, seine Zähne in ihre süße Haut zu graben, seinen harten Penis in ihren Körper zu tauchen. Narr, der er war, kümmerte ihn nicht einmal, dass ihn lediglich eine dünne Tür von der vereinten Wut eines Halbgottes, eines Unsterblichenkriegers und zweier Hexen trennte.

Verflucht! Erkannte Leanna nicht, welche Gefahr er für sie darstellte?

Er biss die Zähne zusammen und raunte: »Du kannst mich jetzt allein lassen. Mir geht es gut.«

»Gut?«, wiederholte sie fragend. »Wem willst du etwas vormachen? Du siehst ganz und gar nicht aus, als ginge es dir gut. Wie eine aufgewärmte Leiche träfe es wohl eher.« Sie biss sich auf die Unterlippe.

Diese unschuldige erotische Geste fuhr ihm geradewegs in die Lenden, und er unterdrückte ein Stöhnen.

»Jackson? Was ist? Ist dir schlecht? Brauchst du Blut?«

»Nein«, krächzte er, »nein, ich brauche kein Blut. Jedenfalls nicht deines. Was ich brauche, ist, dass du mich allein lässt. Raus hier, Leanna! Geh zurück zu deinen lebensmagischen Freunden!«

Offenbar machte sie es sich zur Gewohnheit, nicht auf ihn zu hören, denn statt nach nebenan zu fliehen, legte sie eine zarte Hand auf seine Brust und bedeckte seine Wunde. Jackson griff nach ihrem Handgelenk, aber er besaß nicht einmal hinreichend Kraft, um sie wegzuschieben.

Ihr Mund streifte sein Kinn.

»Leanna, tu das nicht! Du wirst es bereuen.«

»Nein, werde ich nicht.«

Sie rieb ihre Wange an seiner und reckte einladend ihren Hals. Ihr Blut pulsierte an seinen Lippen, verlockend und verboten.

In ihm explodierten Hunger und Lust. Seine Eckzähne wurden länger, und er fluchte leise, wobei die Zahnspitzen ihre Haut berührten.

»Ich möchte es, Jackson, und du kannst mich nicht zum Vampir machen. Also, warum zögerst du?«

»Ich könnte dich töten, sehr leicht sogar. Falls ich die Kontrolle verliere, sauge ich dich vollständig aus.«

»Du wirst die Kontrolle nicht verlieren. Ich vertraue dir vollkommen, Jackson. Ich liebe dich. Mein Blut ist dein. Was immer du von mir brauchst, ich will es dir geben.«

Götter! Sie begriff es einfach nicht. Sie war Licht und Leben, er Tod. Sie beide gehörten nicht zusammen.

Dennoch brannte seine Kehle vor Verlangen, pochte sein Glied. Ihr Puls schlug an seinen Lippen. Ein Biss, und sie wäre sein. Für immer.

»Liebe mich!«, flüsterte sie.

»Leanna …«

Sie hob den Kopf von seiner Schulter. Obwohl er den Verlust ihrer Berührung als unerträglich empfand, zog er sie nicht zurück.

»Ist es, weil du denkst, du verlierst die Macht, die du dir so lange erarbeitet hast? Denn wenn …«

»Nein, das ist es nicht«, fiel er ihr ins Wort. »Ich habe meine Magie für einen einzigen Zweck gesammelt: um Legrand zu schlagen. Nun, da er fort ist …«

»Gibt es keinen Grund mehr, mich abzuweisen.«

Er stöhnte tief. »Leanna, du weißt gar nicht, was du mir anbietest! Denkst du ernsthaft, dass ich dich jemals wieder gehen lassen könnte, wenn ich jetzt mit dir schlafe und dein Blut trinke? Wenn ich dich hier und jetzt nehme, werde ich niemals mehr die Kraft aufbringen, dich freizugeben.«

Ihr Lächeln war strahlend wie die Sonne, die er seit hundert Jahren nicht mehr gesehen hatte. »Ich möchte nicht frei von dir sein, sondern für immer bei dir bleiben. Ich bin die ideale Wahl als deine neue Dienerin. Schließlich brauchst du eine, genau wie Solange und Jean-Claude.«

Er sah sie an. »Das kann nicht dein Ernst sein! Du bist eine Sidhe, Leanna. Deine Art verbündet sich nicht mit Vampiren. Sidhe sind Kreaturen des Tageslichts.«

Sie lachte spöttisch. »Ehrlich gesagt bin ich eher ein Nachtmensch.«

»Das ist nicht witzig. Allein der Gedanke ist gänzlich abwegig. Eine Sidhe kann keine Vampir-Dienerin sein.«

»Warum nicht?«, fragte sie und küsste sein Kinn.

Wieder stöhnte Jackson. Unmöglich konnte er ihr noch länger widerstehen. Ihr Blut rief nach ihm, sang wie ein tiefes, leises Summen in seinen Ohren. Er hatte Mühe, einen zusammenhängenden Satz zu bilden.

»Du müsstest in Höhlen, Gruben oder feuchten Kellern hausen.«

Sie küsste ihn wieder. »Sidhe lieben die Erde.«

»Die Vampirgesellschaft ist sehr revierbezogen. Man würde uns nie in Ruhe lassen. Ständig würden uns Rivalen bedrohen, und du müsstest dauernd mit ihren Dienern kämpfen.«

Ihre Lippen streiften seinen Mundwinkel. »Meine Magie ist dieser Herausforderung gewachsen, würde ich sagen.«

»Dein Bruder, deine Freunde, sie alle werden entsetzt sein.«

»Stimmt. Im Grunde sind sie es jetzt schon. Aber das ist mir egal.«

Sie knabberte an seiner Lippe, wobei ihre runden Brüste sich an ihm rieben. Jackson konnte nicht anders, als eine von ihnen mit seiner Hand zu umfassen.

Leannas Zungenspitze glitt von seinem Kinn bis zu seinem Ohr. »Götter, Jackson, du schmeckst köstlich!«

Das war zu viel. Mit einem knurrenden Stöhnen rollte er sie unter sich auf das Bett und nahm ihren Mund in einem Kuss ein. Seine Zähne schabten über ihre Lippen, wanderten über ihr Kinn. Sie hinterließen eine feine Linie, die bis zu ihrem Hals hinabreichte, wo er sie auf ihren pochenden Puls drückte.

Ihr Bademantel klaffte auf. Götter, darunter war sie nackt! Sie schlang ihre Beine um seine Hüften, und seine Erektion war zwischen ihren Schenkeln.

»Füll mich aus, Jackson!«

Selbst wenn er gewollt hätte, hätte er sich nicht davon abhalten können, ihrem Befehl zu gehorchen. Bebend holte er Atem und biss fester zu, so dass seine Zähne sich im selben Moment in ihren Hals senkten, in dem er in ihren Körper eindrang. Süß floss ihr Blut über seine Zunge, und ihre Muskeln umfingen sein Glied.

Er nährte sich an ihr, während er sich in ihr bewegte. Eine Euphorie, die seine kühnsten Phantasien übertraf, versetzte ihn in einen Höhenrausch.

Leannas Blut war magisch, ihre Liebe seine Erneuerung. Lebensessenz und Lebensmagie breiteten sich in seinem Leib aus, strömten in seine Adern, seine Muskeln, seine Haut. Er fühlte, wie die Wunde in seiner Brust sich vollständig schloss, als er seine Hände mit ihrem Körper füllte und sein Herz und seine Seele mit ihrer Liebe.

Gemeinsam erreichten sie ihren Orgasmus, unter dem ihn ein tiefer Frieden überkam. Die Welt schien stillzustehen, und als Jackson wieder klarer denken konnte, stellte er fest, dass seine Wangen tränennass waren.

»Nun hast du es getan«, flüsterte er und drückte sie an sich. »Ich werde dich nie mehr gehen lassen.«

Leanna schmiegte sich lächelnd an ihn, die Augen geschlossen.

»Sehr schön«, sagte sie.

Epilog

Das Schöne am Februar an der Nordküste Schottlands war, dass die Sonne kaum über den Horizont stieg, und wenn, dann nur für wenige Stunden am Tag. Diese glückliche Fügung der Natur machte Kalens Inselburg zum idealen Winterquartier für Vampire.

Ein Weinglas in der Hand, sah Leanna zu Jackson, der am anderen Ende der Bibliothek stand. Ein ahnungsloser Beobachter wäre niemals auf die Idee gekommen, dass er ein Vampir war. In den sechs Monaten, seit sie Rom verlassen hatten, war die typische Blässe verschwunden, die Menschen gemeinhin mit Vampiren verbanden. Eine Nebenwirkung von Leannas reichhaltigem Sidhe-Blut. Ihr Mann jagte nicht mehr nach menschlichem Blut.

Was Jacksons Vampirkräfte betraf, steigerte seine Magie sich tatsächlich nicht mehr in derselben erstaunlichen Geschwindigkeit wie in der Zeit seines Zölibats, aber sie wurde auch nicht gemindert. Überdies hatte Leanna entdeckt, dass sie ihm mit ihrem Blut von ihrer Musenmagie geben konnte, ohne ihm gleichzeitig Lebensessenz zu rauben. Und so wandte Jackson sich nach sehr langer Zeit wieder der Kunst zu. Jede freie Minute, die er nicht mit Leanna im Bett verbrachte, widmete er der Malerei und Bildhauerei.

Das Verblüffendste jedoch war, dass er etwas wiederfand, an das er längst nicht mehr geglaubt hatte: Glück. Er war heute wieder von demselben Humor und der Lebensfreude erfüllt, die Leanna einst in Paris an ihm fasziniert hatten. Er neckte sie und lachte viel. In ein paar Monaten, wenn die schottischen Sommertage unerträglich lang wurden, würden sie nach Süden reisen, um einen herrlich dunklen Winter in Patagonien zu verbringen.

Leanna freute sich auf die Reise, denn sie hatte noch nie Pinguine in ihrer natürlichen Umgebung gesehen.

Nervös lächelte sie ihrem Mann zu, der sein Gespräch mit Kalen unterbrach – sie diskutierten gerade den Impressionismus – und ihr zugrinste. Leanna wurde wohlig warm, beinahe warm genug, um den kalten Angstknoten in ihrer Brust aufzulösen.

Beinahe.

Sie nahm einen großen Schluck von ihrem Merlot.

»Götter«, murmelte sie vor sich hin, »was ich eigentlich bräuchte, wäre ein guter Whisky!«

Mac, der neben ihr stand, lachte. »Genau deshalb hat Kalen seinen Glenfiddich weggeschlossen.«

Christine und Artemis wechselten amüsierte Blicke, worauf Leanna schmollte.

»Keine Sorge!«, tröstete die allzeit harmoniespendende Christine sie. »Ich bin sicher, dass alles gut wird.«

»Gut?«, fragte Leanna ungläubig. »Gut? Wie kann es wohl gut werden?« Sie piekte Mac mit dem Finger. »Das ist eine grottenschlechte Idee! Ich fasse nicht, dass ich mich dazu überreden ließ!«

»Entspann dich, Süße!« Mac wirkte gelassen, wie er dastand, einen Arm um seine Frau gelegt, aber Leanna merkte ihm an, dass er fast so angespannt war wie sie.

»Es ist schließlich nur unsere Mutter«, meinte er trocken. »Und du musst zugeben, dass Niniane ein Recht hat, ihren einzigen Schwiegersohn kennenzulernen.«

»Sie wird in die Luft gehen«, entgegnete Leanna.

Mac grinste. »Ja, das wird sie wohl. Aber sieh es einmal von der positiven Seite: Mum wird zugeben müssen, dass Artemis nicht das Schlimmste ist, was der Familie passieren konnte. Ein Vampir ist nämlich eindeutig übler als eine geläuterte Todeshexe.«

Artemis verdrehte die Augen. »Tausend Dank, Mac!«

»Ja, ja, mach du nur Witze!«, erwiderte Leanna finster. »Das rettet dich auch nicht, wenn Niniane erst hier ist.«

Niniane mochte Leanna endlich als ihre Tochter anerkannt haben, aber sie tat es einzig deshalb, weil Mac darauf bestanden hatte. Leannas Beziehung zu ihrer Mutter konnte man bestenfalls als fragil bezeichnen. Und nachdem Leanna die Schwüre brach, die sie in Annwyn geleistet hatte, und obendrein noch einen Vampir geheiratet hatte …

Wieder schaute sie besorgt zu der Stelle hinüber, an der Artemis' älterer Sohn Sander mit seinem kleinen Halbbruder Cameron und Christines und Kalens kleiner Tochter Ellie auf dem Boden hockte.

»Ich weiß nicht, ob es sicher ist, die Kinder hier zu haben, wenn Niniane ankommt. Vielleicht solltet ihr sie lieber in ein anderes Zimmer bringen, wo Pearl auf sie aufpasst.«

»Nein, im Grunde ist es sicherer mit ihnen«, widersprach Mac mit einem strahlenden Blick zu seinem Erstgeborenen, der bäuchlings dalag und Kalens Perserteppich nach essbaren Fusseln absuchte. »Niniane würde ihren einzigen Enkel nicht in Gefahr bringen.«

»Wo bleibt sie überhaupt? Hätte sie nicht schon hier sein müssen?«

Mac lachte. »Jetzt kannst du nicht mehr abwarten, dass die gute alte Mum eintrudelt?«

»Ich kann es nicht abwarten, dass sie kommt und wieder weg ist«, murmelte Leanna. »Möglichst schnell.«

Sie hielt den Atem an, als Kalens stämmige Halblings-Gnom-Haushälterin Pearl zur Tür hereingewatschelt kam. Viel saurer hätte ihre behaarte Miene kaum aussehen können.

»Darf ich vorstellen …« Pearls Stimme troff vor Sarkasmus. »Ihre königliche Hoheit, Sidhe-Königin von Annwyn, hochgeachtete Bewahrerin der keltischen Mysterien, höchste Rätin im Sidhe-Gericht, verehrte Schützerin der keltischen Lehre, schönste und großzügigste Wohltäterin der keltischen Kreaturen in Annwyn und in der Menschenwelt …«

Mac grunzte leise und überspielte sein Lachen mit einem Hustenanfall, als Artemis ihn in die Rippen knuffte.

»… Niniane die Herrliche!«

Pearl sah aus, als wollte sie sich übergeben.

Und Leanna fühlte sich nicht anders.

Doch sie klatschte sich ein Lächeln ins Gesicht, sowie Niniane durch die Tür schwebte. Die jugendliche Schönheit ihrer Mutter war, wie immer, atemberaubend. Die Sidhe-Königin mochte gut über tausend Jahre alt sein, aber sie sah keinen Tag älter als eine zweiundzwanzigjährige Normalsterbliche aus. Ihr Gewand aus kunstvoll verwobenen Silberblättern, Tautropfen und rosa Blüten umschmeichelte ihren perfekten zierlichen Körper aufs Trefflichste. Das platinblonde Haar war geflochten zu einer Krone aufgesteckt, um ihren langen schmalen Hals und ihre zarten spitzen Ohren zu betonen.

Vage nahm Leanna wahr, dass Jackson zu ihr kam und eine Hand an ihren Ellbogen legte. »Vergiss nicht, zu atmen!«, flüsterte er.

Leanna holte erschrocken Luft.

Mac war als Erster bei Niniane, beugte sich zu ihr und küsste sie auf die Wange. »Hallo, Mum! Du siehst klasse aus, wie immer. Schön, dass du es einrichten konntest!«

»Wo ist er, Mackie?«, fragte Niniane, die sich in der Bibliothek umsah. »Wo steckt dieser«, sie erschauderte, »*Vampir*, den deine Schwester geheiratet hat?«

Eisige Finger schienen Leanna zu würgen. Dies alles war eine denkbar schlechte Idee. Niniane brachte es fertig und weidete Jackson gleich hier und jetzt aus. Dazu war sie durchaus in der Lage, in Kalens Bibliothek, ohne den Kindern auch nur ein Haar zu krümmen.

Jackson ließ Leannas Arm los, trat höflich lächelnd auf Niniane zu und verbeugte sich.

»Arthur Jackson Cabot IV., zu Euren Diensten, Hoheit.«

Niniane musterte ihn unverhohlen von oben bis unten, wobei ihr mürrischer Gesichtsausdruck sich kein bisschen veränderte.

»Hmm!«, machte sie und sah zu Leanna hinüber. »Dieser Mann sieht gar nicht wie ein Vampir aus.«

»Er ist …«, begann Leanna.

»Es ist der Einfluss Eurer liebreizenden Tochter, der mich so … lebendig hält«, unterbrach Jackson sie. »Dennoch versichere ich Euch, dass ich ein Vampir bin.«

»Und ich habe ihn auch nicht mit einem Blendzauber belegt«, ergänzte Leanna.

Jackson zeigte seiner Schwiegermutter die Reißzähne.

Für einen Moment betrachtete Niniane ihn, dann schnaubte sie vornehm und wandte sich wieder an ihre Tochter.

»Er sieht also wie ein lebender Mensch aus. Das tut nichts zur Sache. Es ist schlicht *widernatürlich*, dass eine Sidhe eine Todeskreatur heiratet. Es war schon schlimm genug, dass Mac sich mit einer gemischtrassigen Todeshexe eingelassen hat …«

»Mutter!«, warf Mac warnend ein.

»… aber wenigstens ist meine *geliebte* Schwiegertochter *lebendig*, und sie praktiziert heute ausschließlich Lebensmagie.« Sie blickte zu den Kindern und erstrahlte. »Ich gestehe, dass Artemis mir einen entzückenden Enkel geschenkt hat. Vampire hingegen, Vampire sind reiner Tod, Leanna! Und sie können sich nicht fortpflanzen.«

»Ich bitte um Verzeihung, Eure Hoheit«, sagte Jackson ruhig.

Niniane ignorierte ihn.

Nun war es an Leanna, zu schnauben. Sie gab Christine ihr Weinglas und schritt an Jacksons Seite.

»Mutter, hör auf, sofort! Ich dulde nicht, dass du so unhöflich zu meinem Mann bist.«

»Leanna, ich weiß, dass ich dich den größten Teil deines Lebens erbärmlich behandelt habe. Aber ich dachte, wir hätten das hinter uns gelassen. Ich nahm dich in Annwyn auf. Ich erkannte dich als meine Tochter an. Im Gegenzug schworst du mir, für immer der Todesmagie zu entsagen. Und *so* dankst du es mir? Mit einem untoten Schwiegersohn?«

»Das hatte nichts damit zu tun, Mutter! Ich habe Jackson geheiratet, weil ich ihn liebe.«

»Eure Hoheit«, mischte Jackson sich ein, »darf ich sprechen?«

Niniane zog die Brauen bis zum Haaransatz hoch, noch bevor sie sich verächtlich an ihn wandte.

Ihr Ehemann verstieß gegen Sidhe-Etikette, und Leanna hielt den Atem an. Menschen, selbst Untote, stellten niemals unaufgefordert eine direkte Frage an königliche Sidhe. Eine lange Pause entstand, während der sogar Mac unruhig von einem Fuß auf den anderen trat. Dann, auf Kalens wenig subtiles Räuspern hin, nickte Niniane kurz.

»Sprich!«

Leanna atmete langsam aus.

»Ich liebe Eure Tochter«, erklärte Jackson. »Und sie liebt mich. Ihre Lebensmagie wiegt meine Todesmagie auf, und ich werde sie mit jedem Atemzug meines leider untoten Leibes ehren und verteidigen. Unser gemeinsames Glück wäre vollkommen, würde Leannas Herzenswunsch in Erfüllung gehen, der da wäre, dass sie den Segen ihrer Mutter bekommt. Bitte, würdet Ihr uns Euren Segen gewähren?«

Wieder wurde es beklemmend still in dem großen Raum. Sogar die Babys stellten ihr Brabbeln und Glucksen ein. Das einzige Geräusch war das Ticken der Uhr auf dem Kaminsims. Und jenes fühlte sich in Leannas Ohren wie ein Hammer an, der auf einen Amboss schlug.

Ihr Herz setzte kurzfristig aus, als Jackson Ninianes Hand ergriff. Sogleich fuhr ein warnender Elfenfeuerstrahl aus den Fingern der Königin. Jackson lächelte, als hätte er es überhaupt nicht bemerkt.

Er verneigte sich und küsste Niniane sachte die Hand. »Ich bitte Euch, Mylady! Gebt Leanna Euren Segen! Damit wäre Leannas Glück so vollkommen, wie Ihr es seid.«

Mac hüstelte. »Er trägt ein bisschen dick auf, findest du nicht?«, hörte Leanna ihn seiner Frau zuflüstern.

»Klappe halten!«, zischte Artemis ihn an.

Niniane neigte den Kopf nach hinten und sah Jackson an. »Was für ein charmanter Teufel du doch bist – und gutaussehend überdies! Kein Wunder, dass Leanna ihr Urteilsvermögen abhanden kam!«

»So muss es gewesen sein«, bestätigte Jackson.

Der perfekte Busen der Königin hob und senkte sich, als sie theatralisch seufzte. »Ich stelle fest, dass meine Ansprüche in ungekannte Tiefen sinken. Vermutlich sollte ich mich glücklich schätzen, dass Leanna keinen Dämon nach Hause brachte. Zumindest warst du irgendwann einmal lebendig.«

Jackson bedachte sie mit seinem gewinnendsten Lächeln. »Bedeutet das, wir haben Euren Segen?«

Niniane machte eine ungeduldige Geste. »Ja, schon gut, ihr könnt ihn haben! Schließlich ist das Glück meiner Tochter alles, was ich will.«

»Gut gemacht, Mum!«, murmelte Mac. »Du hast ja doch ein Herz. Wer hätte das gedacht?«

»Oh, Mutter …« Leanna konnte kaum etwas sagen, weil ihr plötzlich ein Kloß im Hals saß. Hastig wischte sie sich die Tränen weg. »Danke – ich danke dir vielmals!«

»Ja«, pflichtete Jackson ihr bei und legte einen Arm um Leanna. »Ich danke Euch auch, teure Mutter.«

Entsetzt riss Niniane die Augen weit auf. »*Wie* hast du mich genannt?«

Jackson schmunzelte. »›Mutter‹ natürlich. Es macht Ihnen doch nichts aus, oder? ›Eure Hoheit‹ scheint mir unter Verwandten zu förmlich.«

Ninianes Gesichtsausdruck war unbezahlbar.

»Nun, lassen wir uns nicht zu weit hinreißen! Meine Ansprüche sind dann doch nicht ganz so weit gesunken …«

Absurd, wie es war, begann Leanna zu lachen.

Mac stimmte kichernd ein, und einen Moment später lachten auch Kalen, Christine und Artemis. Die Babys gluckten begeistert. Und sogar Pearl brach in dröhnendes Gelächter aus.

Bis Niniane lächelte.

»Sehr gut, Mum!«, lobte Mac und umarmte seine Mutter. »Siehst du? So schlimm war es doch gar nicht.«

»Du hast ja keine Ahnung!«, murmelte Niniane. »Dank den Göttern, dass ich nur zwei Kinder habe! Und jetzt«, fügte sie mit Blick auf die Kinder hinzu, »möchte ich Cameron im Arm halten.«

Jackson küsste Leanna schmatzend auf die Lippen, als Niniane zu ihrem Enkel entschwebte. »Habe ich dir nicht gesagt, dass alles gut wird?«

»Hmm …« Leanna gab vor zu überlegen. »Hast du das?«

Er nickte. »Und ob!«

Leanna lächelte ihn an.

Und seine Augen strahlten auf sie hinab.

Ja, dieser Moment war wirklich gut.

Robin T. Popp

Hinter dem Nebel

Für euch.

Kapitel 1

»Brauchst du Hilfe?«, fragte Jenna Renfield. »Manchmal können längere Sätze ein bisschen heikel sein.«

Dave Runningbear blickte noch nicht einmal von seinem Comic *Iron Man: Das Vermächtnis der Verdammten* auf. Er lag seitlich auf dem Liegesessel, ein Bein lässig über die Armlehne gehängt. »Wir können ja nicht alle Gelehrte sein wie du, Jenna.«

»Ich bin keine Gelehrte. Ich habe nur zufällig Bücher gelesen, in denen keine Bilder sind.« Sie wandte sich wieder der Küchenarbeitsfläche zu, die sie gerade schrubbte. »Wie kommt es, dass du nicht mit Mai und Nick zu dieser Party gegangen bist? Ich weiß, dass du eingeladen warst.«

Er zuckte mit den Schultern, während er weiterlas. Sie fragte sich, warum Mai und Nick, die sich nach dem Tod von Jennas Schwester immer noch um ihren Geisteszustand sorgten, Dave als Babysitter abkommandiert hatten. »Du musst übrigens nicht bei mir bleiben. Ich bin kein Kind.«

Dave nahm seinen Comic weit genug herunter, um sie anzusehen, wobei sein Blick prüfend über ihren Körper wanderte, und seine kupferbraunen Augen funkelten belustigt. »Glaub mir, ich würde dich nie irrtümlich für ein Kind halten – niemals!«

Jenna musste sich daran erinnern, dass er damit gar nichts meinte. Flirten war für Dave so natürlich wie Atmen.

»Wie es der Zufall will«, fuhr er fort, »gehe ich nicht hin, weil ich bereits andere Pläne habe.« Er wandte sich wieder seinem Comic zu. Offensichtlich hatte er nicht vor, ihr irgendwelche Details zu enthüllen, was diese Pläne anging. Und sie konnte sie sich ohnehin denken.

Sie war schon vor der Heirat von Mai und Nick bei den beiden und Dave eingezogen, wohnte also inzwischen etwas über zwei Monate hier, in denen sie Dave ziemlich gut kennengelernt hatte. Er war ein Geistwanderer und Gestaltwandler wie Nick und arbeitete in dessen Sicherheitsfirma. Wenn er nicht mit einem Auftrag als Personenschützer beschäftigt war, empfing er einen nicht enden wollenden Strom von weiblichen Gästen, die mehrheitlich aussahen, als arbeiteten sie in den örtlichen Nachtclubs.

Jenna beschloss, dass sie eigentlich nichts über seine Pläne wissen wollte, und wandte sich wieder ihrer Arbeit in der Küche zu. Sie war fast fertig, als ihre Gegensprechanlage brummte. Ehe sie auch nur daran denken konnte, hinzugehen, hatte Dave seinen Comic beiseitegeschleudert und war aus seinem Sessel gesprungen. Er bewegte sich mit der Geschmeidigkeit des geborenen Athleten durch das Zimmer. Sein Muskelshirt und die weite Baumwollsporthose betonten seinen Körperbau sehr vorteilhaft. Dave mochte bisweilen ein echter Idiot sein, aber selbst Jenna musste zugeben, dass er ein heißer Typ war.

Er drückte den Knopf der Gegensprechanlage und meldete sich mit: »Ja?«

»Dave? Ich bin's«, verkündete eine aufgeregte Frauenstimme.

»Komm rauf!« Er drückte den Knopf, der seiner Besucherin den privaten Fahrstuhl zum Penthouse öffnete.

»Wie nett von dir!«, bemerkte Jenna trocken. »Du hast einen Spieleabend arrangiert.«

»Ja, habe ich. Und wenn du artig bist, lasse ich dich mitspielen.«

»Ein flotter Dreier?«, fragte sie übertrieben schockiert.

»Nur du, ich und Tiffany.« Er zuckte mit den Augenbrauen wie ein Stummfilmbösewicht und grinste.

»Verlockend, aber leider nichts für mich. Bedaure.«

»Du weißt ja gar nicht, was du verpasst!«, neckte er sie, als auch schon der Gong klingelte, der den Fahrstuhl ankündigte.

»Nein. *Du* weißt nicht, was *du* verpasst«, erwiderte sie, legte ihren Scheuerschwamm ab und ging aus der Küche in ihr Zimmer, dessen Tür sie hinter sich schloss.

Sie warf sich aufs Bett und kämpfte gegen eine plötzliche, wenngleich nicht unbekannte Welle von Einsamkeit an. Könnte doch nur ihre Schwester hier sein!

Sarah!

Wie ein Klageruf hallte der Name durch ihren Kopf. Sarah war vor drei Monaten von einem bösen Dschinn entführt worden, und hätte Jenna ihre Magie besser beherrscht, könnte Sarah noch leben. Mit ihr war Jennas oberste Lebensaufgabe gestorben. Nun blickte sie in eine öde, traurige Zukunft.

Es war ein langer, belebter Tag in Ravenscroft gewesen, und obgleich die Sonne vor Stunden untergegangen war, setzten sich die Geburtstagsfeierlichkeiten fort. Mai beendete ihr »Happy Birthday« und lächelte auf ihren Patensohn hinab, der grinsend beobachtete, wie alle Erwachsenen sich um ihn herum versammelten. Wo war die Zeit geblieben? Es war gar nicht lange her, dass sie und Lexi Singles gewesen waren und eine Nacht in den Clubs der Stadt das aufregendste Ereignis in ihrem Leben dargestellt hatte. Einen unsterblichen Krieger, eine vermisste Frau, ein spukendes Apartment, einen üblen Dschinn und einen teuflisch gutaussehenden Geistwanderer später waren sie und Lexi beide mit ihrem Traummann verheiratet, und Lexi hatte ein Kind. Das Leben war schön.

Sie sah zu Nick, der neben ihr stand. Als hätte er ihren Blick gespürt, schaute er sie an. Dem Funkeln in seinen Augen konnte sie kaum widerstehen, als er seine Arme um sie legte und sie dicht an sich zog.

»Was meinst du?«, flüsterte er. »Es wäre gar nicht mal so übel, so ein kleines Ding im Haus herumrennen zu haben.«

»Nein, wäre es nicht, nur dass wir nicht in einem Haus wohnen. Wir leben in einer großen Wohnung, die wir, wie ich den

Eindruck habe, bereits mit zwei Kindern teilen. Vielleicht warten wir noch ein bisschen, ehe wir das Chaos perfekt machen.«

»Jenna und Dave verstehen sich immer noch nicht?«, fragte Darius, dessen Sohn gerade ein Stück von dem Geburtstagskuchen vertilgte, das Lexi ihm auf dem Tablett seines Hochstuhls servierte.

»Wer versteht sich nicht mit Dave?«, fiel Sekhmet ein. »Er ist doch so überaus charmant!«

Darius verdrehte die Augen, als er seine Mutter ansah. »Das denkst du, weil er mit dir flirtet.«

»Was ist hier los?«, fragte Darius' Vater, der sogleich eine Augenbraue hochzog und seine Frau ansah, eine Göttin, die einst wegen ihres Temperaments von vielen gefürchtet worden war. »Wer wagt es, mit dir zu flirten? Vielleicht sollte ich ihm Manieren beibringen!«

Sekhmet, die zwar Großmutter war, aber immer noch aussah, als wäre sie in den Zwanzigern, lächelte Wesley liebevoll an. »Es ist nichts, Liebster. Kein Grund zur Eifersucht. Für mich gibt es nur dich.«

Wesley zog sie an sich. »Und für mich nur dich.«

In diesem Moment stieß Zach einen wütenden Schrei aus. Er hatte seinen Kuchen von sich geschoben und reckte beide Arme in die Höhe, wobei er ungeduldig die Fäuste ballte und spreizte.

»Ist ja gut, ist ja gut!«, beschwichtigte Lexi ihn, die sich ein Tuch schnappte und ihm die Reste des Kuchens aus dem Gesicht und von den Händen wischte. Sobald er halbwegs sauber war, hob sie ihn aus seinem Hochstuhl und trug ihn ins Wohnzimmer.

Die Erwachsenen folgten ihr, und Mai setzte sich auf das Sofa neben Nick, während Sekhmet und Wesley die beiden Sessel belegten. Darius saß seinen Eltern gegenüber in einem großen gepolsterten Liegesessel.

»Wie geht es Jenna?«, fragte Darius.

»Schwer zu sagen«, antwortete Mai. »Ich kannte sie nicht gut genug, bevor Sarah verschwand, also kann ich nicht beurteilen, wie sie vorher war. Sie kommt mir deprimiert vor und schleppt eine Menge Schuldgefühle mit sich herum. Zwar bemüht sie sich, es vor uns zu verbergen, aber ich glaube, sie hat schlechte und schlimmere Tage.«

»Die Arme!«, seufzte Lexi und hockte sich auf die Armlehne von Darius' Sessel, solange Zach sich mit seinen neuen Spielsachen amüsierte. »Kann sein, dass sie deshalb mit Dave aneinanderrasselt. Er ist nicht unbedingt ein Anwärter auf den Sensibilitätspreis.«

»Nein, ich denke nicht, dass es das ist«, wandte Nick ein. »Mein Eindruck ist, dass er sie eigentlich mag. Und Jenna sitzt ja nun auch nicht gerade betrübt in der Ecke. Sie verpasst ihm durchaus den einen oder anderen Seitenhieb. Jedenfalls, solange die beiden sich Verbalattacken liefern, denkt sie weder über ihre Eltern noch über Sarah nach, und ich würde vermuten, dass Dave sie genau zu diesem Zweck triezt.«

»Ich weiß von Sarah«, mischte Sekhmet sich ein, »aber was war mit ihren Eltern?«

Mai warf Nick einen besorgten Blick zu, ehe sie die Göttin ansah. »Wir wissen nichts Näheres. Als Jenna bewusstlos im Krankenhaus lag, drangen Nick und ich in ihre Träume ein, weil wir hofften, ihr helfen zu können. Wir fanden sie mitten in einer Erinnerung, in der sie ein Teenager war und sich mit ihren Eltern stritt, die ihr vorwarfen, sie hätte ihre Magie missbraucht. In dem Streit muss sie unwillentlich einen Zauber beschworen haben, denn sowie sie ihre Eltern anschrie, sie sollten verschwinden, waren sie plötzlich weg. Sie lösten sich praktisch in Luft auf.«

»Sie hat ihre eigenen Eltern umgebracht?«, fragte Lexi entsetzt.

»Wir können nicht mit Sicherheit sagen, dass es eine Erinnerung an ein reales Geschehen war, was wir gesehen haben«, warnte Nick vor voreiligen Schlüssen. »Wir wissen lediglich, dass sie sich die Schuld am Tod ihrer Eltern und von Sarah gibt.«

»Mir tut sie furchtbar leid«, meinte Mai. »Aber ich weiß einfach nicht, wie ich ihr helfen kann.«

»Anscheinend tut ihr schon viel für sie«, bemerkte Sekhmet. »Immerhin lasst ihr sie bei euch wohnen und sorgt dafür, dass sie regelmäßig isst.«

»Nur bis sie wieder festen Boden unter den Füßen hat«, erklärte Mai. »Weil sie so lange im Krankenhaus lag, hat sie die beiden Jobs verloren, mit denen sie Sarah und sich unterhielt. Im Moment hat sie also gar kein Einkommen, um Miete, Essen oder anderes zu bezahlen. Na ja, und Nick und ich wollten sie unterstützen, denn schließlich war der Dschinn hinter mir her, als er versehentlich Sarah entführte. Daher fühlen wir uns in gewisser Weise verantwortlich.«

In diesem Moment schleuderte Zach sein Spielzeug beiseite. Wie seinen Vater zierten auch ihn zahlreiche Tattoos, von denen er nun eines auf seiner Brust antippte. Als er die Hand wieder vorstreckte, stieg ein Drache von der Größe eines Alligatorbabys in die Luft auf und kreiste über dem Raum, wobei er winzige Feuerstrahlen ausschnaubte, die alles ansengten, was sie trafen.

Mai und die anderen sprangen auf und rannten dem Drachen nach, um ihn zu fangen. Unterdessen vermischte sich Zachs glucksendes Lachen mit einer Litanei von Flüchen. In dem Palastsaal brach Chaos aus.

Sekhmet hob beide Arme und wollte mittels ihrer Macht wieder Ruhe und Ordnung herstellen, als auf einmal alle im Raum erstarrten und eine unheimliche Stille eintrat.

Einzig ein anderer Gott verfügte hier, in Sekhmets Reich, über eine solche Macht, und sie wusste sofort, wer es wagte, sie zu wirken. Seit einem Jahr graute ihr vor diesem Augenblick. Nun, da er gekommen war, hatte sie eine schreckliche Angst.

»Poseidon. Was verschafft mir dieses seltene Vergnügen?« Sie sprach betont kühl und ruhig.

Ein großer, kräftig gebauter Mann mit langem weißen Haar und einem Vollbart erschien vor ihr. Er sah sich gelassen unter den erstarrten Gestalten um, bevor er sich Sekhmet zuwandte. »Wie ich sehe, feiert hier jemand Geburtstag. Schon ein Jahr alt?«

»Ja, er ist Mais und Nicks Sohn«, log sie. »Sie sind Freunde von Darius und Lexi. Wir wollten ihnen eine besondere Freude machen, deshalb richten wir die Feier hier in Ravenscroft aus.« Sie wies auf Mai und Nick. »Seine Eltern. Findest du nicht auch, dass er seinem Vater wie aus dem Gesicht geschnitten ist?«

Poseidon runzelte die Stirn. »Ich bitte dich, wir beide wissen, dass er Darius' Kind ist! Aber offen gesagt bin ich nicht auf eigenen Wunsch hergekommen.« Er streckte seine Hand aus, in der eine Papyrusrolle lag. »Dies brachte mich zu dir. Erinnerst du dich an unseren Vertrag, den wir mit unser beider Magie besiegelten?«

Da er ihr angstbedingtes Schweigen als Weigerung nahm, wand er das Lederband auf, das die Rolle zusammenhielt, und wickelte sie auf. »Sehen wir einmal nach. Ah, hier ist es. Als Gegenleistung dafür, dass Darius' unsterbliche Seele seinem Leib entnommen und in einem Amulett verwahrt wird, stimme ich, Sekhmet, Auge des Ras, hiermit zu, Leben und Seele meines erstgeborenen Enkelkindes binnen eines Jahres nach dessen Geburt an Poseidon zu übergeben.«

Sekhmet musste die Worte nicht vorgelesen bekommen. Sie kannte sie auswendig, denn seit einem Jahr wurde sie Tag für Tag von ihnen verfolgt.

Als sie den Vertrag seinerzeit geschlossen hatte, hatte sie den Preis gar nicht als so hoch empfunden. Sie musste mitansehen, wie ihre Schwester Cerridwen litt, weil deren Sohn Tain verschwunden war, und wollte alles tun, um Darius ein ähnliches

Schicksal zu ersparen. Die einzige Lösung hatte darin bestanden, ihn in Ravenscroft festzuhalten, was sie wiederum nicht ohne Hilfe bewerkstelligen konnte.

Poseidons Preis für seine Hilfe entsprach dem, was er von jeder Gottheit forderte, die sich an ihn wandte. Seit Jahrhunderten zeugte er ausschließlich unfruchtbare Kinder, folglich konnte er nur an Enkel gelangen, indem er sie anderen wegnahm.

Sekhmet war damals durchaus bewusst gewesen, dass sie, sollte sie jemals ein Enkelkind haben, nie imstande wäre, es ihm zu überlassen. Nur hatte sie seinerzeit keines gehabt, und ihr Plan sah vor, dass Darius für immer in Ravenscroft blieb. Folglich war die Wahrscheinlichkeit, er könnte sich jemals verlieben und Vater werden, äußerst gering gewesen. Siebenhundert Jahre lang war alles nach ihrem Willen verlaufen.

Im letzten Jahr hatte Darius sie überlistet, sich seine Seele wieder zurückgeholt, und war in die Menschenwelt zurückgekehrt, um einen ewigen Dämon zu bekämpfen, der die Welt zu zerstören drohte. Aber selbst zu jener Zeit war sie vor allem um seine Sicherheit besorgt gewesen und nicht darum, dass er sich verlieben könnte. Ehe sie auch nur begriffen hatte, was geschah, war Darius verheiratet und seine Gemahlin guter Hoffnung gewesen.

Seit dem Tag, an dem Zachary geboren worden war, fürchtete sie sich vor dem Moment, in dem Poseidon erschien und seinen Lohn forderte. Unsinnigerweise hatte sie gehofft und gebetet, er möge nie kommen.

Ihr Blick wanderte zu ihrem Enkelsohn, der wie alle anderen erstarrt war, die Hände zum Klatschen zusammengepresst und ein glückliches Lächeln im Gesicht. Es brach ihr beinahe das Herz. Zachary sah aus wie Darius als Kleinkind. Sie erinnerte sich noch an den ersten Geburtstag ihres Sohnes, als ihre Freundin Hathor …

Mittendrin brachen ihre Gedanken ab, und sie funkelte Poseidon wütend an. »Du brauchst meinen Enkel nicht! Du hast schon einen eigenen, dank Hathors Fruchtbarkeitszauber.« Zornig schritt sie auf den großen Mann zu. »Sie hat mir alles erzählt.«

»Es ist wahr, dass Hathor ihre Schuld bei mir beglich, indem sie ihre Fruchtbarkeitsmagie einsetzte, damit meine Tochter empfing«, gestand er. »Deshalb überlegte ich, unsere Vereinbarung zu ignorieren. Offenbar jedoch ist die Magie, die wir wirkten, um unseren Kontrakt zu besiegeln, stärker als jeder von uns. Sie brachte mich her, damit ich meinen Teil des Handels einfordere. Noch ehe dieser Tag endet, wird die Seele deines Enkels mein sein … es sei denn, wir einigen uns auf eine andere Bezahlung.«

»Was möchtest du?« Sie dachte angestrengt nach, was sie ihm anbieten konnte. »Ich besitze viele edle Schmucksteine. Oder vielleicht hätte dein Enkelkind gern eine der lebendigen Tätowierungen, wie ich sie Darius und Zachary gab.«

»Nein, die Art der Bezahlung bleibt dieselbe: eine Seele gegen eine andere.«

Sie wusste, dass er recht hatte, doch wen wollte sie opfern? Verzweifelt schaute sie sich im Saal um. Alle hier waren ihr lieb und teuer. Unmöglich könnte sie einen von ihnen hergeben.

»Die Zeit läuft ab«, warnte Poseidon sie. »Um Mitternacht wird die Magie, mit der wir unseren Vertrag schlossen, deinem Enkel die Seele aus dem Leib reißen, und daran können du oder ich nichts ändern.« Er rollte den Papyrusbogen wieder zusammen und ließ ihn mit einer leichten Handbewegung verschwinden. »Alles, was ich brauche, ist eine andere Seele, Sekhmet.«

Sie war ratlos. »Vielleicht weiß ich eine. Sie würde in deine … Sammlung passen.«

Poseidon beäugte sie skeptisch. »Wie das?«

»Es könnte sein, dass sie ihre Magie benutzte, um ihre Eltern zu töten.«

»Na schön, aber ich brauche einen Namen, Sekhmet. Gib mir einen Namen! Den Rest erledige ich.«

Sie schloss die Augen. »Jenna Renfield.«

Kaum hatte sie es ausgesprochen, bestätigten ein Blitz und ein Donnerhall, dass der Vertrag vollständig erfüllt und mit ihm das Schicksal einer Ahnungslosen besiegelt war.

Kapitel 2

Am Mittag des folgenden Tages sah Jenna Dave wieder. Sie stand vor dem Kühlschrank und war unschlüssig, was sie essen sollte, als Daves Tür aufging.

Mit nacktem Oberkörper kam er aus seinem Zimmer und fuhr sich mit den Händen durch das zerzauste Haar. Gern hätte sie ihre Finger in die seidige Masse getaucht und sie danach gleich über seine breite Brust wandern lassen. Und noch lieber hätte sie sich von seinen warmen Armen umfangen lassen, bis sie sich warm, sicher und nicht mehr so entsetzlich allein fühlte. Trotz oder vielleicht *wegen* seiner ständigen Neckereien kam Dave für sie dem am nächsten, was sie als »Freund« bezeichnete. War es denn so verkehrt, dass sie sich mehr als Freundschaft wünschte? Nein, nicht verkehrt, antwortete sie sich im Geiste, aber kaum sonderlich klug. Und sie handelte immer klug.

Weshalb sie wieder in den Kühlschrank blickte und sich zwang, Dave nicht zu beachten.

»Guten Morgen, Sonnenschein«, begrüßte er sie, als er in die Küche geschlendert kam. »Hast du Kaffee gekocht?«

»Es ist *Nachmittag*«, erwiderte sie spitz, »und, ja, ich hatte, aber das war vor Stunden, und ich habe ihn selbst getrunken. Was übrig war, habe ich längst weggeschüttet.«

Er nahm die Kanne aus der Maschine und drehte sie auf den Kopf. »Tatsache, kein Tropfen mehr.«

»Wie wäre es mit einem Sandwich?«, bot sie ihm an, während sie Putenscheiben und Schweizer Käse aus dem Kühlschrank nahm.

»*Du* bietest mir an, *mir* ein Sandwich zu machen?«

Bei dem Blick, mit dem er sie bedachte, übersprang ihr Herz

einen Schlag. »Nur weil ich mir selbst eines mache, also gewöhn dich nicht daran!« Er lehnte sich an den Küchentresen und sah ihr zu.

»Was ist mit deinem Übernachtungsgast?«, fragte sie bemüht gelassen.

»Was soll mit ihr sein?«

»Möchte sie vielleicht auch ein Sandwich?« Nicht dass Jenna sie unbedingt bedienen wollte, aber die Höflichkeit gebot wohl, dass sie zumindest fragte.

»Nein, sie ging schon früh wieder.«

Jenna schüttelte den Kopf. »Ich verstehe nicht, wie du das machen kannst.«

»Jahrelange Übung«, erläuterte er grinsend. »Die trainiert das Stehvermögen.«

»Das sollte kein Kompliment sein«, entgegnete sie streng. »Ich frage mich eher, ob du dich überhaupt für all diese Frauen interessierst.«

»Natürlich interessiere ich mich für sie!«, entgegnete er gereizt. »Für was für einen Typen hältst du mich eigentlich?«

»Für einen, der Frauen bloß als Lustobjekte sieht.«

Er schnappte sich das erste fertige Sandwich und salutierte übertrieben. »Dann freut es dich sicher, dass ich *dich* nicht als solches betrachte.«

Sollte sie etwas nach ihm werfen? Ein Messer vielleicht? »Du hast keine Achtung vor Frauen.«

»Das stimmt nicht«, widersprach er auf dem Weg zur Couch, auf die er sich fallen ließ. »Ich hege große Hochachtung vor Frauen. Ja, ich *liebe* Frauen. Denkst du etwa, ich würde sie ausnutzen? Glaubst du, sie suchen in Gedanken schon das Familienporzellan aus, wenn sie herkommen, und dann setze ich Schwein sie mit gebrochenem Herzen wieder vor die Tür?«

Sie antwortete nicht, denn genau das dachte sie.

Er seufzte theatralisch. »Ich bin vollkommen ehrlich zu jeder von ihnen. Sie wissen von vornherein, dass ich nicht auf eine feste Beziehung aus bin. Es geht um nichts als Spaß.«

Jenna schnaubte verächtlich.

»Soll ich dir sagen, was dein Problem ist?«, fuhr er fort. »Du weißt durchaus, wie man sich amüsiert, aber du erlaubst es dir nicht.« Seine Stimme wurde merklich sanfter. »Und ich verstehe auch, wieso nicht, aber du siehst das falsch. Gerade weil dir klarer sein dürfte als den meisten anderen, wie kostbar das Leben ist, solltest du es auskosten, es richtig genießen. Mach dich nicht fertig, weil du noch lebst und deine Schwester nicht mehr!«

Seine Worte trafen sie so unvorbereitet, dass sie nicht wusste, wie sie reagieren sollte. Zum Glück summte in diesem Moment die Gegensprechanlage, was ihr etwas Zeit gab, um ihre Gedanken zu ordnen, ehe sie antwortete.

»Einschreiben für Jenna Renfield«, erklang eine Männerstimme aus dem Wandapparat.

Jenna drückte den Knopf, der den Mann in den Fahrstuhl ließ. Leider war sie sich Daves allzu bewusst, der zu ihr gekommen war.

Als die Türen aufglitten, stand ein junger Mann vor ihnen. »Jenna Renfield?«

»Ja.« Sie machte einen Schritt auf ihn zu, nahm das Klemmbrett, das er ihr hinhielt, um den Empfang zu bestätigen, und dann den Umschlag. Verwundert blickte sie auf den Absender und bekam kaum mit, wie der Bote wieder ging.

»Von wem ist das?«, fragte Dave, der abermals neben sie trat.

»Poseidon Cruise Lines.« Sie riss den Umschlag auf, zog den Brief heraus und begann zu lesen.

»Das ist Bauernfängerei«, bemerkte Dave keine Minute später, der über ihre Schulter hinweg mitgelesen hatte.

»Nicht unbedingt.« Jenna zupfte das Ticket aus dem Umschlag. »Sie schreiben, dass Reisegutscheine Teil der Werbekampagne sind.«

»Keiner gewinnt eine viertägige Kreuzfahrt, bei der sämtliche Extras gratis sind – jedenfalls nicht an einen netten Ort«, gab Dave zu bedenken, der ihr den Brief abnahm, um ihn sich gründlicher anzusehen. »Und wenn doch, wieso ein Einzelticket? Erwarten die, dass eine junge Single-Frau ganz allein reist? Guck dir das hier an!« Er tippte auf das Datum auf der Rückseite. »Sie lassen dir nicht einmal eine Wahl, wann du abreist. Du hast nicht mal mehr Zeit, irgendetwas vorzubereiten, denn das Schiff legt morgen ab.« Er gab ihr den Brief zurück und setzte sich wieder auf die Couch. »Ich wette, das ist nicht einmal legal. Na los, geh ins Internet und google die! Ich bin gespannt, was du findest. Ich wette, wenn du dich auf diese Nummer einlässt, stecken sie dich in eine winzige Kombüse auf einem schmierigen alten Frachter, und nach vier Tagen bist du in einem abgelegenen Hafen in Südamerika, wo sie dich in die Sklaverei verkaufen.«

Jenna sah Dave entgeistert an. »Du bist unmöglich!« Ohne an ihr Sandwich zu denken, lief sie in ihr Zimmer.

»Was hast du vor?«, rief er ihr nach.

»Ich gehe packen.«

»Mach das nicht, Jenna! Es ist ganz bestimmt ein Fehler.« Nun klang er außergewöhnlich ernst.

»Nein, das würde ich nicht sagen. Ich glaube, das kann richtig spaßig werden, und du hast doch selbst eben gesagt, ich soll mehr Spaß haben.«

Er stand auf, kam zu ihr und ergriff ihre Arme, so dass sie ihm ins Gesicht sehen musste. »Frieden – bitte!«

Sie stutzte, da sie nicht wusste, was er vorhatte.

»Du willst Spaß haben? Dann gehen wir heute Abend essen und ins Kino, nur du und ich. Oder, wenn du nicht ausgehen willst, bestellen wir uns etwas und leihen einen Film.«

»Nein, nein, du hast sicher schon andere Pläne.«

Er schüttelte den Kopf. »Stimmt nicht, ich habe heute Abend noch nichts vor.«

»Keine Spiel-Dates?«

Wieder schüttelte er den Kopf. »Nein, heute Abend bist du mein einziges Date.«

Als sie ihn sehr misstrauisch ansah, hob er beide Hände. »Nur Abendessen und ein Film, versprochen!«

Obwohl sie es höchst ungern zugab, war sein Angebot sehr verlockend. »Okay, Abendessen und Kino hört sich gut an. Aber *nur* Abendessen und Kino!«

Am Abend beglückwünschte Dave sich. Zwei Monate hatte er gebraucht, bis Jenna endlich bereit war, sich mit ihm zu verabreden. Zwar war es schwerlich ein echtes Date zu nennen, blieben sie doch zu Hause, aßen Pizza und sahen sich einen Film aus der Videothek an, aber Dave war mit dem zufrieden, was er kriegen konnte.

Als er Jenna zum ersten Mal begegnet war, hatte etwas an ihr sein Interesse geweckt, und das war nicht allein ihre klassische Schönheit gewesen. Auf Mais und Nicks Hochzeitsempfang hatte er versucht, sie besser kennenzulernen, aber sie war vor ihm geflohen wie ein Kaninchen vor einem Jagdhund, und er hatte begriffen, dass er es langsam angehen musste, wollte er ihr Vertrauen gewinnen. Schmerzlich langsam.

»Jenna!«, rief er und steckte den ersten *Bourne*-Film in den DVD-Player. »Der Film fängt an.«

Ihre Zimmertür ging auf, und für einen Moment begegneten ihre Blicke sich. Sie trug ein kurzes T-Shirt zu einer engen Hose und war barfuß. Ihr langes dunkles Haar war ein bisschen zerzaust. Mit ihrem elfenzarten Gesicht und den dunklen Schatten unter ihren blauen Augen sah sie wie ein verlorenes Kind aus. Prompt regte sich ein untypischer Beschützerinstinkt in Dave.

»Wir haben doch gesagt, dass wir uns nicht aufbrezeln, oder?«, fragte sie nervös und ein wenig atemlos. Vermutlich lag es daran, wie er sie anstarrte.

»Ja. Wollen wir anfangen? Wir können den Film anhalten, wenn die Pizza kommt. Setz dich, ich hole uns Bier.«

Er hatte gerade zwei Flaschen Corona aus dem Kühlschrank geholt, als der Türsummer ging. Mit den Bierflaschen in der Hand drückte er den Knopf.

»Pizza«, sagte eine männliche Stimme.

Dave ließ den Boten herein, brachte das Bier zum Couchtisch und lief zur Fahrstuhltür zurück.

Sobald sie aufglitt, wusste Dave, dass sein perfekter Abend vorbei war. Neben dem Pizzaboten stand Mandi.

»Dave, Süßer!«, säuselte sie. In ihrem engen Aerobic-Anzug sah sie wie Sex pur aus. Sie gab ihm einen kurzen, aber intensiven Kuss und drängte sich an ihm vorbei in die Wohnung.

Stumm reichte Dave dem Boten das Geld, nahm die Pizzen und überlegte derweil fieberhaft, wie er Mandi loswerden und seinen Abend mit Jenna retten könnte. Doch ihm fiel nichts ein. Als er sich umdrehte, saß Jenna starr vor Schreck auf der Couch. Mandi war nirgends zu entdecken.

Dave eilte zum Couchtisch, stellte die Pizzakartons ab und flüsterte: »Tut mir leid. Gib mir fünf Minuten, um sie wegzuschicken!« Als er zu seiner geschlossenen Zimmertür blickte, wurde ihm mulmig. »Vielleicht zehn.«

Natürlich glaubte Jenna ihm nicht, dass er Mandi nach Hause schicken wollte, aber er musste ihr beweisen, dass sie sich irrte. Er lief zu seinem Zimmer, riss die Tür auf und erblickte Mandi, die splitternackt auf seinem Bett kniete, als posierte sie für den Ausfalter im *Penthouse*.

»Komm zu Mama!«, hauchte sie kehlig.

Stöhnend schloss Dave die Tür hinter sich, hob Mandis Kleidung vom Boden auf und hielt sie ihr hin. »Ich kann nicht – nicht heute Abend.«

Sie machte große Augen. »Willst du dich denn nicht ein bisschen amüsieren?«

Doch, das wollte er, nur nicht mit ihr. Er sah zur Tür.

»Ah, verstehe«, sagte Mandi wissend und begann, sich wieder anzuziehen. Sie klang nicht sauer, wofür Dave ihr dankbar war.

»Tut mir leid.«

»Hey, mein Fehler. Ich hätte vorher anrufen sollen.«

»Ich meine nicht bloß das.«

Zunächst schien sie verwirrt, dann aber begriff sie und winkte ab. »Vergiss es! Wir wussten, dass es früher oder später so kommt.« Plötzlich grinste sie. »Wer hätte gedacht, dass du mich gegen diese Eiskönigin eintauschst?«

Dave zog die Brauen zusammen. »Nenn sie nicht so, okay?«

Inzwischen vollständig bekleidet, hockte Mandi sich auf die Bettkante. »Ehe du mich rausschmeißt, kannst du mir noch kurz einen Gefallen tun – um der alten Zeiten willen?« Sie wühlte in ihrer riesigen Tasche und zog einige Sekunden später einen Collegeblock hervor. »Kannst du mir sagen, wie ich das hier löse?« Sie blätterte, bis sie die richtige Seite gefunden hatte. »Nummer siebzehn.«

Mandi belegte in ihrer Freizeit Onlinekurse, um ihren Collegeabschluss nachzuholen. »Ich kann wohl schlecht bis an mein Lebensende Aerobic unterrichten«, hatte sie ihm erzählt, als sie sich für das Fernstudium einschrieb. Das war vor zwei Jahren gewesen, und nicht zum ersten Mal bat sie ihn um Hilfe bei ihren Hausaufgaben.

Dave sah zur Uhr. Inzwischen waren über fünf oder zehn Minuten vergangen, doch jetzt hinauszugehen und Jenna zu erklären, warum es länger dauerte, war zwecklos. Sie würde ihm nicht glauben. Lieber sollte er Mandi rasch helfen, damit sie wieder verschwand. Und danach würde er den Rest des Abends darauf verwenden, es bei Jenna wiedergutzumachen.

Er nahm den Block und las die Aufgabe. »Okay, wenn du zwei Unbekannte hast, musst du die Gleichung erst für die eine lösen, um die andere zu finden. Verstanden?«

Nein, Mandi verstand nicht, wie er an ihrem Reh-im-Scheinwerferlicht-Blick sah. Also musste er ihr in möglichst wenigen Worten die Grundbegriffe der Algebra skizzieren. Er kannte Mandi seit Jahren, und in gewisser Weise war sie eine seiner engsten Freundinnen. Sie hatte nicht verdient, dass er sie wegschickte, wenn sie seine Hilfe brauchte. Langsam rechnete er es ihr vor.

Jenna saß auf der Couch und sah sich *Die Bourne-Identität* an. Matt Damon wäre niemals so unhöflich, mit einer Frau Sex zu haben, während seine eigentliche Verabredung nebenan wartete, dachte sie verdrossen und sah zu Daves Zimmertür. Dann wandte sie sich wieder dem Bildschirm zu und versuchte, nicht daran zu denken, was sich hinter der geschlossenen Tür abspielen mochte.

Ein Bier, zwei Stücke Pizza und den halben Film später fand sie sich schließlich damit ab, dass Dave nicht mit ihr zusammen sein wollte. Sie stellte die übrige Pizza in den Kühlschrank und ging in ihr Zimmer.

Dort fiel ihr Blick auf den Umschlag von Poseidon Cruise Lines auf ihrer Kommode. Vielleicht war eine Kreuzfahrt gar keine üble Idee.

Kapitel 3

Es war spät, als Dave sich endlich von Mandi verabschiedete. Nachdem sie fort war, ertappte er sich dabei, wie er auf Jennas Tür starrte und überlegte, ob er sich jetzt entschuldigen oder lieber bis morgen früh warten sollte. Die Hausaufgaben hatten weit länger als erwartet gedauert, und es konnte gut sein, dass Jenna schon schlief.

Er rieb sich mit einer Hand über sein Gesicht und wollte schon in sein Zimmer zurückkehren, doch etwas in ihm verlangte, Jenna noch einmal zu sehen. Ihre Tür war nicht verschlossen. Leise öffnete er sie weit genug, um zu sehen, dass sie in ihrem Bett lag. Sie mochte alles andere als ein schwaches Geschöpf sein, aber im Schlaf wirkte sie zart und zerbrechlich. Aufs Neue regte sich sein Beschützerinstinkt, den er sogleich verdrängte. Weder passte es zu ihm noch stand ihm zu, ihren Beschützer zu spielen.

Als er die Tür schon wieder schließen und in sein Zimmer gehen wollte, fiel ihm der weiße Umschlag auf ihrer Kommode auf: das Kreuzfahrtticket.

Lautlos eilte er hin und holte ihn, noch bevor er darüber nachgedacht hatte, was er tat. Es sähe Jenna ähnlich, nur um ihn zu ärgern auf diese dämliche Kreuzfahrt zu gehen.

In seinem Zimmer grübelte er, wo er den Umschlag am besten versteckte. Jenna dürfte schnell begreifen, dass er ihn sich »geliehen« hatte. Lächelnd schob er den Brief unter sein Kissen. Zumindest würden sie beide sich in einer interessanten Situation finden, wenn sie versuchte, sich das Ticket zurückzuholen, während er noch schlief.

Dann zog er sich aus, schlüpfte ins Bett und löschte das Licht.

Als Dave am nächsten Tag aufwachte, schloss er aus dem Sonnenstand, dass es gegen Mittag sein musste. Dennoch war ihm nicht nach Aufstehen, weshalb er sich umdrehte, wobei etwas unter seinem Kissen knisterte. Kaum fiel ihm der Umschlag wieder ein, musste er grinsen, weil er Jenna überlistet hatte. Er stieg aus dem Bett, streifte sich seine Boxershorts über und ging ins Wohnzimmer.

Anders als er gedacht hatte, war Jenna allerdings nicht in der Küche. Alles war leer und dunkel. Er klopfte an ihre Tür, ohne etwas darauf zu geben, dass er sie womöglich weckte. Da sie nicht reagierte, öffnete er und sah ins Zimmer. Nichts. Als Nächstes überprüfte er Mais und Nicks Schlafzimmer sowie das Gästezimmer. Keine Jenna.

Womit nur noch eine Möglichkeit blieb: Sie war ausgegangen. Die Frage lautete also: Wohin?

Es war ein Leichtes, ihr aus dem Gebäude zu folgen, denn einer der Vorteile, ein Geistwanderer zu sein, bestand darin, dass man den Energiemustern von Menschen nachspüren konnte, die sie überall hinterließen, wo sie sich bewegten. Geistwanderer sahen diese Muster als farbige Wolkenfäden. Und je dichter die Wolkenspuren wurden, umso weniger Zeit war seit ihrem Entstehen vergangen.

Dave entließ seinen Geist aus dem Körper und begab sich auf die spirituelle Ebene. Überall in der Wohnung fand er Jennas dunkelviolette Energie, aber die dunkelste, neueste Spur führte zum Fahrstuhl.

Sobald er wieder in seinen Körper zurückgekehrt war, ging er in sein Zimmer und zog sich eine Jeans über, als er den Umschlag erblickte, der unter seinem Kopfkissen hervorlugte. Ein schrecklicher Gedanke kam ihm. Er hatte lediglich angenommen, dass das Ticket noch in dem Umschlag steckte!

Nun packte er ihn, klappte ihn auf und fühlte, wie ihm kalter Schweiß ausbrach.

Jenna saß auf einem großen Doppelbett in der überraschend geräumigen Kabine, die man ihr auf dem Kreuzfahrtschiff zugeteilt hatte, und fragte sich, ob sie einen Fehler beging. Es war untypisch impulsiv von ihr, diese Reise anzutreten, doch gestern Abend war sie so verletzt und wütend gewesen, dass ihr vollkommen gleich war, wie verdächtig die unvermittelte Einladung anmutete. Sie wollte Dave beweisen, dass sie sich sehr wohl ohne ihn amüsieren konnte. Noch während er mit der anderen Frau in seinem Zimmer gewesen war, hatte sie gepackt und das Ticket in ihre Handtasche gesteckt, damit sie morgens möglichst leise verschwinden konnte. Den Umschlag hatte sie auf ihrer Kommode gelassen.

Wenn er heute Morgen aufstand, würde er sofort merken, dass sie nicht mehr da war, und sowie er nach ihr suchte und den Umschlag sah, würde er denken, sie wäre bloß zum Einkaufen gegangen. Bis er die Wahrheit herausfand, war sie hoffentlich schon längst weg.

Das Signalhorn gab ein gedehntes Tuten von sich, was bedeutete, dass sie gleich ablegten. Endlich! Erleichtert atmete Jenna auf und versuchte, sich auf ihren Spontanurlaub zu freuen. Alles würde gut werden. Diese Kreuzfahrt wurde gewiss lustig.

Als sie gerade ihr letztes Kleid in den Schrank gehängt hatte, klopfte es an ihre Kabinentür. Verwundert öffnete sie.

»Was machst du denn hier?!«, fragte Jenna. Vor ihr stand Dave.

»Ich wollte sehen, ob ich dir diesen Quatsch noch ausreden kann«, antwortete er.

»Bist du verrückt geworden? Wie kommst du überhaupt an Bord?«

»Du würdest staunen, wie einfach das war. Die Sicherheitsvorkehrungen auf diesem Schiff sind blanker Hohn, was ein Grund mehr ist, weshalb ich denke, dass du mit mir nach Hause kommen solltest.«

»Nein, danke, ich reise mit.«

Er seufzte. »Ich dachte mir schon, dass du so reagieren würdest. Okay.«

Wieder erklang das Schiffshorn. »Du solltest dich lieber beeilen«, riet Jenna ihm, »sonst kommst du nicht mehr vom Schiff.«

»Ich glaube, dazu ist es zu spät, aber das macht nichts.« Er beugte sich hinunter, und erst jetzt bemerkte Jenna die grüne Reisetasche neben ihm. Ehe sie fragen konnte, was er vorhatte, war er im Zimmer und sah sich um. »Nicht schlecht! Das Bett ist ein bisschen klein, aber daran gewöhnen wir uns.« Mit diesen Worten warf er seine Tasche auf das Bett und lächelte Jenna an. »Vielleicht wird die Kreuzfahrt doch noch ganz hübsch – na ja, bis wir an die Stelle kommen, wo sie uns eins über den Schädel ziehen und als Sklaven verkaufen.«

»Unsinn!«, schalt Jenna ihn. »Hey, was tust du da?« Er zog den Reißverschluss seiner Tasche auf.

»Ich packe aus.«

»Oh nein, das machst du nicht!« Blitzschnell war sie bei ihm und hatte den Reißverschluss wieder zugezogen. »Raus aus meiner Kabine!«

»Kann ich nicht. Ich habe kein Ticket.« Triumphierend zippte er die Tasche erneut auf.

»So läuft das nicht! Entweder du gehst, oder ich rufe den Sicherheitsdienst.«

Lässig verschränkte Dave die Arme vor seiner Brust und drehte sich zu ihr. »Ich verlasse das Schiff nicht allein, Jenna. Also, falls du die Sicherheitsleute rufen und mich von Bord werfen lassen willst, nur zu, ich wünsche dir viel Glück!«

Sie sah ihn wütend an. »Denkst du, ich traue mich nicht?« Ein wissendes Grinsen war alles, was sie als Antwort erhielt. »Dann pass mal gut auf!« Sie stürmte aus der Kabine.

Als sie den Korridor hinuntereilte, entging ihr bei aller Wut nicht, wie sehr das Schiffsinnere sie an ein Hotel in Las Vegas erinnerte. Hier gab es so vieles zu sehen und zu unternehmen, dass sie Tage brauchen würde, bis sie das ganze Angebot kennengelernt hatte.

Auf dem Lido-Deck stieg sie aus dem Lift und ging herum, anderen Passagieren zunickend und zulächelnd, während sie nach jemandem suchte, der ihr helfen konnte. In der Nähe des größten Swimmingpools hatte sich eine Gruppe versammelt, und Jenna blieb stehen, um zu sehen, was dort los war.

In der Mitte der Gruppe stand eine uniformierte Frau, die etwas erzählte. Binnen weniger Minuten stellte Jenna fest, dass es sich um die Reiseleiterin handelte, die Spielregeln erklärte. Kurz darauf teilten die Leute sich in Zweiergruppen, von denen jede einen Leinensack bekam. Nachdem sie alle ein Bein in den Sack gesteckt hatten, ertönte ein Pfiff, und sie liefen um die Wette, angefeuert von den Zuschauern. Jenna beobachtete alles so gebannt, dass sie den Mann gar nicht bemerkte, der sich zu ihr gestellt hatte, bis er sie ansprach.

»Sieht lustig aus, nicht wahr?«

Sie sah ihn an und rang sich ein, wie sie hoffte, höfliches Lächeln ab. »Ja, das sieht es.« Der Mann war sehr viel größer als sie und gespenstisch blass. Er hatte feine wächserne Züge und eine eindeutig aristokratische Ausstrahlung. Sein platinblondes Haar war kurz geschnitten. Wären seine seltsam grünen Augen nicht gewesen, hätte Jenna ihn für einen Albino gehalten.

Ihr wurde unbehaglich, so dass sie einen Schritt auf Abstand ging, wobei sie vorgab, den nächsten Wettlauf besser sehen zu wollen. Leider näherte er sich ihr wieder genauso beiläufig.

»Sind Sie nicht Jenna Renfield?«

»Entschuldigung, kennen wir uns?« Sie bemühte sich, nicht allzu erstaunt zu wirken.

»Nein, aber ich gehe davon aus, dass wir uns noch besser kennenlernen werden«, antwortete er mit einem Lächeln, bei dem

Jenna ein eisiger Schauer über den Rücken jagte. »Mein Name ist Conrad Davis.« Er reichte ihr seine Hand und wartete, dass Jenna sie nahm. Ihn zu berühren war das Letzte, was sie wollte, aber leider wusste sie nicht, wie sie den Handschlag elegant hätte umgehen können, also legte sie ihre Hand in seine viel größere.

Als er seine Finger um ihre schloss, fühlte sie eine beißende Kälte und hatte ihre liebe Not, ihre Hand nicht abrupt zurückzureißen. Zum Glück ließ er sie gleich wieder los. Allerdings sah er sie weiter sehr eindringlich an.

»Möchten Sie vielleicht mit mir einen Drink an der Bar nehmen?«

Was hatte sie getan, dass er glaubte, sie wäre an ihm interessiert? »Tut mir leid, aber ich bin verabredet.« Sie blickte rasch auf ihr Handgelenk und betete, er würde nicht bemerken, dass sie gar keine Uhr trug. »Ich muss mich beeilen. Auf Wiedersehen.«

Sie lief weg und tat, als würde sie nicht hören, dass er sie rief. Erst nachdem sie schon über das halbe Deck gelaufen war, blieb sie stehen und sah sich um. Keine Spur von Conrad. Anscheinend hatte sie ihn abgeschüttelt.

Schlagartig ging es ihr besser, und sie schlenderte langsam weiter. Bei einer Reihe von Liegestühlen mit Blick aufs Meer beschloss sie, es sich bequem zu machen und die Aussicht zu genießen.

Auf dieser Seite war kein Land in Sicht, was es einfacher machte, sich auszumalen, sie wären mitten auf dem Ozean, umgeben von blaugrünem Wasser. Was jedoch bewirkte, dass sie sich klein und allein in einer ansonsten riesigen bevölkerten Welt fühlte. Das Schaben des Stuhls neben ihr unterbrach ihre Gedanken, und sie blickte zur Seite. Ihr Herz setzte aus, als sie Conrad sah, der sich in den Liegestuhl neben ihr legte.

Ihn zu ignorieren war sinnlos, denn er war viel zu groß und beängstigend. »Macht es Ihnen etwas aus, wenn ich Ihnen ein wenig Gesellschaft leiste – zumindest bis Ihre Verabredung hier ist? Ich gehe doch recht in der Annahme, dass sie hier mit ihm verabredet sind – oder ihr?«

»Ihm«, krächzte sie, denn ihr Hals war auf einmal zu trocken. Warum verfolgte er sie? »Ich wollte nur kurz die Aussicht genießen, ehe ich hineingehe. Es ist ein so schöner Tag.« Sie stieg von dem Stuhl. »Aber jetzt muss ich mich beeilen.«

Ohne sich von ihm zu verabschieden, lief sie weiter, auf der Suche nach den Fahrstühlen. Sie wollte zurück in ihre Kabine und hoffte, dass Conrad jemand anders fand, dem er sich aufdrängen konnte.

Mit dem nächsten Lift fuhr sie zu ihrem Deck hinunter und war schon fast um die letzte Ecke vor ihrem Zimmer, da ertönte das sanfte Gonggeräusch, das die Ankunft eines anderen Aufzugs ankündigte. Jennas Nackenhaare kribbelten, und als sie sich umdrehte, sah sie Conrad, der auf den Korridor hinter ihr trat.

Panik regte sich in ihr. Keine Frage, dieser Mann stellte ihr nach! In der Hoffnung, dass er sie nicht gesehen hatte, bog sie rasch um die Ecke und lief zu ihrem Zimmer. Auf dem Weg zog sie bereits die Schlüsselkarte aus ihrer Tasche. Vor lauter Angst zitterten ihr Finger, so dass sie die Karte fast fallen gelassen hätte. Aber sie schaffte es bis zu ihrer Kabine, wo sie die Karte in den Schlitz steckte.

Kaum war sie drinnen, knallte sie die Tür zu und schob den Riegel vor. Auch wenn sie nicht glaubte, dass diese lächerlichen Vorkehrungen für einen solchen Riesen wie Conrad echte Hindernisse darstellten, würden sie ihn wenigstens aufhalten. Sie blickte sich in der Kabine um. Wo steckte Dave? *Ein Mal* brauchte sie ihn, und er war nicht da! Ängstlich wartete sie, die Augen auf die Tür gerichtet, und lauschte auf Geräusche aus dem Gang. Mehrere Minuten vergingen, ehe jemand anklopfte. Dann drehte sich der Türknauf, als wollte derjenige öffnen. Jenna schrie auf und sprang zurück.

»Jenna? Bist du da drin? Mach die Tür auf!«

Sie brauchte einen Moment, bis sie die Stimme zugeordnet hatte, aber dann riss sie die Tür auf. »Dave!« Sie war so unsagbar froh, ihn zu sehen, dass sie sich ihm beinahe in die Arme geworfen hätte. Nur mit größter Anstrengung widerstand sie dieser Versuchung.

»Alles in Ordnung?«, fragte er und sah sie prüfend an. »Mir war, als hätte ich dich schreien gehört.«

Seufzend winkte sie ab. »Schon gut, ich habe bloß einen unheimlichen Typen an Deck getroffen, der meinen Namen kannte und mich anscheinend verfolgte. Als du an die Tür klopftest, dachte ich erst, er sei es.« Sie rang sich ein kleines Lachen ab. »Ist wahrscheinlich blöd.«

Immer noch betrachtete er sie eingehend. »Bist du sicher, dass es dir gut geht?«

»Ja, bestens. Wo warst du?«, wechselte sie das Thema.

Er sah nicht aus, als wäre er mit ihrer Antwort zufrieden, aber wenigstens hakte er nicht weiter nach. »Als du nicht wiederkamst, habe ich mir Sorgen gemacht, und da bin ich los, um nach dir zu suchen.«

»Ach so.« Seine Erklärung war tröstlich und beruhigend, was sie ihm jedoch auf keinen Fall zeigen wollte.

Dave schaute sich um. »Also, wo sind die Sicherheitsleute, die mich über Bord schmeißen sollen?«

Über die Begegnung mit dem furchteinflößenden Fremden hatte sie vollkommen vergessen, weshalb sie eigentlich an Deck gegangen war. Und nun war sie nicht mehr sicher, ob sie allein sein wollte. »Ich habe es mir anders überlegt. Du darfst die Kabine mit mir teilen.«

»Wie schmeichelhaft, ein solches Angebot mit Leichenbittermiene vorgetragen zu bekommen! Hey, wir werden unseren Spaß haben!« Er zwinkerte ihr zu und fing an, den Inhalt seiner Reisetasche auf dem Bett zu verteilen.

»Was hast du gemacht? Deine Sachen aus dem Schmutzwäschekorb eingepackt?«

»Die hier? Nee, die sind sauber. Wieso? Müffeln sie?« Er packte wahllos ein oder zwei T-Shirts und hielt sie sich an die Nase. »Ja, sauber«, bestätigte er, trug sie zur Kommode und zog eine Schublade auf. Da sie bereits mit Jennas Sachen voll war, zog er die nächste auf. Das setzte er fort, bis er sich überzeugt hatte, dass sämtliche Schubladen von Jenna belegt waren.

Auf seinen finsteren Blick hin kapitulierte Jenna und fasste den Inhalt von zwei Schubladen in einer zusammen, um ihm Platz zu schaffen. Währenddessen schüttelte sie im Geiste den Kopf über die Ironie ihrer Situation. Sie war bloß auf die Kreuzfahrt gegangen, weil sie von Dave wegwollte!

Kapitel 4

Siehst du anständig aus?«

»Falls du damit meinst, ob ich angezogen bin, ja«, rief Dave aus dem Zimmer.

Jenna verdrehte die Augen. Wieso musste dieser Mann sie fortwährend ärgern?

Sie hatten den Rest des Nachmittags mit einer Besichtigung des Schiffes verbracht und waren mehr oder minder gut miteinander ausgekommen. Bei Sonnenuntergang waren sie in ein paar der zahlreichen Boutiquen an Bord gegangen und hatten sich angemessen für die förmlichen Diners eingekleidet. Die neuen Sachen brachten sie in die Kabine, um sich gleich zum ersten festlichen Abendessen umzuziehen.

Jenna warf nochmals einen Blick in den Spiegel, drehte sich hin und her und musterte sich kritisch. Sie hatte ihr Haar gelockt und zu gestuften Zöpfen gebunden, so dass es ihr in Wellen in den Nacken fiel. Ihr neues schulterfreies Kleid in schimmerndem Perlmutt schmiegte sich genau an den richtigen Stellen an ihren Körper. Sie fragte sich, ob Dave sie hübsch fände, schalt sich jedoch gleich, dass sie überhaupt so etwas dachte. Was er meinte, sollte sie überhaupt nicht kümmern.

»Ich komme jetzt raus«, kündigte sie an, atmete tief durch und öffnete die Badezimmertür.

Dave stand in schwarzem Anzug, anthrazitfarbenem Hemd und weinroter Krawatte da … und sah umwerfend aus!

»Nicht schlecht!«, kommentierte sie ein bisschen schüchtern und achtete bewusst nicht darauf, wie er langsam um sie herumging.

»Verdammt!«, raunte er, sowie er wieder vor ihr stand. Den

Ausdruck in seinen Augen konnte sie nicht deuten. »Du siehst überirdisch aus!«

»Danke.« Obwohl es sie eigentlich gar nicht kümmerte, freute sein Kompliment sie.

»Bereit?« Als sie stumm bejahte, hielt er ihr die Tür auf. Draußen legte er seine Hand locker auf ihren bloßen Rücken. Seine warme Berührung vermittelte ihr ein Gefühl von Sicherheit, als würde jemand auf sie aufpassen. Sie hatte so lange für Sarah gesorgt, dass sie ganz vergessen hatte, wie es sich anfühlte, selbst umsorgt zu werden. Daran könnte sie sich gewöhnen, aber natürlich war sie nicht so dumm, es zu tun.

Sie betraten den Speisesaal durch die großen Doppeltüren. Es war ein gigantischer Raum mit Hunderten leinenverhüllter Tische, auf denen schon das Essen bereitstand. Abertausende winziger Lichter an der sehr hohen Decke tauchten den Raum in ein romantisches Dämmerlicht.

Eine Band spielte, und einige Paare wiegten sich auf der Tanzfläche. Etwas Eleganteres und Eindrucksvolleres hatte Jenna noch nie gesehen.

Sie registrierte kaum, wie Dave sie durch den vollen Saal führte, und wäre gewiss an ihrem Tisch vorbeigegangen, hätte er sie nicht zurückgehalten. Er zog ihr den Stuhl hervor und setzte sich neben sie.

»Es ist wunderschön«, hauchte sie.

»Phantastisch.« Etwas an seinem Tonfall weckte ihre Aufmerksamkeit, und sie drehte sich zu ihm. Sein Blick war auf sie gerichtet statt auf den Saal. Prompt wurde sie rot.

Der Kellner, der zu ihnen kam, um ihre Getränkebestellung aufzunehmen, bot eine willkommene Unterbrechung, die Jenna Zeit verschaffte, um sich wieder zu fangen. Nachdem er fort war, bemerkte sie, dass ihre Arme unangenehm kribbelten, und sie rieb sie unwillkürlich.

»Ist dir kalt? Ich kann dir mein Jackett überhängen«, schlug

Dave vor und machte Anstalten, es auszuziehen, doch Jenna hielt ihn davon ab.

»Nein, eigentlich ist mir nicht kalt. Es ist nur etwas … fühlst du das?«

Er wurde auffallend still, aber dann schüttelte er den Kopf. »Nein. Ich meine, ich fühle eine Menge Energie in diesem Saal, sonst nichts.«

Trotzdem störte Jenna etwas Vertrautes an diesem Kribbeln. *Todesmagie.* Das Wort hallte ihr durch den Kopf und jagte ihr kalte Schauer über den Leib. Sie schaute sich im Saal um, dessen warme, angenehme Atmosphäre eine unheimliche zusätzliche Note annahm.

»Alles okay?«, erkundigte Dave sich, der ihr eine Hand auf die Schulter legte und sie besorgt ansah. »Du bist kreidebleich.«

»Hier stimmt etwas nicht«, begann sie. »Ich glaube …«

»Guten Abend.«

Jenna verstummte, denn ihnen gegenüber nahm ein Paar Platz. Die Frau war im Audrey-Hepburn-Look gestylt, und ihr Mann wirkte sehr distinguiert.

»Guten Abend«, erwiderte Dave, der aufstand und dem Mann die Hand schüttelte. Sie tauschten ein paar Nettigkeiten aus, und Jenna beschloss, dass sie lieber wartete, bis sie mit Dave allein war, um ihm zu erklären, was sie gefühlt hatte. Bald kamen weitere Paare an ihren Tisch, und die nächsten Stunden genossen sie hervorragendes Essen, während sie sich angeregt mit den anderen Passagieren unterhielten. Jenna bewunderte Daves gewinnende Art. Offenbar besaß er die Gabe, mit allen auszukommen.

Nachdem sie alle gespeist hatten, begaben die ersten Paare an ihrem Tisch sich auf die Tanzfläche.

»Lass uns tanzen!«, schlug Dave vor, der schon seinen Stuhl zurückschob.

»Ich weiß nicht«, entgegnete Jenna zögernd. »Ich kann das nicht so gut.«

»Keine Sorge!«, erwiderte er lächelnd. »Ich bin ein glänzender Tanzpartner.«

Jenna lächelte ebenfalls, als er sie zur Tanzfläche führte und in die Arme nahm. Seit der Highschool hatte sie mit keinem Mann mehr getanzt. Und sie fürchtete nicht bloß, ihm auf die Füße zu treten, sondern war sich auch allzu sehr seines harten, männlichen Körpers bewusst, der an ihren gedrückt war. Allein das hätte ihr schon den Atem geraubt, doch zu wissen, dass es Dave war, machte sie unsicher und verkrampft.

»Entspann dich!«, flüsterte er ihr zu. »Schließ die Augen, und konzentrier dich auf die Musik. Alles ist okay. Ich halte dich fest und lasse nicht zu, dass dir etwas passiert.«

Seine Worte spülten wie eine warme tröstliche Welle über sie hinweg. Tatsächlich gelang es ihr, die Welt einfach entgleiten zu lassen, bis Dave zum Mittelpunkt ihres Universums wurde. Ihr Körper verschmolz mit seinem, bewegte sich, wenn er sich bewegte, schritt, wenn er schritt, hielt inne, wenn er innehielt.

Plötzlich wurde sie jäh in die Wirklichkeit zurückgeholt und fragte sich, warum Dave stehen blieb. Dann aber hörte sie eine bekannte Stimme. »Verzeihung, darf ich abklatschen? Ich würde gern mit Jenna tanzen.«

Jenna sah zu Dave und betete, dass er nicht höflich war und zuließ, dass Conrad mit ihr tanzte.

Ihr lag auf der Zunge, sich zu weigern, als Dave antwortete.

»Tut mir leid, mein Guter«, sagte er. »Heute Abend nicht.« Mit diesen Worten wirbelte er Jenna herum und führte sie federleicht in die entgegengesetzte Richtung.

»Ein Freund von dir?«, fragte er.

»Nein! Ich habe ihn heute zum allerersten Mal gesehen. Ich habe keine Ahnung, woher, aber er kennt meinen Namen.« Sie erzählte ihm von der nachmittäglichen Begegnung, und Dave wurde sehr ernst. Genau so stellte sie ihn sich bei der Arbeit vor: aufmerksam, gefährlich, wenn es sein musste sogar tödlich.

»Vielleicht solltest du ihm aus dem Weg gehen.«

Jenna stöhnte. »Das ist leichter gesagt als getan. Er kommt schon wieder!«

Sie beobachtete, wie Conrad sich seinen Weg durch die Menge zu ihnen bahnte. Dave drehte sie so, dass sie Conrad im Blick hatte, dabei konnte sie ihn ohnehin fühlen, sobald er näher kam. Es war, als würde sie mit Karacho gegen eine Mauer laufen.

Dave blickte zu ihm auf. »Sie wünschen?«

»Ich möchte gern mit Jenna tanzen«, wiederholte Conrad.

»Hören Sie, guter Mann«, entgegnete Dave höflich-bestimmt und trat vor Jenna, um sie abzuschirmen. »Jenna und ich sind als Paar hier, und ich teile sie mit niemandem. Suchen Sie sich eine andere Tanzpartnerin!«

Conrad blieb lange genug, wo er war, dass Jenna eine unschöne Szene befürchtete. Doch schließlich drehte er sich um und mischte sich unter die Menge.

Dave nahm sie wieder in die Arme und neigte seinen Kopf. »Ich glaube, er hat es kapiert.« Sein warmer Atem wehte über ihren Hals und ihre bloße Schulter, so dass ihr sehr wohlig wurde.

»Danke.«

Sie bewegte sich wie im Traum; erst als Dave ihren Tanz verlangsamte, bis sie sich kaum noch rührten, hob sie ihren Kopf und sah ihn an.

Er blickte ihr mit einer atemberaubenden Intensität in die Augen. Als sein Gesicht sich wie in Zeitlupe näherte, konnte sie nicht wegsehen, sich nicht rühren. Sie war vollkommen gebannt, konnte es nicht erwarten, seine Lippen auf ihren zu spüren.

Wie lange hatte sie auf diesen Moment gewartet? Zu lange!

Dann jedoch fiel ihr ein Bild von Dave ein, wie er Tiffany küsste, gefolgt von Dave, der Mandi küsste und Donna und Patricia und …

Die Liste setzte sich immer weiter fort, und ganz unten sollte also ihr Name stehen?

Zitternd entwand sie sich seinen Armen. »Entschuldige«, brachte sie hervor, »ich kann das nicht.« Sie hörte die Panik in ihrer Stimme, daher wunderte sie Daves fragender Blick nicht. Unmöglich konnte sie erklären, was in ihr vorging, also versuchte sie es erst gar nicht.

Stattdessen murmelte sie eine Entschuldigung und eilte aus dem Saal. Sie lief extra schnell, weil sie fürchtete, dass Dave ihr folgte, und erreichte den Fahrstuhl in letzter Sekunde, denn die Türen glitten bereits zu. Kaum hatte sie sich hindurchgequetscht, entspannte sie sich ein bisschen, denn nun blieb ihr immerhin die Fahrt nach unten, um sich zu beruhigen, bevor sie Dave wieder gegenübertrat. Zweifellos hatte er einen der anderen Lifts genommen und war ebenfalls auf dem Weg zu ihrer Kabine.

Jenna schloss die Augen und versuchte, klar zu denken. Sie musste verrückt sein, dass sie auch nur erwogen hatte, sich auf eine Affäre mit Dave einzulassen! Sie wäre fabelhaft, solange sie andauerte, aber was wäre, wenn er das Interesse verlor? Sie war nicht in der Position, von heute auf morgen aus der Wohnung auszuziehen, und ihn mit anderen Frauen zu sehen, war schon jetzt schlimm genug. Um wie viel schrecklicher würde es, wenn sie erkennen musste, dass sie nur eine in einer langen Reihe gewesen war?

Die Fahrstuhltüren glitten auf, und Jenna stieg aus. Sie bog um die erste Ecke, als sie bemerkte, dass sie sich auf dem falschen Stockwerk befand. Ärgerlich über ihre Unaufmerksamkeit drehte sie um und lief zurück zu dem noch offenen Fahrstuhl, wo sie den richtigen Knopf für ihre Etage drückte.

Die Türen blieben offen. Jenna drückte nochmals den Knopf, doch es passierte nichts. Probeweise nahm sie einen anderen Knopf, aber nichts geschah.

Frustriert stieg sie wieder aus und drückte den Rufknopf für einen anderen Lift. Wieder nichts.

Sie ermahnte sich, nicht durchzudrehen, und machte sich auf den Weg, nach anderen Fahrstühlen zu suchen, von denen es weiter zum Schiffsheck hin noch welche geben musste. Vielleicht fand sie auch ein Treppenhaus, von dem aus sie ins nächste Stockwerk gelangte. Als sie den Korridor entlangging, fiel ihr auf, dass hier im Gegensatz zum Rest des Schiffes alles alt und heruntergekommen wirkte. An den Wänden hingen uralte Öllampen, die ein gelbliches flackerndes Licht auf den Gang warfen und dabei seltsame Schatten bildeten.

Vom Ende des Korridors, wo sich die einzige Tür befand, meinte sie, Stimmen zu hören. Jeder Ort, an dem sich Menschen aufhielten, war besser als dieser verlassene Gang. Vielleicht konnten sie ihr helfen, auf ihre Etage zurückzukommen.

Sie lief auf die Stimmen zu, und als sie näher kam, erkannte sie, dass das, was sie für Gesang gehalten hatte, wie ein Klagen und Jammern zu klingen begann.

Daves Theorie vom südamerikanischen Sklavenring fiel ihr wieder ein, und gleichzeitig verwandelte das Klagen sich in Schmerzensschreie.

Vor Angst ging ihr Puls schneller. Sie war keine mutige Frau, aber sie würde auch nicht Leuten den Rücken zukehren, die Hilfe brauchten. So leise wie möglich näherte sie sich der Tür. Sie war beinahe dort, als sie ein Kribbeln auf der Haut spürte, als würden Insekten über sie hinwegkrabbeln. *Magie.*

Erschrocken blickte sie sich um. Sie war immer noch allein in dem Gang. Entschlossen griff sie nach dem Türknauf und rechnete mit Widerstand, aber zu ihrer Verwunderung war die Tür unverschlossen.

So viel zu der Theorie, dass auf der anderen Seite Gefangene waren! Fast wollte sie lachen, weil sie sich von ihrer Phantasie verrückt machen ließ. Wahrscheinlich handelte es sich nur um einen Lagerraum.

Trotzdem warnte ihr sechster Sinn sie, vorsichtig zu sein. Zunächst öffnete sie die Tür nur einen Spalt breit, gerade weit genug, um hineinzulinsen …

Sie musste sich beherrschen, um nicht aufzuschreien. Was sie sah, ergab überhaupt keinen Sinn.

Dutzende schmutziger ausgemergelter Männer und Frauen saßen in Zweierreihen in einem riesigen Raum. Sie waren in Lumpen gekleidet und hatten jeder einen großen Holzstab in den Händen. Die Stäbe erstreckten sich horizontal von der Gangmitte bis zu Öffnungen im Schiffsrumpf hin.

Jenna versuchte noch zu begreifen, warum kein Wasser durch diese Öffnungen nach innen drang, als ein schriller Pfiff ertönte, der sie vor Schreck zusammenfahren ließ. Bei dem Geräusch bewegten sich sämtliche Männer und Frauen im Gleichtakt vorwärts und rückwärts. Vorwärts, rückwärts, vorwärts, rückwärts und immer so weiter.

Sie ruderten, wie Jenna schockiert feststellte. Das metallische Reiben lenkte ihren Blick auf die Ketten, mit denen die Eisenschellen an den Knöcheln der Leute im Boden verankert waren.

Jemand stieß einen wütenden Laut aus, der sie aufschreckte. Sie zuckte zurück, bereit wegzulaufen, doch niemand kam. Als sie sich traute, die Tür einen Zentimeter weiter zu öffnen, sah sie einen sehr großen Mann, der zwischen den Ruderern auf und ab ging, in die Pfeife blies und sie anschrie, sie sollten »kräftiger rudern«. In einer Hand hielt er eine lange Peitsche, und von Zeit zu Zeit ließ er sie auf den Rücken eines Mannes oder einer Frau schnellen. Das arhythmische Knallen wurde jeweils von einem gequälten Schmerzensschrei gefolgt. Letzteres war es, was Jenna zuerst vernommen hatte.

Entsetzt wich sie von der Tür zurück, ohne sie wieder zu verschließen, und rannte den Gang entlang zu den Fahrstühlen. Ihr Herz hämmerte wie wild.

Sie drückte mehrmals auf den Rufknopf, als käme der Fahrstuhl dadurch schneller. Gleichzeitig rechnete sie damit, jeden Moment den Mann mit der Peitsche hinter sich zu sehen. Der Gong, der den Fahrstuhl ankündigte, erschreckte sie maßlos.

Sowie die Tür aufglitt, rannte sie hinein und stieß gegen etwas Großes, Hartes. Finger legten sich wie Eisenschellen um ihre Arme, und als Jenna aufblickte, sah sie Conrads weißblondes Haar – und schrie.

Kapitel 5

Jenna, beruhige dich, ich bin's!« Daves Stimme durchdrang ihre Schreie, und sie hielt einen Moment inne, um nochmals hinsehen zu können, wer sie festhielt.

»Dave?« Sie war so unendlich erleichtert, dass sie sich geradewegs in seine schützenden Arme warf. »Bin ich froh, dich zu sehen!« In ihrer Panik hatte sie das Deckenlicht im Aufzug für Conrads weißblonden Schopf gehalten.

»Was machst du hier unten?«, wollte er wissen.

»Ich weiß es nicht. Ich muss den falschen Knopf gedrückt haben, aber warte, bis du hörst, was ich gefunden habe.« Mit wenigen Worten erzählte sie ihm von der Magie und dem Raum voller Gefangener. Als sie fertig war, erwartete sie, dass er ihr sagte, sie hätte sich alles eingebildet.

»Zeig mir den Raum!«, forderte Dave sie stattdessen auf und stieg mit ihr aus dem Fahrstuhl, bevor die Türen sich schlossen.

Nun, da er sie begleitete, fühlte sie sich sicherer, und so führte sie ihn den Korridor hinunter, wo sie auf die Tür deutete. »Dort drinnen«, hauchte sie.

Dave schritt an ihr vorbei. Die Stille hätte ihr auffallen müssen, aber sie war viel zu sehr auf die Tür konzentriert, die immer noch so weit offen stand, wie Jenna sie zurückgelassen hatte.

Atemlos wartete sie ein Stück hinter Dave, als er durch die Öffnung sah. Die Zeit schien zäh wie Kaugummi, während Jenna auf seine Reaktion lauerte.

Nach einer Minute drehte er sich zu ihr um. »War das hier wirklich der Raum, den du meintest?«, flüsterte er.

Sie nickte, weil sie sich nicht traute, einen Laut von sich zu geben.

Ehe sie ihn davon abhalten konnte, griff Dave den Knauf und machte die Tür weit auf. Jenna stieß einen stummen Schrei aus. Zugleich schnellte ihr Adrenalinpegel in die Höhe. Sie wusste nicht, ob sie sich zum Kampf wappnen oder um ihr Leben laufen sollte.

Aber der Raum war leer.

Keine Spur von Ruderern, von Bankreihen, von einem Sklaventreiber. Nicht einmal ein leises Magiekribbeln. »Aber es war alles hier!«, stieß sie ungläubig aus. »Ich verstehe das nicht!« Sie ging ein paar Schritte zurück und schaute sich um. »Vielleicht ist das die falsche Tür.«

Sie lief den Weg zum Aufzug zurück und noch einmal die Strecke ab, die sie vorher gegangen war, landete jedoch wieder vor derselben Tür. Dave folgte ihr schweigend.

Schließlich legte er einen Arm um ihre Schultern. »Lass uns in unsere Kabine zurückgehen! Es ist spät, und wir brauchen beide Schlaf.«

Verwirrt und unglücklich ließ sie sich von ihm zum Fahrstuhl führen.

»Er funktioniert nicht«, klärte sie Dave auf, als sie drinnen waren und er den Knopf für ihre Etage drückte. Doch zu ihrer Verwunderung schlossen sich die Türen, und die Kabine bewegte sich aufwärts. Warum hatte der Fahrstuhl sich zuvor bei ihr überhaupt nicht gerührt?

»Du hältst mich für verrückt«, vermutete sie, sobald sie in ihrem Zimmer waren.

»Nein, ich halte dich keineswegs für verrückt«, erwiderte er mit einem aufmunternden Lächeln. »Mir wäre allerdings lieber, wenn du nicht allein auf Erkundungstour gehen würdest. Das kann gefährlich sein.«

Jenna seufzte. »Ich wollte ja gar nicht allein herumforschen. Aber der Fahrstuhl ging nicht, egal, welchen Knopf ich gedrückt habe. Er fuhr nach ganz unten und dann nicht mehr. Was sollte ich denn anderes machen?« Vor lauter Frust wurde sie beständig lauter.

»Okay, verstehe.« Dave blieb eine Weile stumm, als müsste er sich selbst erst einmal fangen. »Hör zu, das nächste Mal, wenn so etwas passiert und ich nicht bei dir bin, benutze deine Magie, um den Fahrstuhl in Gang zu bringen. Ich weiß, dass du talentiert bist. Mai und Nick haben es mir erzählt. Du musst in einer solchen Situation wie dieser eben nicht zum Opfer werden.«

Doch Jenna schüttelte den Kopf. »Mein sogenanntes magisches Talent ist ein Fluch, und ich werde es nie wieder benutzen. Es ist noch zu früh. Mit Magie erreiche ich schlicht nichts Gutes.«

»Falls es eine Frage der angemessenen Kontrolle ist …«

»Ist es nicht«, würgte sie ihn ab, wandte ihm den Rücken zu und ging ins Bad, ehe er nachfragen konnte. Sie weigerte sich, jemals wieder ihre Magie einzusetzen, ganz gleich wozu. Und auch wenn er gewiss eine Erklärung verdiente, waren ihre Gründe ganz allein ihre Sache.

»Tut mir leid, wenn ich dich verärgert habe«, rief Dave durch die Badezimmertür. »Das wollte ich nicht.«

Jenna wischte sich die Augen ab, die zu allem Überfluss noch feucht wurden. »Schon gut.«

»Okay.« Für einen Moment herrschte Stille, dann räusperte er sich. »Hör zu, es ist schon spät. Ich gehe kurz an Deck und genieße ein bisschen die Nachtluft, während du dich fürs Bett fertig machst. Ich bin bald wieder zurück.«

Gleich darauf war er fort, und Jenna starrte auf ihr Spiegelbild. Die Gedanken an den unheimlichen Raum und an das, was sie beobachtet hatte, beschäftigten sie weiter, als sie sich umzog und hinlegte. Natürlich konnte sie nicht schlafen. Zudem fiel es ihr schwer, sich zu entspannen, solange Dave nicht in der Nähe war. Je länger er fortblieb, umso größer wurde ihre Sorge, ihm könnte etwas zugestoßen sein.

Es war beinahe drei Uhr morgens, als er in die Kabine zurückkehrte.

»Du bist noch wach?«, fragte er erstaunt, denn Jenna saß aufrecht im Bett.

Sie lächelte reumütig. »Ich war besorgt. Hast du irgendetwas Ungewöhnliches gesehen?«

»Nein, alles schien normal.« Er legte den Riegel vor und zog sein Jackett aus.

»Ich weiß, was ich gesehen habe«, sagte sie gähnend. Jetzt, da er wieder hier war, fühlte sie sich auf einmal todmüde und konnte kaum die Augen offen halten.

»Lass uns morgen weiterreden.« Er ging ins Bad und schloss die Tür.

Sie fragte sich, ob er beabsichtigte, mit ihr in dem Bett zu schlafen, und ob sie es wollte. Und falls sie sich das Bett teilten, würde er dann auch anderes erwarten?

Jenna bemühte sich, wach zu bleiben, bis Dave wieder aus dem Bad kam, weil sie fand, dass sie ein paar Regeln klarstellen sollte. Aber er brauchte so verdammt lange …

Leise öffnete er die Badezimmertür und sah, dass Jenna eingeschlafen war. Endlich! Er hatte absichtlich getrödelt, weil er wusste, wie müde sie war, und sich die leidige Diskussion ersparen wollte, wer wo schlief. Dabei hatte er sowieso schon entschieden, nicht mit in dem Bett zu schlafen, denn dazu wollte er sie viel zu sehr, und sollte er zu ihr unter die Decke kriechen, würde sie es sofort merken.

Jenna war keine Frau, die Sex nur zum Spaß hatte. Andererseits war sie nun einmal eine Frau, und sollte er ihr sagen, dass er nicht vorhatte, mit ihr zu schlafen, würde sie es ganz sicher so deuten, dass sie nicht begehrenswert für ihn war.

Dave kannte Frauen gut genug, um zu wissen, dass sie glänzend darin waren, Dinge misszuverstehen. Und deshalb hatte er sich sehr viel Zeit gelassen und gehofft, Jenna würde beizeiten einschlafen.

Nun sah er sie an. Die Versuchung war übermenschlich groß, denn sie hatte die Decken heruntergetreten, und das Nachthemd war ihr bis zu den Schenkeln hinaufgerutscht, so dass ihre sehr hübschen Beine freilagen. Dave hatte schon zwei Schritte auf das Bett zugemacht, bevor er sich bremste und seine Hände zu Fäusten ballte.

»Was machst du mit mir?«, raunte er leise. Jede Faser seines Seins vibrierte vor Verlangen nach ihr.

Warum fühlte er sich so sehr zu ihr hingezogen? Sie war nicht wie die anderen Frauen, mit denen er ausging, die gern lockere und unkomplizierte Beziehungen pflegten. Jenna war die Art Frau, die eine feste Bindung suchte, und Dave war nicht sicher, ob er dazu bereit war.

Vor langer Zeit hatte er es versucht, und es war eine Katastrophe gewesen. Andererseits fand er den Gedanken, Jenna könnte mit einem anderen Mann zusammen sein, beinahe unerträglich. Das Beste wäre, er ließ es erst gar nicht so weit kommen, beendete alles, ehe es zu spät war.

Leider sagte ihm eine kleine Stimme in seinem Kopf, es wäre bereits zu spät. Dave ignorierte sie, wechselte in eine bequemere Gestalt und legte sich auf den Fußboden, wo er sich zwang, einzuschlafen.

Während er langsam in den Schlaf glitt, löste er seinen Geist aus dem Körper und betrat das spirituelle Reich. Überall waren verschwommene Spuren von Restenergie, wie eine Zeitrafferaufnahme vom Times Square bei Nacht.

Er hob seinen Geist höher, so dass er auf die Traumebene gelangte. Es gab ein ungeschriebenes Gesetz, was das Respektieren der Privatsphäre anderer betraf, an das Dave sich hielt und aufgrund dessen er nie in die Träume eindrang, die ihm begegneten.

Zuerst glaubte er, er bewegte sich vollkommen willkürlich

durch das Reich, aber nach und nach wurde ihm klar, dass er durchaus ein Ziel vor Augen hatte, das ihn gleichsam zu rufen schien. Welches, wusste er nicht.

Er ließ sich von dem Gefühl leiten, das ihn dicht an anderen Träumen vorbeiführte. Manchmal schwappten ihm die Empfindungen der Träumenden entgegen, machten die Spuren klarer und konkreter, bis Dave »sah«, was der Träumende sah, aber als Zuschauer und nicht als Beteiligter.

Je mehr Träume er passierte, umso mehr wunderte ihn der zunehmende Eindruck von Finsternis und Entsetzen. Solche Träume passten nicht zu Menschen auf einer Ferienreise. Ein Traum fiel ihm besonders auf.

Ein Mann in den Vierzigern stand an einem Küchenwaschbecken und hielt ein Medikamentenfläschchen in der Hand. Als er sich umdrehte, folgte Dave seinem Blick in den anderen Raum zu einem alten Mann, der sehr dünn, geradezu ausgemergelt war und eine fast durchsichtige Haut hatte.

Als Wasser rauschte, wandte Dave sich wieder dem Jüngeren zu, der eine Handvoll Pillen in ein Wasserglas warf.

»Trink das, Dad!«, sagte der Mann und reichte seinem Vater das Glas.

Der alte Mann hatte sichtlich Mühe, es zu halten, und hob es langsam an seine Lippen.

Dave spürte an den emotionalen Projektionen des Sohnes, dass die Pillendosis den alten Mann umbringen würde, was der Sohn als Gnade betrachtete. Für Dave hingegen sah es eher nach Mord aus.

Nur Träume, erinnerte er sich und wanderte weiter, wobei er zusehends gewisser wurde, dass er bald sein Ziel erreichte.

Als Nächstes begegneten ihm ein Mann und eine Frau, die tanzten. Sie trug ein langes, fließendes silbernes Kleid, und etwas an ihr war Dave vertraut. Er ging näher, bis er ihr Gesicht erkennen konnte: Jenna.

Ihm kam gar nicht der Gedanke, umzudrehen und zu gehen, wie er es eigentlich hätte tun sollen. Sie in den Armen eines anderen Mannes zu sehen, trieb ihn weiter, denn er wollte unbedingt herausfinden, wer ihr Traumpartner war.

Das Paar drehte sich, und Dave blickte in sein eigenes Gesicht.

Er war verblüfft, erfreut und in weit größeren Schwierigkeiten, als er anfänglich dachte.

Spätestens jetzt sollte er Jenna in ihrem Traum in Ruhe lassen, verschwinden, solange er noch konnte, doch das wollte er nicht. Mit der Leichtigkeit des erfahrenen Geistwanderers schlüpfte er in ihren Traum und nahm seinen eigenen Platz ein.

»Seit Mais und Nicks Hochzeit wollte ich schon mit dir tanzen«, sagte er, zog sie etwas näher zu sich und verlangsamte ihre Bewegungen. Mit nichts als einem Gedanken veränderte er ihre Umgebung, so dass sie wieder auf der Hochzeit waren.

Erstaunt blickte Jenna zu ihm auf, und er küsste sie. Es war das, was er sich den ganzen Abend ersehnt hatte, und zu seiner Freude erwiderte sie seinen Kuss.

Als sie beide wieder aufsahen, befanden sie sich in ihrer Kabine auf dem Schiff. Obgleich er wusste, dass dies ein Traum war, schob er ungeduldig die Träger ihres Kleids beiseite, weil er ihre glatte zarte Haut fühlen wollte. Das Kleid rutschte zu Boden, und voller Verlangen betrachtete er Jennas nackten Körper.

Er versuchte, seine Phantasie zu zügeln, denn ihm war klar, dass das, was er »sah«, seiner Vorstellungskraft entsprang, nicht der Realität, aber er konnte es nicht.

Heiße Lust durchfuhr ihn. »Ich möchte mit dir schlafen«, sagte er zu ihr, da sie offenbar gar nicht wusste, wie sehr er sie wollte.

»Ja, das gefiele mir«, antwortete sie leise.

Geschähe es wirklich, würde Dave es sehr behutsam angehen, aber dies hier war ein Traum, Jennas Traum, und seine Selbstbeherrschung hatte leider gewisse Grenzen.

Binnen eines Atemzugs lagen sie nackt im Bett, Dave zwischen ihren Beinen. Er küsste sie erneut, und als sie schließlich Atem schöpfen mussten, seufzte sie. »Dave.«

Der Klang seines Namens riss ihn aus dem Traum, und er hob den Kopf, um sie anzusehen. Sie lag nach wie vor schlafend in dem Bett. Und nun hörte er sie abermals seinen Namen seufzen.

Er musste seine gesamte Willenskraft aufbieten, um nicht wieder in den Traum zurückzugleiten, was viel zu gefährlich wäre. Er stand bereits kurz davor, die Beherrschung zu verlieren.

Also senkte er den Kopf und lauschte ihrem Atem, von dem er sich einlullen ließ.

Kurz bevor er einschlummerte, glaubte er, von weit her einen jammernden Schrei zu vernehmen, der jedoch so schwach war, dass es auch der Wind sein konnte.

Kapitel 6

Innerhalb eines Sekundenbruchteils wechselte Jennas Traum von erotisch zu beängstigend. Eben hatte sie noch geträumt, sie würde mit Dave schlafen, und im nächsten Augenblick rannte sie durch die dunklen Korridore des Schiffes, einsam und orientierungslos. Klagende Stimmen riefen nach ihr. »Du gehörst zu uns!«, schrien sie.

Sie lief noch schneller, bis ihr ein gespenstisches Nebellicht den Weg versperrte.

»Er wartet auf dich«, stöhnte die Erscheinung, »hinter dem Nebel.«

Dann kam das milchige Licht auf sie zu, umfing sie mit gespensterhaften Tentakeln, bis sie sich nicht mehr rühren konnte. Sie rang nach Luft, aber die Nebelfäden pressten ihr den Brustkorb zusammen. Ihre Angst machte es unmöglich, an etwas anderes als den kalten Tod zu denken, der sie erwartete. Sie öffnete den Mund, wollte schreien, doch kein Ton drang durch die nächtliche Stille.

Schweißgebadet schrak Jenna aus dem Schlaf, setzte sich im Bett auf und blickte sich um, weil sie fürchtete, die Nebelerscheinung könnte noch hinter ihr her sein. Aber sie war allein – und es war Morgen. Helle Sonnenstrahlen fielen durch die offenen Vorhänge und tauchten die Kabine in ein fröhliches Licht, das die Reste ihres Alptraums vertrieb.

Dass sie den Alptraum gehabt hatte, wunderte sie nicht, nachdem sie den unheimlichen Raum unten entdeckt hatte, aber warum konnte ihr Unterbewusstsein nicht einfach den ersten Traum fortsetzen?

Sie sah zu der leeren Betthälfte neben sich. Traumsex war wohl der einzige Sex, auf den sie jemals mit Dave hoffen durfte. Und es war wirklich ein Jammer, dass er vorzeitig geendet hatte.

Wo mochte Dave stecken? Als sie ein Atmen hörte, warf sie die Decke zurück und rutschte zum Fußende, wo sie vor Schreck erstarrte. Auf dem Boden vor ihr lag ein großer schwarzer Panther.

Sie hielt hörbar die Luft an, was wiederum den Panther weckte. Er öffnete die Augen und drehte träge den Kopf, um zu ihr aufzusehen. Jennas Herz pochte so heftig, dass ihr ganzer Leib vibrierte.

Die Raubkatze blinzelte, und Jenna bemerkte, dass ihr die kupferbraunen Augen bekannt vorkamen. »Dave?«, hauchte sie leise.

Wieder blinzelte die Katze, ehe sie sich geschmeidig erhob. Unsicher robbte Jenna ein Stück zurück und wartete gespannt, was passierte.

Die Luft um die Großkatze herum begann zu schimmern, so dass ihre Konturen verschwammen. Die Farben ihres schwarzen Fells und ihrer braunen Augen verliefen ineinander wie eine Kreidemalerei auf der Straße bei Regen. Dann wurde alles hell bronzefarben.

Als Nächstes verlängerte das Bild sich, nahm neue Konturen an, und schließlich stand Dave vor ihr, groß, majestätisch – und nackt.

Prompt hielt Jenna sich eine Hand vor die Augen. »Himmelherrgott, zieh dir etwas an!«

Sie hörte, wie er sich bewegte, dann raschelte Kleidung. »Okay, ich bin wieder anständig«, verkündete er eine Minute später.

»Das wage ich zu bezweifeln«, murmelte sie und linste zunächst nur durch ihre gespreizten Finger. Nachdem sie sich vergewissert hatte, dass er angezogen war, nahm sie ihre Hand herunter.

»Du hast mir einen Riesenschrecken eingejagt«, ließ sie ihn

verärgert wissen. »Ich vergesse dauernd, dass du ein Chamäleon bist.«

»Tut mir leid, ich wollte dir keine Angst machen.« Er streckte sich.

»Schon gut.« Ihr Blick wanderte über seine muskulösen Oberarme, seine breite Brust und hinab bis dorthin, wo ihm die Baumwollhose lose auf den Hüften hing.

»Alles okay?«, fragte er mitten in ihre träumerische Betrachtung hinein.

Schuldbewusst sah sie ihm ins Gesicht und hoffte, dass er nicht bemerkt hatte, wie sie ihn anstarrte. »Ähm, ja, bestens, danke. Und bei dir?«

»Ja, mir geht es gut.«

Jenna nickte. »Schön.« Worüber hatten sie gesprochen? »Warum hast du auf dem Fußboden geschlafen?«

»Ich nahm an, dass es dir nicht recht wäre, das Bett mit mir zu teilen, und so blieb eigentlich nur der Fußboden. Der wird mit zunehmendem Alter allerdings recht unbequem, solange ich in menschlicher Gestalt schlafe.«

»Also hast du dir einen Panther ausgesucht? Weshalb nicht, nun ja, einen niedlichen Pudel? Vor einem Pudel wäre ich bestimmt nicht erschrocken.«

»Stimmt«, gab er zu, wobei er ein bisschen gereizt klang. »Und jeder andere auch nicht. Nach dem, was wir bisher auf dieser Kreuzfahrt gesehen haben, hielt ich es für klug, auf jede Eventualität vorbereitet zu sein. Wäre jemand in die Kabine eingebrochen, während wir schliefen, hätte er es sich angesichts eines Panthers wohl zweimal überlegt, ob er bleibt.«

Ihr behagte nicht, dass er glaubte, sie beschützen zu müssen. »Denkst du, dass wir in Gefahr sind?«

»Ich weiß nicht, aber Vorsicht kann nie schaden. Ich würde allerdings nicht meinen, dass wir uns für den Rest der Reise in der Kabine verstecken müssen. Tun wir einfach, was die meisten

Leute auf einer Kreuzfahrt so tun, nur halten wir die Augen offen, einverstanden?«

Sie nickte, obgleich sie nicht sonderlich beruhigt war.

»Hast du Hunger? Ich bin nämlich am Verhungern. Das Gestaltwandeln verbrennt haufenweise Kalorien.«

Bei dem Gedanken an Essen knurrte Jennas Magen. »Wollen wir uns ansehen, was das Frühstücksbuffet zu bieten hat?«

»Meinetwegen gern«, antwortete er. »Nur mal so aus Neugier: Was haben wir für heute geplant?«

»Was *wir* geplant haben?« Ihr fiel es schwer, zu glauben, dass er tatsächlich Zeit mit ihr verbringen wollte. Was wiederum bedeutete, dass er meinte, sie beschützen zu müssen, sei es vor anderen oder vor ihr selbst. »Du musst deine freie Zeit nicht mit mir verbringen. Ich komme prima allein klar.«

»Ja, das weiß ich«, entgegnete er, ohne auch nur im Entferntesten herablassend zu klingen. »Aber zufällig möchte ich gern mit dir zusammen sein. Wundert dich das?«

»Willst du eine ehrliche Antwort? Ein bisschen schon.«

»Tja, das sollte es nicht.« Er lächelte, und sie konnte rein gar nichts gegen das aufgeregte Kribbeln in ihrem Bauch tun. Wahrscheinlich handelte es sich um eine Nachwirkung ihres Traums. »Also, wie lauten unsere Pläne?«

»Nun, sie sind ziemlich aufregend«, erwiderte sie extra sarkastisch, um ihre Erleichterung zu überspielen. Sie wusste, dass sie nicht verrückt war und auf dem Schiff wirklich seltsame Dinge vor sich gingen. Deshalb wollte sie ungern allein sein. »Wir werden in der Sonne schmoren.«

»Klingt super.« Jenna hatte erwartet, dass er versuchen würde, sie zu etwas anderem zu überreden, das ihm mehr Spaß machen könnte, doch das geschah nicht. »Du kannst dich wieder im Bad umziehen, während ich mir hier meine Badehose überstreife, und anschließend essen wir einen Happen auf dem Weg zum Lido-Deck. Wie klingt das?«

»Sehr gut.« Ja, das tat es! Sie stieg aus dem Bett, schnappte sich ihre Sachen und ging ins Bad.

Zehn Minuten später musterte sie sich im Spiegel. Ihr Bikini war sehr viel kleiner, als sie ihn in Erinnerung hatte. Ebenso gut hätte sie überhaupt nichts tragen können, dachte sie und beäugte sich kritisch. Für einen kurzen Moment erwog sie, Dave zu sagen, dass sie es sich anders überlegt hätte, aber das wäre zu albern. Nach Tiffany und Mandi würde Dave sie ohnehin keines zweiten Blickes würdigen.

Also zog sie sich ihren Kimono über und öffnete die Tür.

Er wartete in Badehose und T-Shirt auf sie. »Bereit?«

»Gehen wir!« Sie schlüpfte in ihre Sandalen und öffnete die Tür. Als sie schon über die Schwelle getreten war, fielen ihr die Handtücher ein.

Sie drehte sich so abrupt um, dass sie mit Dave kollidierte, der sie abfing.

»Handtücher«, murmelte sie matt, weil ihr leider allzu bewusst war, dass ihre Körper sich berührten.

»Oben an Deck liegen welche aus. Ich habe sie gestern gesehen«, verriet er ihr, drehte sie schwungvoll um und folgte ihr auf den Gang.

Im Speisesaal war ein köstliches Buffet aufgebaut. Während sie ihre Teller füllten, blickte Jenna sich aufmerksam um, konnte jedoch nichts Ungewöhnliches entdecken. Alles schien vollkommen normal.

Nach dem Frühstück gingen sie zum Lido-Deck, wo sie ein leuchtend blauer Himmel und strahlender Sonnenschein empfingen. Sie fanden einen abgelegenen Platz unweit des kleineren Pools, wo Jenna eines der Badelaken sorgfältig auf ihrem Liegestuhl ausbreitete. Schließlich sah sie kurz zu Dave, ob er sie auch nicht beobachtete, und zog ihren Kimono aus.

»Meine Fr…«

Jenna wirbelte herum und sah, dass Dave sie anstarrte. Anscheinend kostete es ihn einige Mühe, den Blick von ihrem Körper auf ihr Gesicht zu richten. »Entschuldige!«, sagte er und räusperte sich. »Du siehst ... ähm ... richtig gut aus.«

»Danke.« Bei aller Unsicherheit freute seine Reaktion sie. Sie legte sich auf den Liegestuhl, holte eine Tube Sonnenmilch aus ihrer Tasche und begann, sich Arme und Beine einzucremen, wobei sie sich zwang, nicht darauf zu achten, dass Dave sie beobachtete. Als sie fertig war, hielt sie ihm die Creme hin. »Du darfst gern etwas nehmen, wenn du willst.«

»Danke.« Er klang ein wenig überrascht, nahm die Tube aber und cremte sich Arme und Brust ein. Jenna wagte nicht, ihm dabei zuzusehen. Stattdessen schloss sie die Augen und ließ ihre Gedanken abschweifen, während die Sonne ihre Haut wärmte.

Sie hatte keine Ahnung, wie lange sie so dagelegen hatte, bis Daves Stimme sie aus ihren Tagträumen weckte. »Du solltest dich vielleicht umdrehen.«

Jenna öffnete ein Auge und sah ihn an. Die Sonne war so grell, dass sie ihr Gesicht mit der Hand abschirmen musste. »Was?«

Er saß seitlich auf seinem Liegestuhl, und Jenna hatte den Eindruck, dass er schon eine ganze Weile so neben ihr hockte. Hatte er sie die ganze Zeit angestarrt?

»Wir sind seit fast zwanzig Minuten hier, und deine Haut wird allmählich rot«, erklärte er. »Wenn du gleichmäßig braun werden willst, müsstest du dich umdrehen.«

Jenna streckte ihre Arme vor sich aus. Er hatte recht, sie färbten sich rosa. »Danke.«

So elegant sie konnte, rollte sie sich auf den Bauch und hatte gerade wieder ihre Augen geschlossen, als sie fühlte, wie Dave sich über sie beugte. »Was machst du da?«

»Ganz locker!«, beruhigte er sie. »Ich will dir bloß den Rücken eincremen.«

»Das musst du nicht.« Das Letzte, was sie wollte, waren seine Hände auf ihr. Nein, eigentlich stimmte das nicht, denn nach dem Traum letzte Nacht wollte sie es sogar ein bisschen zu sehr, weshalb sie fürchtete, dass sie etwas Hochpeinliches tun könnte, wie zum Beispiel vor Wonne stöhnen. Aber er hörte nicht auf sie, und noch ehe sie ihn aufhalten konnte, drückte er sich Sonnenlotion in die Hand und verteilte sie auf ihrem Rücken.

Die Creme war kühl, seine großen Hände jedoch strichen warm über ihre Haut. Sie musste sich anstrengen, um gleichmäßig zu atmen, und hoffte inständig, dass er nicht bemerkte, wie ihr Herz klopfte. Es war eine Qual, eine süße, ja, eine himmlische Qual. Sie wollte, dass er auf der Stelle aufhörte, und zugleich, dass es niemals endete.

Dave spreizte seine Finger und glitt über Jennas Rücken. Natürlich war ihm klar, dass er einen gewaltigen Fehler beging. Ihre Traumbegegnung wirkte noch in ihm nach, und ihre Haut fühlte sich so weich und glatt an. Sie hatte eine schmale Taille, die er mit seinen großen Händen problemlos umfassen könnte, und kaum stellte er es sich vor, wanderte sein Blick auch schon zu ihren Hüften und ihrem Po.

Der Mutter Göttin sei Dank für Bikinis! Noch lieber hätte er sie in einem Tanga gesehen, aber wahrscheinlich war es besser, dass sie keinen trug.

»Die Beine brauchst du nicht einzucremen«, sagte sie, als er Sonnenlotion nachnahm und sie auf ihre Beine verteilte. Ihm entging nicht, dass ihre Stimme etwas atemlos klang. Anscheinend war sie doch nicht so gelassen, wie sie ihn glauben machen wollte.

»Kein Problem«, versicherte er ihr. »Ich bin gleich fertig. So, das war's schon.« Er verrieb die restliche Creme auf seinen Beinen und begab sich ein bisschen ungelenk zu seinem Liegestuhl zurück, wobei er darauf bedacht war, sich nicht zu gerade aufzurichten.

Die nächsten zwanzig Minuten lagen sie schweigend nebeneinander in der Sonne. Schließlich reichte es Dave. Ihm war heiß, und das in mehr als einer Beziehung. Er brauchte dringend eine Abkühlung im Pool. Als er sich zu Jenna drehte, war ihr Gesicht ihm zugewandt, aber sie hatte die Augen geschlossen. Für eine kurze Weile genoss er es einfach, sie anzusehen. Wieso war ihm nie zuvor aufgefallen, wie wunderschön sie war?

Er wusste, warum Nick ihn gewarnt hatte, ihr nicht zu nahe zu kommen. Gegenwärtig war sie sehr verwundbar, und Dave war nicht eben berühmt für langfristige, verlässliche Beziehungen. Nein, Jenna hatte genug Probleme, da brauchte sie gewiss nicht noch ihn, der mit ihren Gefühlen spielte. Dennoch wusste er nicht, ob er sie in Ruhe lassen könnte.

»Ich gehe schwimmen.« Er stemmte sich von seinem Liegestuhl ab. Länger könnte er es auf keinen Fall ertragen, neben ihr zu liegen, einzig seinen Gedanken überlassen. »Willst du mit?«

Jenna hob den Kopf und blickte zum Pool hinüber. »Ich weiß nicht.«

»Komm schon!«, ermunterte er sie. »Kühlen wir uns ein bisschen ab, und danach legen wir uns wieder in die Sonne.« Ihre Miene verriet ihm, dass sie das Angebot reizte. »Es ist niemand im Wasser, also musst du dir keine Sorgen machen, dass irgendwelche Kinder herumspringen und dich vollspritzen oder so. Aber es ist deine Entscheidung.«

Er schritt zum Poolrand und testete das Wasser mit dem Fuß.

»Wie ist es?«, rief Jenna.

»Angenehm. Kühl, aber nicht kalt.« Nun tauchte er ganz ein und durchpflügte das Wasser mit langen, gleichmäßigen Schwimmzügen. Am Ende des Beckens vollführte er eine Rolle unter Wasser und schwamm wieder zurück. Bis er ein weiteres Mal durch das Becken geschwommen war, stand Jenna auf der untersten Stufe.

»Du hast recht«, stellte sie fest, »es fühlt sich gut an.« Sie schaute sich auf dem leeren Deck um. »Mich wundert, dass hier nicht mehr Leute sind.«

Dave blickte in das klare blaue Wasser hinab. »Ich weiß nicht. Denkst du, mit dem Wasser stimmt etwas nicht? Es ist so …«

Seine Worte verloren sich, und er bekam einen seltsamen Gesichtsausdruck.

»Was ist los?«, fragte Jenna, die sogleich besorgt war.

»Meine Hände fühlen sich merkwürdig an.« Sie hörte ihm an, dass er beunruhigt war, und sah auf seine Hand, die er aus dem Wasser hob. Sie war beinahe doppelt so groß wie zuvor und schwoll beängstigend rasch weiter an. Als er die andere Hand hochhob, vergrößerte sie sich ebenfalls rasant schnell.

Erschrocken watete Jenna auf ihn zu, um ihm zu helfen.

»Nein, bleib zurück!«, rief er ihr zu. »Ich glaube, das breitet sich aus. Mein Rücken …« Er versuchte, hinter sich zu greifen, doch sein geschwollener Arm ließ es nicht zu, so dass Dave nichts anderes übrig blieb, als Jenna seinen Rücken zuzudrehen.

Sie stieß einen stummen Schrei aus. Eine gigantische Fleischbeule wuchs ihm mitten aus dem Rücken, die aussah wie … eine Flosse? Einen Moment starrte Jenna ihn entgeistert an, dann musste sie kichern. »Niedlich.«

Er drehte sich zu ihr und grinste sie breit an, bevor er unter Wasser tauchte. Er schwamm ins Tiefe und schoss in die Luft, nun vollständig in einen Delphin verwandelt, der eine Drehung in der Luft machte und wieder ins Wasser zurückschoss.

Er schwamm zu ihr, stieß sich weit nach oben und hüpfte rückwärts auf der Schwanzflosse über die Wasseroberfläche. Lachend klatschte Jenna in die Hände und watete weiter in den Pool. Als Dave sich an ihren Beinen rieb, griff sie hinunter und berührte ihn. Irgendwie endete es damit, dass sie sich an seiner Flosse festhielt und von ihm eine Runde durch den Pool ziehen ließ.

Sie musste lachen, schloss den Mund jedoch gleich wieder, ehe sie Unmengen Wasser schluckte. Nach ihrer dritten Runde durch das Becken ließ sie Dave los und setzte sich auf die Stufen. »Ich hatte keine Ahnung, dass du so talentiert bist«, gab sie zu, als er sich wieder in einen Mann zurückverwandelt hatte.

»Na, ich muss doch sehr bitten!«, beschwerte er sich schmunzelnd. »Ich verfüge über unglaubliche Fertigkeiten. Mich in einen Delphin zu verwandeln, ist nur einer meiner Kindergeburtstagstricks. Zieh dir erst einmal das hier rein!«

Er sank unter Wasser und verwandelte sich in einen großen weißen Hai. In dieser Gestalt kreiste er am Poolrand entlang und sah dabei echt genug aus, dass Jenna unwillkürlich die Treppen hinaufkrabbelte und es vorzog, ihn aus sicherer Distanz zu beobachten.

Der Hai – sie hatte einige Mühe, daran zu denken, dass es Dave war – schwamm vor ihr vorbei und ins Tiefere zurück.

»Ah!«, schrie sie auf, als ein riesiger Schlangenkopf aus dem Wasser aufragte. Er war mit saphirblauen und smaragdgrünen Schuppen bedeckt, und die Kreatur unter dem Schlangenkopf war so riesig, dass sie die gesamte Beckenbreite einnahm. Er watete auf sie zu. Jenna musste den Kopf in den Nacken legen, um zu ihm aufzusehen, so riesengroß war er. Ihr blieb die Luft weg. »Gigantisch!«, hauchte sie.

Im nächsten Moment flirrte die Schlangengestalt, und als das Flirren aufhörte, stand Dave im flachen Wasser vor ihr.

»Ähm, ich glaube, du hast etwas vergessen«, sagte sie und wurde knallrot.

»Ups.« Er grinste. »Bin gleich wieder da.« Als er sich umdrehte, hatte Jenna kurzfristig freien Blick auf seinen nackten Hintern, ehe er ins Wasser eintauchte. Sie sah, wie er ins Tiefe kraulte und dort etwas vom Grund fischte. Als er wieder zu ihr kam, trug er seine Badehose.

»Das war irre!«, schwärmte sie, sobald er sich neben sie auf die Stufen hockte. »Ich meine, wie du dich in alles Mögliche verwandeln kannst. Die andere Vorstellung nicht, obwohl …« Sie lachte, als sie seine entsetzte Miene sah. »Was ist?«

»Hast du gerade einen Witz gemacht?«

»Tja, was soll ich sagen?«, antwortete sie achselzuckend. »Ich stecke eben auch voller Überraschungen.«

»Ja, diesen Eindruck gewinne ich allmählich auch«, entgegnete er übertrieben ernst.

Es tat ihr gut, einfach nur Spaß zu haben, und dennoch überkamen sie gleich Schuldgefühle. Welches Recht hatte sie, glücklich zu sein, wo Sarah jede Chance auf Glück brutal geraubt worden war? Ihr Lächeln erstarb.

»Habe ich etwas Falsches gesagt?«

Jenna schüttelte den Kopf. »Nein, nein.«

Er neigte sich zu ihr und knuffte ihre Schulter sanft mit seiner. »Es ist nicht deine Schuld.«

»Was?«

»Sarahs Tod.«

Es erstaunte sie nicht, dass er wusste, was sie dachte. »Ich hätte sie retten können und habe versagt. Somit ist es sehr wohl meine Schuld. Wenn ich mich mehr angestrengt hätte …«

Dave sah, wie ihr Tränen in die Augen stiegen, und legte einen Arm um ihre Schultern, was sie sogar zuließ. »Nach dem, was Mai und Nick mir erzählten, hast du alles getan, was du konntest. Der Dschinn, der Sarah gefangen hielt, war stärker, als alle dachten.«

Wie gern hätte sie das geglaubt, wäre sie von ihrer Schuld befreit worden, aber seine Erklärung durfte ihre Sicht auf die Wahrheit nicht trüben. »Das ist es nicht, was sie umbrachte. Sie starb, weil ich Magie benutzte.«

»Was? Das ist absurd. Wer hat dir das eingeredet?«

Jenna schüttelte den Kopf. »Nein, es ist wahr. Jedes Mal, wenn ich Magie benutze, stirbt jemand.« Ein Wimmern entfuhr ihr, als sie ausatmete.

»Was meinst du damit? Wer ist außer Sarah noch gestorben?«

»Meine Eltern.«

Kapitel 7

Ihr Geständnis machte Dave sprachlos. War es tatsächlich möglich, dass sie ihre Eltern mittels Magie umgebracht hatte?

Nein. Er weigerte sich, das zu glauben. Jenna war keine Mörderin. »Erzähl mir, was passiert ist!«, forderte er sie vorsichtig auf.

»Ich war die Einzige in unserer Familie, die als Hexe geboren wurde«, begann sie. »Meine Eltern verstanden nicht, was es hieß, solch ein Talent zu besitzen. Und natürlich konnten sie mir nicht beibringen, wie ich es benutzen, geschweige denn kontrollieren sollte.«

Dave wappnete sich im Geiste für das, was nun kommen würde.

»Als ich achtzehn war, brauchte ich ihre Erlaubnis nicht mehr, um Hexenkunst zu studieren, also wandte ich mich an den örtlichen Zirkel und fing an, Kurse zu besuchen.« Sie seufzte. »Es war herrlich. Die Leute dort hielten mich nicht für eine Irre, weil sie genauso waren wie ich. Sie brachten mir die Grundbegriffe des Zauberns bei, und ich war eine gute Schülerin.«

Dave war, als hörte er noch eine Spur ihrer früheren Begeisterung.

»Eine Zeitlang war es hart, zur Schule zu gehen und heimlich die Abendkurse im Zirkel zu absolvieren. Ich dachte, dass es leichter würde, wenn ich erst den Schulabschluss hatte. Aber dann drängten meine Eltern, ich sollte zum College gehen. Ich schrieb mich am Community College ein, damit sie Ruhe gaben, besuchte die Kurse allerdings so gut wie nie.«

Sie machte eine Pause, und Dave begriff, dass sie nun zum

schwierigen Teil der Geschichte kam. »Als meine Eltern starben, hatte ich den ganzen Tag in meinem Zimmer Magie geübt. Es war das erste Mal, seit ich beim Hexenzirkel lernte, dass ich Zauber ohne Aufsicht einer anderen Hexe praktizierte. Ich war so vertieft in das, was ich tat, dass ich völlig vergaß, Sarah von der Schule abzuholen, worum meine Eltern mich gebeten hatten. Wir hatten einen Termin für ein Familienfoto bei einem Fotografen, deshalb wollten sie, dass alle zeitig zu Hause waren und sich umziehen konnten.

Als sie heimkamen und merkten, dass Sarah nicht da war, wurden sie furchtbar wütend. Zwar war es gut möglich, dass Sarah einen späteren Bus nahm, wenn keiner sie abholte, aber statt darauf zu warten, fuhren sie los zu ihrer Schule.«

Sie wurde eine Nuance leiser. »Wie sich herausstellte, hatte Sarah den Bus genommen, der Göttin sei Dank. Andernfalls hätte sie mit in dem Wagen gesessen, als ein Sattelschlepper meine Eltern an einer roten Ampel rammte und den Wagen zerquetschte. Die Polizei sagte später, dass sie gleich bei dem Aufprall tot waren.«

Jenna fing an zu weinen, und Dave legte seinen anderen Arm um sie, weil er sie so gut trösten wollte, wie er nur konnte. »Jenna, das tut mir wirklich leid.«

»Hätte ich einfach gemacht, worum sie mich baten, wären sie nicht gestorben«, schluchzte sie an seiner Brust. »Es ist meine Schuld, dass sie tot sind.«

»Nein«, erwiderte er fest. »Schuld war der Fahrer des Sattelschleppers. Hätte er die rote Ampel nicht übersehen, wären deine Eltern zur Schule gefahren und hätten gesehen, dass deine Schwester schon mit dem Bus unterwegs nach Hause war. Du warst für ihren Tod ebenso wenig verantwortlich wie für Sarahs. Dieser Dschinn war extrem mächtig. Du darfst dir das nicht vorwerfen!«

Er spürte, dass sie abermals den Kopf schüttelte. Es brauchte wohl sehr viel mehr als seine Worte, bis sie sich selbst vergab. Er konnte nichts weiter tun, als bei ihr zu bleiben und sie zu trösten. Falls nötig, würde er sie für immer in den Armen halten, denn so seltsam es war, war er dazu bereit. Und eigentlich war er gar kein Kuscheltyp.

Schließlich entwand Jenna sich ihm und wischte sich die Augen trocken. »Danke, dass ich dich vollheulen durfte«, sagte sie leise, ohne ihn direkt anzusehen. »Und dass du mit mir geredet hast. Ich habe noch nie jemandem erzählt, was an jenem Tag passierte.«

Behutsam wischte er ihr eine Träne von der Wange. »Ich bin froh, dass du es mir erzählt hast.« Nun trat eine merkwürdige Stille ein, die Dave sogleich brach. »Es ist schon fast Mittag. Gehen wir rein und schlagen uns den Wanst voll!«

Als sie nickte und lächelte, sammelten sie ihre Sachen zusammen und kehrten in die Kabine zurück.

Während des Essens war es zwischen ihnen anders als zuvor, stellte Jenna fest. Ihre fortwährenden Sticheleien hatten eine Leichtigkeit angenommen, und zwischen ihnen keimte eine Freundschaft auf, die versprach, mehr zu werden, was gleichermaßen aufregend wie verboten war. Jenna musste sich anstrengen, um bei ihrer Unterhaltung nicht den Faden zu verlieren, denn so harmlos und freundlich ihr Gespräch sein mochte, knisterte es deutlich, wann immer sie einander ansahen.

»Ich bereue es kein bisschen, dass ich dich nicht allein auf diese Kreuzfahrt gehen ließ«, gestand Dave, nachdem sie beide für einen Moment geschwiegen hatten.

Ihr wurde wohlig warm, und sie lächelte. »Ja, ich freue mich auch, dass du dich in letzter Sekunde an Bord geschmuggelt hast.«

»Versteh mich jetzt bitte nicht falsch, aber ich genieße es wirklich, mit dir zusammen zu sein. Ich kann nicht fassen, dass wir seit drei Monaten zusammenleben und ich es erst jetzt kapiere.«

»Na ja, wir leben ja auch nicht im eigentlichen Sinne zusammen«, korrigierte sie ihn. »Und du warst … beschäftigt.«

»Die Arbeit«, ergänzte er der Klarheit halber.

Jenna lachte sehr damenhaft. »Ja, stimmt. Es sei denn, mit Arbeit meinst du Tiffany, Mandi, Sondra, Bambi …«

Nun stimmte Dave in ihr Lachen ein. »Ich kenne niemanden namens Bambi, aber ich hab's schon begriffen.« Er wurde wieder ernster. »Dir gefallen die Frauen nicht, mit denen ich mich verabrede.«

»Es liegt nicht an den Frauen, mehr an ihrer Anzahl.« Sie seufzte, denn ihr war bewusst, dass sie mit dem, was sie sagte, alles ruinieren könnte, was gerade erst zwischen ihnen entstand. Trotzdem konnte sie sich die Frage nicht verkneifen. »Warum so viele?«

Er sah sie eine ungefähr dreistündige Minute lang an. »Die Wahrheit?«

Sie bejahte stumm und hielt den Atem an.

»Du weißt ja, dass mein Volk an Geistverwandte glaubt, daran, dass es für jeden von uns jemand Besonderen gibt, mit dem es uns bestimmt ist, in wahrer Liebe verbunden zu sein.« Er zögerte. »Tja, ich fand meine Geistverwandte vor einigen Jahren.«

Diese Nachricht traf sie wie ein Hieb an den Hinterkopf. Ihr gefiel nicht, dass er seine große Liebe bereits gefunden hatte, weil das hieß, sie könnte es niemals sein. Nicht dass sie bisher an diese Möglichkeit geglaubt hatte, ermahnte sie sich rasch.

»Ich fand sie auf dieselbe Weise, wie die meisten Geistwanderer einander finden: Sie kam im Traum zu mir«, fuhr er fort und schien ganz in der Geschichte zu versinken. »Ich war erstaunt, dass es eine Bekannte war, obwohl ich sie zur fraglichen Zeit nicht besonders gut kannte. Wie dem auch sei – wir begegneten uns in der Realität, und bald fingen wir an, zusammen auszugehen. Binnen einer Woche waren wir verlobt, und ein Jahr später fand die Hochzeit statt.«

»Du bist verheiratet?«, fragte Jenna verblüfft.

Er schüttelte den Kopf. »Sie ließ mich am Altar stehen. Mir war nie der Gedanke gekommen, dass sie mit einem anderen durchgebrannt war. Ich dachte, sie hätte einen Panikanfall bekommen oder, schlimmer noch, auf dem Weg zur Kirche einen Unfall gehabt. Also ging ich sie suchen, um sie zu trösten, und ertappte sie in den Armen eines anderen Mannes. In dem Moment wurde mir klar, dass sie mich von Anfang an belogen hatte.«

»Aber sie war doch deine Geistverwandte!«, entgegnete Jenna ungläubig.

»Wie sich herausstellte, war auch das gelogen. Wie ich war sie eine Geistwanderin. Sie war absichtlich in meine Träume gedrungen und hatte mich glauben gemacht, ich hätte meine Geistverwandte gefunden.«

»Warum hat sie das getan?«

»Ihr ging es ums Geld, vermute ich – oder vielleicht um den Status. Meine Familie war eine der wenigen vermögenden im Dorf.« Er zuckte mit den Schultern. »Ich muss wohl nicht extra erwähnen, dass wir nicht mehr heirateten. Nick ist der einzige Mensch, der weiß, was an jenem Tag wirklich passierte.«

Jenna glaubte, ihn jetzt besser zu verstehen. Aus Selbstschutz hatte er es sich zur Gewohnheit gemacht, mit so vielen Frauen wie möglich locker verbandelt zu sein. Auf diese Weise mied er eine zu enge Bindung zu einer Einzelnen von ihnen. »Danke, dass du mir das erzählt hast.«

Er nickte und sah auf ihren leeren Teller. »Bist du satt? Falls ja, habe ich eine Überraschung für dich.«

»Was?«, fragte sie, legte ihre gefaltete Serviette neben ihren Teller und stieß sich vom Tisch ab.

»Nicht hier.«

Jenna liebte Überraschungen, auch wenn sie es hasste, auf deren Enthüllung zu warten. Deshalb bombardierte sie Dave auf dem ganzen Weg zurück zu ihrer Kabine mit Fragen. Doch er weigerte sich standhaft, ihr irgendetwas zu verraten. Als sie endlich in ihrem Zimmer ankamen, drehte sie sich erwartungsvoll zu ihm um.

»Ich habe über das nachgedacht, was du mir vorhin erzählt hast«, begann er, »dass jedes Mal, wenn du Magie benutzt, jemand umkommt. Wir beide wissen, dass das eine maßlose Übertreibung ist. Und ich denke, es ist obendrein eine Ausrede, die du dir selbst gibst, um nie mehr Magie zu praktizieren.«

Sie starrte ihn verständnislos an.

Aber er gab ihr keine Zeit, zu protestieren. »Deine Kräfte ängstigen dich, weil du nie gelernt hast, sie zu kontrollieren. Also bringe ich es dir bei.«

»Was weißt du darüber, wie man Zauber wirkt?«, erkundigte sie sich, wobei sie ihr verwirrtes Hirn zwang, zusammenhängende Gedanken zu bilden.

»Meine Mutter ist eine Hexe. Ich sah sie von Kind an üben und habe hier und da etwas aufgeschnappt.« Er nahm ihre Hände. »Vertraust du mir?«

Sie sah ihm in die Augen und nickte.

»Okay, dann fangen wir an.« Nun drehte er ihre Hände nach oben. »Entspann dich und konzentrier deine Gedanken! Versuch, einen einfachen Kraftball zu formen!«

Wieder nickte sie und blickte auf ihre Hände. »Mutter Göttin, hör mein Flehen! Schenk mir die Kraft, um die ich dich bitte …«

»Stopp!«, befahl Dave.

»Was ist?« Die Luft über ihren Händen fing an zu flirren, was ein Zeichen dafür war, dass ihre Magie sich sammelte.

»Meine Mutter sprach nie Zauber laut aus. Sie sagte, dass die Worte und Zaubersprüche gut sind, wenn man in einer Gruppe von Hexen zusammenarbeiten will, aber wenn man allein praktiziert, sind Worte zu hinderlich. Denk zum Beispiel an den Sonnenuntergang, den du gestern Abend gesehen hast. Wenn ich ›los‹ sage, versuch, dich an die unterschiedlichen Farben zu erinnern. Los!« Einige Sekunden vergingen. »Stopp! Wie viele Farben konntest du sehen?«

»Ich weiß nicht. Vielleicht ein Dutzend oder mehr.«

»Ein Dutzend verschiedene Farben innerhalb eines Sekundenbruchteils? Okay. Wenn ich das nächste Mal ›los‹ sage, will ich, dass du mir die Namen der unterschiedlichen Schattierungen gibst, die du gesehen hast. Und sag nicht Orange, wenn die Farbe Mandarine war, verstanden?« Sie nickte. »Los!«

»Malve, Gold, Manda …«

»Stopp!« Er zog eine Braue hoch. »Was ist passiert? Ich gab dir dieselbe Zeit. Ich habe dir sogar eine Farbnuance vorgegeben, und du kommst mir mit nur zwei von einem Dutzend oder mehr Farben, die du gesehen hast. Worauf ich hinauswill, ist, dass der Geist ein mächtiges Instrument ist, mit unendlichen Möglichkeiten. Benutze ihn, um deine Magie zu kontrollieren!«

»Ich bin nicht sicher, ob ich weiß, wie ich das anstelle«, gestand sie.

»Indem du dich konzentrierst. Jetzt probier's noch mal!«

Ihre Hände vor sich, die Innenflächen nach oben, wollte sie zu singen anfangen, bremste sich aber noch rechtzeitig und benutzte stattdessen ihre Gedanken, um die Magie zu rufen.

Zu ihrer Verblüffung begann die Luft über ihren Händen vor Macht zu schimmern. Sie konzentrierte sich noch mehr, aber der Ball verblasste.

»Erzwing es nicht!«, ermahnte Dave sie. »Lass es kommen!«

Sie entspannte sich und versuchte es ein weiteres Mal. Über ihren Händen begann sich erneut ein Ball von flirrendender Luft zu bilden. Jenna atmete ruhig weiter, aber der Ball wurde größer. Plötzlich hatte sie eine Vision, dass der Ball den gesamten Raum ausfüllte oder ein Loch in den Schiffsrumpf sprengte. Wer wusste schon, welches Unheil so viel Magie anrichten konnte?

»Jenna!« Daves strenge Stimme brachte sie in die Gegenwart zurück. Ihre Hände zitterten, und der Magieball schimmerte wie eine große Schüssel goldene Götterspeise. »Entspann dich! Mal dir aus, wie der Ball kleiner wird und die Magie nachlässt. Du kannst es! Du musst an dich glauben!«

Jenna schob ihre Ängste fort und konzentrierte sich auf das, was Dave sagte. Es bedeutete ihr ungeheuer viel, dass er an sie glaubte. Als sie sich an diesen einen Gedanken hielt, begann die Magie zu schrumpfen. Bald nahm sie wieder die Größe eines Golfballs an. Ihr war fast schwindlig vor Freude, aber sie behielt ihre Gedanken und Gefühle unter Kontrolle.

Als sie merkte, wie viel Kraft ihr diese Zauberübung geraubt hatte, ließ sie den Ball vollständig verschwinden. Sie hatte es getan! Sie konnte es selbst kaum fassen. Vor lauter Glück warf sie sich Dave in die Arme und küsste ihn.

Sobald sie begriff, was sie tat, wollte sie sich zurückziehen, doch seine Arme legten sich fester um sie. Er neigte seinen Kopf und küsste sie mit einer Dringlichkeit, als wäre er ein Ertrinkender und sie der Quell des Lebens.

Nichts existierte mehr außer diesem Mann, der sie in seinen Armen hielt. Als er den Kuss schließlich beendete, trat sie unsicher einen Schritt zurück.

»Daran könnte ich mich problemlos gewöhnen«, eröffnete er ihr. Dann atmete er tief durch, denn offenbar hatte er Mühe, einen klaren Kopf zu bekommen. »Du bist mächtiger, als ich dachte«, fuhr er eine Minute später fort. »Selbstverständlich musst du noch üben. Wenn wir nach Hause kommen, nehme ich dich mit in mein Dorf und stelle dich meiner Mutter vor. Sie wird mit Freuden mit dir über Magie reden. Und ich bin sicher, dass es eine Menge Dinge in der Hexenkunst gibt, von denen ich nichts weiß und bei denen sie dir helfen kann.«

Jenna traute ihren Ohren nicht. »Das würdest du machen – mich deiner Mutter vorstellen?«

Er lächelte. »Klar. Ich denke, ihr zwei werdet euch gut verstehen.«

Kapitel 8

Jenna übte noch mehrere Stunden, ehe sie Dave bat, aufhören zu dürfen. Magie zu benutzen war anstrengend, und sie war wirklich erschöpft.

»Bis zum Abendessen sind es noch ein paar Stunden. Ich lasse dich dann mal allein, damit du dich ausruhen kannst«, sagte er.

Sie wollte nicht, dass er ging, war aber zu müde, um ihm zu widersprechen. »Na gut, aber ich will nicht zu lange schlafen, sonst kriege ich heute Nacht kein Auge zu.«

»Okay, ich bin in zwei Stunden wieder hier, einverstanden?«

»Einverstanden.« Sie legte sich hin, denn ihre Lider waren auf einmal zu schwer, als dass sie sie länger aufhalten konnte.

»Schlaf ein bisschen, Jenna!«

Sie hörte die Tür klicken. »Dave?«

»Ja?«

»Sei bitte vorsichtig!« Sie schlief, bevor die Tür zufiel.

Dave war froh, dass sie ihn nicht gefragt hatte, wohin er ging. Er wollte sie nicht belügen, aber die Wahrheit hätte sie nur beunruhigt.

Er ging zu den Fahrstühlen und drückte den Knopf, der ihn auf die Etage führte, auf der er gestern Abend die panische Jenna vorgefunden hatte. Obgleich er nicht erwartete, einen Raum voller Galeerensträflinge zu finden, wollte er doch nachsehen.

Es dauerte nicht lange, bis er die Tür am Ende des Korridors wiederfand, und er überlegte, ob er sie einfach aufreißen oder sich lieber unauffälliger nähern sollte, als er Schritte von der anderen Seite kommen hörte.

Hastig eilte er den Gang zurück um die nächste Ecke, wo er

lauschend stehen blieb. Die Tür ging auf, und er hörte, wie sich zwei Leute unterhielten. Eine der Stimmen kam ihm bekannt vor.

»… gestern mit ihm gesprochen, und ihm gefällt die Situation nicht«, sagte der Mann, jener Conrad, von dem Jenna sich verfolgt fühlte.

»Na und?«, erwiderte der andere. »Dann hat sie eben einen Freund mitgebracht. Ich verstehe nicht, wo das Problem liegt. Wieso nehmen wir ihn nicht auch?«

»Du weißt, dass es so nicht läuft.«

»Aber ihn umbringen?« Der Zweite klang unsicher. »Bist du sicher, dass der Boss das von uns erwartet?«

»Nein, das erwarte *ich!* Auf dieser Seite des Vorhangs gebe ich die Anweisungen. Denk daran, dass wir es hier nicht mit einem gewöhnlichen Sterblichen zu tun haben! Der Kerl ist ein Geistwanderer. Die zu töten ist nicht leicht.«

»Was ist mit der Frau?«

»Um die kümmert sich der Boss.«

Inzwischen waren ihre Stimmen lauter, so dass Dave ans Ende des Korridors schlich, damit sie ihn nicht ertappten. Zumindest wusste er nun, dass er dringend einen Weg finden musste, um mit Jenna von Bord zu kommen, und das schnell.

Auf einmal verstummten die beiden Männer. Die unvermittelte Stille ließ alle Alarmglocken in Daves Kopf schrillen. Er drehte sich um und wollte zu den Fahrstühlen sprinten, hielt jedoch sofort wieder inne.

Dort stand Conrad, ein riesiger Turm purer Feindseligkeit. Dave hatte nicht einmal mehr Zeit, sich zu fragen, wie der Mann an ihm vorbeigekommen war, da krachten ihm Conrads massige Fäuste schon mit übermenschlicher Wucht ins Gesicht und in den Magen. Er krümmte sich vor Schmerz und blickte gerade noch rechtzeitig wieder auf, um den nächsten Schlag kommen zu sehen und ihn mit seinem Arm zu blockieren.

Knochen knackten, und ein fieses Stechen fuhr Dave durch

den Arm. Seine Angst um Jenna aber spornte ihn an, weiterzukämpfen.

Conrads Lippen sprangen auf, als Dave ihm einen Fausthieb auf den Mund verpasste, wobei seine Hand den größeren Schaden genommen haben dürfte. Dennoch weigerte er sich, aufzugeben, und setzte zur zweiten Attacke an. Gleichzeitig fiel ihm ein, dass er den anderen Mann nicht gesehen hatte.

Kaum hatte er diesen Gedanken beendet, da tauchte der andere auf. Er schwang ein zerbrochenes Holzstück wie einen Schläger. Teil eines Ruders, huschte es Dave durch den Kopf, als das Holz auch schon auf ihn niederknallte.

Der Schlag spaltete ihm fast den Schädel, und Dave ging in die Knie. Mit aller Kraft versuchte er, bei Bewusstsein zu bleiben.

Doch ehe er sich von dem ersten Hieb erholt hatte, traf ihn der nächste, und Dave sackte bewusstlos zu Boden.

Das Erste, was er bemerkte, als er wieder zu sich kam, war, dass er fror. Sein ganzer Körper fühlte sich taub an, was gar nicht gut war, aber zumindest empfand er so keinen Schmerz. Er vermutete, dass er eine Haarrissfraktur am Arm hatte, denn er konnte nicht erkennen, dass sein Arm verdreht war oder Knochen hervortraten. Wie die vielen anderen Schnitte und Prellungen würde auch dieser Bruch beizeiten von selbst heilen.

Zeit indessen war etwas, das er nicht hatte. Blinzelnd schaute er sich um. Er lag auf einem harten Boden, umgeben von leeren, frostbedeckten Regalen. Vorsichtig drehte er den Kopf und sah weiter hinten noch mehr Regale.

Es konnte sich nur um einen Ort handeln: die Kühlkammer des Schiffes. Eine seltsame Wahl als Versteck für einen Gefangenen. Andererseits rechneten sie natürlich nicht damit, dass er hier drinnen allzu lange überlebte. Vielleicht schafften sie ihn weg, sobald er erfroren war. Was auch immer sie mit ihm vorhatten, Dave würde nicht hier herumliegen und es abwarten.

Er versuchte, sich aufzurichten, doch seine Gliedmaßen reagierten höchst schwerfällig. Die Kälte war in seine Muskeln gedrungen und machte sie steif. Dave rollte sich herum und stemmte sich auf Hände und Knie hoch. Bis ihm das gelang, war er so außer Atem, dass er einen Moment pausieren musste, ehe er sich vorsichtig ganz aufrichtete.

Da er weder seine Arme noch seine Beine spürte, musste er sich auf jeden Schritt konzentrieren, um nicht umzukippen. Er brauchte ewig, bis er die Tür erreichte, die knapp über einen Meter entfernt lag.

Seine Freude, es geschafft zu haben, schwand gleich wieder, denn er stellte fest, dass sich innen kein Griff befand. Die Tür ließ sich nicht öffnen. Dave hätte gemeint, dass die Sicherheitsvorschriften einen Innengriff bei Kühlräumen zur Grundvoraussetzung machten; andererseits war dies hier ja kein normales Kreuzfahrtschiff.

Angesichts der dicken Frostschicht innen an der Metalltür sollte er nicht einmal versuchen, sie mit bloßen Händen aufzudrücken. Selbst wenn sie nachgab, wären seine Hände am Metall festgefroren. Stattdessen hob er mühsam ein Bein und trat mit dem Fuß gegen die Tür.

Sie rührte sich nicht.

Er überlegte, noch einmal zu treten, aber es schien aussichtslos, zumindest in seiner gegenwärtigen Verfassung. Ein Eisbär hätte möglicherweise bessere Chancen. Dave sammelte sich, um die Form des großen Bären anzunehmen, aber seine Konzentration war erbärmlich. Unbeirrt strengte er sich stärker an, nur leider weigerte sein Körper sich, mitzumachen. Ihm schien es, als wäre er viel zu durchgefroren, um sich zu verwandeln.

Könnten seine Entführer das gewusst haben? Bei dem Gedanken an sie fiel Jenna ihm wieder ein. Er musste sie warnen!

Und das ließe sich nur auf eine einzige Weise bewerkstelligen. Also hoffte er inständig, dass sie noch schlief.

Angewidert blickte er auf den eisigen Boden und setzte sich. Als er sich ausstreckte, kroch ihm die Kälte durch den Leib, und er fragte sich, ob ihm jemals wieder warm werden könnte.

Dann schloss er die Augen, löste seinen Geist aus dem Körper und vertraute darauf, dass es das Schicksal gut mit ihm meinte.

Jenna träumte von einem Sandstrand und kristallblauem Wasser, das in weichen Wellen auf den Sand schwappte. Sie wandte sich zu Dave, der neben ihr saß, und genoss die lodernde Begierde in seinem Blick. Als er sich zu ihr beugte, um sie zu küssen, hielt sie den Atem an. Sie wollte geküsst werden.

Seine Lippen pressten sich warm und fordernd auf ihre und weckten ein ungekanntes Verlangen tief in ihr. Sie schlang ihre Arme um ihn, während sie sich ganz ihren Gefühlen hingab.

Ohne den Kuss zu unterbrechen, legte er sie behutsam auf den Sand zurück und sich auf sie. Seine Zunge tauchte in ihren Mund, versetzte sie in einen wohligen Rausch. Dann begann er, Küsse ihren Hals hinab bis zu den Wölbungen ihrer Brüste zu malen. Sie griff nach oben und löste den Verschluss ihres Oberteils, um ihre Brüste seinem hungrigen Blick zu entblößen.

Er liebkoste sie ausgiebig, bevor sein Mund weiter nach unten wanderte, bis zu der erregbarsten Stelle zwischen ihren Beinen. Stöhnend neigte sie sich ihm entgegen.

Dann spürte sie, wie er innehielt. »Was ist?«

»Jenna?« Er klang verwirrt, und sie lächelte zu ihm auf, um ihn zu beruhigen. Er sah auf ihre nackten Brüste, wo seine Augen einen Moment verharrten, ehe er ihr wieder ins Gesicht schaute, vollkommen überrascht, wie ihr schien. Dann stöhnte er, neigte sich wieder zu ihrem Busen und neckte ihn mit der Zunge. Zugleich streichelte er beide Brüste mit seinen Händen.

Jenna verlor sich in einem Strudel von Empfindungen, doch er hob abermals den Kopf. »Entschuldige!«, hauchte er atemlos. »Ich sollte das nicht ausnutzen … Ich meine …« Er rieb sich mit einer Hand über sein Gesicht. »Lausiges Timing!« Nach einem kurzen Kuss auf ihre Lippen richtete er sich auf und half ihr hoch.

»Jenna, du musst mir zuhören! Konzentriere dich …« Nochmals fiel sein Blick auf ihre Brüste, und beinahe verärgert nahm er die Bänder ihres Bikinitops und bedeckte sie wieder.

Danach entspannte er sich offenbar ein bisschen, bis sie aufs Neue ihre Arme um ihn schlang und ihren Kopf an seinen Hals schmiegte. Ihr gefiel, wie er unter ihrer Berührung erbebte.

»Jenna!« Er nahm ihre Arme herunter und schob sie auf Abstand. »Du musst jetzt aufpassen! Das hier ist kein Traum. Ich stecke in Schwierigkeiten. Ich bin im Kühlraum des Schiffes eingesperrt. Du musst mich rausholen!«

Dies waren nicht die liebevollen, bewundernden Worte, die sie erwartet hatte. Unruhig bewegte sie sich im Bett und wollte die vorherige Traumszene zurückholen. Tatsächlich gelang es ihr, denn bald lag sie wieder am Strand und küsste Dave.

Er erwiderte ihren Kuss mit der hitzigen Leidenschaft, die sie sich ersehnt hatte, zog sich jedoch abermals zurück.

»Du machst es mir echt nicht leicht!«, fluchte er, stieg ein zweites Mal von ihr und zog sie nach oben. »Hör mir zu! Auf dem Schiff treiben sich gefährliche Männer herum, also sei vorsichtig. Aber du musst schnell kommen, Jenna, denn ich weiß nicht, wie lange ich noch hier bin!«

Sie starrte ihn an und versuchte, seinen Worten einen Sinn abzugewinnen. »Ein romantisches Date mit dir hatte ich mir spaßiger vorgestellt.«

»Jenna!«, rief er. »Hörst du mir zu? Wach auf!«

Schlagartig war Jenna wach. Ihr Herz raste. »Dave?« Sie hätte schwören können, dass sie ihn gehört hatte, aber in der dunklen Kabine war er nirgends zu entdecken. Allerdings sah sie auch nicht allzu viel, denn durch den Vorhang vor dem Bullauge drang so gut wie kein Licht.

Sie sah zu der Uhr auf dem Nachttisch. Statt der vereinbarten zwei hatte Dave sie gute sechs Stunden schlafen lassen.

Verdammt! Warum war er nicht gekommen und hatte sie geweckt? Was konnte ihn so lange aufhalten?

Sie schwang ihre Beine vom Bett, setzte sich auf und rieb sich den Nacken. Fetzen ihres Traumes waberten ihr durch den Kopf, und im Geiste schlug sie nach ihnen wie nach lästigen Insekten.

Dann tapste sie ins Bad und spritzte sich kaltes Wasser ins Gesicht, um richtig wach zu werden. Anschließend frischte sie ihr Make-up auf, ging wieder ins Zimmer zurück und wollte auf Dave warten. Wieder wanderte ihr Blick zu der Uhr, und sie wurde das Gefühl nicht los, dass etwas nicht stimmte.

Während sie wartete, kehrten ihre Gedanken wieder zu dem Traum zurück. Was hatte Dave gesagt? *Ich stecke in Schwierigkeiten. Ich bin im Kühlraum des Schiffes eingesperrt. Du musst mich hier rausholen!*

Kapitel 9

Falls Dave wirklich im Kühlraum war, wollte sie wetten, dass er sich dort nicht selbst eingesperrt hatte. Wer würde ihm so etwas antun wollen? Ihr erster Gedanke war Conrad, aber nur weil sie diesen Mann unheimlich fand, musste er nicht zwangsläufig der Schuldige sein.

Auf jeden Fall konnte Jenna nicht mehr in der Kabine herumsitzen und warten. Also ging sie hinaus und suchte nach dem schnellsten Weg zur Schiffskombüse. Sie eilte den Korridor hinunter, ließ sich nicht von dem Reinigungswagen aufhalten, der fast den ganzen Gang blockierte, und erreichte den Fahrstuhl. Diese ganze Sache konnte sich als Schnapsidee erweisen, ermahnte sie sich, als sie in den Aufzug stieg und den Knopf des Fiesta-Decks drückte. Ihre Sorge um Dave wuchs sekündlich, so dass sie zusehends ungeduldiger wurde. Als der Fahrstuhlgong keine Minute später ertönte, krallte sie die Türen buchstäblich auf und rannte hinaus.

Unbemerkt lief sie an Leuten vorbei, die in den Korridoren hin und her eilten. Im Speisesaal erschrak sie zunächst vor dem Lärm der Gäste, die sich unterhielten, und der Band. Jenna verlangsamte ihre Schritte, um nicht aufzufallen, als sie sich an den Tischen vorbei zur Seitentür begab, durch die Kellner kamen und gingen. Es dürfte schwierig werden, dort hineinzugehen, ohne dass sie bemerkt wurde, aber sie hatte auch nicht vor, sich in den Küchenbereich zu schleichen. Oh nein, sie wollte hineinstürmen und verlangen, den Chefkoch zu sprechen. Dann würde sie ihm die Lage erklären und verlangen, dass er sofort den Kühlraum öffnete.

Falls sie Dave dort fand, wovon sie ausging, würde der Vorfall dem Captain gemeldet. Und sollte Dave nicht in dem Kühlraum sein – nun, darüber dachte sie nach, wenn es so weit war.

Ohne zu zögern, stieß sie die Tür auf und marschierte hinein.

Eigentlich sollte hier hektische Betriebsamkeit herrschen, Kellner müssten hin und her laufen, Bestellungen rufen und Teller holen. Aber hier war überhaupt niemand. Die Herde waren leer, poliert, und ihr rostfreier Edelstahl glänzte matt im gedämpften Licht.

Verwirrt trat Jenna weiter in den Raum. Wo steckten sie alle? Keine zwei Minuten zuvor hatte sie einen Kellner mit einem Tablett voller Essen aus der Küche kommen gesehen. Sie drehte sich zur Tür und beobachtete, wie sie aufschwang. Ein Kellner kam herein … und verschwand einfach.

Entgeistert starrte sie auf die Stelle. Wo war er hin? Sie sah sich um. Keine Spur von ihm. Vor lauter Staunen konnte sie sich nicht rühren, sondern blickte weiter auf den Punkt, an dem sich eben ein Kellner in Luft aufgelöst hatte.

Sie zuckte zusammen, als die Tür ohne ersichtlichen Grund wieder aufschwang. Drinnen im Speisesaal saßen Hunderte von Passagieren an den Tischen. Auf einmal wurde Jenna die Sicht von einer Kellnerin blockiert, die aus dem Nichts mit einem Tablett voller Essen auftauchte.

Kaum hatte sich die Tür hinter ihr geschlossen, ging sie ein weiteres Mal auf, und noch ein Kellner kam in die Küche, der direkt auf Jenna zusteuerte. Er lief schnell, sein Blick auf etwas anderes gerichtet, als würde er sie gar nicht sehen. Er lief an ihr vorbei, und sie drehte sich zu ihm um. Da blieb er plötzlich stehen und schaute sie an. Ihr Atem stockte, aber noch ehe sie überlegen konnte, was sie tun sollte, löste er sich in Luft auf.

Zusehends panisch, eilte Jenna zu den großen Metalltüren an der gegenüberliegenden Wand. Hinter einer von ihnen musste sich der Kühlraum befinden. Sie riss eine nach der anderen auf, aber alle Räume dahinter waren leer und warm. Wenn es auf diesem Schiff keine Essensvorräte gab, was wurde den Gästen serviert?

Darüber wollte sie lieber nicht nachdenken, denn es gab schlicht keine logische Erklärung. Also nahm sie sich die letzten beiden Türen vor. Die erste ließ sich nicht öffnen. Jenna zerrte mehrmals am Griff, bis ihr klar wurde, dass sie nicht klemmte, sondern abgeschlossen war. Warum sollte man auf einem Schiff ohne Essen und mit verpuffenden Kellnern einen Kühlraum verriegeln? Sollte niemand hinein- oder niemand herauskönnen?

Jenna sammelte ihre Magie, wie Dave es sie gelehrt hatte, um die Tür aufzusprengen. Dann jedoch zögerte sie. Wer immer ihn hier eingesperrt hatte, würde kommen, um nach ihm zu sehen. Und sollte derjenige die Tür so vorfinden, wie er sie verlassen hatte, sprich: ohne ein klaffendes Loch, öffnete er sie vielleicht nicht – nicht gleich zumindest. Je länger Daves Verschwinden unentdeckt blieb, umso mehr Zeit bliebe ihnen, ihre Flucht von diesem Schiff zu arrangieren.

Jenna sah, dass die obere Türkante knapp zwei Zentimeter aus der Wand ragte, und sie tastete sie ab. Beim ersten Mal konnte sie nichts finden, aber beim zweiten Mal ertastete sie ein Stück Metall.

Bingo, ein Schlüssel!

Als sie die schwere Tür aufzog, konnte sie Dave gar nicht gleich sehen. Er lag in sich zusammengerollt da, die Augen geschlossen. »Dave!«, rief sie und lief zu ihm. Wenn sie bloß nicht zu spät kam!

Sie kniete sich neben ihn und berührte seine Wange. Seine Haut war eiskalt, und unweigerlich fragte Jenna sich, warum er nicht die Gestalt irgendeines Tieres angenommen hatte, das besser gegen Kälte gewappnet war. Als sie ihre Hand auf seine Brust legte, fühlte sie, dass sie sich noch ganz leicht hob und senkte. Gott sei Dank, er lebte! »Dave, ich bin's – Jenna! Kannst du mich hören?«

»S…s…so… k…k…kalt«, murmelte er so leise, dass sie ihn

kaum verstand. »K...k...kann ... n...n...nichts ... sehen.« An seinen Wimpern hatten sich Eiszapfen gebildet, die ihm die Lider versiegelten.

»Warte, dagegen kann ich etwas tun.« Sie konzentrierte sich auf ihre Magie, um Hitze heraufzubeschwören. Dann hielt sie beide Hände für eine Sekunde über seine Augen. Als sie sie wieder wegnahm, war das Eis geschmolzen, und Dave konnte die Augen ein wenig öffnen. Nun bediente Jenna sich nochmals ihrer Magie, um mehr Hitze herbeizuzaubern, mit der sie ihm Arme und Beine wärmte. »Denkst du, dass du aufstehen kannst?«, fragte sie. »Wir müssen hier raus.«

»H...hilf ... m...mir!«

Er sprach sehr schleppend und bibberte, was beides eindeutig signalisierte, dass die Unterkühlung bereits recht fortgeschritten war. Er sollte schnellstmöglich ins Warme.

Jenna stellte sich hinter Dave und zog ihn in eine sitzende Position. Ihm beim Aufstehen zu helfen, erwies sich als schwieriger, weil er so viel größer war als sie. Aber irgendwie schafften sie es. Dann hängte sie sich seinen Arm über die Schultern und machte vorsichtig den ersten Schritt auf die Tür zu. Dave schlurfte mit, und Jenna hoffte, dass durch die Bewegung sein Puls angeregt würde und sein Körper sich ein bisschen erwärmte.

Sie verließen den Kühlraum, den Jenna wieder verriegelte, bevor sie den Schlüssel an seinen Platz zurücklegte.

Durch den Speisesaal zu gehen, war keine gute Idee, deshalb verließen sie die Küche durch den Hinterausgang und nahmen den nächsten Aufzug. Draußen in der warmen Luft begann Daves gefrorene Kleidung zu tauen, so dass sie feucht wurde. Er schlotterte noch heftiger. Bis der Fahrstuhl auf ihrer Etage hielt und sie ausstiegen, bibberte er so sehr, dass die wenigen Leute, denen sie begegneten, sie verwundert ansahen. Jenna beachtete sie gar nicht. Sie wollte Dave bloß in ihre Kabine bringen, solange er sich noch halbwegs aufrecht halten konnte.

Der Putzwagen hatte sich ein paar Türen weiter, näher zu ihrer Kabine, bewegt, was Jenna nicht behagte. In ihrem Zimmer wären sie beide leichte Opfer. Sie sah zu Dave, der nicht in der Verfassung war, auf der Suche nach einem besseren Versteck kreuz und quer durch das Schiff zu laufen.

Dann entsann sie sich, dass sie an einer offenen Kabine vorbeigekommen waren, die anscheinend nicht belegt gewesen war: genau das, was sie brauchten.

»Kannst du eine Sekunde hier stehen bleiben?« Sie lehnte Dave an die Wand und betete, dass er sich aufrecht hielt, während sie den Flur hinunter zu dem Putzwagen rannte.

Nirgends war eine Reinigungskraft in Sicht, aber die Generalschlüsselkarte lag oben auf den Putzutensilien. Jenna schnappte sie sich, lief zu Dave zurück und schlüpfte unter seinen Arm, damit er sich wieder auf sie stützen konnte.

So gingen sie zu der freien Kabine zurück, die Jenna mit der Generalschlüsselkarte öffnete.

»Hier müssten wir vorerst sicher sein«, erklärte sie und zog Dave mit sich hinein.

Ein kurzer Blick bestätigte, dass hier wirklich keine Passagiere wohnten. »Ich bin gleich wieder da«, ließ sie ihn wissen, holte sich ein Handtuch aus dem Bad und rollte es zusammen. Dann öffnete sie die Tür zum Korridor und lugte hinaus. Da sie niemanden sehen konnte, legte sie das Handtuch in die Tür, so dass sie nicht zufiel, rannte zu dem Putzwagen, wo sie die Schlüsselkarte wieder auf die anderen Sachen legte, und eilte in die Kabine zurück. Drinnen verriegelte sie die Tür hinter sich. Falls niemand bemerkt hatte, dass der Schlüssel kurzzeitig verschwunden gewesen war, würden sie nicht auf die Idee kommen, in einer der anderen Kabinen nach ihnen zu suchen.

Jenna ging hinüber zu Dave, der mitten in der Kabine stand, die Arme vor dem Oberkörper verschränkt und am ganzen Leib zitternd. »Tut mir leid«, sagte sie, zog die Bettdecken zurück und begann, ihm das Hemd aufzuknöpfen. »Ich muss dir die nassen Sachen ausziehen und dich unter ein paar Decken legen.«

»Is…s…st g…g…gut.« Seine Zähne klapperten so bedenklich, dass Jenna Angst hatte, er könnte sich auf die Zunge beißen.

Sie pellte ihm das feuchte Hemd von den Schultern und Armen. Bei dem Gedanken, wie oft sie dies in ihrer Phantasie getan hatte – unter anderen Umständen natürlich –, wurde sie rot. Jetzt jedenfalls hatte sie keine Zeit, den Moment zu genießen.

Sie ließ das Hemd auf den Boden fallen und wollte ihm die Jeans ausziehen. Dave versuchte bereits, den Knopf zu öffnen, also wartete sie erst einmal.

Als abzusehen war, dass er viel zu sehr bibberte, sagte sie: »Ich ziehe sie dir aus«, und schob seine Hände beiseite.

»D…d…das h…h…hab i…ich m…mir schon l…l…lange gewünscht.«

Tatsächlich lächelte er, und Jenna erwiderte sein Lächeln. »Vorsicht, mein Lieber! Du bist mir hilflos ausgeliefert, also komm ja nicht auf dumme Gedanken!« Sie zog den Reißverschluss auf und versuchte, nicht auf die Boxershorts zu achten, als sie ihm die Jeans herunterzog. »Du musst dich aufs Bett setzen.«

»W…was ist m…mit …« Er griff nach dem Bund seiner Boxershorts, aber sie wischte seine Hand weg.

»Übertreiben wir es nicht, ja? Mir ist auch so schon unwohl genug bei der Sache.« Sie schubste ihn nur leicht, und er sank auf das Bett.

Nachdem sie ihm Schuhe und Socken abgestreift hatte, konnte sie ihm die Jeans ganz ausziehen. Dann hob sie seine Beine hoch und drehte ihn so, dass er auf dem Bett lag.

»Und jetzt versuchen wir, dich warm zu bekommen.« Sie deckte ihn mit allen Decken und dem gefalteten Überwurf zu, doch er schlotterte nach wie vor erbärmlich. »Wird dir wärmer?«

»N…n…nein.«

Verdammt! »Okay. Ich sehe nach, ob ich noch mehr Decken finde.« Sie suchte im Wandschrank und den Kommodenschubladen. Nichts. Dann ging sie ins Bad, nahm sich sämtliche Badelaken und stapelte sie auf ihn.

Abwartend stand sie neben ihm und strich ihm eine Haarsträhne aus der Stirn. Es sah nicht aus, als nähme sein Zittern ab.

Hilflos lauschte Jenna seinem Zähneklappern. Sie überlegte, ein warmes Bad einzulassen, aber irgendwo hatte sie gelesen, dass das eher schadete als nützte. Nein, das war keine Lösung. Genau genommen fiel ihr nur noch eine einzige ein, wie sie seine Körpertemperatur erhöhen konnte.

Sie schaltete alle Lichter aus. Von draußen fiel hinreichend Mondlicht herein, dass Jenna einigermaßen sehen konnte. Zurück beim Bett, zog sie sich bis auf BH und Slip aus. Obgleich sie beim Sonnenbad weniger bedeckt gewesen war, fühlte sie sich nackt und verwundbar.

»Ich fasse nicht, dass ich das tue!«, murmelte sie, als sie zu ihm ins Bett stieg.

»W…was m…machst du?«

»Ich rette dir das Leben«, antwortete sie. »Und du solltest dich benehmen, sonst bereue ich es am Ende.«

Neben ihm zu liegen, reichte natürlich nicht. Sie musste sich richtig dicht an ihn schmiegen, was sie gleichermaßen ängstigte wie erregte. Dachte sie allerdings nur eine Sekunde länger darüber nach, würde sie die Nerven verlieren. Kurz entschlossen legte sie ein Bein über seine Beine.

»Aaah!«, hauchte sie, als seine eiskalte Haut ihre berührte.

»I…ich w…wünschte i…ich k…k…könnte etwas f…fühlen«, stöhnte Dave. »Mir ist s…s…so k…kalt, dass ich ganz t…taub bin.«

»Ist wohl auch besser so«, kommentierte Jenna, streckte einen

Arm über seine Taille und legte ihren Kopf auf seine Brust. Sie war froh, dass er beinahe entspannt klang, denn sie war alles andere als locker. Auch wenn Dave sie nicht spüren konnte, fühlte sie ihn durchaus. Und würde sie nicht um sein Wohlergehen bangen, hätte sie jede Sekunde genossen.

Es kam ihr vor, als hätten sie eine Stunde so dagelegen, bis sein Zittern ein bisschen nachließ. »Wie fühlst du dich?«, fragte sie.

»Besser.« Immerhin klapperten seine Zähne nicht mehr, wenn er sprach. Er schlang seine Arme um sie und hielt sie fest an sich gedrückt. »Dank dir.«

Sie lächelte. »Gern geschehen.«

Jenna war unsagbar erleichtert, dass Dave sich erholte. Seit sie den Küchenbereich betreten hatte, war sie auf einem Adrenalin-Höhenflug gewesen, von dem sie nun schlagartig zurückkehrte. Sie entspannte sich und lauschte seinem Atem. Ein. Aus. Ein. Aus. Der Rhythmus lullte sie in einen seichten Schlummer, und ihre Lider wurden schwer. Es war ihr unmöglich, wach zu bleiben.

Wie lange sie geschlafen hatte, wusste sie nicht, aber als sie aufwachte, lag sie immer noch mit dem Kopf auf Daves Brust, und ihr war wunderbar warm. Sie blickte zu ihm auf und war überrascht, ihn wach zu sehen.

Er lächelte. »Guten Morgen.«

Als sie zum Bullauge sah, erkannte sie erste Lichtstrahlen. Sie gähnte. »Tut mir leid. Ich wollte nicht auf dir einschlafen. Wie geht es dir?«

»Ich fühle mich bestens«, antwortete er grinsend. »Ein bisschen steif.«

»Tut mir leid«, sagte sie zerknirscht. Der Arme hatte stundenlang unter ihr gelegen, während sie schlief. Sie wollte sich von ihm abstemmen, doch er umfasste ihre Arme und rollte sie herum, so dass er auf ihr landete.

»Das war es nicht, was ich meinte«, raunte er und drückte seine Hüften gegen ihre, so dass sie seine Erektion an ihrem Bauch spürte.

»Oh!«, machte sie, weil sie nichts anderes herausbrachte.

»Ich liege seit Stunden hier herum und habe nichts anderes zu tun, als meiner Phantasie freien Lauf zu lassen. So lange schon wünsche ich mir, mit dir zu schlafen. Ich kann dir gar nicht sagen, wie sehr ich dich will!«

»Was du bisher sehr gut überspielt hast«, bemerkte sie, denn ihr fielen sogleich all die Frauen ein, mit denen sie ihn gesehen hatte.

»Ich wollte mich bloß von dir ablenken. Glaub mir, hättest du mir auch nur andeutungsweise zu verstehen gegeben, dass du interessiert bist, wärst du längst die einzige Frau, mit der man mich sieht.«

»Ehrlich?« Zu ihrer eigenen Verblüffung wollte sie ihm sehr gern glauben.

»Ehrlich«, versicherte er. »Und jetzt habe ich dich da, wo ich dich von Anfang an haben wollte. Bis eben dachte ich, zum Dank dafür, dass du mir das Leben gerettet hast, sollte ich mich wie ein Gentleman benehmen. Aber weißt du, was ich entschieden habe?«

Ihr Herz klopfte wie wild, als sie zu ihm aufsah. »Nein, was?«

Er beugte seinen Kopf näher zu ihr und blickte ihr in die Augen. »Zum Teufel mit gutem Benehmen!« Im nächsten Moment lagen seine warmen Lippen auf ihren.

Kapitel 10

Jenna überkam ein unbeschreibliches Verlangen, und sie erwiderte seinen Kuss mit feuriger Leidenschaft. Als Daves Zunge über ihre Lippen strich, öffnete sie ihren Mund und lud ihn ein. Zaghaft ahmte sie seine Liebkosungen nach und fühlte, wie er erschauerte. Bald spielten ihrer beider Zungen miteinander auf eine solch sinnliche Art, dass Jennas Puls zu rasen begann.

Seine Hand wanderte von ihrer Wange über ihren Hals, ihre Schulter und ihren Arm, bis sie die Seite ihrer Brust streifte. Gespannt wartete sie, was er als Nächstes tun würde, und er strapazierte ihre Geduld nicht sehr.

Mühelos öffnete er ihren BH und schob ihn zur Seite, so dass ihr Busen sich an seiner harten Brust rieb. Dann griff er zwischen sie und massierte die Wölbungen sanft, bevor er die Spitzen mit seinem Daumen kitzelte, so dass sie sich fest aufrichteten. Mit jedem Streicheln nahm die süße Spannung in Jennas Innerem zu. Sie wand sich unter ihm, als ihr vor Verlangen sehr heiß zwischen den Schenkeln wurde.

Mit beiden Händen erkundete sie Daves Arme, seine Brust und seine Schultern. Es war herrlich, seinen starken, muskulösen Körper zu berühren!

»Jenna!«, hauchte er ihren Namen. »Wenn du dies hier nicht willst, sag es jetzt!«

Die Empfindungen, die sie überrollten, machten ihr jedes Denken unmöglich. Sie wusste, wenn sie ihm sagte, dass er aufhören sollte, würde er diese süße Qual umgehend beenden, was sie für den Rest ihres Lebens bereuen würde. »Ich will es«, flüsterte sie.

Dave schien nicht überzeugt, denn er sah ihr in die Augen und fragte: »Bist du sicher?«

Zögernd lächelte sie. »Ja.«

Nun endlich küsste er sie mit einer Inbrunst, dass ihr schwindlig wurde. Sie nahm kaum wahr, dass er ihr den Slip herunterzog, bemerkte es erst, als sein Glied an ihre Scham drückte. Für einen kurzen Moment wurde sie ängstlich. Das Druckgefühl von ihm in ihr war anders als alles, was sie jemals erlebt hatte, und sie fürchtete, er könnte zu groß für sie sein.

»Du bist sehr eng. Das fühlt sich phantastisch an. Ich weiß allerdings nicht, wie lange …« Mitten im Satz verstummte er, erstarrte auf ihr und sah sie erschrocken an. »Bist du Jungfrau?«

Jenna spürte, wie seine Muskeln vor Anspannung bebten, so sehr musste er sich anstrengen, sich nicht zu bewegen. Sie merkte, wie sie feuerrot wurde. »Warte!«, flehte sie ihn an, als er Anstalten machte, sich aus ihr zurückzuziehen. »Das ändert nichts.«

»Doch, es ändert alles.«

»Nein, tut es nicht!« Ihre Gefühle stürzten in ein gewaltiges Chaos. Mangel an Gelegenheit machte sie schließlich nicht automatisch prüde. Sollte er sie deshalb abweisen, wäre sie vor Scham am Boden zerstört. Obwohl sie sich zusammennahm, entfuhr ihr doch ein kleiner Schrei. »Bitte, Dave, zwing mich nicht, dich anzuflehen, dass du mit mir schläfst!«

»Ach, Babe!«, sagte er sanft und strich mit seinen Lippen über ihre. »Ich dachte bloß, du möchtest dein erstes Mal mit jemand Besonderem erleben.«

»Ich erlebe es mit jemand Besonderem.«

Zunächst wirkte er verblüfft, dann lächelte er. »Wenn du meinst.«

»Ja, das meine ich.«

»Okay.« Er zögerte immer noch, als müsste er sich erst mit dem Gedanken anfreunden, dass er ihr erster Liebhaber war. »Es kann ein bisschen wehtun, aber ich mache es hinterher wieder gut, versprochen!«

Sie nickte. Dachte er, sie stammte aus dem finstersten Mittelalter und hätte keinen Schimmer, was auf sie zukam?

Langsam drang er wieder in sie ein, bis er erneut an ihr Jungfernhäutchen stieß. Dann küsste er sie so ungeheuer zärtlich, dass sie alles andere vergaß. Er durchstieß die Barriere, und sie fühlte das leichte Brennen, aber das würde gleich wieder vergehen.

Als er den Kuss beendete, sah er sie besorgt an. »Alles okay?«

»Ja«, hauchte sie und ließ sich von der köstlichen Anspannung hinreißen, die sich beständig steigerte. Sie war zu viel, als dass Jenna einen vollständigen Gedanken, geschweige denn einen ganzen Satz bilden konnte.

»Gut.« Seine Stimme klang angestrengt. Er zog sich aus ihr zurück, um aufs Neue langsam in sie einzudringen. Jenna fühlte, wie sein Glied sich an ihr rieb, hörte Daves Stöhnen. Der Schmerz verschwand, und es blieb nichts als berauschende Wonne, die sekündlich größer wurde.

»Ja!«, seufzte sie.

Gleich darauf wurden seine Bewegungen schneller und fester, und Dave verlor sich ebenso in dem Moment wie sie. Unter der Mischung aus Wohlgefühl und Schmerz grub sie ihre Finger in seinen Rücken, verlangte nach mehr.

Er brummte und stieß tief in sie hinein. Immer schneller, immer tiefer, wieder und wieder. Für Jenna existierte nur noch die köstliche Spannung in ihrem Bauch. Sie schlang ihre Beine um ihn, um ihn noch weiter in sich aufzunehmen. Stöhnend umfasste er ihre Schultern und drang ein letztes Mal in sie.

Ihr Orgasmus überkam sie wie eine Flutwelle, die alles ertränkte außer dem Rausch der wunderbaren Empfindung. Halb benommen hörte sie Daves tiefen Schrei, als er seinen eigenen Höhepunkt erreichte.

Erst mehrere Minuten später zog er sich aus ihr zurück, rollte sich auf die Seite und nahm Jenna in seine Arme. Befriedigt und glücklich kostete sie die Nachwirkungen ihres Liebesaktes aus.

Dave lauschte Jennas ruhigem Atem, als sie einschlief. Dass sie noch Jungfrau gewesen war, hatte er niemals erwartet, und zu wissen, dass er ihr erster Mann war, machte das, was sie erlebt hatten, umso einzigartiger. Ihm gefiel indessen nicht, dass es in einer Nacht geschah, in der sie sich vor Leuten versteckten, die sie umbringen wollten. Aber er schwor sich, dass er sie aus dieser Bredouille befreien würde, und das läutete er am besten mit einem SOS an Nick ein.

Dave entließ seinen Geist und erlaubte ihm, zu wandern. Zum ersten Mal seit langem fühlte er sich frei. »Nick.« Er schickte den Namen ins Geisterreich und war verwundert, als das Echo keine Sekunde später zu ihm zurückkehrte. Der zweite Versuch brachte dasselbe Ergebnis. Sowie er seinen Geist weiter nach oben schickte, wartete eine neue Überraschung auf ihn, denn er geriet an eine Art Barriere.

Erstaunt versuchte er, das Hindernis zu umgehen, aber ganz gleich, wie weit er sich in alle erdenklichen Richtungen bewegte – er schien es nicht überwinden zu können.

Frustriert wollte er schon in seinen Körper zurückkehren, als er einen anderen Geist erblickte. Wie Dave selbst erschien auch sie als Spiegelbild ihres körperlichen Seins: eine zierliche Blonde mit Shirley-Temple-Locken. Dave ahnte sofort, dass sie keine Geistwanderin war, denn ihr fehlte die Aura von Restenergie, die alle lebenden Kreaturen umgab. Ihre war vor langer Zeit verblasst, was bedeutete, dass Dave einen Geist sah, eine gefangene Seele ohne lebendigen Leib.

»Du musst neu sein«, begann sie. »Ich erinnere mich nicht, dich schon einmal gesehen zu haben. Ich bin Laura.«

»Ich bin Dave.«

»Dave.« Sie schien den Klang seines Namens zu prüfen. »Bist du schon länger hier?«

Er sah sich um. »Wo genau ist ›hier‹?«

Seine Frage verwunderte sie offensichtlich. »Auf dem Schiff natürlich.«

»Lange genug. Du weißt nicht zufällig, wie ich wieder von dem Schiff herunterkomme, oder?«

»Niemand kann das Schiff verlassen. Keiner von uns. Niemals.« Sie musste ihm angesehen haben, dass er sie nicht verstand. »Du musst für deine Sünden bezahlen«, erklärte sie.

»Indem ich eine Kreuzfahrt mache?« Das kam ihm eigentlich nicht wie eine Strafe vor.

»Warte, bis du dieselbe Reise ein paar hundert Male gemacht hast, die ganze Zeit tun musstest, als wärst du am Leben und alles bestens. Dabei willst du nichts lieber tun, als die armen Schweine zu warnen, die ein Freiticket gewonnen haben, dass sie um ihr Leben rennen sollen, ehe sie wie du enden.«

»Stimmt, das klingt nicht so verlockend.«

Sie zuckte mit den Schultern. »Wenn du hier oben bist, ist das Schlimmste überstanden – es sei denn, du machst irgendetwas Blödes, wie zum Beispiel fliehen zu wollen.«

»Das Schlimmste?«

»Ja, das Rudern.«

Er dachte an den Raum, den Jenna ihm beschrieben hatte. »Klar.«

»Hör zu, ich muss gehen«, erklärte sie. »Der Boss sucht sicher schon nach mir.«

Bevor er sie aufhalten konnte, war sie fort. Dave kehrte in seinen Körper zurück und bereitete sich darauf vor, Jenna die schlechten Neuigkeiten mitzuteilen.

Jenna schlief tief und fest, als sie fühlte, wie jemand ihre Schulter berührte. Erschrocken schlug sie die Augen auf.

»Entschuldige!«, sagte Dave leise. »Ich habe versucht, dich mit leisen Rufen zu wecken, aber du warst total weg.«

Um ihre Nerven zu beruhigen, atmete Jenna ein paarmal tief durch. »Alles in Ordnung?«, fragte sie und rieb sich die Augen. Ihr entging nicht, dass er ihr sehr nahe war.

»Ich wollte Nick kontaktieren, über das Geisterreich.«

»Und?«

Sein Blick verfinsterte sich. »Es ging nicht. Anscheinend ist das Schiff von einer Art Barriere umgeben, an der ich nicht vorbeikam. Aber ich habe etwas Interessantes erfahren.«

Rasch erzählte er ihr von seiner Begegnung mit dem Geist Laura.

Jenna wurde das Herz schwer. »Ich bin diejenige, die sie wollen«, überlegte sie, »wegen dem, was mit Sarah und meinen Eltern passiert ist.« Sie hatte größere Angst, als sie ihm zeigen wollte. »Du solltest nicht hier sein. Wer sie auch sind, sie wollen nichts von *dir!* Vielleicht solltest du allein verschwinden ... irgendwie«, ergänzte sie, denn sie hatte keine Ahnung, wie es einer von ihnen überhaupt schaffen sollte, sich aus dieser Lage zu befreien.

»Ich gehe ganz sicher nicht ohne dich«, widersprach er und strich ihr das Haar aus dem Gesicht. »Und so die Götter wollen, werde ich nicht zulassen, dass dir etwas zustößt.«

Seine Zuversicht machte sie lächeln. »Ich wette, das sagst du zu jeder Frau.«

Er blickte ihr sehr ernst ins Gesicht. »Du bist nicht bloß irgendeine Frau für mich, Jenna. Von jetzt an bist du die Einzige, mit der ich zusammen sein möchte.« Er beugte sich vor und küsste sie mit derselben hitzigen Leidenschaft wie vorhin.

Jenna wusste, dass es zu spät war, ihr Herz zu beschützen. Seit sie Dave zum ersten Mal begegnet war, hatte sie sich zu ihm hingezogen gefühlt, und was sie jetzt für ihn empfand, war noch um ein Vielfaches stärker. Es machte ihr Angst, zu wissen, dass jemand ihr so viel bedeutete.

Als der Kuss endete, hielt sie Dave noch eine kurze Weile im Arm, denn sie wollte, dass dieser Augenblick so lange wie möglich andauerte. Doch nichts konnte verhindern, dass die Realität sich wieder aufdrängte. »Was sollen wir machen?«, flüsterte sie.

»Wir verlassen das Schiff«, antwortete Dave.

»Wie?«

»Wir gehen an Deck und spazieren herum wie alle anderen Passagiere – nur dass wir ein Rettungsboot suchen und so weit vom Schiff wegpaddeln, wie wir können. Irgendwann wird der Abstand groß genug sein, dass ich Nicks Hilfe herbeirufen kann. Danach ist es nur noch eine Frage der Zeit, bis er kommt und uns holt. Was meinst du?«

Jenna war zwar nicht sicher, nickte aber trotzdem. »Das ist auf jeden Fall besser, als herumzusitzen, bis der ominöse Boss und seine Männer uns gefunden haben.« Sie seufzte. »Wenn ich es genau bedenke, wären südamerikanische Sklavenhändler einfacher gewesen.«

Er lachte leise, schob die Decken zurück und stieg aus dem Bett. Fasziniert betrachtete Jenna seinen nackten Körper. Mein Mann, dachte sie, während sie seine Kraft bewunderte, die aus jeder seiner Konturen sprach. Sehr gern hätte sie ihm geglaubt, dass er nur noch mit ihr zusammen sein wollte, wie er behauptet hatte.

Vorerst wandte sie ihren Blick ab, stand auf und suchte in den zerwühlten Laken nach ihrem BH und ihrem Slip. Der BH war noch intakt, aber von dem Slip waren lediglich Fetzen übrig. Sie errötete, als sie daran dachte, wie es zu diesem kleinen Unglück gekommen war. Auf einmal fühlte sie, dass Dave sie ansah, und blickte zu ihm auf. Sein wissendes Lächeln barg nicht den Hauch von Reue.

Eilig schlüpfte sie in ihre Jeans und wollte den BH zuhaken, als Daves Arme sich von hinten um ihre Taille legten. »Ich wünschte, wir wären in dem Apartment«, flüsterte er ihr ins Ohr. »Dort würde ich dir zeigen, wie ich für dich empfinde.«

»Das wäre schön«, sagte sie sehr ernst.

Er drückte sie ein letztes Mal, dann ließ er sie los, damit sie sich fertig anziehen konnte. Bis sie vollständig bekleidet war, trug Dave seine inzwischen trockenen Sachen wieder.

Er reichte ihr die Hand, und Jenna legte ihre hinein. »Lass mich kurz draußen nachsehen, was vor sich geht.« Im nächsten Augenblick schimmerte die Luft um ihn herum, und sein Gesicht nahm einen vollkommen leeren Ausdruck an. Jenna wusste, dass er seinen Geist befreite, damit er sich umschauen konnte. Noch ehe sie sich fragte, was sie tun sollte, falls er nicht wiederkehrte, war er zurück.

Auf dem Gang war niemand, also gelangten sie unbemerkt bis zu den Fahrstühlen. Bis zum Promenadendeck stieg auch kein anderer Passagier zu. So traten sie wenige Minuten später unbehelligt aus dem Lift und begannen umherzuschlendern.

Jenna versuchte, die anderen Gäste nicht allzu offensichtlich anzustarren, was ihr nicht leichtfiel. Waren all diese Leute Geister?

Plötzlich blieb Dave stehen und hielt sie zurück. »Was ist?«, fragte sie leise. Er wies mit dem Kopf nach vorn. »Was? Ich sehe nichts.«

»Eben. Keine Rettungsboote.«

»Hier müssen welche sein!« Sie blickte über das Deck. »Vielleicht sind wir an der falschen Stelle.«

»Wäre möglich.« Er klang nicht, als ob er es glaubte, aber sie gingen ein wenig schneller weiter. »Sehen wir uns den Rest dieses Decks an.«

Sie brauchten zehn Minuten, bis sie am anderen Ende waren, und auch dort gab es keine Rettungsboote. Dave zeigte zum Deck über ihnen. »Überprüfen wir das da oben.«

»Dort sind keine Passagiere zugelassen.«

»Sagt wer?«, fragte Dave stirnrunzelnd.

»Das habe ich in der Broschüre gelesen, die in den Kabinen

ausliegt. Garantiert sieht uns jemand, wenn wir da hinaufgehen.«

»Okay.« Er trat an die Reling und lehnte sich weit über die Seite. »Halte meine Hand!«, forderte er sie auf. Kaum tat sie es, lehnte er sich noch weiter vor und verdrehte seinen Oberkörper, um nach oben zu sehen.

Im nächsten Augenblick geschah alles auf einmal. Hatte sie eben noch Daves Hand gehalten, wurde sie plötzlich hinterrücks von riesigen Armen gepackt. Eine fleischige Hand knallte auf ihre, die noch Daves hielt, so dass Jenna im Reflex losließ.

Während der Mann, der sie gepackt hatte, sie weghob, griffen zwei andere, die sie noch nie gesehen hatte, Daves Beine und warfen ihn über Bord.

Schreiend trat Jenna auf die Beine ihres Angreifers ein, krallte ihre Nägel in seine dicken Arme und wand sich wild, aber nichts half. Sie hatte nicht gedacht, dass Geister sich so real anfühlten.

Der Kerl drückte sie noch fester an sich, so dass sie fast nicht mehr atmen konnte. Ihr wurde schwummerig, und ihr Sehfeld verkleinerte sich. Ihre Anstrengungen, sich von ihm freizustrampeln, wurden immer schwächer, bis sie kaum noch die Hand heben konnte.

Während sie in die Dunkelheit glitt, fragte sie sich, ob sie je wieder aufwachen würde. Vielleicht hatten sie vor, sie jetzt gleich zu töten, und das wäre okay. Ohne Dave hatte sie nichts, wofür es sich zu leben lohnte.

Kapitel 11

Als Jenna zu sich kam, lag sie in einem Bett in einer der Kabinen. Es war nicht die, die ihr zugeteilt worden war, und auch nicht die, in der sie die Nacht zuvor mit Dave verbracht hatte, auch wenn sie genau wie die beiden anderen Kabinen aussah.

Sie setzte sich auf und rieb sich die Stirn, hinter der es unangenehm pochte. Doch das war nichts gemessen an dem Schmerz in ihrer Brust. Dave war fort. Sie wusste nicht, wie sie den Verlust noch eines geliebten Menschen überleben sollte.

Nachdem sie sich vergewissert hatte, dass sie allein war, stieg sie aus dem Bett. Ihre Muskeln waren wund vom Kampf, aber es hatte durchaus sein Gutes, dass sie daran erinnert wurde, was diese Kerle Dave und ihr angetan hatten. Noch einmal würde sie sich nicht so leicht übertölpeln lassen. Sobald sich eine Chance bot, würde sie die Männer für das bezahlen lassen, was sie getan hatten.

Sie drehte den Türknauf, wunderte sich jedoch nicht, dass die Tür verriegelt war. Als sie versuchte, ihre Magie zu sammeln, stellte sie fest, dass sie Mühe hatte, sich richtig zu konzentrieren. Nach einigen Anläufen brachte sie einen kleinen Ball zustande und schleuderte ihn gegen die Tür.

Es folgte eine Lichtexplosion mit einem lauten Knall, doch sonst nichts. Weder sah sie eine Brandspur auf der Türoberfläche, noch fühlte es sich dort heiß an.

Jenna kämpfte gegen den Anflug von Selbstmitleid, der sie überkam, weil nichts klappte, und verwandte ihre Energie darauf, einen Weg aus der Kabine zu suchen. Leider waren die Wände genauso solide wie die Tür, und das Bullauge war viel zu klein, als dass sie sich hätte hindurchzwängen können. Es gab nicht einmal einen Lüftungsschacht.

Aus dieser Kabine konnte sie nicht entkommen, was nicht bedeutete, dass sie aufgab. Irgendwann käme jemand zu ihr, und an demjenigen würde sie ihre Magie erproben.

Sie hockte sich gegenüber der Tür an die Wand, konzentrierte ihre Magie und übte sich darin, Energiebälle zu formen. Es zehrte an ihren Kräften, also musste sie sich ausruhen, sowie sie sicher war, dass sie ihre Technik beherrschte. Es schien kaum eine Stunde vergangen, bis sie hörte, wie sich vor der Tür etwas bewegte. Rasch sammelte sie ihre Kraft und hielt sie in den Händen. Der Türknauf klapperte, als würde jemand versuchen, in die Kabine einzubrechen. Trieben die ein dämliches Spiel mit ihr?

Dann krachte die Tür ein, so dass Holzsplitter in den Raum stoben. Jenna schrie vor Schreck auf und warf ihren Magieball. Sie sah, wie eine Gestalt sich duckte, ehe sie einen leisen Fluch hörte. Diese Stimme kannte sie!

Blitzschnell sprang sie auf und eilte zu ihm. »Dave?!« Sie traute ihren Augen nicht. »Ich dachte … nein, ich war nicht sicher.« Sie wollte ihm nicht sagen, dass sie trotz seiner erstaunlichen Talente mit dem Schlimmsten gerechnet hatte. »Wie bist du hierhergekommen?« Dabei strich sie mit beiden Händen über seine Arme und seine Brust, weil sie ihn unbedingt berühren und sich vergewissern musste, dass er wirklich bei ihr war. Tränen liefen über ihr Gesicht. »Geht es dir gut?«

»Ja, mir geht es gut.« Er setzte sich auf und nahm sie in seine Arme. »Aber wie geht es dir?«, raunte er in ihr Haar. »Ich hatte solche Angst, dass ich nicht rechtzeitig zurück bin. Haben sie dir etwas angetan?«

»Nein, alles in Ordnung. Ich war ohnmächtig, und als ich aufwachte, lag ich in dieser Kabine. Du bist der Erste, den ich seither sehe. Das mit der Magie tut mir leid. Ich schätze, wir haben Glück gehabt, dass ich so lausig ziele.«

Er hielt sie auf Abstand, so dass er sie ansehen konnte. »Du zielst hervorragend. Zum Glück kam ich erst einmal nur im Geist in die Kabine, nachdem ich merkte, dass die Tür abgeschlossen war. Deshalb sah ich dich schon und dachte mir, was du geplant hattest. Ich rief deinen Namen, um dich wissen zu lassen, dass ich es bin, aber du hast mich offenbar nicht gehört. Egal, jetzt bin ich hier, und wir sollten schleunigst verschwinden – es sei denn, du möchtest bleiben.«

Grinsend half Jenna ihm auf, worauf er sie umarmte und küsste. Es war ein kurzer Kuss, denn für mehr fehlte ihnen die Zeit. »Ich bin so froh, dass du da bist! Wie konntest du den Sturz überstehen?«

»Ich besitze verrückte Talente, schon vergessen? Sobald ich merkte, dass ich fiel, nahm ich Adlergestalt an und flog davon.«

»Du hättest weiterfliegen sollen.«

Er legte beide Hände an ihre Wangen und blickte ihr in die Augen. »Ich würde dich niemals verlassen. Also, lass uns gehen!«

»Wohin?«

»Runter von dem Schiff. Es gibt übrigens wirklich keine Rettungsboote, das habe ich aus der Luft überprüft. Wir müssen leider schwimmen.«

Sie schüttelte den Kopf. »Ich weiß nicht, wie weit es bis an Land ist, aber ich kann ganz bestimmt nicht so weit schwimmen.«

»Musst du auch nicht. Als Delphin kann ich dich ziehen.«

Lange musste sie nicht überlegen, denn ihnen blieb keine andere Wahl. »Einverstanden.«

»Das ist mein Mädchen!« Er gab ihr einen Kuss und zog sie mit sich zur Tür.

Sie verließen die Kabine und gelangten zum nächsten Außendeck, ohne dass sie aufgehalten wurden. Die Geister spielten weiter harmlose Passagiere und lächelten Jenna und Dave höflich zu, als sie an ihnen vorbeigingen.

Sobald sie draußen waren, führte Dave sie zur Schiffsseite und wollte ihr gerade über die Reling helfen, als sie beide Schritte hörten und sich umdrehten.

»Conrad!«, hauchte Jenna entsetzt.

Dave stellte sich schützend vor sie. »Wir verschwinden von hier, und Sie halten uns nicht auf!«

»Zu spät!«, erwiderte Conrad. »Wir sind schon da.« Er zeigte auf das Meer, wo sich ein dichter Vorhang aus weißem Nebel in alle Richtungen erstreckte, so weit das Auge reichte.

»Was zum …« Jenna hatte noch nie etwas Vergleichbares gesehen. Fragend drehte sie sich zu Conrad um, als erwartete sie eine Erklärung, aber er lächelte nur, bevor er zur Reling lief und über Bord sprang.

Sprachlos beugten Dave und Jenna sich über das Geländer. Von Conrad war nichts zu entdecken. Keiner von ihnen wollte aussprechen, was sie beide dachten: dass Conrad sich offensichtlich lieber umbrachte, als durch diesen unheimlichen Nebelvorhang zu dringen.

Eine Flucht hatte somit keinen Sinn mehr. Sie konnten den Nebel nicht besiegen. Hell, undurchdringlich und bedrohlich waberte er vor ihnen.

Und dann war er bei ihnen. Als der Schiffsbug in den Nebel stieß, stolperte Jenna zurück und zog Dave mit sich. Ihre Haut kribbelte so, wie sie es zuvor schon getan hatte. Hier war Magie am Werk, eine sehr mächtige sogar.

Dave packte ihre Hand, und sie rannten in Richtung Heck, weg vom Nebel. Jennas Beine hatten Mühe, mit Daves Tempo mitzuhalten.

Ein kurzer Blick über ihre Schulter genügte, dass ihr Herz sich beinahe überschlug. Der Nebel hatte bereits ein Drittel des Schiffes verschlungen.

Das Magiekribbeln wurde schlimmer denn je. Zu bald erreichten sie das Schiffsende. Als sie sich gegen die Reling lehnte, um

Atem zu schöpfen, sah sie Wasser um sich, sonst nichts. Sie konnten nirgends mehr hinlaufen.

Sie drehte sich um. Von dem Schiff war nur noch die Hälfte zu sehen, der Rest verlor sich im Nebel. Eine unnatürliche Stille senkte sich über alles, als die Passagiere auf den unteren Decks zu verschwinden begannen. Wo würden Dave und sie als Nächstes landen?

»Was tun wir?«

»Verdammt!«, fluchte Dave. »Ich kann mich nicht verwandeln.« Er war eindeutig wütend.

»Vielleicht kann ich etwas tun …« Sie streckte ihre Hände aus, konzentrierte ihre Gedanken und versuchte, ihre Magie herbeizurufen. Vor Anstrengung traten ihr Schweißperlen auf die Stirn – oder war es der Nebel?

Inzwischen war das Schiff größtenteils in den Dunst getaucht, so dass nur noch das kleine Stück vom Heck übrig blieb. Jenna gab auf. Die Magie, die hier wirkte, war weit stärker als ihre oder Daves.

Dave breitete seine Arme aus, und sie schmiegte sich hinein. »Was auch geschieht, wir stellen uns dem gemeinsam.«

Sie war wie betäubt vor Angst, aber zugleich unendlich dankbar, dass er bei ihr war.

Mit zwei Fingern hob er ihr Kinn, damit sie ihn ansah. »Ich liebe dich.«

»Ich liebe dich auch«, flüsterte sie.

In der erdrückenden Stille klangen ihre Stimmen ungewöhnlich laut. Kein Mucks war vom Meer zu hören, nur das Klopfen ihrer Herzen. Dave neigte seinen Kopf und küsste sie mit einer eindringlichen, besitzergreifenden Endgültigkeit.

Dann wandten sie sich beide aufrecht dem zu, was sie hinter dem Nebel erwartete.

Kapitel 12

Die dichte Nebelwolke schloss sich über ihnen. Jenna, die erwartet hatte, von eisigem Wasser umschlossen zu werden und nicht mehr atmen zu können, war überrascht, dass es sich lediglich wie ein leicht kühler Sommerdunst anfühlte.

Der Himmel, der eben noch sonnig und klar gewesen war, füllte sich mit sehr dunklen Gewitterwolken. Und das war nicht das Einzige, was sich veränderte. Das moderne Kreuzfahrtschiff, das Dave und sie vor wenigen Tagen betreten hatten, verwandelte sich in einen uralter Kasten, der an ein Wikinger- oder Piratenschiff gemahnte.

»Was jetzt?«, wollte Jenna wissen.

»Abwarten?«

»Wie lange?«

Ein lauter, schrecklich ächzender Lärm hob an, der das gesamte Schiff erschütterte.

»Lange wird's nicht mehr dauern, würde ich tippen«, antwortete Dave und sah sich auf dem Rest des Decks um. »Woher kam das?«

Er ging zur Reling. »Daher!«, rief er und zeigte auf zwei gigantische Ketten, die aus parallelen Öffnungen im Rumpf ins Wasser fielen.

Zuerst fühlte Jenna sich an Anker erinnert und fragte sich, warum sie geworfen wurden. Dann jedoch begann das Wasser zu brodeln, so dass sie sich um anderes sorgte.

»Meerleute«, sagte Dave leise.

Verwundert sah sie nochmals hin, und diesmal erkannte sie, dass das Brodeln von Hunderten Fischschwänzen herrührte, die das Wasser durchpeitschten, als die Meerleute die Ketten ergriffen und zu schwimmen begannen. Es kamen immer mehr von ihnen, und gemeinsam zogen sie das Schiff vorwärts.

»Sie ziehen uns!«, schrie sie.

»Aber wohin?«

»Vielleicht retten sie uns«, meinte Jenna.

Dave seufzte. »Das bezweifle ich.« Er legte einen Arm um sie und drückte sie an sich. »Aber wir werden es schon noch herausfinden.«

Wie sich herausstellte, wäre es Jenna lieber gewesen, wenn die Meerleute sich mehr Zeit gelassen hätten. Allzu bald fühlten sie, wie das Schiff langsamer wurde. Als sie über die Reling lugten, sahen sie, dass die Ketten nur noch lose im Wasser baumelten.

Schließlich hielt das Schiff ganz an, und sie lagen immer noch mitten auf dem Meer, ohne Land in Sicht. Jenna fragte sich, ob sie auf Grund gelaufen waren, aber dann hörte sie knarrendes Holz. Und als sie beide dem Geräusch folgten, entdeckten sie einen Teil einer Gangway, die heruntergelassen worden war, aber offenbar ins Wasser führte.

Eine Meerfrau erhob sich aus dem Wasser, als würde sie von unsichtbaren Händen gehalten. Sie hatte langes grünlich-blondes Haar und perlfarbene Haut. Zwar sah sie bis zur Hüfte sehr menschlich aus, aber da ihr Haar geschickt an allen Stellen klebte, die näheren Aufschluss hätten geben können, war Jenna nicht sicher, wie menschenähnlich sie tatsächlich war.

Ihre untere Körperhälfte bestand jedenfalls aus einem Fischschwanz mit dunkelgrünen Schuppen, aber kaum durchdrang sie die Wasseroberfläche, formten sich daraus zwei sehr schöne Beine.

»Guten Tag«, begrüßte sie Dave und Jenna mit einer sehr melodischen, klaren Stimme, die gar nicht klang wie das, was Jenna von den Kreaturen erwartet hatte, die sie töten wollten. »Mein Name ist Dolphene.«

Dave und Jenna sahen sich kurz an. »Warum sind wir hier?«, fragte Dave die Meerfrau.

»Das zu erklären steht mir nicht zu«, antwortete sie beinahe entschuldigend. »Aber wenn ihr mit mir kommt, erhaltet ihr die Antworten, die ihr sucht.«

Jenna blickte sich um. »Wohin mitgehen?«

»Nach unten natürlich«, gab Dolphene zurück.

»Unter Wasser?« Dave begann, den Kopf zu schütteln. »Kommt nicht in Frage!«

»Ihr seid vollkommen sicher, glaubt mir.«

»Ich weiß, dass *ich* sicher bin, aber Jenna kann unter Wasser nicht atmen. Also denke ich, dass wir bleiben.«

»Das Schiff fährt ab«, erklärte Dolphene. »Und wohin es fährt, könnt ihr nicht reisen. Aber macht euch bitte keine Sorgen! Unsere Magie ist stark, und wir würden nicht zulassen, dass euch etwas geschieht.«

Jenna legte ihre Hand in Daves. »Ich würde sagen, unsere Wahlmöglichkeiten sind begrenzt«, flüsterte sie ihm zu.

Er schien zu überlegen. Schließlich nickte er.

Dolphene lächelte ihnen freundlich zu und ging die Gangway wieder hinunter. Dave folgte ihr mit Jenna. Als sie das Ende erreichten, sah Jenna, dass Dolphene auf einer kleinen Plattform stand, die unterhalb der Gangway im Wasser schwamm. Sobald sie bei ihr waren, erbebte die Plattform unter ihnen und tauchte in den Ozean ab. Dave legte einen Arm um Jenna und zog sie fest an sich.

»Bitte«, sagte Dolphene, »euch geschieht nichts! Seht!« Sie zeigte auf den Boden der Plattform, der nun ungefähr einen halben Meter unter Wasser war. Zu Jennas Verwunderung rauschte kein Wasser über sie herein. Stattdessen schien es von unsichtbaren Wänden zurückgehalten zu werden.

Die Plattform sank beständig tiefer, und das Meer erhob sich zu allen Seiten, so dass sie wie in einem Luftschacht gefangen waren. Hätte sie keine solche Sorge, was sie erwartete, könnte Jenna diese Aussicht genießen. Sie erinnerte sie an die Sea-World-Tunnel, die sie als Kind gesehen hatte. Jene Tunnel hatten unter dem Aquarium hindurchgeführt, in dem die Fische so nahe schwammen, dass es ihr vorgekommen war, als könnte man sie anfassen.

Bald befanden sie sich so weit unter dem Wasserspiegel, dass sie, sollte die Magie versagen, sterben würde, ehe sie es an die Oberfläche geschafft hätte. Ein höchst beunruhigendes Gefühl.

Das Wasser wurde dunkler, und ihr fielen funkelnde Lichter auf, die aus der Tiefe kamen. Während sie weiter sanken, wurden aus den Lichtern Gebäude und aus den Gebäuden eine richtige Stadt.

»Atlantis!«, hauchte Jenna ehrfurchtsvoll.

Dolphene stieß ein zartes Lachen aus. »Nein, nicht Atlantis. Wir nennen es …« Sie gab einen Laut von sich, der unmöglich zu verstehen war. »In eurer Sprache heißt es Ruhe.«

»Das ist schön«, murmelte Jenna und starrte gebannt auf einen gewaltigen Bau, der vor ihnen aufragte. Er sah wie eine Unterwasserburg aus.

»Folgt mir bitte!«, forderte Dolphene sie auf, die von der Plattform trat, als sie den Meeresgrund erreichten. Die Luftkammer, in der sie sich bewegten, ging mit ihr mit, während Jenna zögerte.

Ihre Unentschlossenheit dauerte mehrere Sekunden an, und in dieser Zeit hatte die Luftblase sich von der Stelle wegbewegt, an der sie stand. Der Kälteschock machte sie prusten, und sie wedelte panisch mit ihren Armen. Sie wusste, dass sie nicht panisch werden durfte, aber es war ihr unmöglich, ruhig zu bleiben, wenn das Salz in ihren Augen brannte und sie keine Luft bekam.

Zum Glück zerrte Dave sie in die Luftkammer zurück. »Alles klar?«

Sie nickte und wischte sich das Salzwasser aus dem Gesicht.

»Ich schlage vor, dass wir ihr Tempo halten«, sagte er und schob sie hinter Dolphene her. Als sie die Burg erreichten, öffnete sich das riesige Eingangstor. Dolphene ging hinein. Die Luftkammer – und mit ihr Dave und Jenna – folgten.

»Der Boss ist gerade nicht da«, erklärte Dolphene, »aber Conrad bringt euch zu euren Zimmern.«

Als die Meerfrau diesen Namen erwähnte, schrillten sämtliche Alarmglocken in Jennas Kopf. Voreilig hatte sie sich von Dolphenes sanfter Stimme in Sicherheit wiegen lassen.

Conrads bleiche Gestalt schwamm auf sie zu. Als er nahe genug war, dass sie seine Konturen erkannte – einschließlich des großen Fischschwanzes –, entfuhr Jenna ein stummer Schrei. »Sie!«

Er sah in dieser Gestalt nicht ein bisschen freundlicher aus als zuvor. »Folgt mir!«

Die Luftkammer bewegte sich mit ihm, angetrieben von einer Magie, die Jenna nicht einmal erahnte. Ihnen blieb keine andere Wahl, als ihm zu folgen. Sie gingen einen langen Flur entlang und blieben erst am Ende stehen. Conrad öffnete eine Tür und trat zurück, worauf die Luftkammer sie hineinzwang. Dann wurde der Luftschacht größer, bis er den gesamten Raum ausfüllte.

»Warum haben Sie uns hergebracht?«, wollte Dave wissen.

Conrad blieb im wassergefüllten Korridor und zuckte nur mit den Schultern. »Alles zu seiner Zeit.«

»Wer ist der Boss, von dem alle dauernd reden?«, rief Dave energischer.

Conrad zeigte auf jemanden, den Jenna nicht sehen konnte, bevor die Tür sich schloss und sie drinnen gefangen waren.

Jenna lief einmal das ganze Zimmer ab. »Auf dem Schiff hatten wir wenigstens Möbel, auf die wir uns setzen konnten.«

»Ich glaube nicht, dass ihnen am Herzen liegt, dass wir es bequem haben«, entgegnete Dave matt.

Viel zu aufgebracht, um stillzustehen, lief Jenna weiter auf und ab. »Was wollen die von uns? Und wer zum Henker ist der Boss?«

Als sie an Dave vorbeikam, packte er ihren Arm und zog sie zu sich, damit sie stehen blieb. »Ich denke, das finden wir bald heraus. Bis dahin sollten wir mit unseren Kräften haushalten.« Er zerrte sie mit nach unten, und gemeinsam hockten sie auf dem Boden, den Rücken an die Wand gelehnt. »Was ich oben an Deck gesagt habe … Ich möchte, dass du weißt, dass ich es ernst meinte. Ich liebe dich.«

Sie war so gerührt, dass er es ihr ansehen musste. »Ich liebe dich auch.«

Als er sie küsste, dachte Jenna, dass es zu ihrem Leben passte, den glücklichsten Moment zu erleben, wenn sie in einem Unterwassergefängnis saß.

Stunden verbrachten sie dort, fest umschlungen, redeten über die Zukunft, als hätten sie eine, während sie warteten, dass sich ihr Schicksal entschied.

Irgendwann schlief Jenna ein.

Als sie viel später aufwachte, lag sie auf dem kalten Boden. Allein.

Erschrocken rappelte sie sich auf und sah sich um. Keine Spur von Dave.

Sie lief zur Tür und riss sie auf, wobei sie vollkommen vergaß, dass das Meer hereinbrechen und sie ertränken könnte. Was es nicht tat. Nein, sie fand Dolphene vor ihrer Tür vor, deren langes blondes Haar sich wie ein Heiligenschein um ihr Gesicht auffächerte.

»Komm bitte mit mir!« Die melodische Stimme der Meerfrau wurde beinahe vom Rauschen des Wassers übertönt.

Jenna zögerte. »Wo ist Dave?«, fragte sie und hoffte, dass ihr die Antwort Zeit zum Nachdenken bot.

Leider winkte Dolphene sie nur mit sich. »Folge mir!« Sie

drehte sich um und schwamm eine kurze Distanz, bevor sie stoppte.

Als die Luftkammer in dem Zimmer wieder zusammenschrumpfte, wurde Jenna klar, dass sie der Meerfrau folgen musste. Brav ging sie mit, fragte sich allerdings ohne Unterlass, was mit Dave passiert war, so dass sie kaum darauf achtete, wohin sie geführt wurde. Überrascht stellte sie fest, dass der Raum, in dem sie letztlich anhielten, dieselbe große Halle war, durch die sie vorher gegangen waren.

»Bleib hier!«, wies die Meerfrau sie an und schwamm davon.

Jenna wollte ihr nach. »Wie witzig!«, murmelte sie. »Als hätte ich eine Wahl!«

»Es gibt immer eine Wahl«, dröhnte eine sehr bestimmende männliche Stimme.

Erschrocken fuhr Jenna herum.

Aus einer dunklen Ecke des Saals näherte sich ein Meermann. Wieso hatte sie ihn vorher nicht bemerkt? Immerhin war der Mann … gigantisch. Er war größer als alle Meerleute, die sie bisher gesehen hatte, und besaß einen sehr muskulösen Oberkörper – wie ein Bodybuilder –, der nicht recht zu dem fließenden weißen Haar und dem langen Rauschebart passen wollte. Obwohl ihm etwas von einem Zauberer anhaftete, verlieh das Funkeln in seinen Augen ihm doch eher kriegerische Züge, die eines Anführers von Mä…, zumindest von Meermännern.

Als er näher kam, bemerkte Jenna noch weitere Details wie die goldene Krone auf seinem Haupt und den Dreizack, den er in einer seiner gewaltigen Pranken hielt.

»Poseidon!«, hauchte sie erstaunt.

»Schön, dass du weißt, wer ich bin!«, stimmte er in tiefem Bariton zu, hob seinen Dreizack, und prompt vergrößerte der Raum sich, indem das Wasser weiter zurückgedrängt wurde. Sobald die Wasserwand sich hinter ihn geschoben hatte, trat er vor. Sein Fischschwanz hatte sich in kräftige Beine verwandelt – in nackte Beine, um genau zu sein. Einzig ein Leinentuch, das um seine Hüften geschlungen war, bedeckte seine Blöße.

Mit großen Schritten trat er auf Jenna zu, bis er ein bisschen zu dicht vor ihr stehen blieb. Sie musste ihren Kopf nach hinten beugen, um ihn anzusehen, hielt seinem Blick jedoch mutig stand. Das Licht in seinen Augen brannte mit beängstigender Intensität.

»Wo ist Dave?«, fragte sie streng, denn sie weigerte sich, ihre Angst zu zeigen.

»Er wird nicht mehr gebraucht.«

»Du hast ihn umgebracht?« Sie bekam kaum noch Luft.

»Nein, selbstverständlich nicht. Wie kommst du auf diese Idee?«

»Vielleicht weil du ihn erst in einen Kühlraum sperren und dann über Bord werfen ließt.«

Poseidon schürzte die Lippen. »Entschuldige mich!« Er machte eine Handbewegung, worauf sich ein tosender Strudel im Wasser bildete. Als er sich wieder glättete, war Conrad da, der verwirrt schien. »Sie sagt mir, dass du versucht hast, ihren Begleiter zu töten. Ist das wahr?«

Conrad warf Jenna einen zornigen Blick zu. »Sie lügt.«

Poseidon sah von ihr zu Conrad, als überlegte er, wer von ihnen die Wahrheit sprach. Schließlich verharrten seine Augen auf ihrem Gesicht. »Ich frage mich, warum du mich belügen solltest.«

»Dazu habe ich keinen Grund«, entgegnete sie.

»Zu exakt demselben Schluss kam ich auch.«

Hatte Conrad sie bei Poseidons erster Bemerkung noch triumphierend angegrinst, so erstarrte seine Miene bei der zweiten.

»Um dich kümmere ich mich später«, erklärte der große Gott zu Conrad gewandt, winkte abermals mit seiner Hand, und der Meermann verschwand in einem neuen Wasserstrudel.

»Wenn Dave lebt, wo ist er?«, beharrte Jenna, sobald Conrad fort war.

»Er wartet auf mich. Ich beabsichtige, ihn nach Hause zu schicken, denn er war es nicht, den ich wollte.«

Erleichtert um Daves willen, nickte Jenna. »Du wolltest mich, das habe ich schon mitbekommen. Aber warum?«

»Weil du deine Eltern ermordet hast.«

Obgleich es sie nicht überraschte, fuhr sie zusammen. »Der Tod meiner Eltern war ein Unfall.« Wollte sie Poseidon oder sich selbst überzeugen?

»Du hast einen Zauber gewirkt, der sie tötete, deshalb bist du schuldig – Unfall hin oder her.«

Nun war sie verwirrt. »Meine Eltern starben bei einem Autounfall. Ein Sattelschlepper rammte ihren Wagen.« Für einen Moment sah Poseidon sie erstaunt an. Dann legte er seine freie Hand an ihre Stirn, und plötzlich kehrten die Erinnerungen an jenen schrecklichen Nachmittag zurück.

Ihnen folgten Erinnerungen an Sarahs Verschwinden. Sie erinnerte sich, wie sie an dem Esstisch in der Wohnung saß, in der sie mit Sarah gelebt hatte, an den Schock, als sie Sarahs Gesicht im Spiegel sah, und an ihre verzweifelten Anstrengungen, ihre Schwester mit Hilfe eines Zaubers zu retten.

Als die Bilder verblassten, rann Jenna eine Träne über die Wange. Sie wischte sie weg, denn sie wollte vor ihrem Entführer keine Schwäche zeigen. Stirnrunzelnd nahm Poseidon seine Hand herunter. Mehrere Minuten lang schwieg er, ehe er schließlich sagte: »Es tut mir leid. Du wurdest mir in dem irrigen Glauben, du gehörtest auf das Schiff, als Begleichung einer Schuld gesandt. Du hast deine Eltern nicht getötet, ebenso wenig, wie du für den Tod deiner Schwester verantwortlich bist.«

»Dann steht es mir frei, zu gehen?« Wahrscheinlich erhoffte sie sich zu viel, wenn sie glaubte, sie könnte bald bei Dave sein und mit ihm heimkehren.

»Du darfst gehen, aber du wirst nie frei sein.«

Jenna verstand ihn nicht. »Aber du hast gesagt …«

Poseidon hob eine Hand. »Ich könnte dich in kein Gefängnis stecken, das schlimmer wäre als jenes, in das du dich selbst sperrst.« Er trat näher. »Was würdest du tun, um wahrhaftig frei zu sein?«

»Wie bitte?«

Er streckte seine Hand aus, die Innenfläche nach oben gewandt. Darin lag eine blaue Kugel, etwa apfelgroß. Jenna betrachtete sie und sah, dass die Kugel aus klarem Kristall bestand und in ihr ein blaues Licht schimmerte. »Was wäre, wenn ich dir sage, dass es in meiner Macht liegt, dir etwas anzubieten, das du auf immer verloren glaubtest?«

Jenna starrte weiter auf die Kristallkugel und wurde auf einmal von einem starken vertrauten Gefühl übermannt. »Sarah!«, flüsterte sie.

»Dies ist die Seele deiner Schwester.«

Gebannt sah sie auf das blaue Licht. »Sie lebt?«

Poseidon zuckte mit den Schultern. »Sagen wir, sie ist nicht tot. Als der Dschinn den Körper deiner Schwester übernahm, brachte er ihre Seele fort. Ich biete dir eine Chance, deiner Schwester das Leben zurückzugeben, das ihr genommen wurde.«

Vor lauter Begeisterung konnte Jenna kaum an sich halten. »Was muss ich tun?«

»Du musst ihre Seele aus dem Brunnen der verlorenen Seelen holen.«

»Was ist mit ihrem Körper? Der Dschinn hat ihn zerstört.«

Poseidon winkte wieder, worauf ein Ei in seiner Hand erschien. Er hielt es hoch, drückte es, und die Schale zersprang in Hunderte kleiner Teile. »Was die Todesmagie zerstört«, erläuterte er und schloss seine Faust um die Schalenteile, »kann die Lebensmagie ganz machen.« Als er die Faust öffnete, war das Ei wieder heil. »Wenn du die Seele deiner Schwester aus dem Brunnen holst, füge ich sie in ihren Körper und bringe euch beide nach Hause.«

Das war zu schön, um wahr zu sein. »Wo ist der Haken?«

Er lächelte. »Falls du versagst, behalte ich eure beiden Seelen, und du wirst für alle Ewigkeit auf meinem Schiff arbeiten.«

Kapitel 13

Jenna musste nicht lange überlegen. »Wo finde ich diesen Brunnen der verlorenen Seelen?«

»Welche Leidenschaft und Loyalität! Ich bewundere diese Eigenschaften, aber vielleicht solltest du eine Weile darüber nachdenken, solange ich mich einer anderen Angelegenheit widme.«

Mit einer Handbewegung war er fort, und Jenna blieb allein in der großen Halle zurück. Er könnte ihr fünf Minuten oder fünf Stunden zum Nachdenken geben, ihre Entscheidung stand felsenfest – und als er nach einer guten halben Stunde wiederkehrte, sagte sie ihm genau das.

»Sehr gut. Brechen wir auf!« Mit einer Geste sorgte er dafür, dass die Wasserwände sich zusammenschoben. Jenna beobachtete alles mit einem mulmigen Gefühl.

Als das Wasser über Poseidon hinwegrollte, verwandelten seine Beine sich in einen großen Fischschwanz, doch sie beachtete es nicht, denn entgegen ihren Erwartungen stockte die Wasserwand nicht in sicherer Entfernung von ihr, sondern kam näher und näher.

Kurz bevor das Wasser sie erreichte, berührte Poseidon sie mit seiner Hand.

Ein brennender Schmerz schoss ihr durch den Nacken und in die Brust. Plötzlich konnte sie nicht mehr atmen, rang panisch nach Luft, während die Luftkammer verschwand und die Wasserwände über ihr einstürzten.

»Atme!«, befahl Poseidon, dessen Stimme ihren ganzen Kopf ausfüllte. In ihrer Panik bemerkte Jenna gar nicht, dass das Salzwasser nicht in ihren Augen brannte.

»Atme!«, dröhnte Poseidon nochmals.

Als ihr die Luft ausging, krampfte ihr Körper heftig, und es war ihr unmöglich, nicht zu atmen, also riss sie den Mund auf. Wasser drang hinein, erstickte sie. Sie starb, und eine kleine Stimme mahnte sie, nicht mehr zu kämpfen und ihr Schicksal hinzunehmen.

Nur dass etwas Erstaunliches geschah: Sie starb nicht.

Stattdessen spürte sie deutlich, wie Luft ihre Lunge füllte. Sie kam allerdings weder durch ihren Mund noch durch ihre Nase, sondern irgendwie aus ihrem Hals. Sie betastete ihn und fühlte Schlitze. Poseidon hatte ihr Kiemen gegeben.

Kaum begriff sie, dass sie vorerst nicht sterben würde, entspannte sie sich und bemerkte, dass ihre Beine wie zusammengeklebt waren. Sie blickte an sich hinab und entdeckte, dass sie einen Meerfrauenschwanz hatte.

»Der Brunnen der verlorenen Seelen befindet sich mitten im Ozean«, erklärte Poseidon, obwohl sie gar nicht gefragt hatte. »Diese Veränderungen sind vorübergehend, bis du deine Aufgabe erledigt hast.«

Jenna nickte, und als er losschwamm, folgte sie ihm. Sie staunte, wie mühelos sie durch das Wasser glitt. Kein Vergleich zu den Mühen, als sie in ihren Kindertagen schwimmen gelernt hatte.

Poseidon führte sie aus der Burg heraus und vorbei an den Grenzmauern seiner Unterwasserstadt, bis sie mitten im Nichts waren. Sie schwammen ungefähr fünfzig Meter über dem Meeresgrund, aber soweit Jenna erkennen konnte, war der Boden eben, nichts als glatter Sand. Als sie aufblickte, konnte sie weit über sich die Wasseroberfläche im Sonnenlicht glitzern sehen.

»Dies ist der Brunnen der verlorenen Seelen«, verkündete Poseidon, schwenkte seine Hand, und ein Brunnen erschien.

Jenna schwamm zum Brunnenrand und lugte hinein. Hunderte winziger bunter Lichter funkelten dort unten. »Sind das alles verlorene Seelen?«

»Ja, deine Schwester ist eine von ihnen.«

Mehr brauchte Jenna nicht zu wissen. Sie versuchte, in den Brunnen zu tauchen, stieß jedoch gegen ein unsichtbares Hindernis.

»So kannst du sie nicht holen. Schwimm zum Meeresgrund, dann kippt der Brunnen weit genug, dass die Seelen herausfallen. Eine nach der anderen werden sie nach unten schweben. Du musst die Seele deiner Schwester fangen, bevor sie den Meeresgrund erreicht, sonst ist sie auf immer für dich verloren.«

Das hörte sich nicht allzu schlimm an, dachte Jenna.

»Noch kannst du dich umentscheiden und nach Hause gehen«, erinnerte er sie.

Sie schüttelte den Kopf. »Fangen wir an!«

»Falls du versagst, werde ich dich holen. Wenn du es schaffst, bist du mit deiner Schwester wieder zu Hause, ohne Erinnerung an das, was seit ihrem Verschwinden geschehen ist.«

»Warte! Du hast mit keinem Wort erwähnt, dass ich mein Gedächtnis verliere.« Sie würde sich nicht an Dave erinnern? So unmöglich es ihr erschien, wusste sie doch, dass Poseidons Macht groß genug war, um das zu bewirken. »Warum?«

»Weil es für deine Schwester zu traumatisch wäre, sich dessen zu entsinnen, was ihr widerfuhr. Und ich kann nicht zulassen, dass du dich an die Zeit hier erinnerst. So muss es sein. Änderst du nun deine Meinung?«

Sie sah ihn böse an. Ihm war vollkommen klar, dass ihre Liebe zu Dave auf immer von Reue und Schuld befleckt wäre, würde sie jetzt zu ihm zurückkehren. »Nein.«

Er bedeutete ihr, zum Meeresgrund zu schwimmen. Ein Fischschwarm löste sich hektisch auf, als sie ihm zu nahe kam, und erzeugte Abertausende Blasen im Wasser. Als sie sich klärten, war Poseidon fort und Jenna allein.

Über sich nahm sie ein goldenes Funkeln wahr, und als sie genauer hinsah, erkannte sie eine goldene Kugel, die zu ihr herabschwebte.

Die Seele ihrer Schwester war blassblau gewesen, so dass Jenna, schon bevor sie die Kugel fing, wusste, dass es nicht Sarahs war. Angewidert von der bösartigen Essenz dieser Seele, ließ Jenna die Kugel auf den Meeresboden fallen, wo der Sand sie verschluckte.

Ihr blieb keine Zeit, sich zu fragen, wo sie hingelangen mochte, denn schon schwebte die nächste Kugel aus dem Brunnen zu ihr. Ginge es in diesem Tempo weiter, hätte sie gute Chancen, ihre Schwester zu finden.

Die nächste Kugel war hellblau, und Jenna musste ihre Aufregung bändigen. Sie fing die Seele, musste aber enttäuscht feststellen, dass es nicht Sarahs war. Nachdem sie die Kugel losgelassen hatte und wieder hinaufsah, schwamm eine weitere schon dicht über ihr. Und oben fiel bereits die nächste über den Brunnenrand.

Sie kamen schneller, aber Jennas Zuversicht blieb. Sie schaffte das hier.

Bald fing sie zwei auf einmal, dann drei. Aus Angst, sie könnte versehentlich eine fallen lassen, hielt sie ihr T-Shirt hoch, um es zu einem Beutel zu formen.

Zuerst funktionierte es bestens. Sie fing die Kugeln in ihrem T-Shirt ein und nahm sie einzeln heraus, um sie anzusehen. Nur leider schienen sie immer schneller zu fallen, je rascher Jenna arbeitete. Wie viele mochten sich noch in dem Brunnen verbergen? Gewiss war er bald leer.

Sie blickte wieder nach oben, wo die Kugeln nun in einem steten Strom über den Brunnenrand kippten. Bei dieser Geschwindigkeit war sie nicht mehr in der Lage, jede Einzelne zu prüfen. Sie musste sie irgendwie verlangsamen.

Vielleicht konnte sie es mittels Magie.

Sie sammelte ihre Kraft und richtete sie auf den Kugelstrom, der tatsächlich langsamer wurde. Vor lauter Konzentration hätte sie beinahe den dunklen Schatten über sich übersehen.

Als sie hinschaute, sah sie, dass er die verlängerte Diamantform eines Schiffsrumpfes annahm. Es war nicht Poseidons Schiff. Dieses war viel kleiner, ein Fischerboot eher.

Sie wandte sich gerade wieder den Kugeln in ihren Armen zu, da bemerkte sie einen winzigen Schatten, der unter dem Boot schwamm. Zuerst dachte sie, es wäre ein Fisch, aber dann erkannte sie, dass es sich um einen kleinen Meerjungen handelte.

Besorgt, er könnte dem Boot zu nahe kommen, schaute sie sich nach seinen Eltern um, wobei sie versehentlich mehrere Kugeln auf den Meeresgrund fallen ließ. Sie beschwor einen Zauber, um den Kugelstrom zu verlangsamen, was sie reichlich Energie kostete und ermüdete.

Wieder blickte sie zu dem Jungen hinauf. In diesem Moment fiel ein breiter heller Schatten von dem Boot, so dass das Wasser sich kräuselte und Fische aufgescheucht davonschwammen. Ein Fischernetz.

Jenna fühlte eine Kugel über ihre Hand rollen und wurde panisch, als sie hinunterblickte. Ihr T-Shirt war über und über voller Kugeln. Eilig fing sie die fallende ab, ehe sie auf den Grund traf, und verstärkte ihre Magie, um das Schweben weiter zu verlangsamen. Doch es war, als wollte sie einen tosenden Fluss aufhalten.

Während sie arbeitete, sorgte sie sich um den Jungen. War er klug genug, um in Sicherheit zu schwimmen?

Unweigerlich blickte sie wieder nach oben, und ihr Herz setzte beinahe aus. Der Kleine war in dem Fischernetz gefangen und strampelte ängstlich, womit er jedoch nur erreichte, dass er mitsamt dem Netz gefährlich dicht auf die Schiffsschraube zutrieb.

»Hilfe!«, schrie sie in der Hoffnung, dass Poseidon sie hörte. »Da ist ein Junge in Gefahr! Helft ihm!«

Unterdessen schwebten mehrere Kugeln zu Boden, ehe Jenna sie aufhalten konnte. Die Angst, ihre Schwester zu verlieren, rang mit der Sorge um den Kleinen. Warum half ihm niemand?

Mittlerweile war die Lage des Jungen überaus bedrohlich. Jenna würde Sarah nicht retten können, wenn sie hinschwamm und den Jungen aus dem Netz befreite, aber der Kleine starb, sollte sie nichts tun.

Vor lauter Verzweiflung kamen ihr die Tränen, die der Ozean sofort wegspülte. Es war nicht fair! Andererseits, wann war das Leben je fair gewesen?

Abrupt nahm sie ihre Magie zurück, ließ die Kugeln ungehindert zu Boden schweben und schwamm so schnell sie konnte nach oben. Mutter Göttin, betete sie stumm, gib mir Kraft! Wieder bündelte sie ihre Magie und richtete sie in einem dichten Strahl auf die Schiffsschraube.

Licht explodierte, als die Magie traf, und kaum war es verblasst, standen die Rotoren.

Jenna griff nach dem Jungen und riss am Netz. Sobald sie ihn befreit hatte, nahm sie seinen reglosen Körper in ihre Arme und ließ sich von ihrer beider Gewicht nach unten ziehen, wo gerade die letzte Kugel im Sand unterging. Es war vorbei – und sie hatte versagt.

Kapitel 14

Jenna saß im Sand, benommen vor Schreck und Verzweiflung, und wiegte den kleinen Körper in ihren Armen. Wäre sie früher bei ihm gewesen, hätte sie sich zumindest damit trösten können, Sarahs Leben gegen etwas Wertvolles eingetauscht zu haben.

Es vergingen Minuten, bis sie spürte, dass Poseidon sich näherte. Sie versuchte nicht, vor ihm zu fliehen. Was sollte es auch nützen? Mit einer Handbewegung könnte er ihr die Kiemen nehmen, und sie würde ertrinken.

»Du konntest die Seele deiner Schwester nicht retten«, verkündete er von hoch über ihr. »Nun gehört deine Seele mir.«

»Ich weiß«, seufzte sie und richtete sich auf. »Bevor du mich dorthin bringst, wo immer du mich hinbringen willst, könntest du bitte dafür sorgen, dass dieses Kind zu seinen Eltern gebracht wird?« Sie hielt den Kleinen von ihrem Körper weg, so dass Poseidon sein Gesicht sehen konnte. Vielleicht erkannte er ihn.

»Tumaini«, flüsterte er, schwamm zu ihr hinunter und nahm ihr den Jungen aus den Armen, um ihn fest an seine Brust zu drücken. Die liebevolle Art, mit der er den Kleinen umfing, hätte sie bei dem großen Gott gar nicht erwartet. »Erzähl mir, was passiert ist!«

»Ein Boot fuhr über ihn hinweg und warf ein Fischernetz aus. Der Junge schwamm zu dicht an der Oberfläche und verfing sich im Netz. Er versuchte, sich zu befreien, aber dadurch wurde es nur noch schlimmer, und er kam immer näher an die Schiffsschraube.« Sie verstummte kurz. »Ich habe versucht, ihn rechtzeitig zu erreichen, aber ich war zu spät. Es tut mir leid.«

Zu ihrer Überraschung drückte Poseidon einen Kuss auf die

Stirn des Kindes, und als er wieder zu Jenna sah, wirkten seine Augen unendlich traurig. »Er ist mein Enkel.«

Jenna wusste nicht, was sie sagen sollte.

»Was ist das?« Poseidon blickte aufmerksam in das Kindergesicht, als der winzige Körper sich regte. »Tumaini?«

Der Kleine öffnete die Augen und schaute zu dem großen Gott auf. »Opa?« Dann schlang er seine Arme um Poseidons Hals und vergrub das Gesicht an seiner Brust, während sein kleiner Körper unter heftigen Schluchzern erbebte. Poseidon hielt ihn einfach nur fest, tätschelte ihm den Rücken und murmelte tröstende Worte.

Nach einer ganzen Weile beruhigte der Junge sich wieder. Poseidon verlagerte sein Gewicht ein wenig, ließ ihn aber nicht los, als er sich erneut zu Jenna wandte. »Wie ich sagte, hast du die Aufgabe nicht erfüllt, und somit gehört deine Seele rechtmäßig mir.«

Sie nickte. »Ich bin bereit.«

»Nicht so hastig! Mein Enkel bedeutet mir mehr als mein eigenes Leben. Weil du ihn gerettet hast, entlasse ich dich aus unserem Vertrag und schicke dich nach Hause.« Lächelnd fügte er hinzu: »Zusammen mit deiner Schwester.«

Dave lief im Wohnzimmer auf und ab. Es brachte ihn um, nicht zu wissen, was mit Jenna geschah – wie es ihn umgebracht hatte, sie zurückzulassen. Doch Poseidon hatte ihm keine Wahl gelassen.

Er dachte an die Begegnung mit dem Gott.

Nachdem er mit Jenna in seinen Armen eingeschlafen war – vielmehr in einen magischen Schlaf fiel, wie er inzwischen wusste –, wachte er allein mit Poseidon auf.

»Wo ist Jenna?«, hatte Dave gefragt, bevor Poseidon auch nur ein Wort sagen konnte. »Was hast du mit ihr gemacht?«

»Sie ist in Sicherheit.«

»Ich will sie sehen.«

»Das wirst du, sofern du es nach unserem Gespräch noch willst.«

Dave hatte den Gott misstrauisch angesehen. »Was geht hier vor? Warum hast du uns hergebracht?«

»Du bist in meinem Zuhause, das in deiner Dimension nicht existiert. Niemand kommt aus freiem Willen her.«

»Wie bitte?«

»Sie werden hergebracht, um für vergangene Taten zur Rechenschaft gezogen zu werden und Abbitte für vergangene Fehler zu leisten.«

»Indem sie auf deinem Schiff dienen?«, wollte Dave wissen, dem Laura einfiel.

»Ja.«

»Welche Sünden haben Jenna und ich begangen, dass wir hier sind?«

»Keine.«

Dave hatte erwartet, seine und Jennas Unschuld beteuern zu müssen, deshalb machte Poseidons Antwort ihn im ersten Moment sprachlos. »Und wieso sind wir dann hier?«

»Es war ein Fehler«, antwortete der Gott gelassen, ohne eine Spur von Reue.

Früher hätte Dave eine Entschuldigung verlangt, aber seit ein paar Monaten, seit er die Göttin Sekhmet kennenlernen durfte, wusste er, wie unsinnig es war, irgendetwas von den Göttern zu fordern. »Dann können wir gehen?«

»Ja.«

Dave traute ihm nicht. »Aber?«

Poseidons Lächeln machte Dave noch skeptischer. »Jenna möchte nicht gehen.«

»Was?!«

»Sie wünscht, ihre Schwester zu retten.«

»Sarah ist tot!«

»Sarah starb durch Magie. Ich habe Jenna die Chance gegeben, ihre Schwester zurückzuholen. Falls es ihr gelingt, schicke ich beide wieder zurück in das Leben, das sie gehabt hätten, wäre Sarah nie entführt worden.«

Das bedeutete, dass Jennas Leben nach Sarahs Verschwinden – der Teil ihres Lebens, in dem er vorkam – nie stattgefunden hätte. »Dann wird sie sich nicht an mich erinnern.«

»Nein«, bestätigte Poseidon, »ebenso wenig, wie du dich in der veränderten Realität an sie erinnern wirst.«

Die Worte trafen ihn wie ein Dolchstoß, und er musste seinen Schmerz verdrängen, um noch eine Frage zu stellen. »Du sagtest, ›falls es ihr gelingt‹. Was geschieht, wenn sie es nicht schafft?«

»In diesem Fall hat sie mir ihre Seele versprochen.«

»Nein!«, schrie Dave voller Angst. Der Preis war viel zu hoch. »Lass mich es tun, was immer es auch sein mag!« Er atmete tief durch. »Wenn ich versage, kannst du meine Seele haben.«

»Du liebst sie so sehr, dass du ihren Platz einnehmen würdest, obwohl es deinen Tod bedeuten könnte?«

Dave zögerte keine Sekunde. »Ja.«

»Wie überaus edelmütig!« Nur klangen die Worte verächtlich, nicht wie ein Lob. »Ich frage mich«, fuhr Poseidon nachdenklich fort und streichelte sich den Bart, »ob du sie genug liebst, um nichts zu tun.«

»Wie?«

»Wenn du es wünschst, schicke ich Jenna und dich sofort in euer Leben zurück.«

Dave öffnete den Mund, schloss ihn jedoch gleich wieder. Irgendetwas hatte er übersehen. »Was wäre mit Sarah?«

Poseidon schüttelte den Kopf. »Das Angebot gilt nur für dich und Jenna.«

Das war der Haken. Sollte Dave ihn bitten, sie nach Hause zu bringen, dann wäre es kein böser Dschinn, der Jenna ihre Schwester raubte. Dave wäre schuld. Und er war vollkommen sicher, sollte er das tun, würde sie ihn am Ende hassen. Er holte tief Luft. »Du sagtest, ich hätte eine Wahl.«

Poseidon lächelte. »Ich kann dich allein zurückschicken.«

Eine teuflische Wahl, dachte Dave verbittert. Er wollte auf den Gott und jeden anderen losgehen, der sich zwischen ihn und Jenna stellte.

»Du musst dich jetzt entscheiden.«

Das Happy End mit Jenna, das er sich wünschte, war ihm so oder so nicht beschert, aber eine Option erlaubte Jenna, es ohne ihn zu finden. »Schick mich nach Hause – nur mich!«

Noch ehe er das letzte Wort ausgesprochen hatte, stand er in seinem und Nicks Wohnzimmer, wo er fortan versuchen müsste, die Frau nicht zu vergessen, die er liebte. Er hatte ihr Held sein, für sie kämpfen, sie retten, sie beschützen wollen. Stattdessen hatte er sie im Stich gelassen, und dafür verachtete er sich.

Angespornt von seiner Wut, befreite er seinen Geist und ließ ihn aufsteigen, vorbei am Geisterreich ins Traumreich. Dort waren keine Barrieren mehr, die seine Gedanken hinderten, Nick zu finden. Er rief nach seinem Freund.

»Nick, ich brauche deine Hilfe!«

Lange musste er nicht warten, bis Nick und Darius gemeinsam vor ihm erschienen.

»Was ist los?«, fragte Nick hörbar besorgt.

»Es geht um Jenna. Er hat sie.«

»Wer?«, fragte Darius.

»Poseidon.« So schnell er konnte, erzählte er ihnen alles, was passiert war. »Ich weiß nicht, wie ich sie retten kann«, gestand er schließlich. »Und ich will sie nicht verlieren, schon gar nicht vergessen. Ich liebe sie.«

Falls diese Nachricht Nick überraschte, zeigte er es nicht. Er wandte sich zu Darius. »Poseidon ist ein Gott. Denkst du, deine Mutter kann uns helfen?«

Darius zuckte mit den Schultern. »Mutter!«, rief er.

Fast sofort tauchte Sekhmet vor ihnen auf. Sie lächelte, als sie Dave sah, und er bemühte sich, ihr Lächeln zu erwidern. Er hatte Sekhmet immer gemocht und hoffte, sie mochte ihn genug, um ihm zu helfen.

Sekhmets Züge verfinsterten sich, als Darius ihr erklärte, worum es ging. »Und deshalb dachten wir, dass du vielleicht mit ihm reden kannst, von Göttin zu Gott, du weißt schon.«

»Tut mir leid, Dave«, antwortete sie. »Ehrlich, aber ich kann mich nicht in Poseidons Angelegenheiten mischen.«

Dave fühlte, wie seine Hoffnung schwand. »Gibt es gar nichts, was du tun kannst?«

»Du liebst sie, obgleich sie ihre Eltern umgebracht hat?«, fragte sie.

Er wusste nicht, woher sie das hatte. »Ihre Eltern starben, weil ein Sattelschlepper eine rote Ampel überfuhr«, klärte er sie auf.

Sie schien erstaunt. »Bist du sicher?«

Er nickte und bemerkte, wie Darius seine Mutter seltsam ansah.

»Wieso habe ich das Gefühl, dass du mehr über diese Geschichte weißt, als du uns verrätst?«, hakte Darius nach.

»Sei nicht albern!«, widersprach sie ein bisschen zu schnell. Als alle drei Männer sie misstrauisch beäugten, seufzte sie. »Na schön, vielleicht weiß ich etwas.«

Sie berichtete ihnen von ihrem Vertrag mit Poseidon und warum sie ihm Jennas Namen gegeben hatte. »Es ging nicht gegen Jenna persönlich«, schloss sie. »Ich würde alles tun, um Zach zu schützen.«

Dave wollte sie anbrüllen, sie beschimpfen, doch das ließ man bei Sekhmet besser. Ihre Reizbarkeit war legendär, und teils verstand er sogar, wie sie fühlte. »Ich vergebe dir«, sagte er. »Aber du bist mir etwas schuldig, meinst du nicht auch?«

Erstaunt zog sie eine Braue hoch. »Bin ich das? Ach, na gut. Liebt sie dich genauso sehr wie du sie?«

»Ja.«

»Dann trag dieses Amulett und geh heute Nacht zu deiner Geistverwandten.« Sie reichte ihm ein rubinrotes Amulett an einer Goldkette. »Wenn Jenna deine Geistverwandte ist, dann gib es ihr bei eurer nächsten wirklichen Begegnung! Sollte die Liebe, die ihr beide empfindet, echt sein, wird dies Amulett ihr die Erinnerung an dich zurückbringen. Habt ihr jedoch nur gegenseitige Lust empfunden, wird nichts passieren. Ich bedaure, aber mehr kann ich nicht für euch tun.«

Danach verabschiedeten sie sich, und Dave ging in sein Zimmer. Immerhin begann er zu hoffen, dass es für Jenna und ihn doch noch ein glückliches Ende geben konnte. Dann jedoch fiel ihm ein, dass Sekhmet ihm nichts gegeben hatte, was seine Erinnerung an Jenna bewahrte.

Er wollte ins Geistreich zurück, als der Türsummer ihn aufschreckte. Das Letzte, was er im Moment wollte, war Besuch. »Wer ist da?«, fragte er.

»Mandi.«

Dave überlegte, sie direkt wegzuschicken, besann sich aber eines Besseren. »Komm rauf!«, sagte er und drückte den Knopf, der ihr den Fahrstuhl öffnete.

»Hi, Süßer!«, begrüßte sie ihn, als die Türen aufglitten. Ihr Lächeln erstarb, sobald sie Dave sah. »Komme ich ungelegen?« Sie reckte sich, um an ihm vorbeizublicken. »Ich will nicht mit dir schlafen«, fügte sie rasch hinzu. »Falls du Angst hast, deine Freundin könnte sauer werden: Ich wollte dir bloß das hier zeigen.« Sie nahm ein gefaltetes Blatt aus ihrer Tasche und hielt es ihm hin.

Dave nahm das Papier und sah, dass es eine Matheprüfung war – und Mandi eine Zwei plus geschrieben hatte. Auch wenn ihm nicht nach Lächeln war, schenkte er ihr eines. »Das ist super, Mandi. Gratuliere!«

Sie steckte das Blatt wieder ein. »Tja, dann gehe ich mal wieder.« Fragend musterte sie ihn. »Ist alles in Ordnung? Ich meine, ihr habt euch doch nicht getrennt, du und deine Freundin, oder?«

»Nein, wir haben nicht …« Er verstummte mitten im Satz, weil ihm eine Idee kam, wie er Poseidon überlisten könnte. »Ich möchte dich um einen riesigen Gefallen bitten.«

Fünf Minuten später ging Mandi, und Dave eilte in Jennas altes Zimmer. Noch waren ihre Sachen alle da. Dave wusste nicht, ob er erleichtert oder wütend sein sollte. Hieß das, dass sie immer noch versuchte, Sarahs Seele zu retten? Oder hatte sie es nicht geschafft?

Er öffnete ihren Schrank, und der pudrige Duft ihres Parfums wehte ihm entgegen, der an ihren Kleidern haftete. Er nahm mehrere Blusen von den Bügeln, hielt sie sich an die Nase und sog den süßen Geruch ein. Ihn überkam eine solch wehmütige Sehnsucht, dass er den Kopf in den Nacken warf und die Götter anbrüllte, die sich verschworen hatten, ihm seine große Liebe zu nehmen. Nichts, was sie taten, könnte je bewirken, dass er aufhörte, Jenna zu lieben. Nichts!

Eine Sekunde später öffnete Dave die Augen und fand sich vor einem leeren Wandschrank wieder. Im ersten Moment war er etwas benommen, fing sich aber gleich wieder.

Er konnte sich allerdings beim besten Willen nicht entsinnen, was er in einem der leeren Gästezimmer machte. Kopfschüttelnd ging er zur Tür, blieb aber stehen, als er merkte, wie ihm etwas Kühles über das Gesicht lief. Er fasste an seine Wange und betrachtete den Tropfen auf seinem Finger. Hatte er etwa geweint?

Kapitel 15

Beunruhigt ging Dave in sein Zimmer, wo er ein Rubinamulett auf seiner Kommode entdeckte. Er wusste nicht mehr, woher er es hatte, fühlte indessen eine seltsame Verbundenheit zu dem Ding. Und er verspürte den unerklärlichen Drang, das Amulett bei sich zu haben, so dass er es aufnahm und sich umhängte. Das ergab überhaupt keinen Sinn, doch momentan schien gar nichts einen Sinn zu ergeben. Dave war unsagbar müde und beschloss, sich hinzulegen.

Sobald sein Kopf das Kissen berührte, verließ sein Geist den Körper, als hätte er schon darauf gewartet, endlich von den körperlichen Banden befreit zu sein, und stieg ins Traumreich auf, wo er unruhig zu suchen begann. Dave musste an einen Bluthund denken, der eine Fährte aufgenommen hatte.

Seine Suche wurde von einem großen Meermann mit fließendem weißen Haar und Bart unterbrochen. Sein riesiger Fischschwanz lenkte ihn geradewegs auf Dave zu.

»Ein Held zu sein heißt nicht immer, die Schlacht zu kämpfen, um die Frau zu retten. Manchmal ist es das Wissen, wann man es ihr überlassen muss, sich selbst zu retten.«

Das Bild verblasste wieder, und Dave grübelte über die Worte nach, während er seine Suche fortsetzte. Was er suchte, begriff er erst, als er sie fand.

Sie hatte ein ovales zartes Gesicht und dunkles Haar, das ihr über die Schultern fiel. Ihre blauen Augen erinnerten ihn an die Farbe des Himmels bei besonders klarem Wetter, und ihr Lächeln erfüllte ihn mit solcher Wärme, dass er sich fühlte wie jemand, der nach einer langen Reise zu Hause willkommen geheißen wurde.

Gewöhnlich sah er niemanden in seinen Träumen so deutlich, und auch wenn sein wacher Geist sie nicht erkannte, tat sein Traumgeist es sehr wohl. Sie war seine Geistverwandte, die andere Hälfte seiner Seele, seine einzig wahre Liebe. Vor langer Zeit hatte er schon einmal geglaubt, seine Geistverwandte gefunden zu haben, aber es war ein Irrtum gewesen und ein vollkommen anderes Erlebnis als dieses hier.

Er breitete seine Arme aus, und ohne zu zögern schmiegte sie sich hinein. »Ich liebe dich«, flüsterte er.

»Und ich liebe dich«, gab sie zurück, streichelte seine Wange mit ihrer sanften Hand. Dann küsste Dave sie mit einem Anflug von Verzweiflung, weil er fürchtete, sie nie wiederfinden zu können.

Sie erwiderte seinen Kuss mit derselben Inbrunst. Behutsam legte er sich mit ihr hin und zog sie beide mittels eines einzigen Gedankens aus. Er genoss die Wonnen ihres Körpers und wusste, dass er es nie leid würde, mit ihr zusammen zu sein. Als er sie zwischen ihren Brüsten küsste, erbebte sie unter ihm.

Ihre Hände strichen über seinen Rücken, erhitzten ihn, bis er vor Verlangen glühte. Kaum öffnete sie ihm ihre Beine, tauchte er in ihre Wärme ein. Der Liebesakt war der intensivste, den er jemals erlebt hatte, und er wollte, dass er nie endete.

Als schließlich sein Orgasmus über ihn hereinbrach, wachte er auf. Schwer atmend lag er da und fühlte sich, als hätte er seinen besten Freund verloren. Der Traum war auf solch vielfältige Weise verstörend, dass er sich gar nicht erst bemühte, ihn zu verstehen. Stattdessen stand er auf und zog sich an. Die Sonne ging gerade erst auf, und er ahnte, dass es ein langer Tag würde.

Da er nicht im Haus herumsitzen und Trübsal blasen wollte, fuhr er zum Fitnesscenter und war froh, dort Mandi beim Workout zu treffen.

»Heute siehst du noch schlimmer aus als gestern«, begrüßte sie ihn.

Dave runzelte die Stirn. »Wann habe ich dich gestern gesehen?«

»Gestern Abend«, antwortete Mandi verwirrt. »Erinnerst du dich nicht?«

»Nein, ich weiß nichts mehr«, stellte er fest und rieb sich den Kopf.

»Wow! Du hast echt keinen Schimmer mehr, oder? Ich meine, du hast mich ja gewarnt, dass das passieren kann, aber ich dachte, das war ein Scherz.« Sie erhob sich vom Bauchtrainer und wischte sich das Gesicht mit einem kleinen Handtuch ab. »Warte mal eine Sekunde! Ich will dir etwas zeigen.«

Sie verschwand in der Damenumkleidekabine, aus der sie eine Minute später mit einem Blatt in der Hand wieder auftauchte. »Als ich gestern bei dir war, hast du gesagt, ich soll dir das hier geben, falls du plötzlich unter Gedächtnisschwund leidest.«

Er nahm das Blatt und faltete es auf. »Deine Matheprüfung?«

»Nein, Dummkopf!«, entgegnete sie und tippte auf den Namen, der dort in seiner Handschrift stand: *Jenna Renfield.* Daneben hatte er geschrieben: *Geistverwandte.*

»Das verstehe ich nicht.«

»Ja, ich weiß. Gestern hast du mir die Geschichte erzählt und gesagt, ich soll sie dir erzählen, wenn du dich komisch benimmst, zum Beispiel alles vergessen hast. Also warte, bis ich geduscht habe, dann können wir vielleicht irgendwo frühstücken gehen. Ich bin am Verhungern.«

Eine halbe Stunde später saß Dave Mandi gegenüber und lauschte fasziniert der Geschichte von ihm, einer Frau namens Jenna, einer Kreuzfahrt auf Poseidons Geisterschiff und einer Unterhaltung mit Sekhmet. Alles klang weit genug hergeholt, um ein Scherz zu sein, aber er wusste, dass es keiner war. Nach dem Frühstück bedankte Dave sich bei Mandi und fuhr ins Büro. Der Vorteil dabei, für eine Sicherheitsfirma zu arbeiten, bestand darin, dass man eine Menge Kontakte und Quellen hatte. Und diese wollte er sämtlichst nutzen, um eine gewisse Jenna Renfield aufzuspüren.

»Geht es dir gut?«

Jenna, die am Küchentresen lehnte und eine Tasse Kaffee trank, lächelte ihrer Schwester zu.

Sarah saß an ihrem üblichen Platz am Küchentisch, ein aufgeschlagenes Lehrbuch vor sich. »Ja, bestens. Ich denke bloß an den Traum, den ich letzte Nacht hatte.« Sie hatte einige Mühe, ihren Traumliebhaber aus ihrem Kopf zu vertreiben. »Was hast du heute vor?«

Sarah sah auf ihren Bücherstapel. »Ich dachte, ich büffel ein bisschen, und danach büffel ich noch mehr. Und du?«

Jenna lachte leise. »Ich dachte, ich melde mich krank, und wir unternehmen irgendetwas Spaßiges. Wir könnten ins Kino oder shoppen gehen.«

Sarah strahlte. »Prima Idee! Lass mich ein paar Stunden lernen, dann bin ich dabei.«

»Okay.«

Es klopfte an der Tür. Fragend blickte Jenna zu Sarah, stellte ihre Kaffeetasse ab, ging zur Tür und linste durch den Spion.

Draußen stand ein Mann, dessen durch das Glas verzerrtes Gesicht ihr merkwürdig bekannt vorkam. Jenna öffnete die Tür und konnte sich nicht mehr bewegen. Sie hatte das Gefühl, in einem Traum gefangen zu sein, einem sehr frischen, extrem erotischen Traum.

»Jenna.« Er hauchte ihren Namen wie ein Gebet. »Bitte sag mir, dass du mich kennst!«

»Ich …« Sie zögerte, weil sie unsicher war, was sie sagen sollte. »Tut mir leid, kennen wir uns?«

Ihre Antwort enttäuschte ihn offenbar, und sie bekam ein schlechtes Gewissen.

»Jenna, brauchst du Hilfe?«, rief Sarah vom Küchentisch.

»Nein, ist schon gut.« Sie wandte sich wieder zu dem Mann, der sie seltsam ansah. »Meine Schwester«, erklärte sie.

»Ich wusste, dass du es schaffst!«

»Wie bitte?«

Er winkte ab. »Nichts. Entschuldige, dass ich dich belästige, aber ich möchte dich um einen riesigen Gefallen bitten«, verkündete er. »Ich weiß, dass es schräg klingt, doch könntest du das hier bitte kurz halten?« Er reichte ihr ein wunderschönes Rubinamulett. »Bitte!«, flehte er sie an. »Es ist ungemein wichtig für mich und vielleicht auch für dich.«

Da es ihr relativ harmlos erschien, stimmte sie zu und nahm das Amulett. Es war viel schwerer, als sie gedacht hatte. »Es ist wunderschön.« Sie sah wieder auf und bemerkte, dass er sie eingehend beobachtete. »Warum soll ich es halten?«

»Ich hatte gehofft, es hilft dir, dich zu erinnern …« Seine Worte verloren sich. »Fühlst du irgendetwas?«

»Nein, tut mir leid.«

»Schon gut«, sagte er eindeutig enttäuscht. »Ich schätze, ich habe mich geirrt. Entschuldige bitte die Störung!«

»Warte!«, rief sie, als er sich zum Gehen wandte. »Du hast dein Amulett vergessen.« Sie wollte es ihm reichen, doch er nahm es nicht.

»Behalte es! Es war sowieso für dich.«

Sie blickte ihm nach und schloss langsam die Tür.

»Wer war das?«, wollte Sarah wissen.

»Ein Typ. Ein süßer, aber leicht verrückter Typ.«

»Und was wollte er?«

»Ich glaube, er hat nach Liebe gesucht«, flüsterte Jenna so leise, dass Sarah es nicht hörte. Seltsamerweise war sie auf einmal den Tränen nahe.

Sie wollte das Amulett schon auf den Dielentisch legen, als sie es sich anders überlegte und es stattdessen umhängte. Kaum berührte es ihre Haut, fuhr ein Brennen durch ihren ganzen Körper. Erinnerungen strömten auf sie ein. Kreuzfahrt. Poseidon. Sarah. Aber, das Wichtigste: Dave.

»Ich muss kurz weg!«, rief sie Sarah zu und rannte aus der Wohnung. Der Fahrstuhl schien ewig zu brauchen, bis er kam, und eine weitere Ewigkeit dauerte es bis nach unten. Sie betete, dass Dave noch unten in der Halle war.

Nein, er war nicht mehr dort, also lief sie nach draußen und schaute sich nach ihm um. Er war ein ganzes Stück weiter die Straße hinunter und stieg gerade in ein Taxi.

»Dave! Warte!«, schrie sie und eilte ihm nach.

Das Taxi bog in den Verkehr ein, und Jenna wusste, wenn sie ihn jetzt nicht aufhielt, würde es sehr schwierig, ihn zu finden. Sie sammelte ihre Magie und schleuderte einen Zauber auf das Taxi, um es anzuhalten. Es stoppte, und sie rannte auf den Wagen zu.

In dem Moment, in dem sie es erreichte, stieg Dave aus. Als er sie sah, riss er die Augen weit auf. »Jenna?«

Sie schlang ihre Arme um ihn und drückte ihn. »Du bist zu früh verschwunden«, erklärte sie atemlos. »Oh, Dave! Ich wollte dich nicht vergessen – oder dass du mich vergisst. Ich hasste die Vorstellung, dich nie wiederzusehen. Kannst du mir jemals verzeihen?«

»Schhh, Babe!«, beruhigte er sie und wischte ihr die Tränen von den Wangen. »Du hattest eine Chance, deine Schwester zu retten. Das verstehe ich. Außerdem, auch wenn Poseidon mich nach Hause schickte, hatte ich nicht vor, dich zu verlieren. Geistverwandte vergessen ihre andere Hälfte nicht.«

»Geistverwandte?«

»Ich hätte es vor Monaten kapieren müssen, als ich anfing, von dir zu träumen. Aber nach meinem früheren Erlebnis war ich mir nicht sicher – erst als wir beide auf dem Schiff waren. Als Poseidon mich nach Hause schickte, schwor ich, Himmel und Hölle in Bewegung zu setzen, um dich zu finden und dazu zu bringen, dich an mich zu erinnern. Wie sich herausstellte, musste ich lediglich eine schuldbewusste Göttin anstupsen.«

»Als du vor meiner Tür standest, erinnerte ich mich aus meinem Traum an dich.«

»Siehst du? So leicht vergisst man mich nicht.« Er küsste sie auf dieselbe Weise, die sie aus ihrem Traum kannte. »Falls ich zu schnell vorpresche, sag es mir, aber ich muss dich fragen: Willst du mich heiraten?«

Sie lächelte. »Ich liebe dich auch, und, ja, ich will dich heiraten, aber ...« Ihr Lächeln schwand, und sie sah besorgt aus.

»Aber was?«, bohrte er und spürte, wie sein Herz sich verkrampfte.

»Ich weiß nicht, ob ich Sarah verlassen kann, nachdem ich sie eben erst wiederbekommen habe.«

»Wer sagt, dass du sie verlassen musst? Sie kann bei uns wohnen.«

»Das wäre schön.«

Wieder küsste er sie. Dann zahlte er das Taxi, und zusammen gingen sie zu ihrer Wohnung zurück.

»Ich hätte es nie geschafft, wärst du nicht gewesen«, erzählte Jenna ihm. »Jedes Mal, wenn ich dachte, ich würde versagen, warst du in meinen Gedanken und gabst mir Kraft.«

»Ich wusste, dass du Sarah retten kannst«, sagte er stolz.

Sie blieb stehen und drehte sich zu ihm, ohne seine Hand loszulassen. »Eigentlich habe ich versagt.«

»Was?«

Sie berichtete ihm alles von dem Brunnen der verlorenen Seelen und ihrem Versuch, die Kugel zu finden, in der die Seele ihrer Schwester gefangen war. Von dem kleinen Meerjungen, der sich in dem Fischernetz verfing, und wie entsetzlich es war, sich entscheiden zu müssen, ihn oder ihre Schwester zu retten.

»Ich konnte es nicht. Sosehr ich meine Schwester liebe – sie war schon fort, aber das kleine Kind hatte noch sein ganzes

Leben vor sich. Ich konnte den Jungen nicht sterben lassen. Bis ich wieder unten bei dem Brunnen war, waren alle Kugeln im Sand verschwunden.«

Dave umarmte sie. Er liebte sie umso mehr, weil sie ein solches Opfer gebracht hatte. »Aber wenn du versagt hast, wieso seid ihr beide hier?«

»Der Junge war Poseidons Enkel, und er war mir dankbar.«

Dave küsste sie. »Du bist unglaublich, und ich liebe dich so sehr, dass ich dich gleich morgen heiraten würde, wenn ich könnte. Doch ich weiß natürlich, dass Frauen gern viel Zeit haben, um solche Dinge zu planen. Wir haben jetzt Februar. Wie wäre es, wenn wir diesen Herbst heiraten? Oder wäre das noch verfrüht?«

»Ich hätte lieber eine Hochzeit im Frühling.«

Ein Hauch von Enttäuschung huschte über sein Gesicht. Trotzdem nickte er. »Okay, also nächstes Frühjahr.«

»Nicht nächstes Frühjahr – dieses!«

Nun erblühte ein Lächeln auf seinem Gesicht. »Dir ist klar, dass der Frühling offiziell in drei Wochen beginnt, nicht wahr?«

Sie seufzte. »Ja, das kommt mir wie eine Ewigkeit vor.«

Er lachte und ließ sie los, damit sie weitergehen konnten. »Und was schwebt dir als Hochzeitsreise vor?«

Sie schmunzelte. »Alles, nur keine Kreuzfahrt.«

Danksagung

Ich möchte folgenden Menschen danken:

Marlaine Loftin, die mir eine so gute Freundin, Planungshelferin und Korrekturleserin ist. Nicht jeder wäre bereit oder imstande, erdachte Charaktere und Situationen *bis zum Umfallen* zu besprechen und das Ganze auch noch spaßig zu finden. Ich bin froh, dass du es kannst!

Janette Weaver, die diverse Fassungen dieser Geschichte nutzte, um ihre Lektoratsfähigkeiten zu trainieren. Ich habe sehr von deiner Mühe und deinem Feedback profitiert.

Mary Baxter, die mit mir einen Moment kreativer Inspiration teilte, aus dem der Brunnen der verlorenen Seelen wurde. (Diese Danksagung erschien in einem früheren Band, und falls Sie – liebe Leser – sie sahen und dachten, der Satz ergäbe gar keinen Sinn, hatten Sie natürlich recht, doch ein Schreiberling gerät hier und da durcheinander, was das Buch betrifft, an dem er gerade arbeitet. Ich jedenfalls schrieb meine Danksagung zu jenem früheren Band, als ich sozusagen gerade bei meinem Verlorenen-Brunnen in *Hinter dem Nebel* war. Also ergibt die Danksagung nun doch noch einen Sinn.)

Leah Hultenschmidt, die so eine großartige Lektorin ist. Es ist immer wieder eine Freude, mit dir zu arbeiten, Leah!

Jennifer Ashley und Joy Nash für all ihre harte Arbeit an der ganzen Immortals-Reihe, die sich weit über das Verfassen der jeweiligen Bände hinaus erstreckte. Ich finde es jammerschade, dass wir nun am Ende angekommen sind!

IMMORTAL – Romantic Fantasy voller Abenteuer und Leidenschaft

Der mächtige Dämon Amadja verfolgt skrupellos ein düsteres Ziel: Er will das Gute für immer vernichten. Nur eine Gruppe unsterblicher Krieger aus dem alten Ägypten kann sich ihm entgegenstellen. Sie sind die Söhne einer Göttin ... und doch nicht unbesiegbar: Sollten sie wahre Leidenschaft für eine Frau empfinden, bedeutet dies das Ende ihrer Unsterblichkeit. Als sie tatkräftige Unterstützung durch ebenso mächtige wie scharfzüngige Hexen bekommen, steht nicht nur das Schicksal der Welt auf dem Spiel ...

IMMORTAL: Dunkle Leidenschaft
von Jennifer Ashley

IMMORTAL: Geliebter der Nacht
von Robin T. Popp

IMMORTAL: Schwarze Glut
von Joy Nash

IMMORTAL: Schatten der Lust
von Jennifer Ashley

IMMORTAL: Dunkle Gefährtin
von Jennifer Ashley

IMMORTAL: Gebieterin der Finsternis
von Joy Nash

IMMORTAL: Schwarzer Kuss der Nacht
von Robin T. Popp

IMMORTAL: In den Armen der Dunkelheit
von Jennifer Ashley, Joy Nash und Robin T. Popp